Die Schriftrolle

Das Buch

Als die Antiquarin Dido Hoare eines Abends nach Hause in ihre Londoner Wohnung kommt, liegt vor ihrer Tür ein bewusstloser Mann: Es ist Tom Ashe, einer ihrer exzentrischen Kunden. Eigentlich gibt es in Didos Leben schon genug Komplikationen: die ständige Suche nach einem legalen Parkplatz, ihr sturer Vater und natürlich seit neuestem auch Ben – das faszinierendste Baby Englands... Aber von dem Augenblick an, als sie den alten Mann ins Krankenhaus fährt, wird sie immer tiefer in sein Leben hineingezogen. Warum verlässt Ashe so übereilt die Station und warum überreicht er ihr wenig später ein antikes Schmuckstück? Hat es etwas mit der Tatsache zu tun, dass er im Krieg zusammen mit ihrem Vater für den Geheimen Nachrichtendienst gearbeitet hat? Dido muss weit in die Geschichte zurückgehen, um eine Antwort auf all diese Fragen zu finden.

Die Autorin

Die Kanadierin Marianne Macdonald ging zum Studium nach Oxford, wo sie die nächsten dreißig Jahre ihres Lebens blieb, um eine akademische Karriere zu verfolgen. Heute lebt sie im Norden von London, in Muswell Hill, und widmet sich ganz ihren zwei großen Leidenschaften: der Schauspielerei und dem Schreiben.

Von Marianne Macdonald sind in unserem Hause bereits erschienen:

Ein gutes Versteck
Die letzte Strophe
Das Manuskript

Marianne Macdonald

Die Schriftrolle

Roman

Aus dem Englischen von Marie Rahn
und Sabine Schwabe

List Taschenbuch

Besuchen Sie uns im Internet:
www.list-taschenbuch.de

Umwelthinweis:
Dieses Buch wurde auf chlor- und säurefreiem Papier gedruckt.

List Verlag
List ist ein Verlag des Verlagshauses Ullstein Heyne List GmbH & Co. KG.
1. Auflage Dezember 2003

Titel der englischen Originalausgabe: *Ghost Walk*
(Hodder and Stoughton, a division of Hodder Headline, London)
Übersetzung: Marie Rahn und Sabine Schwabe
Umschlagkonzept: HildenDesign, München – Stefan Hilden
Umschlaggestaltung: Hauptmann und Kampa Werbeagentur, München –
Zürich, unter Verwendung einer Vorlage von HildenDesign
Titelabbildungen: © Picture Press (oben), © Photodisc (unten)
Druck und Bindearbeiten: Clausen & Bosse, Leck
Printed in Germany
ISBN 3-548-60395-5

Für Erik/c, für die guten Zeiten …

I Ashe

1

Rückblickend mache ich das Wetter dafür verantwortlich. Mitte Juli war etwas gründlich schief gegangen. So, als wäre London durch ein Erdbeben südwärts geglitten und am Äquator hängen geblieben. Ich halte mich mittlerweile für einen vorausschauenden, reflektierten, ja sogar verantwortungsvollen Menschen. Wenn es nicht so heiß gewesen wäre, hätte ich vielleicht einen kühlen Kopf bewahrt und mich um meine eigenen Angelegenheiten gekümmert. Denn was man auch vorbringen konnte, eines war gewiss: Tom Ashes Probleme hatten nichts mit mir zu tun.

Es war fast halb zwölf in der Nacht und immer noch so heiß, dass ich nur eines im Sinn hatte: nach Hause zu kommen. Mein alter Volvo-Kombi steckte in der Nähe der Highbury Corner im Verkehr fest, der um diese Uhrzeit dort nicht hätte existent sein dürfen, und ich konnte spüren, wie mir der Schweiß die Wirbelsäule hinunterlief und mein neues Kleid am Rücken festklebte. Keine Reinigung der Welt würde das feine Seidenkleid mit dem Blumenmuster in genau den taufrischen Zustand zurückversetzen, in dem ich es vier Stunden zuvor angezogen hatte, um Barnabas' Geburtstag zu feiern. Meines Vaters. Vierundsiebzigsten.

Die Pubs machten zu, die Gäste strömten an der Holloway Road auf die Bürgersteige. Sie mussten den ganzen Abend geschwitzt und eisgekühltes Bier getrunken haben, alle Mann hoch. Oder Frau. Eine Gestalt schwankte am

Bordstein und meine Scheinwerfer erhellten einen Moment lang ein geblendetes, schwitzendes Gesicht: Ich vollführte instinktiv einen Schlenker, um eine Katastrophe zu vermeiden. Hinter dem Fußgängerüberweg am Bahnhof kurbelte ich das Fenster herunter und hoffte, der Fahrtwind würde ein bisschen zur Abkühlung beitragen. Aber die Hitze hatte einen Deckel von Ozon und Abgasen auf die Stadt gedrückt. Als der Geruch mir in die Nase stieg, kurbelte ich das Fenster wieder hoch.

Eine rote Ampel brachte mich vor der öffentlichen Bibliothek zum Stehen und ich ertappte mich bei dem Wunsch, erneut das Fenster zu öffnen. Für mich wäre das in Ordnung gegangen – ich bin dreiunddreißig und widerstandsfähig genug –, doch ich war nicht allein. Im Kindersitz neben mir döste Ben, halb nackt, die Glieder lang ausgestreckt und benommen von der Hitze. Bevor die Wagen sich wieder in Bewegung setzten, beschloss ich wohl zum zwanzigsten Mal in diesem Monat, mein geliebtes, zwanzig Jahre altes Auto gegen ein neues einzutauschen. Ich wollte Abgasfilter, Klimaanlage und all den Schnickschnack, den Londons faszinierendstes Kind in diesem langen Sommer brauchen konnte.

Natürlich hätte er längst zu Hause sein müssen. Ich hatte mit dem Gedanken gespielt, ihn bei seinem Babysitter zu lassen. Doch Barnabas' Billigung seiner Abwesenheit wäre wohl dergestalt gewesen, dass es allen das Essen verdorben hätte. Wenn es denn möglich sein sollte, dann ist Barnabas noch verrückter nach Benjamin David Hoare als ich. Und das will einiges heißen.

Der Himmel hatte die Farbe von dunklem Schlamm angenommen und wurde von Lichtreflexen durchzuckt. Es hatte wochenlang nicht geregnet, doch als ich zum Abbiegen von der Hauptstraße den Blinker setzte, trafen ein paar ölige Tropfen auf die Windschutzscheibe und bahnten sich in einem Rinnsal ihren Weg durch den Staubfilm. Bis zur George Street wurden es immer weniger, bis sie schließlich ganz ausblieben. Hätte ich erst einmal das neue Auto, würde ich gen Norden fahren. Das war mal sicher. Vielleicht nach Lappland.

Schweißgebadet quetschte ich den Wagen in eine Lücke am Bordstein und hievte mich auf den Bürgersteig.

Das Erdgeschoss meines Hauses aus dem frühen neunzehnten Jahrhundert ist zu einem Geschäft umgebaut, wo ich den Lebensunterhalt für Ben und mich verdiene. Die goldenen Buchstaben auf dem Schild leuchteten gedämpft im Licht der Laterne auf der gegenüberliegenden Straßenseite: *Antiquariat Dido Hoare.* Das Schaufenster ist von zwei Eingängen flankiert. Der auf der Linken war mein nächstes Ziel.

Neunzig Sekunden, um zur Wohnung im ersten Stock zu gelangen. Eine Minute, um Ben in sein Bettchen unter das offene Fenster in meinem Schlafzimmer zu legen – oder zwei Minuten, falls er aufwachte. In etwa viereinhalb Minuten beabsichtigte ich nackt mit einem Glas Wasser – nein, einer *Flasche* Wasser – auf meinem Bett zu liegen. Bens schlafendes Gesicht wirkte im Licht der Laterne ganz friedlich. Ich schnallte den Sitz los, zog ihn aus dem Wagen und ächzte schwitzend über die Straße. Wie konnte er an einem Abend so viel Gewicht zugelegt haben?

Das Straßenlicht warf einen dunklen Schatten auf den Eingang, so dass ich erst in einer Entfernung von etwa einem halben Meter die unförmige Gestalt dort sah. Eine Sekunde lang dachte ich, jemand hätte einen Sack mit Müll auf meiner Schwelle abgeladen. Dann machte ich einen Fuß aus. An einem Körper: wahrscheinlich von einem Betrunkenen. Der vielleicht auf der Lauer lag – mein Herz machte einen Satz. Oder tot war. Ich wich zurück. Das Naheliegendste war, sich in den Laden zurückzuziehen und vom Büro aus die Polizei zu rufen. Das Vorhaben, ins Bett zu gehen, rückte in mittlere Distanz. *Verdammt!* Tatsächlich steckte mein Schlüssel schon im Schloss, bevor mein mitleidiges Gewissen übernahm: So – irgendein armes, heimatloses Kind hatte es gewagt, sich zum Schutz vor der Nacht auf meine Schwelle zu verkriechen? Und ich war so *vornehm*, dass ich es *verhaften* ließ?

Londons Straßen sind heutzutage voll von Obdachlosen. Und viele von ihnen sind noch Kinder. Wenn man sie wirklich genau ansieht, kann man es kaum ertragen. Ich schwankte. Der Schweiß, der mir das Kinn hinablief, legte mir nahe, dass ich nur noch das Baby nach oben bringen wollte, wo auch feuchte Handtücher, Kaltgetränke und das Bett auf mich warteten.

Soweit ich sehen konnte, rührte sich die Gestalt nicht. Ich schlich zurück zum Fuß, machte mich auf den Geruch von Alkohol gefasst, war überrascht über sein Ausbleiben, quetschte mich an den Beinen entlang und fasste behutsam an die Tür. Der Lichtschalter war direkt hinter dem Türrahmen.

Und dann erkannte ich ihn, auch wenn er seinen Kopf in der Armbeuge vergraben und sein Gesicht von mir abgewandt hatte. Ergeben streckte ich den Arm aus und berührte seine Schulter. Einen pulstreibenden Moment lang gab es keine Reaktion. Dann schien es, dass die Gestalt noch mehr zusammensackte, und ich hörte das Rasseln eines mühsam gehenden Atems. *Verdammt noch mal!*

Ich stellte den Babysitz direkt hinter der Tür ab. »Mr Ashe?«

Nichts. Ich berührte seine Wange, fühlte die Wärme unter meiner Handfläche und überlegte, was ich tun sollte.

2

Sein Name war Tom Ashe. Er war letzten Dezember eines Morgens ins Geschäft gekommen. Zuerst war ich misstrauisch gewesen. Seine aus mehreren Schichten bestehende, schäbige Kleidung schien ihn als einen der hiesigen Obdachlosen zu kennzeichnen, vielleicht als einen der Gruppe, die ich oft in der Ecke vom Friedhof der Kirche St. Mary gesehen hatte, wo sie mit ihren tröstenden Weinflaschen und Bierdosen die Bänke besetzte. Offensichtlich übte sich der Pfarrer ihnen gegenüber in christlicher Nächstenliebe und die Polizei tolerierte sie, solange sie unter sich blieben. Allerdings hatte es auch kaum Sinn, sie zu verscheuchen: Sie hatten nichts, wohin sie hätten gehen können.

Während ich ihn an jenem Tag vom Schreibtisch in meinem kleinen Büro aus beobachtete, wanderte er zu meiner winzigen Klassikerabteilung und verweilte dort. Es war wohl das Beste, dachte ich, zu warten, bis er Langeweile bekam und von selbst verschwand. Außer natürlich, ich entdeckte, dass er sich die Innentaschen füllte. Wenn man einen Buchladen führt, ist man an den Umgang mit Dieben gewöhnt. Was ist nur an alten Büchern, dass die Leute denken, es sei kein Verbrechen, sie zu stehlen?

Also beobachtete ich ihn: Er war ein stämmiger, frisch rasierter alter Mann mit weißem Haar und sparsamen Bewegungen. Ich hätte ihn auf siebzig oder älter geschätzt, doch bei Obdachlosen ist das nicht so leicht: Sie altern schneller. Er schlich an den Regalen entlang und betrachtete die Titel auf den Buchrücken. Ich sah, wie er mit dem Zeigefinger an dem Brett entlangfuhr. Das Buch, für das er sich schließlich entschieden hatte, war nur eine billige Studienausgabe von Thukydides. Er blätterte langsam die Seiten durch und hielt das Buch dabei auf Armeslänge von sich gestreckt, als brauchte er eine Lesebrille.

Ich kann nicht gerade sagen, dass viele meiner Kunden am Peloponnesischen Krieg interessiert sind, geschweige denn, dass sie in klassischem Griechisch darüber lesen können, also amüsierte ich mich darüber, wie ich mich durch das Erscheinungsbild hatte täuschen lassen.

Er hatte etwas gesagt. Ich fragte: »Wie bitte …?«

»Ich sagte, ich gab früher Unterricht darin.«

Ich antwortete lahm: »Oh, ach so«, und korrigierte mein Bild: Lehrer in klassischen Sprachen an einem längst verschwundenen Gymnasium, Pension, die entweder nicht mit der Inflation mitgehalten hatte oder vertrunken worden war …

Er sprach weiter, während ich mir das Bild ausmalte. »Ich schätze, Sie sind Dido Hoare?« Seine Stimme schien vom nachlässigen Londoner Akzent, in dem die Konsonanten verschluckt werden, hinüberzuwechseln zum Middle-Class-Ton aus alten Unterrichtstagen – seine Stimme umschmeichelte lateinische Wörter, setzte sie behutsam wie gläserne Kleinodien, und es dauerte einen Augenblick, bevor ich erfasste, was er sagte:

> … *in freta dum fluvii current, dum montibus umbrae lustrabunt convexa, polus dum sidera pascet, semper honos nomenque tuum laudesque manebunt* …

Ich hatte ihn wohl mit offenem Mund angestarrt, denn er zog eine Grimasse und deklamierte: »Einst, mächtige Königin, war ich ein Trojaner. Doch Troja ist nicht mehr, wie soll ich mich nun nennen?« Seine blassblauen Augen starrten mich an.

Zufällig kannte ich beide Passagen. Die höhere Mädchenschule in Oxford hatte uns mit den Grundlagen klassischer Bildung vertraut gemacht und in dem Jahr, in dem wir mit Virgils *Aeneis* begannen, musste ich mir einige Hänseleien gefallen lassen. Der Marlowe war wenigstens ein paar Jahre später gekommen, wo ich mich bereits besser gewappnet hatte: oder damit abgefunden, dass meine Eltern mich »Dido« genannt hatten, nach der Königin von Karthago, welche Aeneas verlassen hatte, um wichtigeren männlichen Zielen zu folgen, wie zum Beispiel Rom zu finden.

Und Ashe kaufte sogar das Buch.

Natürlich kannte ich damals noch nicht seinen Namen, aber er kam von Zeit zu Zeit wieder. Häufig ignorierte er mich, wanderte wie ein Geist durch die Regalreihen. Dann wieder war es, als wäre bei ihm ein Schalter umgelegt worden, der ihn in die reale Welt zurückbrachte, und an diesen Tagen sprachen wir über Bücher – wenn ich nicht gerade mit anderen Kunden zu tun hatte –, und schließlich verriet er mir seinen Namen, wobei er mich aus dem Augenwinkel heraus beobachtete.

Andere Informationen gewann ich nach und nach. Tom Ashe konnte nicht nur das klassische Griechisch und Latein lesen, sondern auch Arabisch; und er übersetzte mir sogar einmal den Titel eines persischen Kunstbuchs, das sich in einem Auktionsposten mit unterschiedlichen Büchern befunden hatte und nun näher bestimmt werden musste, um mit einem Preis versehen zu werden.

Wenn jemand anderer in den Laden kam, verstummte er und schlich sich von dannen. Eines Morgens schien es mir, als würde er hinter der mittleren Regalreihe einen anderen Kunden verstohlen beobachten, so als versuchte er sich zu erinnern, wo er ihn schon einmal gesehen hatte. Wenn mein Vater da war – Barnabas kam nach Bens Geburt immer häufiger, mit der Entschuldigung, dass ich zu schwach (oder auch zu beschäftigt) war, um ganz allein ein Geschäft zu führen –, dann verschwand Ashe immer, das hatte ich schon bemerkt. Ich nahm an, er war ein wenig verrückt.

Aber er schien immer etwas Geld zu haben. Er kaufte im Verlauf der Monate noch einige Bücher: meist lateinische Poesie oder billige Reiseberichte, Nachdrucke der Klassiker Thesiger, Burton oder Robert Byron – nichts, was mehr kostete als ein paar Pfund. Und ich nahm ihn schließlich als das, was er zu sein schien: als einen verarmten, pensionierten Oberschullehrer, der nur einen Schritt von den Leuten auf dem Kirchhof entfernt und nicht ganz von dieser Welt war. Einer der vom Leben Versehrten.

Als ich mich über die reglose Gestalt beugte, kam mir noch etwas anderes in den Sinn. Am Silvesterabend des vergangenen Jahres hatte ich ein paar Flaschen Sherry in meinem Büro bereitgestellt, um davon meinen Stammkunden anzubieten. Ashe war gegen halb fünf hereingeschlichen, gerade, als ich beschlossen hatte, zuzumachen, und ich hatte ihm ein Glas angeboten; doch er hatte es zurückgewiesen. Vielleicht hatte mein Gesicht Überraschung verraten, jedenfalls warf er mir einen kurzen Blick zu, zog die Schultern unter der Schicht von einer alten Strickjacke, einem abgetragenen Jackett und einem fleckigen Wintermantel hoch und verkündete mit tonloser Förmlichkeit: »Ich bin Alkoholiker. Ich trinke nie etwas.« Und ich hatte mich für mein Angebot entschuldigt, obwohl es für mich keinen Anlass gab, von diesem Umstand zu wissen. Statt des Sherrys bot ich ihm ein fast neues Taschenbuch an – Thubrons *Chinesische Reise* –, das er mit einem rätselhaften Gesichtsausdruck annahm, der sowohl Dankbarkeit als auch Amüsement bedeuten konnte. Jedenfalls: Was auch immer mit der reglosen Gestalt auf meiner Schwelle geschehen sein mochte, es war höchst unwahrscheinlich, dass sie sich bis zur Bewusstlosigkeit betrunken hatte.

Weshalb ich ratlos war.

Mein Zögern wurde von einem Laut unterbrochen, der halb Stöhnen, halb Röcheln war, und so beugte ich mich vor und suchte am knochigen Handgelenk eine Ader, um den Puls zu fühlen. Ich meinte, unter den vielen Kleiderschichten ein Erschauern gespürt zu haben. Als ich ihm eine Hand auf die Stirn legte, bemerkte ich, dass sie schockierend heiß war.

Wenn ich in all den Jahren doch immer fleißig zu den Pfadfinderinnen gegangen wäre, anstatt Latein zu lernen, hätte ich besser gewusst, was mit dem Bewusstlosen auf meiner Türschwelle zu tun war. Eigentlich wollte ich nur über die liegende Gestalt steigen, die Tür hinter ihr schließen und Ben und mich ins Bett verfrachten. Aber stattdessen musste ich meinen kranken Kunden in ein Krankenhaus bringen.

Ich hockte mich neben die Gestalt.

»Mr Ashe – können Sie mich hören? Ich bin's, Dido Hoare. Bleiben Sie ruhig liegen. Ich rufe einen Krankenwagen. Es kommt alles in Ordnung.«

»Nein!«

Ich dachte, ich hätte mich verhört. »Keine Sorge, ich gehe nur telefonieren …«

Eine Hand schoss hervor und griff nach dem Saum meines Kleides. »Bringen Sie mich heim.«

Heim? Ich bemühte mich, höflich zu bleiben, und hörte, wie meine Stimme sehr akzentuiert sagte: »Sie sind krank. Sie liegen hier vor meinem Laden auf der Straße. Vielleicht hatten Sie einen Herzanfall.« Ich dachte oft an Herzanfälle, seit mein Vater beinahe durch einen gestorben wäre. »Ich werde jetzt einen Krankenwagen rufen.«

Ich spürte einen Ruck, dann zog sich der alte Mann hoch und lehnte sich aufrecht sitzend gegen die Mauer. Seine wässrigen Augen blickten an meinem Ohr vorbei, flackerten dann und konzentrierten sich auf mein Gesicht. »Es wird schon wieder. Ich gehe nicht ins Krankenhaus. Helfen Sie mir aufzustehen.«

Seine andere Hand griff an meinen Arm und wir beide richteten uns gemeinsam auf, ich zog und Ashe stützte sich auf mich und strengte sich an. Als er stabil zu stehen schien, konnte ich auf die kleineren Details wie den Geruch eines ungewaschenen Körpers in meiner unmittelbaren Nähe achten. Ich löste mich von ihm und sagte zaghaft: »Ich glaube, Sie müssen eine Art Anfall gehabt haben. Sie sollten zu einem Arzt gehen.«

Die Hand, die erneut hervorschoss und nach meinem Ellbogen griff, wirkte keineswegs schwach. »Ich sagte nein! Ich weiß, was los ist. Zu Hause habe ich Medizin. Ich werde den Bus nehmen.«

Eine Sekunde bevor ich es ausgesprochen hatte, wusste ich schon, dass ich »Ich fahre Sie« sagen würde, doch ich war zu müde, um mich zu stoppen.

»Ja? Gut«, sagte er und schwieg. Der Griff an meinem Arm wurde entschlossener; ich dachte, er versuchte, nicht umzufallen.

Ich seufzte. »Ich bringe Sie zum Wagen und dann hole ich Ben.«

Ashe wich zurück und ich erkannte, dass er sich nicht mehr erinnern konnte.

»Das Baby«, sagte ich mit zusammengebissenen Zähnen.

Ich konnte von Glück sagen, dass er so klein war, denn ich selbst bin nur eins fünfundfünfzig groß – obwohl mich das ewige Schleppen von Kartons mit alten Büchern von und zu Messen und Auktionen fit hält. Er jedenfalls war zu schwach, um längere Strecken zu gehen. Ich zwängte eine Schulter unter seine Achselhöhle und manövrierte ihn über die Straße und auf den Rücksitz meines Wagens, wo er schweigend zusammensackte. Ich war nicht sicher, ob er noch bei Bewusstsein war. Dann ging ich zum Babysitz zurück. Ben schlief immer noch friedlich. Zumindest einer spielte hier mit.

Erst als ich den Motor angelassen hatte, fiel mir ein, dass ich keine Ahnung hatte, wohin ich fahren sollte. Der Mann hinter mir war so still, dass ich dachte, er sei bewusstlos, bis ich ein Flüstern hörte.

»Wohin?« Ich versuchte, mit scharfer Stimme seine Benommenheit zu durchdringen.

»Horsell Road ...«

Irgendwie hatte ich mich schon vor Monaten, als er mich die Königin von Karthago genannt hatte, auf diesen Unsinn eingelassen. Fast hätte ich »Krankenhaus« gezischt, aber ich dachte, ich könnte es ja mal versuchen, denn zufällig kannte ich die Straße. Es war nicht weit – und zudem einfacher zu erreichen als das nächste Krankenhaus, das noch über eine Notaufnahme verfügte. Doch als ich von der Holloway Road abbog und den Wagen in der schmalen Straße mit den hohen, viktorianischen Reihenhäusern zum Stehen brachte, saß Ashe still und reglos da. Es war fast Mitternacht und aus ein paar vereinzelten Fenstern schien noch Licht, aber aus keinem von ihnen schallte es: *Hier ist es ...*

Als ich mich umwandte, hatte er erneut das Bewusstsein verloren. Einen Moment lang lauschte ich seinem rasselnden Atem. Als ich seinen Namen flüsterte und keine Antwort bekam, legte ich den ersten Gang ein und machte mich auf den Weg zur Notaufnahme des Whittington.

3

Bei Tageslicht, als ich vor dem weit geöffneten Fenster in meiner Küche saß und Ben feierlich sein Frühstücksfläschchen beendete, mochte ich kaum über die vorhergegangene Nacht nachdenken.

Mr Spock posierte auf einem seiner Lieblingsplätze auf dem Kühlschrank, putzte sich die Ohren und blickte dazwischen immer wieder wohlwollend auf uns hinab. Aus irgendeinem Grund brachte mir sein Anblick an diesem Morgen den Mann in Erinnerung, der meiner rotgetigerten Katze den Namen gegeben hatte. Ich denke nicht mehr sehr häufig an Davey – meinen Ex-Mann. Bens Vater, der arme Davey.

Nach Davey hatte sich vieles verändert. Zunächst einmal, höchst offensichtlich, war da Ben, das Letzte, was Davey für mich getan hatte, bevor er umgebracht wurde. Ein Kind ist eine faszinierende und intime Angelegenheit, die alles ausfüllt und einem nicht nur permanente Müdigkeit, sondern auch eine seltsame Vergesslichkeit gegenüber allem anderen beschert. Ein Jahr zuvor war ich noch die unabhängige, mittellose und überraschend schwangere Besitzerin eines recht vielversprechenden Antiquariats mit zu wenig Kapital gewesen. Barnabas, der sich gerade von einem Herzanfall erholte, hatte meine Hauptsorge gegolten. Er und Davey aber hatten all das gemeinsam verändert, obwohl Davey seinen Beitrag zu meinem Glück sicher nicht geplant hatte. Beide waren der Grund, warum ich in der Lage war, an einem fortgeschrittenen Julimorgen gemütlich meinen Kaffee in der renovierten Küche meiner Wohnung zu trinken und zu warten, bis Phyllis, Bens Babysitterin, kam, so dass ich nach unten schlendern und ein bisschen arbeiten konnte. Davey verdankte ich zwar eine unbequeme Hinterlassenschaft, doch hatte ich schon vor langer Zeit beschlossen, dies zu akzeptieren und zu glauben, dass am Ende alles gut werden würde.

Meine Gedanken wanderten von der alten Sorge zu der näher liegenden – der unvollendeten Aufgabe der letzten Nacht. Ich musste im Krankenhaus anrufen und nachfragen. Jetzt.

Als das Telefon im Wohnzimmer klingelte, legte ich mir Bens klebrigen, schlaffen Körper über die Schulter und ging, um den Hörer abzunehmen. Und wie meistens, war Barnabas der erste Anrufer des Tages. Wir begrüßten uns und dann musste ich ihm versichern, dass das Baby die Party gut überstanden hatte.

»Und du?« Ich konnte Argwohn aus seiner Stimme heraushören. »Du klingst so seltsam. Bist du sicher nach Hause gekommen? Du hast es doch wohl hoffentlich nicht übertrieben?«

Ich zögerte lange genug, um mich über die komische Vorstellung zu amüsieren, dass mein dreiundsiebzig-, nein vierundsiebzigjähriger Vater sich Sorgen machte, ob seine mehr als erwachsene Tochter auch früh genug ins Bett kam; dann beschloss ich, dass meine Geschichte zu gut war, um verschwiegen zu werden.

»Du hättest natürlich einen Krankenwagen rufen müssen. Was wäre gewesen, wenn der alte Junge dir weggestorben wäre?«

Ich sagte: »Das tat er nicht und ich habe alles perfekt hingekriegt.«

»Was hatte er denn?«

»Ich weiß nicht. Fieber.«

Barnabas schnaubte durch die Leitung in mein Ohr und wollte mir damit vermitteln, dass der Grund wohl eher im Alkohol oder irgendeinem anderen Laster läge und dass er das wohl nicht extra zu sagen bräuchte, weil wir nämlich dringende Verabredungen zu treffen hätten. Er sollte am Nachmittag den Laden übernehmen, weil ich zu einer Bücherauktion ging.

Barnabas ist vor neun Jahren von seinem Lehrstuhl für Anglistik in Oxford emeritiert worden. Er vermisst das universitäre Leben, die Streitgespräche und Gegnerschaften, und deshalb betrachtet er es als sein Hobby, den Laden zu hüten, wo er seiner Leidenschaft für Bücher frönen kann. Und anderen Vorträge über Bücher halten. Nur, dass sein Publikum jetzt aus meinen bemitleidenswerten Kunden und nicht mehr aus Studenten besteht. An diesem Tag hatte er außerdem das Privileg, Ben nach seiner frühen Abendmahlzeit zu hüten, falls ich noch nicht wieder zu Hause war, bevor Phyllis ging.

Als alles Wichtige besprochen war, verfrachtete ich Ben und sein Fläschchen auf das Sofa und startete selbst einen Anruf. In der Krankenhauszentrale brauchte man einige Minuten, um Ashe einer Station zuzuordnen. Dann gab ich mich gegenüber der zweiten Stimme als Bekannte aus, die Ashe in der Nacht zuvor gebracht hatte.

Das Zögern hätte mich warnen sollen. »Ich rufe mal die Schwester«, sagte die Stimme schließlich und ich konnte noch einmal ein, zwei Minuten Däumchen drehen, bis ich hörte, dass der Hörer aufgenommen wurde.

»Ich bin Schwester Fletcher«, sagte eine Stimme nach erneutem Zögern. Es war eine tiefe Stimme mit jamaikanischem Akzent, worauhin ich mir ihre Besitzerin als große, mütterliche und beruhigende Schwarze vorstellte und mich entspannte. »Wir müssen unbedingt die nächsten Angehörigen finden. Sind Sie mit Mr Ashe verwandt?«

Ich versicherte ihr, dass Mr Ashe meines Wissens nach keine Verwandten hatte, sonst hätte er sicherlich mal von ihnen gesprochen. »Ist er tot?«

Sie wirkte erschrocken. »Großer Gott, nein! Es geht ihm heute Morgen schon viel besser. Aber er ist unruhig. Er mag uns nicht besonders und er sagt, er würde sich selbst entlassen. Wir brauchen jemanden, der ihn dazu bringt, zu bleiben, bis er wieder wohlauf ist – mehr nicht.«

Ich versprach, es zu versuchen oder zumindest dem Kranken den Namen einer Person zu entlocken, die mehr Einfluss auf ihn hatte als ich. Dann suchte ich mein ärmelloses, rosa Strandkleid und weiße Ledersandalen hervor und schlich gerade auf der Suche nach meiner Haarbürste auf Zehenspitzen durch mein Schlafzimmer, als ich die Haustür gehen hörte und danach Schritte, die meine Treppe heraufkamen.

»Dido? Bist du wach?«

Ich ignorierte die Tatsache, dass die Sprecherin meine Lebensgewohnheiten nur allzu gut kannte. »Phyllis? Schhhhh … er ist fast eingeschlafen.«

Phyllis Digby sagte: »Sehr schön«, und erschien wie ein Engel in der Tür.

Was genau die richtige Beschreibung ist.

Phyllis war eine ziemlich große, hagere, zähe Australierin mit rotblonden Haaren und Sommersprossen, etwa fünfzig Jahre alt, die sich vier Monate zuvor auf meine Anzeige gemeldet hatte, als ich schließlich kapituliert und mir selbst eingestanden hatte, dass ich mich unmöglich gleichzeitig um ein Geschäft, ein Baby und einen überängstlichen Vater kümmern konnte. Natürlich wusste ich, dass ich nie jemanden finden würde, dem ich im Ernst die Sorge um meinen Prachtsohn anvertrauen konnte. Aber Phyllis und Ben hatten sich während des Gesprächs sofort verstanden, so dass wir uns geeinigt hatten. Es stellte sich heraus, dass sie uns beide in ihre Obhut genommen hatte. Es war ein bisschen, als würde man von einer australischen Schullehrerin herumkommandiert. Man konnte es auch anders ausdrücken: Wir hatten entdeckt, dass wir einander vertrauten.

Ich erzählte ihr flüsternd von Tom Ashe und wurde leise auf den Weg geschickt. Aber was um alles in der Welt sollte ich tun, wenn ich erst einmal angekommen war?

Die Visiten waren bereits beendet, als ich die kleine Patientenschlange vor dem öffentlichen Fernsprecher in der Eingangshalle umrundete und die Tür zur Station aufstieß. Dort lagen zumeist alte Männer, die halb sitzend, halb liegend in ihren weißen Betten ruhten und auf eine geschrumpfte Welt starrten. Ein Fernseher, der auf einem hoch an der Wand angebrachten Regal thronte, zeigte eine Morgenrunde beim Talken, doch die Lautstärke war zu einem unhörbaren Grummeln gesenkt worden, so dass die Gesichter auf dem Bildschirm sinnlos lächelten und den Mund bewegten. Mich überkam einen Moment lang Panik, weil ich mich fragte, ob ich Ashe in dieser Ansammlung alter Knochenmänner wiedererkennen würde.

Eine Stimme hinter mir fragte mich: »Kann ich helfen?«

Ich erkannte sie vom Telefon. Ihre Besitzerin war wirklich schwarz, doch jünger als ich und dünn wie eine Fischgräte; aber ihr Namensschild wies sie als Schwester Fletcher aus.

Ich stellte mich vor. Sie bedachte mich mit einem Blick, der beunruhigend erleichtert wirkte. »Das zweite von hinten«, sagte sie und dann erkannte ich auch das Gesicht auf dem Kissen. Seine Augen waren geschlossen.

»Schläft er?«, fragte ich. Vielleicht konnte ich wieder gehen.

Ich hatte den Eindruck, einen Anflug von Amüsement zu entdecken. »Er muss zwar erschöpft sein«, sagte sie, »aber vor einer Minute noch war er wach und hat Theater gemacht. Keine Sorge – gehen Sie einfach hin. Er wird sich freuen, eine Freundin zu sehen.«

Ich schlich an einem Dutzend Augenpaare vorbei, die hoffnungsvoll über mich hinwegglitten und dann aufgaben, und zwängte mich auf einen Stuhl neben dem Bett. Der alte Mann sah seltsam gekämmt und gewaschen aus, wie – der Gedanke drängte sich mir auf und ich musste mich anstrengen, ihn zu verdrängen – wie eine aufgebahrte Leiche. Ich bemerkte das schwache Heben und Senken der Brust unter der Bettdecke und das Flattern der Augenlider und wartete, während mir mehr als bewusst war, dass ich schwitzte, dass die Luft auf der Station wegen der Hitze kaum auszureichen schien und dass der scharfe Geruch von Desinfektionsmitteln und die schal-süßen Ausdünstungen alter, kranker Körper sie zusätzlich anreicherten.

»Sie sind also gekommen.« Die Stimme war lauter, als ich erwartet hatte; sie ließ mich auffahren.

Ich versuchte, meine Überraschung mit der gestammelten Floskel zu überspielen, dass er schon viel besser aussähe.

Immer noch mit geschlossenen Augen ließ Ashe die Andeutung einer einseitigen Grimasse über sein Gesicht ziehen und wieder verschwinden. »Natürlich. Ich hab's doch gesagt – ein kleiner Anfall. Sie hätten mich nicht hierher bringen sollen. Mir geht es gut.«

Meine Duldsamkeit hat ihre Grenzen. Also sagte ich: »Schön! Ich freue mich, dass es Ihnen wieder gut geht. Denn gestern, als ich Sie fand, war das ganz sicher nicht der Fall! Sie lagen vor meiner Tür auf dem Boden. Ich konnte nicht wissen, was mit Ihnen los war. Sie brauchen mir nicht zu danken.«

»Ich habe eine gute Konstitution«, sagte er in etwas versöhnlicherem Ton. »Für mein Alter eine sehr gute. War ich bewusstlos? Das ist gar nicht gut.« Er zögerte. »Hatte ich irgendetwas bei mir?« Als er mich anblickte, bemerkte ich erneut, dass er hinter meinen Kopf sah, bevor er sich auf mein Gesicht konzentrierte. Ich hatte den Eindruck, dass er möglicherweise Probleme mit den Augen hatte. Entweder das oder er fürchtete jemanden zu sehen, der sich hinter meinem Rücken verbarg.

»Ich sagte: Haben Sie ein Paket gefunden?«

Ich teilte ihm mit, dass er gar nichts bei sich gehabt hätte, als ich ihn fand, und kam auf mein eigentliches Anliegen zurück: »Ich sehe heute Nachmittag mal nach Ihrem Paket und ich bringe Sie nach Hause, wenn es Ihnen gut genug geht.«

»Ach ja?«, sagte er und hustete. »Ich bin bereit. Holen Sie meine Sachen.«

Ich stand auf. »Nicht jetzt. Sie sind immer noch sehr schwach.« Ich konnte hören, dass ich im selben Tonfall mit ihm sprach wie mit meinem Vater, wenn er störrisch sein wollte. *Dido* ... Dann sah ich, dass er verstohlen die Beine unter der Decke bewegte und versuchte, zu einem Entschluss zu kommen, ob ich die Wahrheit sagte. Doch in diesem Augenblick fiel mir auch wieder die Bitte der Stationsschwester ein, so sagte ich noch: »Ich bin ohnehin auf dem Weg zu einer Auktion. Schauen Sie, ich werde morgen um dieselbe Zeit wiederkommen. Wenn es Ihnen dann gut genug geht, bringe ich Sie nach Hause. Ruhen Sie sich einfach mal aus: Denn ich möchte nicht, dass Sie auf dem Rücksitz meines Wagens sterben, klar?«

»Ich werde im Moment nirgendwo sterben«, sagte er grantig. »Vielleicht das nächste Mal, wer weiß. In Ordnung, vierundzwanzig Stunden halte ich es noch aus.« Er schloss erneut die Augen und lag ruhig da, während ich ein, zwei dümmliche Bemerkungen losließ, die ihn aufheitern sollten. Als ich meine Pflicht getan hatte, rappelte ich mich auf und ging. Warum hatte ich das sichere Gefühl, dass er nur so tat, als schliefe er, um nicht mehr mit mir reden zu müssen?

Ich entdeckte Schwester Fletcher beim Sortieren der Krankenblätter in einem kleinen Raum bei den Aufzügen und klopfte an das Glas ihrer Tür.

»Haben Sie ihm etwas Vernunft beigebracht?«, fragte sie und verharrte mit ihren Händen über den Krankenblättern.

Ich antwortete, dass ich nicht sicher sei. »Er will, dass ich ihn nach Hause bringe. Ich versprach ihm, morgen wiederzukommen.« Dann zögerte ich, weil ich nicht wusste, was ich als Nichtverwandte erwarten durfte. »War es ein Herzanfall?«

Sie blickte überrascht auf. »Was? Nein, keineswegs. Sein Herz ist vollkommen in Ordnung, von daher droht keine Gefahr. Er hatte nur einen leichten Malariaanfall.«

Ich sah sie mit offenem Mund an. *Malaria?*

»Er sagte, er habe sie sich im Nahen Osten geholt, direkt nach dem Krieg. Er meint wohl den Zweiten Weltkrieg, oder? Wir haben rasch das Fieber gesenkt und in ein paar Tagen wird er über das Schlimmste hinweg sein. Er ist jetzt außer Gefahr. Er ist auch ziemlich robust.«

Ich zuckte mit den Schultern und bemerkte, dass ich ein dümmliches Lächeln aufgesetzt hatte. Als ich meine Gesichtsmuskeln wieder unter Kontrolle hatte, sagte ich, ich hoffte, er würde sich jetzt benehmen, und versprach, in vierundzwanzig Stunden wieder da zu sein.

Und dann verdrängte ich das Ganze und eilte zum Wagen, weil ich nur noch fünfzig Minuten hatte, um zu den Auktionsräumen in Mayfair zu kommen. In der Tat kam ich gerade noch rechtzeitig, um hineinzurennen und für den ersten Posten mit Pamphleten aus der Französischen Revolution zu bieten, welcher auch den Text enthielt, den ich bereits an einen New Yorker Händler weiterverkauft hatte. In der Eile bezahlte ich zwanzig Pfund mehr dafür als geplant und verlor damit fast meinen ganzen Gewinn. Dann verbrachte ich den Rest des Arbeitstages damit, mich um meine geschäftlichen Angelegenheiten zu kümmern. Denn bei Lichte besehen war das Schicksal von Tom Ashe nicht meine Angelegenheit.

Vielleicht hätte ich noch einmal im Krankenhaus anrufen sollen, doch es schien mir nicht notwendig. Ich hatte meine Nummer hinterlassen und nahm an, man würde mich benachrichtigen, falls irgendetwas wäre. Es ist eine Grundannahme von mir, dass das, was passieren sollte, auch passiert. Ich hätte es wirklich besser wissen müssen.

4

Der Besucherparkplatz war voll, deshalb musste ich das Risiko eingehen, den Volvo auf der gelben Linie auf der Hauptstraße abzustellen. Ich glaubte nicht wirklich daran, dass Ashe schon in der Lage war, das Krankenhaus zu verlassen, aber ich konnte ihm auch eindeutig nicht einen so langen Weg zumuten, wenn er darauf bestand zu gehen.

Auf der lang gestreckten Station herrschte an diesem Tag mehr Betrieb. Ich war spät dran, das Hilfspersonal rollte bereits die Servierwagen in die Zimmer und verteilte Tabletts mit dem frühen Mittagessen und Tassen Tee aus einer großen Thermoskanne. Ich warf rasch einen Blick auf eines der Tabletts: Trotz der Hitze gab es eine Art hellbraunes Gulasch. Sicherlich würden sie Ashe nicht mitten im Essen packen und gehen lassen. Ich bahnte mir einen Weg an den Servierwagen vorbei und steuerte sein Bett an.

Erst als ich kurz davor war, bemerkte ich, dass es leer war. Das Nachttischchen war ebenfalls ausgeräumt. Selbst der Besucherstuhl war entfernt worden.

Ich hielt eine der Ausbildungsschwestern an, die auf dem Weg zu einem blinkenden Signallicht war. »Wo ist Mr Ashe? Es geht ihm doch nicht schlechter, oder?«

Sie wirkte geistesabwesend und blieb nur gerade lange genug stehen, um zu antworten: »Ich weiß nicht. Können Sie im Schwesternzimmer nachfragen?«

Damit war sichergestellt, dass er nicht gestorben sein konnte. Nicht, ohne dass sie davon wusste. Ich lenkte meine Schritte zu dem kleinen Raum an der Ecke, wo die Schwester immer noch Krankenblätter zu sortieren schien. Wahrscheinlich eine Berufskrankheit. Ich hatte den Eindruck, dass sie sich versteifte, als ich im Türrahmen erschien.

»Wo ist er?«

»Mr Ashe ist vor zwei Stunden gegangen.« Die Verärgerung war unverkennbar. »Er hat sich nach der Morgenvisite selbst entlassen.«

Ich hatte mich genug unter Kontrolle, um Einzelheiten zu verlangen. Ja, sagte sie, er war in schlechter Stimmung aufgewacht, hatte den Morgen in einem Wechselbad aus Schmollen und Trotzen verbracht und (offensichtlich) jedermanns Geduld ein wenig über Gebühr strapaziert. Am Ende hatte der Arzt ihm ein Rezept gegeben, ihm jedoch geraten, noch einen Tag zu bleiben.

»Aber er tätigte nach dem Frühstück einen Anruf und sein Sohn kam …«

»Sein *was*?«

»Nun, ich schätze, es war sein Sohn. Sie sprachen kurz miteinander, dann ging der Mann und wartete im Raucherzimmer auf ihn. Danach nahm Mr Ashe seine Sachen, unterschrieb das Entlassungsformular und ging ebenfalls.«

»Zusammen mit dem anderen Mann?«

»Ich hatte zu tun«, erklärte Mrs Fletcher mir überflüssigerweise, »aber ich schätze: Ja.«

Es schien wahrscheinlich. Wenn auch überraschend. »Also ging es ihm heute gut?«

Nein, sie habe nicht den Eindruck gehabt, dass es ihm schon gut genug ging, das Krankenhaus zu verlassen. Dr. Aziz übrigens auch nicht. Aber Ashe habe sich eben anders entschieden.

Innerlich aufstöhnend fragte ich: »Wohin ist er gegangen? Ich sehe lieber mal, ob ihm nichts fehlt.«

Ich konnte sehen, dass sie sich fragte, was ich mit ihm zu tun hatte. Ich sparte mir eine Erklärung, und nach einem Augenblick durchstöberte sie einen großen Stapel großer Karten und zog eine hervor, die neuer aussah als die meisten. »Arlington House.«

Bei mir klingelte etwas, aber ich wusste nicht genau, warum.

»Arlington Road. Camden Town. Es ist ein Hospiz für obdachlose Männer.«

Natürlich! Ich erinnerte mich an das große Backsteingebäude direkt gegenüber vom Wochenmarkt. »Ja, richtig. Danke. Es tut mir Leid ...« Warum meinte ich, mich für ihn entschuldigen zu müssen? Das launische Verhalten Tom Ashes lag wohl kaum in meiner Verantwortung.

Wir verabschiedeten uns mit gemäßigter Freundlichkeit und ich war schon ein paar Schritte zum Haupteingang gegangen, als ich sie rufen hörte: »Miss?«, und mich umdrehte. Sie folgte mir rasch und hielt etwas in die Höhe. »Das hätte ich fast vergessen – ich habe es ihm nicht zurückgegeben. Es steckte in seiner Tasche, als er eingeliefert wurde. Würden Sie es ihm bitte geben?«

Sie streckte mir etwas entgegen: einen großen Schraubenzieher, etwa dreißig Zentimeter lang, mit einem dicken, schwarzen Plastikgriff. Das flache Ende war scharfgefeilt worden.

Ich sagte begriffsstutzig: »Das steckte in seiner Tasche?«
Sie nickte schweigend.

»Wie konnte er dieses Ding in seiner Tasche haben? ... Stimmt hier etwas nicht?«

»Er hatte ein kleines Loch im Futter.«

Ich zeigte ihr deutlich, dass ich sie nicht verstand.

»Das Metallende wird durch das Loch gesteckt und hängt innen im Futter, und der Griff bleibt in der Tasche, wo man ihn leicht erreichen kann. Passen Sie auf, dass Sie sich nicht verletzen! So was haben einige auf der Straße bei sich, zur Verteidigung. Sehen Sie, einige meinen, das sei besser als ein Messer. Genauso nützlich, aber weniger gefährlich – wenn die Polizei einen Schraubenzieher findet, macht sie kein Theater, sondern konfisziert ihn einfach.«

Ich schloss meinen Mund, bevor ich etwas wirklich Dummes sagen konnte, wie zum Beispiel, dass Mr Ashe nicht so einer war. Was wusste ich schon über ihn? Vielleicht hatte er jede Nacht eine Schlägerei. Oder sein Hobby waren Holzarbeiten.

Ich stampfte zum Wagen zurück, bevor ich ein Knöllchen bekam, vollzog schlecht gelaunt einen missratenen Wendekreis quer über die Straße und fuhr in Richtung Camden Town, wo ich glücklicherweise eine leere Parkuhr fand, die nur zwei Straßen vom Hospiz entfernt war. Aus diesem Grunde war ich auch nicht mehr ganz so schlecht gelaunt, als ich gegenüber vom Wochenmarkt ankam und die zersprungenen Betonstufen zum Eingang hinauflief.

Neunzig Sekunden später stieg ich mit einem erneuten Anfall schlechter Laune die gleichen Stufen wieder hinunter. Der Mann hinter dem Fenster am Empfang hatte mir mehr als deutlich beschieden, dass kein Tom Ashe hier wohnte oder jemals dort gewesen oder ihm auch nur entfernt bekannt sei, und dass es überhaupt keinen Zweck habe, ihn anzubetteln, mal im Register nachzusehen, weil er es bereits definitiv wisse. Offensichtlich hatte Ashe im Krankenhaus eine falsche Adresse angegeben. Natürlich konnte ich nun, wenn ich wollte, ein paar Stunden auf der Straße stehen und den Eingang beobachten, für den Fall, dass Ashe auf dem Weg hierher war. Oder ich konnte den alten Mann in Ruhe lassen, da es ja den Anschein hatte, das sei genau das, was er wollte. Wenn Tom Ashe das nächste Mal krank wurde, konnte er sich einen anderen Idioten suchen, der ihn herumkarrte.

Auf dem Wochenmarkt war ein Stand, wo es sieben Nektarinen für ein Pfund gab. Ich kaufte vierzehn, so war meine Fahrt wenigstens nicht ganz umsonst gewesen. Die Sonne knallte an diesem Tag wie gehabt und ich sehnte mich langsam nach meinem eigenen, angenehm schattigen Laden, wo ich damenhaft sitzen und mich durch eine kühle Brise streicheln lassen konnte, die durch die geöffneten Türen dringen würde, während ich auf intelligente Buchliebhaber wartete, die hereinkommen und Bücher kaufen würden. Echte, wertvolle antiquarische Bücher, die wirklich Geld brachten, keine Studienausgaben oder Reiseführer im Paperback.

Schweißtropfen rannen mir den Nacken hinunter. Ich ging zum Stand zurück und kaufte noch eine Wassermelone.

Und dann bemerkte ich jemanden, der aussah wie Ashe und der sich durch die Scharen von Kauflustigen hindurch von mir entfernte. Er verschwand, als ich versuchte, ihm zu folgen.

Das war nicht meine Sache!

Ich wischte mir den Schweiß vom Kieferknochen, drehte mich um und ging zurück zum Wagen, wo meine Parkuhr gerade ablief. Auf den Anblick von Tom Ashe konnte ich eine Weile ganz gut verzichten.

II Auf den Spuren von Tom

1

Sonntagmorgen tat ich so, als hätte ich Wichtiges zu tun und Entscheidungen zu treffen. Um elf Uhr hörte ich damit auf und überdachte noch einmal die Lage. Ich hatte vier Stunden dafür gebraucht, um ein Baby und eine Katze zu füttern und das Geschirr zu spülen. Außerdem konnte ich mich vage daran erinnern, dass ich ziemlich viel Kaffee getrunken hatte und in der Wohnung herumgestrolcht war, um Fenster zu öffnen, auf Backsteinwände zu starren, die bereits in der Sonne glühten, und mich mit geschlossenen Augen und leerem Kopf auf Stühle plumpsen zu lassen.

Die schlimmsten Phantome sind die, die sich an einen dranhängen und sagen, dass man es hätte besser machen sollen.

In der Nähe gaben die Glocken von St. Mary ein blechernes Geräusch von sich. Man hatte sie eine Zeit lang nicht mehr läuten lassen, weil zu befürchten stand, dass der Kirchturm einfallen würde; doch in jüngster Zeit dominierten mehr Gelassenheit (und Gottvertrauen), so dass wir in regelmäßigen Abständen misstönend daran erinnert wurden, dass die Zeit verstrich.

Da war irgendwo etwas, das ich schnell tun musste.

Ich ging ins Bad, um mir das Gesicht zu waschen, und verschwendete weitere Minuten damit, mich einer kritischen Inspektion vor dem Spiegel zu unterziehen. Ich untersuchte mein dunkles, recht ungebärdiges Haar auf Anzeichen frühzeitigen Ergrauens, konnte jedoch nur feststellen, dass es einen Haarschnitt benötigte. Spitzes Kinn, ganz netter Mund, unspektakuläre Nase, Augen in einer Art blutunterlaufenem Haselnussbraun, Zähne vollzählig … Ich blickte mich streng an. Da stand ich nun, dreiunddreißig Jahre alt seit dem letzten Februar und auf dem abschüssigen Weg ins mittlere Alter, was machte ich also in meinem engen Bad und versuchte, nicht an Tom Ashe zu denken?

Ich konnte hören, dass Ben im Schlafzimmer aufwachte und beschloss, ein bisschen zu quengeln. Er zahnte. Ich war nicht ganz sicher, wie viel von seiner Quengelei auf meine eigene Neigung zum Grummeln zurückzuführen war.

»Augenblick!«, rief ich ihm zu. »Wir gehen gleich nach draußen! Kinderwagen! Highbury Fields! Wir werden unter einem Baum sitzen, ich werde Eis essen und du kannst mal kosten.« Entscheidungen zu treffen fühlt sich an, als käme man einen Schritt voran.

Als ich aus der Haustür trat, wollte ich wirklich durch die Seitenstraßen Richtung Norden gehen. Ich hatte mich auch dann noch nicht anders entschieden, als ich mich ertappte, wie ich mit dem Kinderwagen einen weiten Bogen beschrieb, der auf einem breiten, sonnenbeschienenen Abschnitt der Upper Street endete, wo der Verkehr stockte.

Mitten in einer alle Rekorde brechenden Hitzewelle und dazu noch gegen Mittag war die Upper Street die reine Hölle. Die Gegend ist »in« geworden, seit ich hierher gezogen bin, und überall wimmelte es von schwitzenden Fußgängern mit Designer-Sonnenbrillen, die inmitten der Autoabgase einen Schaufensterbummel machten, obwohl sie offensichtlich niemand dazu zwang. Ben wurde still. Ich füchtete zuerst, dass er vom Kohlenmonoxid ruhig gestellt worden wäre, doch als ich nachsah, starrte er in höchstem Entzücken um sich. Ich entschied, dass er wahrscheinlich über psychologische Massenphänomene reflektierte. Erst als ich durch das Eingangstor des Friedhofs von St. Mary bog, erkannte ich, dass ich diesen Weg eingeschlagen hatte, weil ich der schwachen Erinnerung nachjagte, Tom Ashe einmal hier gesehen zu haben.

Wir betraten den Friedhof, der die Kirche auf drei Seiten umgibt. Die Grabsteine waren entfernt und am Rand aufgestapelt worden, so dass nur noch weite Rasenfläche zu sehen war, allerdings mit Ausbuchtungen von dem, was darunter lag, dazu ein paar Gemeinschaftsgräber hinter der Ostwand. Alte Linden warfen große Schattenflächen auf den Rasen. Aus der Kirche zog nur schwach vernehmbar ein Choral über das Gelände. Zu meiner Linken war ein flaches Oval gegraben, gepflastert und mit Steinbänken umgeben worden. Dort fand ich, wonach ich gesucht hatte: die kleine Gruppe hier ansässiger Trinker. Schon vom Tor aus konnte ich sehen, dass Tom nicht unter ihnen war. Andererseits hatte ihn vielleicht jemand seit der Krankenhausepisode gesehen und ich hoffte, man konnte mir sagen, wo ich ihn finden würde. Ich zögerte, doch nur einen Moment, und dann hievte ich den Kinderwagen über einen Bordstein und schob ihn in die Arena.

Vielleicht dachte ich, Ben würde meine Eintrittskarte sein. Polizisten und Sozialarbeiter tauchen doch eher selten mit Säuglingen auf. Zwei von dem Dutzend wettergegerbter, angetrunkener Gestalten, die es sich auf den Bänken bequem gemacht hatten, waren Frauen. Ein Mädchen mit stacheligem, blondem Haar und so dünn, dass fraglich war, ob es überhaupt die Kraft hatte, den Arm zu heben, erblickte uns zuerst. Sie ging vor Ben in die Hocke und streckte eine magere, schmutzige Hand aus, um einen seiner nackten Füße zu berühren. Es war eine vorsichtige Geste, so als ob sie befürchtete, ihre Finger könnten ihn verletzen, und ich wagte kaum, mir vorzustellen, was hinter dieser Vorsicht steckte. Dann lehnten sich ein paar von den anderen vor und man hörte beifälliges Gemurmel: Ist er nicht süß? Ein niedliches Kind, sieh nur, die blauen Augen, wie alt ist er, meine Liebe?

Einer der Männer, ein schwitzender Trinker mit gebrochener Nase und einem dunkelroten Feuermal auf einer Seite seines Gesichts, brachte bedächtig seine Dose Bier unter der Bank in Sicherheit, erhob sich schwankend und steckte umständlich eine Zehn-Pence-Münze in Bens Faust. »Das bringt Glück«, sagte er mit dem Anflug eines Geordie-Akzents.

Eine alte Frau mit dünnem, grauem Haar rief: »Sie sollten ihn nicht zu lange in der Sonne lassen, meine Liebe. Nicht mal im Schatten, denn in diesem Alter bekommen sie leicht einen Sonnenbrand.«

Das war mein Stichwort.

»Ich suche hier nur jemanden. Einen Freund. Einen alten Mann namens Tom. Tom Ashe. Kennen Sie ihn? Ich wollte fragen, ob ihn jemand heute ... oder gestern ... gesehen hat.«

Die ältere Frau sah mich verwirrt an. Eins ihrer Augen war von einem Film überzogen und blind. »Tom?«, sagte sie laut. »Kennt hier jemand einen Tom?«

Eine Stimme sagte: »Ich kenne Tom. Das Kind arbeitet normalerweise an der U-Bahn-Station Angel.«

›Arbeiten‹ – hieß das ›Betteln‹? »Mein Freund ist ein alter Mann. Siebzig oder so.« Ich dachte rasch nach. »Mit weißem Haar. Klein – nur ein bisschen größer als ich. Er mag Bücher. Liest viel. Er war vor ein paar Tagen krank und musste für zwei Nächte ins Krankenhaus. Ich mache mir Sorgen, ob es ihm auch gut geht.«

Der Mann mit dem Feuermal schüttelte den Kopf.

Krank, für ein paar Nächte ins Krankenhaus: Das kam jeden Tag vor. Die anderen murmelten etwas, zuckten die Achseln und verloren langsam das Interesse.

Die beiden Frauen aber blieben aufmerksam. Die Ältere hatte zwar auch den Kopf geschüttelt, blickte uns aber immer noch an. Ich sprach sie direkt an. »Wenn er sich hier blicken lässt – Tom Ashe –, sagen Sie ihm bitte, dass die Frau vom Bücherladen nach ihm gefragt hat? Bitte.«

Sie richtete ihren Blick auf Ben. »Er kommt nicht hierher. Wir kennen ihn nicht.«

Ich war bereit, ihr das abzunehmen, denn Ashe war wirklich nicht so wie diese Leute hier. Ich konnte ihren Anblick kaum aushalten: Sie waren einfach zu traurige Gestalten.

Sie suchte wieder ihren Platz auf der Bank auf und schob einen der Männer beiseite, der sich dort breit gemacht hatte. Einer der anderen gab ihr eine Flasche und sie wandte ihre ganze Aufmerksamkeit dem Getränk zu. Jemand sagte etwas, das ich nicht verstehen konnte, und Gelächter kam auf.

Das spindeldürre Mädchen hockte immer noch vor Ben. Die beiden starrten einander feierlich an.

»Ich bringe ihn jetzt besser nach Hause«, murmelte ich. »Es ist zu heiß hier für ihn. Bis später mal.«

Sie bewegte sich nicht. Ich zog Ben langsam zurück.

2

»Lass das doch!«, rief Barnabas scharf. »Er wird es dir nicht danken – dieser Tom Ashe. Wer zum Teufel ist das eigentlich?«

Wer *war* er? »Ich weiß es nicht«, sagte ich. »Du musst ihn

doch gesehen haben – er war schon ein paar Mal hier, als du kamst.«

Mein Vater unternahm einen liebenswürdigen Versuch, sich zu erinnern.

»Ein alter Mann. In deinem Alter, mit weißem Haar. Ungefähr eins sechzig groß. Er sieht aus wie jemand, der auf der Straße lebt – weißt du – mit vielen Lagen schäbiger Kleidung übereinander. Er kommt her und liest und redet nicht viel.« Ich schwieg. Was konnte ich noch sagen? Er war fast wie jeder andere ganz normale, alte, ärmliche Kunde und es konnte durchaus sein, dass er meinem Vater nie über den Weg gelaufen war. »Barnabas, er liest fließend Latein und Griechisch – nur zum Vergnügen. Er war wirklich krank, als ich ihn ins Krankenhaus brachte, aber zwei Tage später hat er eine falsche Adresse angegeben und ist verschwunden. Ich habe mich nur gefragt, ob es ihm gut geht.«

Mein Vater blickte mich mit einem Gesichtsausdruck an, in dem Zuneigung und Verärgerung miteinander kämpften, um mir zu sagen, dass ich ein gutmütiges Kind war, das lernen musste, sich um seine eigenen Angelegenheiten zu kümmern. Ich stimmte dem zu, obwohl das in meinem Alter kaum noch wahrscheinlich war. Ich habe meinen Teil an Verantwortlichkeiten und der scheint meine Neugierde eher zu begünstigen.

Wir waren im Büro im hinteren Teil des Ladens. Mein Vater hatte sich am Packtisch niedergelassen und war umgeben von den schwankenden Türmen der Bücher, die ich für meinen Herbstkatalog herausgesucht hatte. Ich zog in der Zwischenzeit weitere Bücher aus den Regalen, um sie auf die Türme zu legen, während ich mit halbem Ohr auf das Babyphon lauschte, das uns mit dem Schlafzimmer verband, wo Ben sich dem triumphierenden Schlaf hingegeben hatte – und anscheinend noch hingab –, welcher dem Durchbruch eines neuen Zahns folgt. Meine Erleichterung wurde überschattet von der Erkenntnis, dass wir dieselbe Erfahrung noch zwei Dutzend Male durchstehen mussten. Man hätte doch denken können, dass unsere Spezies mittlerweile ein besseres System entdeckt haben würde.

Selbst bei dieser Hitze trug Barnabas seine altmodische Akademikeruniform, die aus Tweedjackett und Cordsamthose bestand. Sein einziges Zugeständnis an das aktuelle, ganz und gar unbritische Wetter waren die fehlende Krawatte und der nun offen stehende oberste Knopf seines weißen Hemdes. In dem Versuch, ihn vor einem Hitzschlag zu bewahren, hatte ich die Tür zum Hof weit aufgerissen.

Zwischen seinen Vorhaltungen über meine Unbesonnenheit stellte Barnabas auf sechs mal acht Zentimeter großen Karteikarten die Katalogeinträge zusammen. Ich versende vier oder fünf Kataloge pro Jahr, meist für die in- und ausländischen Universitätsbibliotheken, die das Rückgrat meiner Kundenliste bilden. Ich verkaufe Bücher auch im Laden und auf Buchmessen: obwohl ich schon lange vor Bens Geburt in der Lage war, auf die außerhalb von London liegenden Messen zu verzichten und mich auf die große, monatlich stattfindende im Russell Square zu konzentrieren. Im vorangegangenen Jahr verkaufte ich für eine Menge Geld einen Plutarch aus dem sechzehnten Jahrhundert: Von daher begründet sich mein aktueller Wohlstand. Seitdem ist mein Sachbearbeiter bei der Bank höflich geworden und mein Buchhalter markiert seine Rechnungen nicht mehr mit »Mehr als überfällig«. Ich habe die Bestände des Ladens aufgefüllt und ihn somit in ein mit angemessenem Kapital versehenes und ziemlich einträgliches Geschäft umgewandelt, das nicht nur eine Erwachsene und ein Kind, sondern auch eine vorlaute, rotgetigerte Katze ernähren kann.

Und Barnabas erstellt meine Kataloge. Er hat sein ganzes Leben lang mit alten Büchern gearbeitet. Nachdem er im vergangenen November sein Buch über Liebeslyrik aus der Tudorzeit beendet hatte, ernannte er sich zu meinem stellvertretenden Geschäftsführer und Chefkatalogersteller. Zunächst hatte ich angenommen, dass er sich rastlos fühlte, weil er zum ersten Mal seit 1945 kein Forschungsprojekt mehr hatte. Aber dann bekam ich den Eindruck, dass ihm das Geschäft Spaß machte. Meine Kataloge wurden nach und nach berühmt für ihren schrulligen Humor, was die postalischen Verkäufe keineswegs beeinträchtigte.

Ich beschloss, das Thema zu wechseln. »Ernie sollte doch heute Morgen auftauchen. Jetzt ist er ungefähr anderthalb Stunden zu spät.«

»Willst du, dass ich ihm eine Armbanduhr kaufe?«, erkundigte sich mein Vater mild. »Oder ihm mal beibringe, wie man eine Uhr liest?«

»Es ist nur, weil er zu Fuß unterwegs ist«, sagte ich. »Ich habe dir doch gesagt, dass er immer zu Fuß geht. Wahrscheinlich läuft er heute Morgen von Kilburn hierher.«

»Eigenartig altmodisch für einen so jungen Mann«, sagte Barnabas kaum hörbar. »Wie auch immer, du kannst gehen. Wenn er hier ist, komme ich schon mit ihm zurecht. Du bringst hier jetzt doch nichts zustande. Du machst mich eher nervös, wenn du hier so herumzappelst. Geh und sieh nach, ob mit dem Baby alles in Ordnung ist. Oder kauf dir ein neues Kleid. Mach was, das dich aufmuntert.«

»Ich bin ganz munter«, log ich und ging.

Ben schlief immer noch. Ich stellte das Babyphon ab und holte mir ein Glas Mineralwasser aus dem Kühlschrank. Mr Spock hatte es sich in der relativen Kühle des Wohnzimmers auf einem Sessel bequem gemacht und nichts von Interesse zu verlautbaren. Ich setzte mich zu ihm, schloss die Augen und fragte mich, warum ich so niedergeschlagen war, wo doch alles in meinem Leben so offensichtlich gut lief.

Bei diesem Wetter konnte sich niemand wohl fühlen.

Ich ging nur zum Fenster, um nachzusehen, ob es nicht noch weiter zu öffnen war. Die Sonne knallte fast senkrecht auf die George Street und an der Häuserfront gegenüber war nur ein dünner Schattenstreifen zu sehen. Gleißendes Licht fiel auf den Bürgersteig und zwischen den Häusern hatte sich der Dunst von den Autoabgasen gefangen.

Am Ende der Straße verschwand eine Gestalt mit weißem Haar um die Ecke. Ich lehnte mich gefährlich weit aus dem Fenster, aber sie war weg. Es war Tom Ashe gewesen.

Warum war er denn nicht in den Laden gekommen?

Als ich lange genug gewartet hatte, um mich daran zu erinnern, dass es mich nicht im Geringsten anging, was er tat, rief ich Paul Grant an.

Ich kannte Paul nun schon seit mehr als einem Jahr. Er war der Detective Inspector, der »DI«, unserer Polizeiwache, der nach einem Einbruch in meinen Laden aufgetaucht war und gleich einen schlechten Start hinlegte, weil er mir ein bisschen zu deutlich vermittelte, dass er mich des Versicherungsbetrugs verdächtigte. Später war unsere Beziehung weitaus mehr als beruflicher Natur. Aber Paul war verheiratet. Mehr oder weniger. Ich hatte eine Zeit lang gebraucht, bis ich es herausfand, und danach fühlte ich mich, als wäre ich in die Probleme anderer Leute eingedrungen. In letzter Zeit war außerdem eine gewisse Gezwungenheit zwischen uns aufgekommen. Vielleicht spürte er, dass unsere Beziehung eigentlich eine unhaltbare Komplikation war. Vielleicht kam er auch einfach nicht mit meiner Schwangerschaft zurecht. Mit Ben.

Da ich von der Zentrale eine Zeit lang in der Warteleitung gehalten wurde, während sie versuchten, ihn zu finden, konnte ich in aller Ruhe darüber nachdenken, ob ich in Bezug auf meine Motive, ihn zu kontaktieren, ganz aufrichtig war.

»DI.« Einen Moment lang verwirrte mich der vertraute, gebellte Gruß. Er klang schroffer als in meiner Erinnerung. »Hallo?«

»Hi. Hier ist Dido.«

Er zögerte nur kurz. »Hallo. Wie geht es dir? Schön, von dir zu hören.« Sein Ton verriet, dass er gerade inmitten von etwas steckte und nicht viel sagen konnte. Na dann ...

Ich erklärte ihm, mir ginge es gut, uns allen ginge es gut. »Ich brauche deine Hilfe, wenn du einen Augenblick Zeit hast.«

Er sagte: »Ich bin gerade in einer Besprechung. Ich muss dich zurückrufen. Kannst du mir eine halbe Stunde geben?«

Das konnte ich und so verbrachte ich die nächsten vierzig Minuten in einem unbehaglichen Wartezustand, wahrscheinlich deswegen, weil wir uns schon eine ganze Weile lang nicht mehr gesehen hatten. Als das Telefon schließlich klingelte, sagte Pauls Stimme ohne Umschweife: »Wir hatten eine Schießerei und diese Sache macht uns noch alle verrückt. Was ist los? Wie kann ich dir helfen?«

Ich entschied, dass sein Ton ein zufriedenstellendes Maß an Besorgnis enthielt, und entspannte mich ein wenig. »Es ist nicht so ernst wie eine Schießerei, aber ich dachte, du könntest mir vielleicht helfen. Ich versuche, jemanden zu finden. Einen Kunden. Einen alten Mann namens Tom Ashe.«

Er hörte mir ohne Kommentar zu, bis ich meine Geschichte zu Ende erzählt hatte. »Bei dem Namen klingelt bei mir nichts. Ich kann im Krankenhaus anrufen, wenn ich Zeit habe, und ein paar Fragen stellen.«

Ich sagte, meiner Meinung nach wüsste man im Krankenhaus nichts, was man mir nicht erzählen wollte. »Ich hoffte eigentlich«, erklärte ich, »dass du deine Uniformierten bitten könntest, auf ihrer Streife nach ihm Ausschau zu halten.« Ich erzählte ihm von meinem Ausflug auf den Friedhof. »Ich meine nur, dass deine Leute wohl eher auf ihn treffen werden als ich.«

»Vielleicht.« Er hörte sich nicht gerade begeistert an und ich konnte mich wieder daran erinnern, warum ich ihn nur ungern um seine professionelle Hilfe bat. »Sieh mal, hast du denn einen echten Grund, ihn zu suchen? Wenn er dir ein Buch gestohlen hat und er hört, dass wir nach ihm herumfragen, dann haut er wahrscheinlich einfach ab. Du sagst, du hast ihn gerade vor deinem Geschäft gesehen?«

Ich versicherte Paul, dass meine Motive freundlicher Natur waren und Tom meines Wissens nach nichts Unrechtes getan hatte – ließ man mal außer Acht, dass er so ungesittet geflohen war, ohne mir für meine Fürsorge gedankt zu haben. »Es ist nicht so wichtig«, murmelte ich griesgrämig. »Er schien so krank zu sein. Ich würde nur gerne wissen, ob es ihm gut geht.«

Paul versprach, die Bitte weiterzugeben, doch konnte ich seine Zweifel hören. Er fragte mich nach Barnabas und Ben, und wir tauschten noch ein paar Höflichkeitsfloskeln aus, bevor ich auflegte.

Alles klar also. Ich würde Ashe nun aus meinem Kopf verbannen. Ich hatte alles in meiner Macht Stehende für ihn getan, genug jedenfalls, um aus mir einen größeren Narren zu machen, als er verlangt hatte. Wenn die Polizei ihn nicht aufstöberte, würde er vermutlich eines Tages in den Laden spaziert kommen, zum Regal mit den Klassikern oder den Reiseberichten gehen und alles wäre vollkommen in Ordnung.

Es war ein Fehler gewesen, mit Paul Grant zu sprechen.

Da Müßiggang aller Laster Anfang ist, wandte ich mich schlecht gelaunt der Küche zu. Mr Spock wachte auf und folgte mir, um zu erkunden, wie die Chancen für eine Zwischenmahlzeit standen, doch ich scheuchte ihn zum Fenster hinaus auf das Flachdach und machte mich daran, das schmutzige Geschirr zu spülen, Fettränder vom Herd zu entfernen und den Fußboden zu schrubben. Als der Raum schließlich unnatürlich sauber aussah, war ich schweißgebadet, doch meine Laune hatte sich nicht gebessert. Hatte ich wirklich nichts anderes zu tun als *Hausarbeit*? Ich warf einen Blick ins Schlafzimmer, stellte mich einen Moment ans Gitterbett, betrachtete Ben, der rosig und nackt bis auf die Windel vor sich hin schlummerte, und fühlte mich schon besser, was ich bereits vorher gewusst hatte. Ben prustete einmal herrlich verächtlich vor sich hin. Ich nahm es als unbewussten, aber dennoch wertvollen Kommentar zu meiner schlechten Laune und befahl mir, dankbar für mein Glück zu sein. Und ging, um mir ein Bad einzulassen.

3

Am späten Nachmittag erstreckten sich die Schatten schon über die Straße, aber es hatte sich dennoch nicht abgekühlt. Ich war im Geschäft. Barnabas hatte ich nach oben geschickt, damit er sich eine Tasse Tee machte und sich dann hinlegte. Ich hatte ihm versichert, dass Ben Gesellschaft brauchte. Jetzt saß ich zusammengesunken am Schreibtisch und versuchte mich genug zu konzentrieren, um Preise auf die Karten zu schreiben, die er vorbereitet hatte. Während ich gähnte, tanzten die weißen Rechtecke vor meinen tränenden Augen. Ich schlief fast ein und es musste mich eine volle Minute gekostet haben, bis ich bemerkte, dass jemand an meiner verschlossenen Tür rüttelte.

Eine gedrungene Schlägergestalt hörte auf zu klopfen und presste die Nase gegen das Glas. Ernie war doch noch gekommen. Ernie Weekes.

Er war letzten Herbst auf Empfehlung meiner alten Freundin Susie Bates aufgetaucht. Ernie hatte ein Wirtschaftsseminar an der Fachhochschule belegt, wo sie unterrichtete. Ich hatte mich beklagt, dass ich mit Computern nicht zurechtkäme und mit meinem Latein am Ende wäre, dazu zwei Wochen überfällig mit dem Winterkatalog. Sollte ich vielleicht immer und immer wieder von vorne anfangen? Ich war gewiss voll in Fahrt, als Susie mir mitteilte, dass sie eine Antwort auf mein Problem hätte: einen neunzehnjährigen Studenten aus Sierra Leone, der genau der Richtige war, um die Computerarbeiten für mich zu machen, für die ich ja so offensichtlich nicht geeignet war. Ernie, hatte sie erklärt, konnte Computer zum Singen bringen. Im Gegensatz zu mir, die sie nur dazu bringen konnte, in gerechtfertigtem Entsetzen zu erstarren. Ernie brauchte Geld, um die Studiengebühren zu bezahlen. Da war es nur angemessen, wenn ich ihm welches gab.

Als mir Susies Genie vorgestellt wurde, war mein unmittelbarer Gedanke, dass ihr gutes Herz wohl ihren gesunden Menschenverstand überwältigt hatte. Mein zukünftiger Angestellter sah aus wie ein Rausschmeißer in einer billigen Kaschemme. In seinen Turnschuhen war er ungefähr eins fünfzig groß und so breit wie hoch; und die Breite wurde nur durch Muskeln und Knochen ausgefüllt. Wenn man Ernie sah, läuteten sämtliche Alarmglocken, denn er war schwarz und trug den aktuellen Look von Streetboys, der aus ausgebeulten Jeans, Turnschuhen und kurzem Haar mit ausrasierten Streifen bestand. Er war nicht gerade jemand, dem man im Dunkeln begegnen wollte. Doch blickte man genauer hin, bemerkte man, dass auf dem Körper eines Ringers ein rundes Gesicht mit Kinderaugen und dem entschuldigenden Grinsen desjenigen saß, der um den Eindruck, den er machte, wusste und der hoffte, dieser Eindruck würde nicht gegen ihn verwendet.

Halb beruhigt war ich bereit, dieser nicht gerade vielversprechend wirkenden Person eine Chance zu geben: Und ich hatte kaum Zeit, mich umzudrehen, als ich schon entdeckte, dass meine Kundenliste und mein Warenbestand in einer Form in den Computer eingegeben worden waren, die so nachvollziehbar war, dass selbst ich damit arbeiten konnte. Und nicht nur das: Ernie hatte eine künstlerische Ader, was bedeutete, dass die Seiten meines Kataloges wirkten, als hätte ein Designer sie entworfen – und nicht mehr, als hielten nur blinde Hoffnung und Mehlschwitze sie zusammen. Ich war wider Erwarten beeindruckt. Das also hieß »Informationsrevolution«? Ernies Zeitverständnis blieb höchst individuell, doch andererseits war er in der Lage, die Schrift auf Barnabas' Buchkarten zu entziffern, und das wollte schon was heißen.

Ich schloss die Tür auf und öffnete sie weit, damit Ernie hineinspringen konnte. Er verpasste mir einen Schmatzer auf die Wange und ein »Wiegehtswiestehts?«, und ich sagte, alles gehe seinen gewohnten Gang, das allerdings langsam, und ich müsse nun dringend seine Aufmerksamkeit auf die Zeit lenken, denn ich hielte an der Vorstellung fest, spätestens in drei Wochen einen gedruckten Katalog zu versenden. Sein Blick sagte mir, dass dies ein Kinderspiel sein würde. Dann verwandelte er sich plötzlich in einen wohlerzogenen Jungen, der einer älteren Person seinen Respekt erweist, und ich beließ ihn in seinem konzentrierten Schweigen am Schreibtisch, während ich mich daranmachte, die Regale systematisch zu durchforsten.

Buchläden drohen, ganz wie öffentliche Bibliotheken, stets im Chaos zu versinken. Ende Juli bis Mitte August ist die ruhige Zeit in diesem Geschäft, die Zeit, den Laden zu schließen und Urlaub zu machen oder, in meinem Fall, sich den Aufgaben zuzuwenden, für die man die letzten Monate keine Zeit hatte. Das Geräusch, das Ernie im Büro mit der Tastatur erzeugte, schien irgendwie förderlich. Ich konnte hören, wie er durch die Zähne pfiff, während ich mich die Südseite des Ladens hinunterbewegte, falsch platzierte Bücher richtig einsortierte und diejenigen einsammelte, die ich auf Schäden, mögliche Ausbesserung oder erneute Auspreisung überprüfen wollte. Ich untersuchte gerade auf Knien die Seiten von Opies *Illustrations of Lying* und entschied, dass es mehr wert war als die 125 Pfund, die ich mit Bleistift hineingeschrieben hatte, als die kleine nepalesische Glocke über der Tür läutete und mir klar wurde, dass ich vergessen hatte, nach Ernies Ankunft wieder abzuschließen.

Ich öffnete schon den Mund, um den unsichtbaren Kunden wegzuschicken, hielt dann aber inne – schließlich ist ein millionenschwerer Kunde stets willkommen, selbst wenn der Laden geschlossen ist – und reckte meinen Kopf, um um das mittlere Regal herumzuspähen. Und hielt den Atem an.

Dort stand Tom Ashe. In seinem schäbigen Regenmantel. Darin musste die Hitze für ihn tödlich sein. An einer Hand baumelte eine Plastiktüte, eine meiner eigenen übrigens, die ich im vergangenen Frühjahr an Kunden ausgegeben hatte, eine ziemlich hübsche, umbrafarbene mit einer schwarzen Zeichnung von meinem Schaufenster darauf. In einer Nische meines Gehirns wurde die Meldung laut, dass ich weitere davon bestellen musste. Ashe stand einen Augenblick reglos da und blickte drein wie jemand, der kurzzeitig vergessen hat, wo er sich befindet, dann bewegte er sich langsam zu den illustrierten Büchern in der hinteren Ecke des Ladens. Ich wollte ihn schon ansprechen, doch ein träumerischer Ausdruck in seinem Gesicht hielt mich davon ab. Ich hatte das Gefühl, wenn ich etwas sagte, würde er sich umdrehen und verschwinden. In seinen Bewegungen lag eine Steifheit, die mich daran erinnerte, dass er schon ziemlich alt und auch ziemlich krank war.

Ich blieb, wo ich war, und flüsterte: »Hallo, Mr Ashe. Wie geht es Ihnen?«

Er versteifte sich, warf einen raschen Blick in meine Richtung und sah, dass ich auf dem Boden kniete. Ich musste es wohl geschafft haben, äußerst harmlos zu wirken. Ich sah, dass seine Augen flackerten und ihren Blickpunkt wieder einmal hin- und herschweifen ließen, bevor sie sich auf mein Gesicht richteten.

»Ja. Danke, recht gut«, sagte er schließlich. Seine Aufmerksamkeit wurde von den Geräuschen gefangen, die Ernie im Büro verursachte. Einen Augenblick lang sah er so aus, als wollte er sich zurückziehen, doch dann konnte er das Geräusch offensichtlich identifizieren.

»Ernie und ich räumen hier auf und machen den nächsten Katalog fertig«, sagte ich ruhig. »Sagen Sie mir, wenn ich Ihnen helfen kann. Sonst mache ich hier einfach weiter.«

Er sagte: »Ich suche etwas, was möglicherweise verloren gegangen ist«, und schlurfte dann zum mittleren Regal. Ich sah, wie er ein Buch herauszog, sich darüber beugte und langsam die Seiten umblätterte.

Es war wohl besser, wenn ich mich mit irgendetwas beschäftigte, damit er nicht bemerkte, dass ich ihn beobachtete. Ich konnte nicht sagen, warum, aber ich beobachtete ihn tatsächlich. Es lag etwas Seltsames in seinen Bewegungen. Nicht gerade etwas Verstohlenes, aber … Ich zog ein, zwei Bücher aus dem Regal und stellte sie wieder zurück, während ich meine Ohren auf die langsamen Bewegungen auf der anderen Seite des Ladens ausrichtete.

»Ihr Vater.«

Ich hörte seine Worte, dachte aber zunächst, ich hätte etwas überhört. »Barnabas? Er ist oben.«

»Barnabas«, sagte er. Es klang wie ein Echo. »Barnabas Hoare.«

Ich hörte auf, so zu tun, als arbeitete ich, und richtete mich äußerst langsam auf. Irgendetwas stimmte nicht mit ihm, irgendetwas war ganz und gar nicht in Ordnung. Ich ging vorsichtig nach links, um den alten Mann deutlicher zu sehen, und dachte bei mir, dass er seit unserem letzten Treffen sichtlich gealtert war. Zerbrechlich geworden.

»Möchten Sie ihn sehen? Meinen Vater?«

Er schüttelte den Kopf.

»Möchten Sie sich einen Moment hinsetzen? Ich kann den Stuhl aus dem Büro holen. Es ist so heiß …«

»In Ordnung«, sagte er.

Ich schoss ins Hinterzimmer, packte den zweiten Stuhl, schüttelte den Kopf, als Ernie den Mund öffnete, und ging zurück.

»Stellen Sie ihn dorthin«, sagte Ashe. Seine Stimme war weniger zittrig. Er wies auf die Ecke neben der Bürotür und ich stellte den Stuhl dort ab. Als er darauf zuging, waren seine Schritte auch weniger unsicher. Er ließ sich vorsichtig nieder, stellte die Tasche zwischen seinen Füßen auf den Boden und begann zu lesen. Ich erkannte, dass es sich um eine billige Anthologie mit Lyrik aus dem neunzehnten

Jahrhundert handelte, und zuckte im Geiste die Schultern. Nach ein paar Sekunden ging ich zur Eingangstür und drehte den Schlüssel um, damit nicht ein weiterer unerwarteter Kunde mein »Geschlossen«-Schild ignorieren konnte. Dann machte ich mich halbherzig wieder an meine Arbeit.

Ich wandte mich erst um, als ich hörte, wie er sich bewegte. Er war wieder aufgestanden und streckte mir die Plastiktüte entgegen.

»Für Sie.«

Ich sagte: »Oh, danke«, und nahm sie verunsichert.

»Ein Geschenk«, sagte er. »Zum Dank.«

Zuerst dachte ich, der Gegenstand in der Tüte wäre ein ziemlich leichtes, quadratisches Buch, doch als ich ihn herauszog, entpuppte er sich als Schachtel aus unlackiertem Weichholz. Sie strömte einen muffigen, leicht parfümierten Geruch aus, der mich an die Kleider alter Damen erinnerte. Der Deckel wurde von einem feinen Messinghaken festgehalten. Ich schob meinen Daumennagel darunter und hob ihn an.

»Vorsicht!«

Diese Warnung war nicht unberechtigt. Eine Hand voll vergilbter Zeitungsschnipsel drohte auf den Boden zu fallen. Ich jonglierte mit der Schachtel und den Schnipseln und sah, dass etwas Hartes und doch Biegsames unter der schützenden Papierschicht begraben war.

»Seien Sie vorsichtig«, wiederholte er; und ich sah, dass er seinen Blick auf das richtete, was ich in der Hand hielt. »Es ist alt.«

Ich balancierte die Schachtel behutsam auf meiner Handfläche, steckte die andere Hand hinein und holte den Gegenstand heraus. Ich spürte, wie mir die Kinnlade herunterklappte. Es war Schmuck, den ich in der Hand hielt, ein Halsband. Zwei Reihen graublauer, rechteckiger Perlen waren in regelmäßigen Abständen mit runden Perlen verbunden, von denen einige mattrot waren, andere aber gelbmetallisch und zudem noch mit kleinen, gelben Blättern. Der Verschluss fehlte. Das Stück wirkte gleichermaßen fein wie leicht primitiv, genau wie der Schmuck aus handgefertigten Perlen, den man auf Straßenmärkten kaufen konnte. Es war ein filigranes Schmuckstück, recht hübsch. Um genau zu sein, ziemlich hübsch. Jedenfalls ungewöhnlich.

Ich sagte: »Meine Güte. Wie bemerkenswert! Ist das indisch?«

»Aus dem Nahen Osten«, sagte er knapp. Er warf mir einen raschen Blick zu. »Alt. Ziemlich alt. Ich habe es nach dem Krieg in Ägypten gekauft.«

Ich fing an, die Perlen wieder mit ihrer schützenden Schicht aus Zeitungsschnipseln zu umgeben. Ich sagte: »Das ist sehr nett von Ihnen, aber ich habe nur das getan, was jeder in meiner Situation getan hätte.«

Er lachte sardonisch. »Haben Sie Angst, von einem alten Mann Schmuck anzunehmen? Ich versichere Ihnen, dass meine Absichten ehrenwert sind.« Sein Ton war spöttisch. »Was könnte mir das Halsband schon nutzen? Es sollte an einem sicheren Ort aufbewahrt werden.«

Plötzlich hatte ich die Vision vor mir, wie er diese Antiquität in einer zusammengerollten Decke von einem Ladeneingang zum nächsten schleppte, oder wo auch immer er im Moment campierte. »Ich könnte es für Sie aufbewahren«, sagte ich langsam. All meine Instinkte schrien Alarm. *Dido, was zum Teufel sagst du da? Du weißt doch gar nicht, woher er es hat!*

Er sah mich an und nichts Unstetes lag nun in seinem Blick. Er las wohl meine Gedanken. »Es ist mein Besitz, und wenn es mir gefällt, kann ich es Ihnen schenken. Behalten Sie es. Tragen Sie es. Da ist nur eines, um das ich Sie bitten möchte.« Seine Schultern schienen zu sinken, seine Miene wurde – ausdruckslos? Nein, ausweichend. »Ein Gefallen.« Er trat einen halben Schritt auf mich zu und streckte eine Hand aus, als wollte er seinen Worten mit einer Berührung mehr Nachdruck verleihen. »Eine Bedingung. Sie sollten es immer in dieser Schachtel aufbewahren, so wie es jetzt ist. Die Schachtel ist extra dafür gemacht worden. Es gehört dort hinein. Werden Sie das tun?«

Ich öffnete schon den Mund, um ihm entweder zu sagen, dass ich tun würde, worum er bat, oder vielleicht auch, dass ich das Geschenk nicht von ihm annehmen konnte oder wollte. Da klingelte das Telefon im Büro. Ich gab ihm die Schachtel und eilte am Stuhl vorbei. Ich musste mich erst an Ernie und dem Computer vorbeiquetschen und das Telefon vorsichtig von den ordentlichen Stapeln mit den Karteikarten nehmen, die den Schreibtisch bedeckten, bevor ich den Hörer abheben konnte.

Ich nannte den Namen des Ladens. Einen Moment war Stille: Der Anruf kam von einer öffentlichen Telefonzelle und jeder vergaß, den Knopf zu drücken, den man dort drücken musste.

»Ist dort Miss Hoare?«

Ich sagte, ich sei am Apparat, und verbrachte die nächste Minute damit, den namenlosen Anrufer darüber zu informieren, dass ich zwar bis Dienstag geschlossen hätte, jedoch erfreut wäre, ihn dann ab Mittwoch zwischen elf und sechs Uhr zu sehen. Wieder trat kurz Stille ein. Ich seufzte innerlich. »Suchen Sie nach etwas Besonderem?«

Die Stimme sagte: »Geschichtsbücher«, murmelte etwas und unterbrach die Verbindung. Irgendwie hörte es sich nicht danach an, als würde ich bei dem Anrufer den Verkauf des Jahres machen.

Kaum hatte ich den Hörer aufgelegt, bat Ernie mich, einen besonders irritierenden Schnörkel auf einer der Karteikarten zu entziffern. Ich brauchte einige Minuten, um herauszufinden, dass Barnabas sich auf das *Liber Facetiarum* von 1809 bezog. Latein war nicht gerade Ernies Stärke.

Als ich zurück zu dem Stuhl ging, lag dort nur noch das Buch, über das Ashe seinen Kopf gesenkt hatte, und seine kleine Schachtel. Der alte Mann und seine Plastiktüte waren verschwunden. Auf der Straße war ebenfalls keine Spur von ihm; er war rasch verschwunden und das auch noch so leise, dass ich noch nicht einmal die Türglocke gehört hatte. Als ich hinter ihm zuschloss, fragte ich mich, was für ein Spiel da eigentlich gespielt wurde.

»Ich habe dich nicht verstanden«, rief Ernie mir entschuldigend aus dem anderen Raum zu.

»Ich habe auch nichts gesagt«, gab ich zurück. »Vielleicht habe ich geflucht, aber das hatte nichts mit dir zu tun.«

»Hat der alte Knabe was mitgehen lassen?«, fragte Ernie und tauchte im Verkaufsraum auf. »Soll ich ihn mir schnappen?«

Einen Moment lang war ich in Versuchung.

»Er hat nichts mitgenommen«, sagte ich. »Eher im Gegenteil. Er hat etwas dagelassen.«

Ernie blickte auf die Schachtel in meiner Hand. »Ich könnte es ihm zurückbringen.«

Ich sagte: »Vergiss es. Ich gebe es ihm, wenn er zurückkommt. Vielleicht behalte ich es auch.«

Ich ging hinter Ernie ins Hinterzimmer und öffnete die unterste Schublade vom Schreibtisch. Als ich das irritierende Päckchen hineinschob, sah ich, dass Ashes Schraubenzieher auch noch da war. Noch etwas, bei dem ich entscheiden musste, ob ich es ihm zurückgab. Ich dachte noch darüber nach, als Ernie gähnte, sich streckte, den Computer ausmachte und aufbrach. Ich verriegelte die Hintertür, schaltete den Anrufbeantworter ein und schloss ab. Ich hatte eine Flasche Weißwein in meinem Kühlschrank, die einen guten Aperitif abgeben würde, und sie fing an, mich zu rufen.

Erst als ich die Tür zur Wohnung aufschloss, erinnerte ich mich an Paul. Ich würde ihn wohl anrufen und die Hunde zurückpfeifen müssen. Falls er überhaupt wirklich etwas in meiner Angelegenheit unternommen hatte. Aber Barnabas war oben und mir war nicht danach, dass er Zeuge meiner Entschuldigungen wurde. Leicht gequält ging ich zurück in den Laden und benutzte dort das Telefon.

Dieses Mal war er sofort dran. »Ich wollte dir danken und sagen, dass du dich nicht mehr um Ashe kümmern musst«, sagte ich rasch. »Er ist wieder aufgetaucht.«

Ich hatte den Eindruck, dass er eine Sekunde zögerte. »Ist alles in Ordnung mit ihm?«

»Ich schätze ja. Mehr oder weniger. Nicht so ganz ...«

»Hast du herausgefunden, wohin er nach dem Krankenhaus gegangen ist?«

Er fragte ein bisschen zu eifrig. Ich sagte: »Nein, darüber haben wir nicht gesprochen.«

Wieder ein Zögern.

»Warum?«

»Ich bin bloß neugierig. Sagst du mir auch die Wahrheit? Ich meine, hat er wirklich nichts gestohlen? Oder etwas Ähnliches getan?«

Langsam meinte ich ihn zu verstehen. »Du hast seinen Namen in den Computer eingegeben, stimmt's? Sucht ihr nach ihm? Hat er einen Eintrag?«

»Das kann ich nicht sagen.«

O ja, da stimmte etwas nicht. »Kannst du nicht oder willst du nicht?«

Dieses Mal hörte ich unterdrücktes Lachen. Aber er antwortete nur: »Ja.«

Ich dachte darüber nach. »Du wirst es mir also nicht sagen?«

»Nein, es ist nur ein bisschen merkwürdig.«

Ich sagte geduldig: »Was hast du über ihn herausgefunden?«

Dieses Mal zögerte er nicht. »Überhaupt nichts. Sein Name ist im Computer, aber die Einzelheiten fehlen. Ich glaube, so etwas habe ich vorher noch nie gesehen: Es ist ein so genannter SO-12-Eintrag.«

Ich wartete.

»Im Grunde ist das ein Verweis. Jeder, der etwas über ihn wissen will, soll zweimal darüber nachdenken, ob das wirklich nötig ist.«

»Und wenn es wirklich nötig ist?«

»Dann muss ich Scotland Yard kontaktieren.«

Ich merkte, dass ich mit dem Fuß auf den Boden klopfte. »Was um alles in der Welt soll das bedeuten?«

Ich hörte ihn wieder lachen. »Das darf ich dir nicht sagen.« Er lachte, als ich aufstöhnte. »Es ist keine große Sache. Wahrscheinlich hat er mal für uns gearbeitet. Vielleicht als Informant.«

Ich wechselte in meine Humphrey-Bogart-Stimme: »Ein Spitzel? Ein Singvogel?« Das passte nicht besonders gut zu dem Bild des pensionierten Lehrers, das ich mir von Tom Ashe gemacht hatte.

»Dido, was hältst du davon, wenn wir einen trinken gehen? Erinnerst du dich an den Pub drüben in Barnsbury mit den Modellflugzeugen über der Bar?«

Ich gab zu, mich daran zu erinnern.

»Ich komme heute erst spät hier raus, aber was ist mit morgen? Sechs Uhr? Ich könnte dich danach zum Essen einladen. Wenn du möchtest. Wir haben uns schon lange nicht mehr gesehen.«

Jetzt war es an mir, zu zögern. Vermutlich befand sich seine Ehe mal wieder in einer schwierigen Phase. Und wenn schon. Ich war alt genug, um auf mich aufzupassen. Verwirrend lebhafte Erinnerungen kämpften mit meinem gesunden Menschenverstand.

»Holst du mich ab oder treffen wir uns im Pub?«, fragte ich. Nachdem das geklärt war, schloss ich den Laden erneut ab und tanzte die Treppen hinauf, um Barnabas zu informieren, dass er für ein bisschen zusätzliches Babysitten vorgesehen war. Ich rechnete mir aus, dass es sehr gut passte, wenn er morgen Abend in der Wohnung war, denn ich hatte nicht die Absicht, dass der Drink zu mehr führte als zu ein paar angenehmen Stunden und der Erklärung, was SO 12 wirklich bedeutete. In Verbindung mit dem alten Mann ergab das Ganze nicht viel Sinn. Wirklich nicht.

III Tote Vergangenheit

1

Leichtfüßig strich jemand über mein Kopfkissen und ein mit Schnurrhaaren versehenes Gesicht senkte sich forschend über meine Nase: Mr Spock entließ Kommentare über das Wetter und das unerklärliche Ausbleiben des Frühstücks. Ich konnte hören, dass Ben in seinem Bettchen hinter der Kommode Selbstgespräche abhielt, doch er hörte sich zufrieden an, also schloss ich noch einmal die Augen und dachte nach.

In einer Hinsicht war der Abend zuvor ein Fehlschlag gewesen. Über Polizeivorgänge, computerisiert oder sonst wie, war ich kein bisschen schlauer. Mein Vorschlag, Paul könnte sich doch wirklich einmal mit der Abteilung SO 12 in Verbindung setzen, war nicht gerade begrüßt worden. Offensichtlich war meine Neugier kein hinreichender Grund für eine Untersuchung. Ich versuchte, diesen Standpunkt zu verstehen. Abgesehen von der wiederholten Aussage, die Bemerkung in Tom Ashes Eintrag würde wahrscheinlich bedeuten, dass er mal für sie gearbeitet hätte, war Paul ausweichend gewesen.

Also hatten wir eine recht angenehme Stunde damit verbracht, uns an einem Terrassentisch neben einem eingetopften Lorbeerbaum zu unterhalten. Dann waren wir auf die Terrasse eines spanischen Bistros bei Camden Town gezogen, wo wir Sangria tranken, kleine Leckereien wie Calamari und Chorizo aßen und uns ohne Probleme vorstellen konnten, unter einem Baum in Spanien zu sitzen. Es war wie in alten Zeiten. Ich ging spät und allein ins Bett.

Und um sieben Uhr morgens war ich eigentlich noch nicht bereit, dem Tag ins Auge zu blicken.

Im Schlafzimmer war es trotz des geöffneten Fensters schon wieder stickig.

Mr Spock stupste mir die Nase und ich brachte mich behutsam in eine sitzende Position, entschied, dass ich wahrscheinlich doch keinen Kater hatte, und kapitulierte vor der Notwendigkeit, mein Leben weiterzuleben.

Da es Mittwoch war, öffnete ich den Laden. Barnabas kam um elf und verschwand im Hinterzimmer, um Katalogkarten zu schreiben, und ich verbrachte die Zeit damit, auf der Trittleiter mit den Rollen zu stehen und die halb vergessenen Bücher auf den Bücherregalen in der Mitte abzustauben, als Ashe hereinschlich. Er trug seinen schmuddeligen Regenmantel und hatte die schon erwähnte Plastiktüte in der Hand. Ich sah, wie seine Augen mich ausmachten und dann im Laden umherschweiften.

»Da sind Sie ja wieder«, sagte ich unnötigerweise. »Wie geht es Ihnen?«

Als er den Kopf hob, konnte ich schon die Antwort auf meine Frage sehen. Seine wässrigen Augen blickten mich heute direkt an, nicht durch mich hindurch. »Besser. Es dauert nie länger als ein paar Tage.«

Das war nicht ganz das, was ich gemeint hatte, aber ich beließ es dabei. »Sie haben mich erschreckt«, wagte ich mich vor. »Es sah ziemlich schlimm aus, als ich Sie auf meiner Türschwelle fand.«

Er tat das mit einem gereizten Schulterzucken ab. »Ich bin daran gewöhnt. Habe es schon ziemlich lange, aber schon lange nicht mehr.« Er schien zu bemerken, dass mit dem Satz irgendwas nicht stimmte, und schüttelte gereizt den

Kopf. »Ich dachte, es wäre weg, aber es bleibt im Blut. Ich habe es mir im Nahen Osten geholt, 1946, als ich dort war.«

Erst jetzt bemerkte ich, dass dies erst das Zweite war, was er mir aus seiner Vergangenheit verraten hatte.

»Wie auch immer«, sagte ich lahm, »ich habe Sie wirklich zur Horsell Road gebracht, aber Sie konnten mir nicht sagen, welches Haus es war.«

Seine Miene veränderte sich. »Horsell Road? Was heißt das?«

»Wo Sie wohnen«, sagte ich und beobachtete ihn genau.

Er wandte sich ab. »Das haben Sie falsch verstanden. Ich wohne in Camden Town. In einer Pension.«

Ich öffnete den Mund. Und machte ihn wieder zu. Ich konnte mir nicht vorstellen, warum er log, außer meine ursprüngliche Annahme war doch richtig und er war einer dieser besessenen Ladendiebe, die heimlich in einem Rattennest voller gestohlener Bücher hausen. Da gab es ein oder zwei Fälle von Personen, die inmitten von Tausenden gestohlener Bücher erwischt worden waren – alle antiquarischen Buchhändler kennen diese Geschichten. Aber ich hätte schwören können, dass ich nichts vermisste, zumindest nichts, was ich seinen Besuchen zuschrieb.

Ich entschied, nicht weiter in ihn zu dringen, und zuckte ebenfalls die Schultern. »Ihnen geht's besser, das ist das Wichtigste. Aber was das Halsband betrifft …«

Er starrte mich an. »Es gehört Ihnen. Ich bezahle meine Schulden.«

Hinter mir ertönte ein Geräusch und wir fuhren beide nervös herum. Ich hatte Barnabas schon vergessen, aber er hatte die Stimmen gehört, stand in der Tür zum Büro und starrte Ashe an.

»Das ist mein Vater«, sagte ich. »Barnabas, dies ist Mr Ashe, der …«

Ich hielt inne. Irgendetwas in Ashes Gesicht hatte sich verschlossen und seine Augen fingen wieder an umherzuschweifen. Mich überkam der Eindruck, dass Ashe meinen Vater kannte. Doch hätte ich schwören können, dass Barnabas verwirrt war. Er trat einen Schritt vor und blickte auf den Besucher.

Und dann fiel mir wieder ein, dass Ashe mich nach Barnabas gefragt hatte.

Er wandte uns beiden abrupt den Rücken zu und schlurfte zur Ladentür, wo er einen Augenblick stehen blieb, ohne sich umzudrehen, und etwas so Unerwartetes sagte, dass ich mich verhört zu haben glaubte. »Baracke 8 – erinnern Sie sich?«

Dann muss er gegangen sein, aber ich starrte Barnabas an, der sich mit einer Hand am nächsten Regal abstützte, so dass mein Herz einen Moment lang aussetzte. Ich stieg rasch von der Trittleiter und eilte zu ihm.

»Was ist?«

»Brich dir nicht den Hals.« Mit ihm war alles in Ordnung. Doch wirkte er, als würde er auf eine Stimme in seinem Innern lauschen. »*Tom Ashe* ... Großer Gott – ich kenne ihn von früher!«

Der alte Mann war auf der Straße verschwunden. Ich ging, um den Riegel der Eingangstür umzulegen und das »Geschlossen«-Schild umzudrehen. Schluss für heute, es waren sowieso keine Kunden mehr da. Dann sagte ich: »Was ist Baracke 8?«

Barnabas antwortete langsam: »Ein anderes Leben.«

2

Wir setzten uns oben zusammen, der Ventilator war angestellt, um einen Luftzug durch die offenen Fenster des Wohnzimmers anzulocken, der Anrufbeantworter war eingeschaltet und eine Flasche Irish Whiskey, die ich immer für meinen Vater vorrätig habe, stand nun auf dem Couchtisch. Zwar schien nicht das richtige Klima für Whiskey zu sein, doch offensichtlich verlangte Baracke 8 einen gewissen Respekt.

»Du hast schon von Baracke 8 gehört«, murmelte er, »du hast es nur vergessen. Herrgott, ich hätte es ja selbst fast vergessen.«

Ich nahm mein Glas, das Barnabas recht großzügig gefüllt hatte, und wartete.

»Bletchley. Vor fünfzig Jahren – nein, mehr. Als du noch klein warst, hat dich die Geschichte nicht losgelassen.«

Aber natürlich! *Erzähl mir vom Krieg, Daddy …*

»Ich ging einundvierzig nach Oxford. Ich wollte zur Air Force, aber es hieß, ich hätte ein Problem mit der Lunge, also beschloss dein Großvater, dass ich genauso gut weiterstudieren konnte. Ich machte ein paar Prüfungen und dann meinte mein persönlicher Tutor … wir hatten damals persönliche Tutoren und dieses eine Mal erwies sich der alte (ich erinnere mich nicht mehr an seinen Namen), erwies sich der alte Knabe als nützlich.«

Ich erinnerte mich wieder. »Er hat dich angeheuert. Du hast mir von deiner Arbeit beim Geheimen Nachrichtendienst erzählt. Hast du Ashe dort kennen gelernt?«

»Anscheinend. Ich war bis Ende Mai im Bletchley Park. Die ganz große Sache damals war Enigma, die Codes der deutschen U-Boote. Dutzende von uns arbeiteten daran. Baracke 8 war das Zentrum. Wir wohnten in der Nähe und die meisten von uns hatten denselben Hintergrund, waren Akademiker aus Oxford oder Cambridge, entweder Linguisten oder Mathematiker, so dass man sich in der Regel kannte.«

»Kanntest du ihn gut?«

»Nicht so gut wie andere. Er hing mit einem anderen Burschen herum … Marlowe? Mallow? Und *der* war schon eine ganz besondere Nummer. Jedenfalls verließ Ashe Bletchley vor mir. Ich habe schon versucht, mich zu erinnern, wie das genau war – ich glaube, sie verpflichteten ihn fürs Ausland. Ich ging nach Hause, als die Deutschen kapitulierten, und fing im Herbst darauf wieder mit der Uni an. Der Rest, wie es so schön heißt, ist Geschichte. Aber Tom Ashe …« Er schüttelte den Kopf, als versuchte er, sein Gedächtnis in Bewegung zu versetzen. »Ashe kam aus Cambridge, doch ich glaube nicht, dass er dorthin zurückging. Ich meine mich zu erinnern, dass er sich besonders für den Nahen Osten interessierte. Wahrscheinlich hatte er Arabisch oder Farsi belegt. Vielleicht ging er nach dem Krieg dorthin. Ich glaube … Es gab eine Abteilung des Geheimen Nachrichtendienstes, die sich auf den Nahen Osten und Zentralasien spezialisiert hatte. Eine Zeit lang wurde sie M12 genannt, doch sie verschwand im Zuge einer Neustrukturierung. Ich habe mir schon das Hirn zermartert, aber ich kann nur sagen, dass ich *glaube*, es hat ihn beruflich dorthin verschlagen. Ich meine mich … nein, ich kann es noch nicht einmal *erinnern* nennen, aber ich glaube, etwas in dieser Art gehört zu haben.«

»Er erzählte mir, er sei ein pensionierter Lehrer.«

Barnabas lachte und leerte sein Glas. »Das ist auch durchaus möglich. Tarnung? Es kann durchaus Zeiten in seinem Leben gegeben haben, wo er sich aus dem Geschehen zurückzog und an einer Schule unterrichtete … wer weiß?

Und wer weiß, was er getan hat, nachdem er zu alt für dieses Spiel war?«

Ich blickte ihn prüfend an. »Da erfahre ich ja einiges über dich«, sagte ich. »Du wirst mir doch jetzt nicht sagen, dass …«

Mein Vater lächelte und schüttelte den Kopf. »Nein, ich hatte einen echten Beruf, weißt du nicht mehr? Ich hatte immer das Gefühl, das wunderbare Glück zu haben, an einem Thema zu arbeiten, das mich begeisterte, und dazu noch an einem Ort, der mir so geistesverwandt war wie das Queens College damals. Tatsächlich glaube ich, dass ich Mitte der Fünfziger einmal angetestet wurde, ob ich nicht zurückwollte. Jemand, den ich schon sechs Jahre lang nicht gesehen hatte, tauchte plötzlich im Gemeinschaftsraum der Professoren auf und verwickelte mich in eine lange Unterhaltung, die sich für mich in eine verwirrende Richtung bewegte. Aber wie ich schon sagte: Ich hatte meine Professur, das große Spenser-Projekt lief gut, und ich hatte keinerlei Verlangen danach, etwas anderes zu tun, und sei es noch so aufregend.«

Er schwieg eine ganze Weile. Als er wieder zu sprechen anfing, sprach er eher zu sich selbst. »Für mich war der Krieg vorbei und ich hatte nicht mehr dieselbe Motivation, die andere zu haben schienen. Ich machte nicht mehr mit. Aber Tom Ashe war weggegangen … wohin auch immer. Seit nahezu einem halben Jahrhundert habe ich nicht mehr an ihn gedacht, bis heute.«

»Er erinnerte sich an dich«, erzählte ich ihm. »Als er in den Laden kam und mir das Halsband gab, merkte ich, dass er deinen Namen kannte.« Mir kam ein Gedanke: »Ich glaube, er wollte überprüfen, ob mein Vater wirklich der Mann war, an den er sich erinnerte. Aber als er dich heute sah, rannte er weg. So sah es jedenfalls für mich aus.«

»Es ist wohl besser, wenn ich mir das Halsband mal ansehe«, sagte Barnabas stirnrunzelnd.

»Er sagte, es käme aus dem Nahen Osten. Ich habe es in die Schublade im Büro gesteckt. Wenn du kurz auf Ben aufpasst …«

Doch in diesem Moment wachte das Objekt unserer Aufmerksamkeit auf und erklärte ziemlich direkt, dass es Fürsorge brauchte …

Mutterschaft ist schon etwas Seltsames. Etwas wie Windeln wechseln oder ein Fläschchen Milch aufwärmen nimmt automatisch Priorität vor Kunst, Glauben, Gerechtigkeit, Hochfinanz und Wissen ein. Doch selbst wenn Barnabas an diesem Nachmittag schon Ashes Geschenk begutachtet hätte, hätte es auch nichts genützt. Es war schon zu spät. Es war schon um Jahre zu spät.

3

Als es an der Tür klingelte, nahm ich an, Phyllis, die eben mit Ben im Kinderwagen aufgebrochen war, wäre zurückgekommen, weil sie die Schlüssel oder etwas von der Babyausstattung vergessen hätte. Mein Kopf steckte gerade unter dem Wasserhahn, meine Haare waren voller Shampoo, so dass ich es nur kurz abspülte, ein Handtuch um die Bescherung wickelte und die Treppe hinuntersprang, während mir das Seifenwasser in kleinen Rinnsalen über das Gesicht lief. Doch als ich die Tür öffnete, erblickte ich nicht Phyllis' entschuldigendes Gesicht, sondern die vertraute Brustpartie von Paul Grant.

Er musterte mein tropfendes Äußeres. »Ich hoffe, ich komme nicht zu früh.«

Ich kämpfte mit der Ahnung, dass irgendwas nicht

stimmte, und wischte mir mit einer Ecke des Handtuchs einen Großteil des Wassers aus dem Gesicht, bevor ich geistreich entgegnete: »Ich habe mir gerade die Haare gewaschen. Willst du mit hochkommen?«

»Bitte. Wir müssen uns unterhalten.«

Sein Ton veranlasste mich, ihn sorgfältig zu mustern. Ich hatte ihn erst vor sechsunddreißig Stunden gesehen, doch er hatte sich schon wieder verändert. Ich erkannte den professionellen Ausdruck auf seinem Gesicht. Hier besuchte mich der Detective Inspector des hiesigen Polizeireviers und es ragte wieder die unsichtbare Wand zwischen uns empor. Ich führte ihn nach oben ins Wohnzimmer, bot ihm einen Platz an und ließ mich ihm gegenüber nieder, wobei ich mir meiner schwächeren – feuchten – Position bewusst war.

»Ich bin gekommen, um dir mitzuteilen, dass dein alter Mann, Ashe, heute Morgen tot aufgefunden wurde. Es sieht aus, als hätte er eine Sauftour unternommen und sein Herz hätte nicht mehr mitgespielt. Ich schätze, du brauchst dir jetzt keine Sorgen mehr zu machen.«

Tja. Ich kämpfte mit mir. *Tja, das war's wohl. Problem gelöst.* Irgendetwas störte mich, aber im Moment wusste ich nicht, was. Wie auch immer, ich hatte ohnehin letzten Montag, als er wieder im Laden erschien, aufgehört, mir Sorgen zu machen. Oder etwa nicht?

Ich wischte mir unmotiviert das Seifenwasser vom Kinn. »Ich habe ihn gesehen.« Mein Kopf arbeitete immer noch nicht. »Er war gestern Vormittag hier und schien ganz in Ordnung. Tja, er war alt. Vielleicht hat das Fieber ihn geschwächt.«

Paul nickte.

Ich sagte: »Tja – danke, dass du es mir gesagt hast.«

Aber das gehörte zu dem, was nicht stimmte. Warum

sollte Paul Grant während seiner Arbeitszeit an meiner Tür erscheinen, um mir persönlich vom Tod eines meiner ganz normalen Kunden zu berichten? Die Vorstellung, dass er das leidenschaftliche Bedürfnis hätte, mich zu sehen, gefiel mir. Ein kleines, nervöses Summen machte sich unter meinem Brustbein bemerkbar.

Ich holte tief Luft und ließ sie dann langsam wieder verströmen. »Was ist los?«

Und während ich das sagte, hatte mein Gedächtnis fast ausgemacht, was mich störte, doch es verflüchtigte sich wieder, als Paul antwortete: »Nichts, soweit ich weiß. Ich sollte noch sagen, dass er im Nordwestbezirk gestorben ist und Kentish Town damit beauftragt ist. Dort wandte man sich an mich, weil jemand sich erinnerte, dass ich mich nach ihm erkundigt hatte. Sie fragen sich, ob du ihnen wohl ein paar Informationen geben könntest. Vielleicht weißt du ja zum Beispiel seine Anschrift? Oder Namen von Verwandten?«

Meine geistigen Alarmglocken schrillten. Ich sagte: »Du weißt doch, dass ich keine Ahnung habe, wo er wohnte! Ich habe doch *dich* vor ein paar Tagen danach gefragt!«

»Das weiß ich.« Ich hatte den Eindruck, dass Pauls Stimme kühl klang. »Und du hast mir erzählt, dass er nur ein ganz normaler Bekannter war, weißt du noch?«

Ich zuckte defensiv meine Schultern. »Ich kannte ihn seit fast einem Jahr als Kunde. Und wenn ich sage ›Kunde‹, dann heißt das, dass er natürlich nicht viel Geld hatte, aber doch hier und da ein paar billige Bücher kaufte, wenn er seinen Pensionsscheck bekam, glaube ich. Und?«

»Und ihm zufolge bist du so etwas wie sein Aufpasser.«

Nach einer Weile hatte ich meinen Unterkiefer so weit unter Kontrolle, dass ich rufen konnte: »*Was?* Du machst wohl Witze! Was meinst du damit?«

Wortlos überreichte mir Paul etwas, das aussah (und wahrscheinlich trog das Aussehen nicht) wie eine der Karten, die Barnabas zum Erstellen des Katalogs benutzt. Jemand hatte folgende Worte darauf geschrieben: *Im Notfall benachrichtigen Sie bitte Dido Hoare, Bücherladen, George St., N. 1.* »Das war in seiner Tasche. Ich wusste, dass du dir Sorgen um ihn gemacht hast, und ich habe mich gefragt, ob es da etwas gibt, das du mir nicht erzählt hast.« Er entzog die Karte meinen Fingern und steckte sie zurück in seine Brusttasche. »Wir würden gern seine Verwandten finden. Für eine offizielle Identifizierung.«

Ich unterdrückte den Impuls zu sagen, dass Männer wie Tom Ashe keine Familie haben. Doch natürlich konnte das falsch sein: Da war zum Beispiel der angebliche Sohn im Krankenhaus. Soviel ich wusste, konnte er genauso gut Frau, Kinder und Enkel haben, die ungeduldig auf seine Rückkehr warteten. Er konnte sogar ein obskurer Herzog und Mitglied des Königshauses sein, nach dem zu schließen, was ich tatsächlich über ihn wusste.

»Das ist doch ein Scherz, oder nicht? Ich habe dir gesagt: Ich weiß nicht, wo er wohnte. Ich weiß überhaupt nichts von ihm ...« Bis auf die Kleinigkeiten natürlich, die ich von ihm wusste ... Ich beschloss, die Geschichte meines Vaters momentan noch für mich zu behalten. Das Ganze war vor langer Zeit gewesen und ich konnte nicht sehen, was es Paul nutzen sollte, Barnabas wegen Ashes Tod zu belästigen.

Ashes Tod ...

Ich sagte plötzlich: »Wie ist er gestorben? Wo? Wann?« Ich spürte meinem Unbehagen nach.

Paul zog eine Grimasse. »Wann? Irgendwann letzte Nacht. Es muss nach Einbruch der Dunkelheit gewesen sein, wahrscheinlich, als die U-Bahnen schon nicht mehr fuhren. An der Haltestelle Kentish Town gibt es eine überdachte Ecke mit ein, zwei Bänken. Eine Gruppe von Obdachlosen hat dort den größten Teil des Nachmittags getrunken. Sie wurden ein paarmal von der Streife verscheucht, kamen aber ein paar Stunden später zurück. Solche Leute kriegt man nicht von der Straße.«

Irgendetwas in mir nahm zur Kenntnis, dass Tom Ashe also zu »solchen Leuten« gehörte.

»Er wurde vom U-Bahn-Personal entdeckt, als man die Station aufschließen wollte. Er saß zusammengesunken an einer Mauer am Eingang. Die Polizei dort kennt die Typen, die da regelmäßig herumhängen, und hat sich ein bisschen umgehört. Es hieß, Ashe hätte schon stundenlang dort gesessen. Sein Herz hat einfach nicht mehr mitgemacht. Er war ein alter Mann.«

Das war falsch. Ich sagte, ohne lange nachzudenken: »Nein, so kann es nicht gewesen sein.«

»Warum nicht?«

Ich war wütend und meine Worte kamen in scharfem Ton heraus: »Er hat nicht getrunken. Ich habe noch nie gesehen, dass er auch nur einen Schluck getrunken hätte, selbst zu Silvester nicht. Er erzählte mir ...« – es klang dumm, als ich es aussprach, aber ich redete trotzdem weiter –, »... dass er nie trinke, weil er Alkoholiker sei.«

Paul zog erneut ein Gesicht, holte ein Notizbuch aus seiner Tasche und kritzelte etwas hinein. »Nun, letzte Nacht jedenfalls hat er getrunken. Die anderen behaupten, er und ein Kumpel hätten eine ganze Tüte voller Bierdosen gehabt. Sie reichten sie herum. Es klang ganz nach einer Party. Und er war auch betrunken, sein ganzer Körper stank nach Bier. Wenn er, wie du sagtest, normalerweise nicht trank, so hat er gestern eine Ausnahme gemacht. Hör mal: Ich glaube, dass jemand vom Revier Kentish Town gern ein paar Worte mit dir wechseln würde.«

Ich hörte gar nicht richtig zu, denn ich hatte endlich aufgespürt, an was ich mich zu erinnern versucht hatte. »Und das Zweite ist, dass mit seinem Herzen alles in Ordnung war.«

»Was meinst du damit?«

»Ich glaube, man hat im Krankenhaus einige Untersuchungen mit ihm gemacht. Die Stationsschwester erklärte mir jedenfalls, mit seinem Herzen sei alles in bester Ordnung. Hättest du das nicht besser überprüfen lassen?«

»Ich werde das natürlich weitergeben. Kannst du mir den Namen des Arztes nennen?«

Ich gab ihm den Namen von Schwester Fletcher.

Wir tauschten Ideen aus, warum Tom Ashe wohl meinen Namen auf einer kleinen Karte mit sich herumgetragen hatte, doch ich entschied, dass es auf ein Hirngespinst zurückzuführen war, weil er früher einmal Barnabas gekannt hatte. Ich hatte entschieden behauptet, er sei nüchtern gewesen und hätte ein gesundes Herz gehabt, doch bezüglich seines Geisteszustands war ich nicht so sicher. Wir spekulierten weitere fünf Minuten herum, doch selbst ich wusste, dass uns das nirgendwohin führen würde. Außerdem ärgerte ich mich über Pauls Haltung. Seine Körpersprache. Ich verschob meine Unruhe also auf später.

An der Tür sagte ich: »Ich möchte wissen, was ihm zugestoßen ist, auch wenn diese Notfall-Angelegenheit natürlich Unsinn ist.«

Paul wandte sich auf dem Bürgersteig um und blickte zu mir herunter. »Ich sagte dir doch, dass dieser Fall weder Islington noch mich betrifft. Ich musste schon meinem Chef erklären, warum ich Nachforschungen angestellt habe.«

Aah. Es hat ihn auf dem falschen Fuß erwischt und jetzt macht er dich dafür verantwortlich. Er denkt, du würdest ihn lächerlich machen.

»Es tut mir Leid«, sagte ich, ohne es zu meinen.

»Lass das nicht deine Sorge sein«, sagte er höflich. »Jedenfalls wird jemand von Kentish Town dich kontaktieren. Dann kannst du nach der Obduktion fragen.«

»Wann?«

»Kommt darauf an, wie viel sie zu tun haben und was dabei herauskommt.«

Aber ich konnte es einfach nicht auf sich beruhen lassen. Ich holte tief Luft. »Ich werde wahrscheinlich viel unterwegs sein. Kannst du ihnen bitte die Nummer meines Handys geben?«

Er sagte: »Wenn du willst«, und zeigte ein etwas menschlicheres Lächeln. Doch als sich die Tür hinter ihm schloss und ich mich wieder um mein tropfendes Haar hätte kümmern können, lehnte ich mich stattdessen an eine Wand und versuchte nachzudenken. Da gab es noch offene Fragen. Hatte Tom Ashe mich zur Kontaktperson im Falle eines Notfalls bestimmt, weil ich die Antworten finden sollte?

4

Ich hatte den Fehler gemacht, nach Hampstead Village hochzufahren. Die Parkregeln sind dort so unverständlich, dass mein Kundenbesuch dreimal so lange dauerte wie beabsichtigt. Ich kam gerade noch rechtzeitig zu meinem Wagen zurück, denn meine Parkzeit war abgelaufen und eine Politesse näherte sich zielstrebig – da klingelte das Handy in meiner Tasche. Ich zündete den Motor meines Volvo, um meine gesetzestreuen Absichten zu demonstrieren, bevor ich das Handy aus der Tasche holte und einschaltete.

Es war Paul. Der immer noch unglücklich klang, wie ich fand – weil er ohne Umschweife zum Thema kam.

»Ich habe da etwas gehört.«

Ich beäugte die näher kommende Politesse und fragte mich, ob der Akt des Telefonierens für einen Gesetzeshüter einen Verstoß gegen die Parkregeln darstellte. »Kannst du mal zehn Sekunden warten?«

Ich legte das Handy auf den Sitz, fuhr den Wagen vom Bordstein und fügte ihn in den Verkehrsstrom ein, der sich gemächlich Richtung Innenstadt bewegte. »Ich bin wieder da. Was war das eben?«

Der Grund für den unglücklichen Tonfall wurde deutlicher. »Du hattest Recht, das Krankenhaus hatte Recht: Sein Herz war vollkommen gesund. Es besteht übrigens kein Zweifel daran, dass er sich betrunken hat, aber das war anscheinend kein Grund für sein Herz, mit dem Schlagen aufzuhören. Abgesehen von einer Schürfwunde an seinem Arm gibt es keinerlei Anzeichen äußerer Gewalteinwirkung. Sie suchen immer noch.«

»Es könnte vielleicht etwas mit seiner Malaria zu tun gehabt haben, oder nicht?«

»Ich habe das weitergegeben. Sie haben Blutproben eingeschickt, sind aber nicht überzeugt. Es kann einige Zeit dauern, bis die toxikologischen Resultate da sind, je nachdem, wie viel gerade zu tun ist. Aber hör mal, der alte Knabe lebte schließlich auf der Straße.«

Ich brauchte einen Moment, um diese Feststellung zu deuten; ich dachte darüber nach, während ich an der Ampel mitten im Village nach rechts abbog und den Volvo in den Verkehrsstrom einfügte, der den Hügel hinunterfuhr.

»Willst du damit sagen, dass es bei jemandem, der auf der Straße gelebt hat, nicht so wichtig ist?«

»Nein.« Er war gekränkt. »Ich will damit sagen, dass die Mittel der Polizei begrenzt sind und dass es Zeit braucht, um der Sache auf den Grund zu kommen.«

»Und niemand weiß, warum er gestorben ist.«

»Ja … genau. Aber das ist kein Grund zu glauben, dass irgendetwas nicht in Ordnung ist – zumindest noch nicht. Jedenfalls gelten die Umstände als verdächtig und deshalb sucht man nach Antworten.«

Ich holte langsam Luft und überdachte die Situation. »Wirst du etwas vom Laborbericht erfahren?«

»Ich habe einen alten Freund in Kentish Town. Wahrscheinlich wird er mich die Ergebnisse wissen lassen. Aber nicht vor nächster Woche.«

Ich wagte den Sprung. »Ich weiß nicht, ob du Zeit hast, aber ich könnte uns mal was zum Abendessen kochen, wenn du magst.«

Ich konnte hören, wie er zögerte. Das brachte mich genügend in Fahrt, um zu sagen: »Ohne Verpflichtungen!«

Es war eine echte Erleichterung, ihn lachen zu hören.

IV Eine Wahrheit

1

Montags haben wir immer geschlossen. Das Geschäft ging ohnehin mehr als lau: Selbst die Touristen mussten die Stadt verlassen haben. Aber Ben war den ganzen Tag mit Phyllis unterwegs und Barnabas hatte telefonisch durchgegeben, dass er den Vormittag in der British Library Zuflucht nehmen und lesen wollte, so war ich bei meinem späten Frühstück ganz allein. Wenn man nicht Mr Spock mitzählte, der höchst unkommunikativ auf dem Sofa schlief. Ich hatte mir eine Flasche mit frisch gepresstem Saft und zwei große Buttercroissants aus der Bäckerei an der Ecke besorgt. Mir fehlte nichts zu meinem Glück.

Und doch, nachdem ich Glas und Teller in die Spüle und die schmelzende Butter zurück in den Kühlschrank gestellt hatte und mit der noblen Absicht ins Wohnzimmer geschlendert war, dort etwas für Ordnung zu sorgen, ertappte ich mich plötzlich mit einem gelben Stoffelefanten in der Hand und bemerkte, dass ich schon fünf Minuten reglos dagestanden hatte.

Verdammter Tom Ashe!

Ich wollte einfach nicht mehr an ihn denken.

Das Telefon klingelte, doch ich war so in meiner Zeitlupeneinstellung gefangen, dass ich eine halbe Minute brauchte, mich zusammenzureißen und es unter dem Chaos auf der Anrichte ausfindig zu machen. »Hallo?« Ich hörte das elektronische Summen in der Verbindung. *»Hallo?«*

Schließlich hörte ich: »Hier ist Paul. Habe ich dich geweckt?«

Ich antwortete nur leicht inkorrekt, dass dies nicht der Fall gewesen sei, und wir betrieben ein wenig Konversation, doch ich konnte hören, dass er nicht mit dem Herzen dabei war.

»Was ist?«

»Du hattest doch Recht.«

Ich fragte begriffsstutzig: »Womit?«

»Mit dem alten Mann. Ashe. Ich bin vor einer halben Stunde angerufen worden. Du hattest Recht.« Sein Ton legte nahe, dass dies ziemlich taktlos von mir war. »Ihm war etwas injiziert worden, das man Pentobarbital nennt. Man hat es zuerst übersehen, weil es in eine Schürfwunde an seinem Unterarm injiziert wurde. Vielleicht wurde ihm die Wunde aber auch erst nachher beigebracht, um die Einstichstelle zu verbergen. Es ist nicht so schwierig, das Zeug zu entdecken, aber wer auch immer es getan hat, hoffte wohl, man würde nicht danach suchen. Dumm von ihm.«

Ich sagte sehr akzentuiert: »Pentobar-was?«

»Ein Beruhigungsmittel. Man betäubt Tiere damit. Offensichtlich hätte es ausgereicht, um eine Kuh damit einzuschläfern … Tut mir Leid. Es greift das zentrale Nervensystem an. Mir wurde gesagt, dass die Opfer zu atmen aufhören. Das Herz vergisst einfach zu schlagen.« Paul klang angesichts dieser Vorstellung deprimiert.

Ich hörte nicht hin, was er als Nächstes sagte, doch dann kam am Ende des Satzes eine Pause, die ich füllte: »Wo bekäme der Mörder das Zeug her?«

»Wer weiß? Tierärzte benutzen es.«

»Du meinst, er wurde von einem Tierarzt umgebracht? Es gab doch Zeugen, die Leute, mit denen er sich betrank. Kann nicht jemand den Mörder identifi…«

Paul lachte kurz auf. »Zeugen? Die Polizei des dortigen Reviers hat mit jedem gesprochen, der in jener Nacht dort war, mit jedem, den sie ausfindig machen konnte, alles Leute, die ständig sternhagelvoll sind. Anscheinend war der ›Freund‹ des alten Mannes ungefähr fünfundzwanzig. Oder vielleicht auch fünfzig. Er war groß oder nur mittelgroß. Er hatte blondes Haar oder rotes oder braunes Haar. Aber niemand erwähnte, dass er Tierarzt war.«

»Aber er hätte einer sein können?«

»Oder er hat das Zeug gestohlen. Ich glaube nicht, dass Tierärzte ihre Betäubungsmittel so sorgfältig unter Verschluss halten wie normale Ärzte. Von Leuten, die eine Tierarztpraxis aufsuchen, erwartet man nicht, dass sie Drogen stehlen.«

»Aber dazu braucht man doch Spezialwissen.«

»Oder auch nur die Gelegenheit.«

»Ist Islington nun mit dem Fall betraut?« Ich wollte ihm einen Besuch in der Horsell Road vorschlagen.

»Nein.« Seine Stimme klang flach. »Die Akte ist zu Scotland Yard geschickt worden. *Special Branch,* die Sonderabteilung für Staatssicherheit, hat den Fall übernommen.«

»Special Branch?«

»Es heißt, das hätte mit dem SO 12 in seinem Eintrag zu tun. Hör mal, ich wollte dich nur vorwarnen, dass bestimmt jemand mit dir sprechen will, sobald der Fall zugewiesen ist. Du wirst doch da sein?«

Ich erklärte, dass ich nicht vorhätte, das Land zu verlassen, und bedauerte dann meine Flapsigkeit. »Ich könnte mir vorstellen, wo Ashe gewohnt hat. Zumindest könnte man mal nachsehen. Ich frage mich, ob du nicht …«

»Hast du nicht zugehört? Ich habe nichts damit zu tun. Jemand wird sich bei dir melden.« Wieder trat summende Stille ein. »Tut mir Leid. Ich wollte dich nicht anschnauzen.

Hör mal … hättest du Lust, auf ein Glas mit mir auszugehen? Vielleicht in dieses Weinlokal an der Camden Passage?«

Das klang wie ein Friedensangebot. Jedenfalls hoffte ich das. Aber es war auch ein Themenwechsel und ich hatte das Gefühl, wir hätten noch einiges zu klären. »Ich hätte schon Lust, muss aber noch wegen des Babysitters schauen. Kann ich dich zurückrufen?«

»Ja, über Handy. Hast du noch die Nummer?« Die Frage war so idiotisch, dass ich sie erst gar nicht beantwortete.

Und dann war ich wieder auf mich selbst zurückgeworfen. Der gesunde Menschenverstand sagte mir, dass ich wegen des Mordes an Ashe nichts unternehmen konnte, und ich hatte überhaupt keine Illusionen, mit Scotland Yard in Wettbewerb treten zu können. Aber ich hatte zwei alles überdeckende Gefühle. Das eine war nichts als Empörung angesichts der Vorstellung, dass ein alter Mann an einer schmutzigen Straßenecke einfach wie ein alter Hund eingeschläfert worden war. Und das andere, ich gebe es zu, war blanke Neugier. Barnabas nennt es Kopfjucken.

2

Die Horsell Road ist ein kurzer, ostwärts gerichteter Abzweig der Holloway Road. Abgesehen von den viktorianischen Reihenhäusern mit ihren Betontreppen, die vom Bürgersteig zu den Haustüren führen, gab es in der Straße nichts außer einem Gemischtwarenladen und zwei heruntergekommenen Fabriken aus der Vorkriegszeit, die nun in Werkstätten umgewandelt zu sein schienen. Es war nicht gerade eine vornehme Gegend, ich konnte mir schon vorstellen, dass Tom Ashe hier irgendwo ein Zimmer gehabt hatte, obwohl die Frage war, warum er versucht hatte, mich in diesem Punkt anzulügen. Ich hatte nicht darum gebeten, aber Ashe hatte sich die Mühe gemacht, mich da reinzuziehen, also dachte ich, ich hätte zumindest das Recht zu erfahren, was eigentlich vor sich ging. Anscheinend machte er mir gerade mehr Ärger, als wenn wir ein Liebespaar gewesen wären.

Der Gemischtwarenladen bot sich als Ausgangspunkt an. Es war der ganz normale innerstädtische, von Asiaten betriebene Laden an der Ecke, der alles von Zigaretten bis Waschpulver führt und achtzehn Stunden pro Tag geöffnet ist. Drinnen stieß ich auf ein Paar im mittleren Alter, das die Vormittagsflaute dazu nutzte, die Regale wieder aufzufüllen, also nahm ich mir ein paar Dosen von dem Futter, das alle Katzen zu mögen scheinen, und bahnte mir einen Weg zur Kasse. Eine sauber beschriftete Karte an der Kasse informierte mich darüber, dass Schecks auf A. R. Shah ausgestellt werden konnten, so dass ich, als die weibliche Hälfte des Paars hinter die Theke glitt, meine Dosen vorschob und sagte: »Mrs Shah? Ich hoffe, Sie können mir helfen. Ich suche nach meinem Großvater. Er hat mir erzählt, dass er in dieser Straße wohnt, aber ich habe die Hausnummer verloren.«

Die Frau legte erwartungsvoll ihren Kopf zur Seite und den Augen, die hinter einer randlosen Brille hervorschauten, entging nichts. »Ihr Großvater?«, wiederholte sie. »O ja, vielleicht kennen wir ihn. Wir kennen fast alle Leute hier in dieser Straße.«

Vielleicht würde es einfacher werden, als ich gedacht hatte. »Ashe«, sagte ich erwartungsvoll. »Sein Name ist Tom Ashe.«

Nun sprach der Mann hinter mir. »Wir kennen nicht alle Namen. Vielleicht können Sie den Gentleman beschreiben?«

Ich tat mein Bestes. Sie wechselten einen langen Blick.

»Ich glaube, wir haben Ihren Großvater schon einmal gesehen«, sagte Mrs Shah schließlich. Mr Shah nickte. Beide sahen mich an. »Der alte Gentleman, der immer einen Mantel trägt, sagten Sie?«

Unter dem Blick dieser ehrenwerten Bürger wurde ich mir meines T-Shirts und meiner alten Jeans bewusst. Zumindest traf die Beschreibung des Stils meines »Großvaters« zu.

»Ein alter Gentleman in einem Mantel.« Sie nickten einander zu.

»Also wissen Sie, in welchem Haus er wohnt?« Fast hätte ich »wohnte« gesagt.

Aus dem Nicken wurde langsames Stirnrunzeln. »Er hat nicht auf Kredit gekauft«, erklärte der Mann. »Er hat auch nicht viel gesagt. Er bezahlte bar und es wurde ihm auch keine Zeitung zugestellt ...«

Zumindest war ich in der richtigen Straße, aber ich würde an jeder Tür nachfragen müssen, also bezahlte ich für Mr Spocks Abendessen und ging zurück in den Sonnenschein. *Die Straße ist nicht lang, Dido: Also trödel nicht rum ...*

Doch als ich die Westseite der Straße abgegangen war und an jeder Klingel, die ich sah, geschellt hatte, machte ich die für Vertreter so typische Entdeckung, dass am späten Vormittag niemand zu Hause ist, wenn man mal einen fetten, schwitzenden Mann außer Acht ließ, der nur eine Jeans trug und schon so betrunken war, dass ich das Weite suchte.

Die einzige andere Reaktion auf mein Klingeln kam von einem Kind, einem kleinen Mädchen in roter Latzhose, das aussah wie sechs und mit Sicherheit zu klein war, um allein in der Wohnung gelassen zu werden, obwohl es sagte, dass alle anderen weg wären. Ich wollte mich schon umdrehen, als mir einfiel, dass ich bei einem Kind vielleicht eher an der richtigen Adresse war als bei den Erwachsenen. Kinder bemerken Dinge, die Erwachsene zu ignorieren beschlossen haben. Ich senkte vertraulich meine Stimme und erzählte ihr die Geschichte über meinen verloren gegangenen Großvater.

Das Kind grinste. »Ich kenne ihn. Er ist ...«

Sie verstummte abrupt.

Ich konnte erraten, was sie hatte sagen wollen. »Er ist ein bisschen merkwürdig, nicht wahr?«, räumte ich ein.

Ich konnte sehen, dass sie darüber nachdachte. Ihr Freimut überwog: »Ist er nicht ganz richtig im Kopf?«

»Manchmal. Aber er meint es nicht böse. Er ist nur ein sehr alter Mann.«

Sie nickte verständnisvoll.

»Also, meinst du, du kannst mir sagen, in welchem Haus er wohnt?«, soufflierte ich ihr.

»Er wohnt nicht in einem Haus.«

Oh, toll. Ich wollte mich schon fast wieder umdrehen, doch sie hatte noch nicht ausgeredet.

»Er wohnt da.«

Sie zeigte auf die Fabrikgebäude.

»Ich wusste nicht, dass jemand dort wohnt«, sagte ich vorsichtig. »Ich dachte, dort würde man nur arbeiten.«

Aber sie war sich sicher. »Dein Großvater wohnt dort. Im Keller.«

Mir dämmerte es. Ein Hausmeister? Ich wollte sie schon fragen, wann sie Ashe das letzte Mal gesehen hatte, doch sie ließ den Kopf hängen und wurde verschlossen, also nahm ich an, ihrer Mutter würde es nicht gefallen, wenn sie Fremden die Tür öffnete. Ich ging. Kinder haben einen Schutzengel. Zumindest hoffte ich das.

Die Nummern 23 und 25 bildeten einen zusammenhängenden Komplex auf der Ostseite der Straße. Ich stieg eine kurze Treppe zur Eingangstür von Nummer 25 empor und fand sie verschlossen. Die Namensschilder neben einer Reihe von Klingeln wiesen auch einen Hausmeister aus. Ich drückte die entsprechende Klingel energisch und ohne Ergebnis.

Durch das geöffnete Fenster zu meiner Linken konnte ich eine Reihe von Metallregalen sehen, die von Leuten hin- und hergetragen wurden, also schätzte ich, dass es sich hierbei um die Freedom-Vertriebsgesellschaft in Block B handelte, und drückte auf diese Klingel. Eine blecherne Stimme sagte: »Hallo.« Ich drückte auf den Sprechknopf und fragte die Stimme, ob sie wüsste, wo der Hausmeister zu finden sei.

Kurzes Schweigen trat ein. »In letzter Zeit hat ihn niemand gesehen.«

Aber haben Sie ihn seit letzter Woche gesehen?, fragte ich stumm. Ich brachte meine zweite Geschichte zum Einsatz. »Ich frage mich, ob hier wohl ein paar Räume zu mieten sind. Haben Sie eine Ahnung, wann der Hausmeister zurück sein könnte? Mr Ashe, oder nicht?«

Nach erneutem Schweigen beschied mir die dünne Stimme knisternd: »Dimond.« Das war eine Enttäuschung. »Er ist vor neun Uhr aus dem Haus gegangen, also ist er vielleicht heute Abend zurück. Dann könnten Sie wiederkommen.«

Ich antwortete, das sei eine gute Idee, und dankte der Stimme nicht gerade enthusiastisch. Ich hätte schon fast gefragt, ob sie Ashe kannte, beschloss aber, das zu unterlassen, bis ich mit Mr Dimond gesprochen hatte. Wenn jemand wie Tom Ashe hier im Gebäude herumschlich, dann nur mit dem Wissen des Hausmeisters. Natürlich hatte ich nur die Aussage eines kleinen Kindes, die seine frühere Anwesenheit hier bezeugte, und kleine Kinder haben eine Menge Phantasie. Zumindest war es bei mir früher so.

Ich suchte verzweifelt nach einer neuen Idee. Nun, da ich genauer hinsah, bemerkte ich, dass Nummer 23 verwaist wirkte, und an der Wand in Höhe des ersten Stocks befand sich ein Reklameschild, auf dem »Gewerbliche Räume auf 1300 m^2 zu vermieten oder zu verkaufen« stand. Das Schild war so schmuddelig, als hinge es schon seit Monaten dort. Eine Untersuchung der Haustür ergab ein halbes Dutzend Türklingeln, doch die Namenhalter auf dieser Seite waren alle leer, und auf mein Läuten kam keine Reaktion. Mir war schon aufgefallen, dass alle Fenster geschlossen waren, und bei diesem Wetter musste das bedeuten, dass Nummer 23 leer stand. Wahrscheinlich wartete man hoffnungsvoll auf den wirtschaftlichen Aufschwung, der eine Sanierung realisierbar machen würde. Als Heimstatt für Tom Ashe war dieses Gebäude noch weniger wahrscheinlich als Nummer 25.

Ich schlenderte ergebnislos zum Ende der Straße und zurück; gegen ein Uhr saß ich auf einer niedrigen Mauer gegenüber den Werkstätten. Nichts Interessantes passierte oder sollte passieren.

Wie lange willst du hier wie Humpty Dumpty sitzen?

Wirklich nicht viel länger.

Gut. Denn wenn du vernünftig wärest, würdest du am frühen Abend zurückkommen, wenn ein Hausmeister, der etwas auf sich hält, fernsieht. Wenn du tatsächlich einen Funken Vernunft hättest, würdest du der Polizei davon erzählen und das Ganze dann vergessen.

Es war Sturheit, nicht Inspiration, die mich für einen letzten, ruhelosen Blick auf die beiden Gebäude zurück über die Straße trieb. Ich läutete noch einmal an der Klingel des Hausmeisters, nur für den Fall, dass eine Fee Mr Dimond unsichtbar ins Haus befördert hatte. Eine überraschende Brise fegte die Straße entlang, hob Staub und Abfall, die sich im Rinnstein gesammelt hatten, und schleuderte eine Plastiktüte in die Luft, die sich unter dem Geländer von Nummer 23 verfangen hatte. Es war eine umbrafarbene Tüte mit einer schwarzen Zeichnung darauf: dem Umriss meines Ladens.

Ich fing die Tüte, die Tom Ashe das letzte Mal, als ich ihn gesehen hatte, bei sich trug, und hielt sie mit beiden Händen fest. Sie war leer.

Eine rissige Betontreppe führte hinunter zu einem schmalen Gang unterhalb des Bürgersteigs, der die gesamte Front des leeren Gebäudes einnahm. Vier hohe Fenster an der Front waren mit rostigen Gittern versehen. Links davon befand sich eine alte Tür mit abblätternder Farbe und einem großen Vorhängeschloss mit rostenden Metallschließen. Auch das wirkte alt. Und doch …

Was mir ins Auge fiel, war ein Stück fahlgraues, isoliertes Kabel. Es tauchte von der Außenseite der verriegelten Tür auf, lief direkt über dem Boden an einer Mörtelschicht entlang und führte dann zum angrenzenden Gebäude. Ich folgte dem Kabel an der Mauer entlang, verlor es kurz, als es unter der Treppe versank, und fand es erneut, als es an der Nebentür wieder auftauchte. Dort verschwand es in einem großen Kasten, der das Logo einer Elektrizitätsgesellschaft trug.

Ich dachte an meine dunkle Studentenvergangenheit zurück: Jemand stahl Strom aus dem Nebenhaus.

Ashe.

Am Ende der sonnenüberfluteten Straße standen zwei Lieferwagen zwischen den Parkreihen einander gegenüber und versuchten, aneinander vorbeizukommen. Eine Hupe ertönte. Zwei Jungen kamen aus dem Gemischtwarenladen gelaufen und sahen sich das Spektakel an. Wenn jetzt jemand zufällig in der Nähe war, würde er wahrscheinlich auch zusehen, denn nichts ist so fesselnd wie die Aussicht auf zerquetschtes Metall. Ich glitt die Treppe hinunter ins schattige Dunkel und war sicher, dass niemand mich bemerken würde. Staub und Müll knirschten unter meinen Sandalen.

Und als ich das Schloss berührte, bewegte es sich. Ich ruckelte daran und das ganze Ding verrutschte in einem Stück: Jemand hatte es abgeschraubt und dann die Schrauben lose zurück in die erweiterten Löcher gesteckt. Mir kam die Vorstellung von Tom Ashe mit seinem großen Schraubenzieher in den Sinn. Aus irgendeinem Grunde fing mein Herz heftig an zu pochen.

Dann entdeckte ich, dass in der Tür selbst noch ein Schloss war. Verdammt!

In Detektivgeschichten bricht man ständig mit einer ganzen Auswahl von Dietrichen und einem dünnen Metallstreifen für Schnappschlösser in Häuser ein. Ich persönlich würde Dietriche noch nicht einmal erkennen, obwohl ich sie mir als eine Reihe riesiger Zahnstocher an einem Stahlring vorstelle. Wahrscheinlich liege ich mit dieser Vorstellung falsch. Ein Hammer und ein wirklich kräftiger Meißel hätten vielleicht mein Problem gelöst, doch leider sind das nicht gerade Dinge, die ich in meiner Schultertasche herumtrage.

Ich presste mein Gesicht gegen das Gitter vor dem Fenster rechts von der Tür. Durch das schmutzige Glas konnte ich einen leeren, staubigen Raum sehen, in dem ein Haufen alter Pappkartons und ein kaputter Stuhl standen.

Doch der Raum war nicht dunkel. Ein schwaches, gelbliches Licht markierte den Umriss einer Tür auf der gegenüberliegenden Seite. Ich kniff die Augen zusammen. Das war kein Tageslicht. Irgendwo hinter diesem Raum brannte elektrisches Licht.

Ich blieb noch lange genug, um die Schrauben des Vorhängeschlosses wieder in ihre Löcher zu stecken und alles so unberührt wie möglich aussehen zu lassen, als die Haustür von Nummer 25 über meinem Kopf aufschlug. Stimmen. Zwei Männer beförderten Pappkartons hinaus zu einem Stapel auf der Laderampe. Ich konnte blaue Schilder mit dem Namen der Freedom-Vertriebsgesellschaft darauf sehen – wahrscheinlich war einer der Männer, die die Kartons hinausbrachten, die Stimme an der Sprechanlage gewesen.

Ich hielt mein Gesicht wie absichtslos abgewendet, stieg die Treppe hinauf und überquerte die Straße, um in meinem Volvo Zuflucht zu nehmen. Ich ging wie eine Dame. Mein Herz pochte immer noch und ein rascher Blick in meinen Innenspiegel enthüllte, dass sich auf meinem Gesicht der Staub mit dem Schweiß vermischte und eines der Fenstergitter einen senkrechten Streifen auf einer Seite meiner Nase hinterlassen hatte. Ich sah keineswegs respektabel aus und fühlte mich nur noch schlimmer. Es musste eine bessere Möglichkeit geben, hier voranzukommen.

Mein Blick fiel auf das Maklerschild mit der abblätternden Farbe. Telefonnummer. Und mein Handy, das in der Fahrertür steckte. Ich wählte.

Eine Stimme trällerte: »Dover und Parker. Was kann ich für Sie tun?«

»Mein Name«, sagte ich langsam, »ist Dido Hoare. Ich habe gerade Ihr Schild in der Horsell Road entdeckt. Ich besitze einen antiquarischen Buchladen hinter der Upper Street und suche nach Lagerräumen.« Ich betrachtete die

Fassade von Nummer 23, die noch weniger respektabel wirkte als meine, und dachte rasch nach. »Ich möchte für etwa sechs Monate einen billigen Eingangs- oder Kellerraum mieten und sehe, dass Ihr Gebäude in der Horsell Road dafür geeignet wirkt. Ich möchte mich nur vergewissern, dass die Räumlichkeiten auch trocken sind. Könnte ich es mir morgen früh ansehen?«

Die Stimme sagte: »Ich bin sicher, das lässt sich machen«, doch in einem Tonfall, der selbst am Telefon zu eifrig klang. Bevor ich losfuhr, verabredete ich um neun Uhr am nächsten Morgen ein Treffen mit ihr. Wenn ich auf einen sofortigen Besichtigungstermin bestanden hätte, hätte ich ihn wohl bekommen; doch die Dringlichkeit wäre merkwürdig erschienen, vor allem bei jemandem, der unbedingt eine Grundreinigung benötigte.

Ich fuhr Richtung Süden, um Ben abzuholen und mit Phyllis einen Termin am frühen Morgen zu verabreden. In meinem Kühlschrank wartete eine geöffnete Flasche Weißwein auf mich und daneben eine halb geleerte Flasche Mineralwasser. Meiner Meinung nach hatte ich genug geleistet, um mir eine Schorle zu meinem Salat verdient zu haben. Tatsächlich war ich mir dessen so sicher, dass ich erst sowohl mich als auch Ben badete und mit Essen versorgte, bevor ich mich durchringen konnte, den Anrufbeantworter abzuhören. Als ich es schließlich tat, spuckte er Nachrichten von Barnabas aus (drei an der Zahl) und eine von Ernie, der sagte, er würde mich am nächsten Morgen noch mal wegen des Arbeitsbeginns anrufen.

Die letzte Nachricht aber war besonders: eine fremde Stimme.

Hier spricht Inspektor Diane Lyon von Scotland Yard – Miss Hoare. DI Grant vom Revier Islington hat Ihnen wahrscheinlich schon gesagt, dass wir uns mit Ihnen in Verbindung setzen würden.

Es geht um den Tod von Mr Ashe – ich rufe an, weil ich Sie morgen um halb elf aufsuchen werde. Danke.

Ich nahm einen wohltuenden Schluck von meiner Schorle. Manchmal denke ich, dass die Polizei zu viel Zeit mit Kriminellen verbringt und dadurch eine verengte Perspektive in Bezug auf die Verfügbarkeit anderer Leute bekommt. Ich wollte schon Scotland Yard anrufen, doch es würde wohl nicht schwer sein, zum genannten Zeitpunkt zurück zu sein. Und wenn doch, dann konnte die Dame auf mich warten. Als das geklärt war, machten Ben und ich ein Nickerchen. Einträchtig.

3

Dover und Parker hatten ihr Büro bequemerweise auf der Hauptstraße südlich von meinem Ziel. Ich entschied, dass es wohl nicht viel Hoffnung auf einen legalen Parkplatz gab, und quetschte meinen Volvo in eine Reihe von Wagen, die in der Nähe auf einer gelben Linie parkten, dann ging ich das kurze Stück zurück. Als ich ankam, entdeckte ich, dass das gesamte Personal zu diesem Zeitpunkt aus einer zwanzigjährigen Rothaarigen bestand, die an der Empfangstheke saß und ihr tiefes Dekolleté dem Ventilator darbot, der auf höchste Stufe gestellt war. Bei meinem Eintreten senkte sie ein Exemplar der *Express* hastig auf den Tisch, was meinen Eindruck verstärkte, dass die Geschäfte auf dem Immobilienmarkt zurzeit ziemlich schleppend gingen. Wenn mein Ansinnen nicht nur vorgeschoben gewesen wäre, hätte ich auf der Stelle entschieden, mindestens fünfundzwanzig Prozent von dem abzuziehen, was auch immer sie von mir als Miete verlangen wollten.

»Miss Hoare?«, fragte sie mit einem wahrscheinlich überflüssigen Blick auf die Termine im Kalender vor ihr.

Ich bestätigte diese Identifizierung.

»Es tut mir ja *so* Leid.« Ihr Gesicht drückte professionelles, tiefes So-Leid-Tun aus. »Mrs Parker müsste längst hier sein, aber sie hat eben angerufen, um mitzuteilen, dass sie eine Reifenpanne hatte, und mich gebeten, Sie zu fragen, ob Sie wohl *möglicherweise* einen Moment warten könnten, denn sie wird sofort hierher kommen, wenn der Pannendienst ihren Reifen gewechselt hat.«

Meine innere Stimme sagte *Bingo*! Ich verzog mein Gesicht, um ihr Bedauern zu spiegeln, fügte dann Enttäuschung und einen Hauch Ungeduld hinzu und erklärte, dass ich normalerweise zwar nichts lieber täte, als auf Mrs Parker zu warten, dass ich aber leider in einer Stunde in der Nähe vom York Way verabredet sei, um mir andere Lagerräume anzusehen. Ich ließ mein Gesicht nachklingendes Bedauern zeigen und fügte hinzu, dass es mir Leid täte, die Räumlichkeiten in der Horsell Road nun nicht zu sehen, bevor ich mich bezüglich der anderen Räumlichkeiten entschied. »Ich lasse Ihnen meine Karte da«, schloss ich. »Wie äußerst schade.«

Dann knallte ich eine meiner ganz speziellen Visitenkarten auf ihren Schreibtisch. Anfang des Jahres hatte ich echtes Geld ausgegeben, um hundert von diesen Dingern herstellen zu lassen, geprägte, cremefarbene Karten, die so dick waren, dass man sie zum Dachdecken benutzen konnte, mit meinem Namen, meiner Adresse, der Telefonnummer und einer Skizze meines Ladens. Bis dato hatte ich genau eine Karte davon ausgehändigt – an einen amerikanischen Sammler, der äußerst reich und äußerst selbstgefällig war. Sie schien selbst ihn einzuschüchtern und ich hatte den Eindruck, dass die jetzige Empfängerin die Farbe wechselte, was genau die Wirkung war, die ich erhofft hatte.

Ich runzelte erneut die Stirn. »Übrigens, gibt es denn keinen Hausmeister? Warum rufen Sie ihn nicht an und bitten ihn, mich herumzuführen?«

Sie wirkte noch aufgelöster. »Er hat nur die Schlüssel zum angrenzenden Gebäude. Wir haben – ähem – dort ebenfalls Räumlichkeiten. Vielleicht wollen Sie ja dort etwas mieten ... Sie sind ... mmmmh ... gepflegter. Ich meine, mit Hausmeisterservice.«

Ich verdaute die Neuigkeit, dass Ashe, wenn er wirklich in Nummer 23 gewohnt hatte, dies inoffiziell getan hatte, und sagte in aller Unschuld: »Oh, ich meinte gehört zu haben, dass in beiden Gebäuden ein Hausmeister zur Verfügung stünde.«

»Nicht in der 23«, sagte sie prompt. »Eigentlich nicht. Es gibt da schon jemanden im Gebäude, aber er ist kein Hausmeister, eher ein Haussitter.« Sie kicherte über ihren eigenen Witz. »Um Brände und Vandalismus zu verhüten. Er ist kein Angestellter. Er *tut* nichts im eigentlichen Sinne. Also frage ich mich, ob Sie nicht lieber nebenan etwas mieten wollen? Mit Hausmeisterservice? Zentralheizung und Grundreinigung?«

Ich rückte ein wenig näher in den lauwarmen Luftstrom vom Ventilator und sagte: »Ich wusste nicht, dass in dem anderen Gebäude zu ebener Erde Räumlichkeiten zur Verfügung stehen ...«

»Wenn es denn unbedingt zu ebener Erde sein muss ...«

»Oder im Keller.«

Ich wiederholte meine vorbereitete Geschichte von den Tausenden von Büchern, die ich auf dem Lande aufgekauft hätte und die nun in geeigneten Räumlichkeiten gelagert und sortiert werden müssten, bevor sie weiterverkauft werden könnten. »Sie sehen also«, betonte ich mild lächelnd, »dass man sie wohl kaum die Treppen rauf- und runterschaffen wollte.« Tja, das wollte man nicht. Bücher sind schwer. Ich kam sichtlich zu einer Entscheidung. »Warum überlassen Sie mir nicht die Schlüssel zu Nummer 23? Wenn ich kurz hinüberfahre, werde ich zumindest sehen können, ob die Räumlichkeiten sicher und trocken genug für die Lagerung von Büchern sind. Und wenn Mrs Parker innerhalb der nächsten zwanzig Minuten eintrifft, könnten Sie sie vielleicht bitten, sich mir dort anzuschließen? Sonst habe ich bestimmt noch genug Zeit, die Schlüssel wieder zurückzubringen, bevor ich zu meiner nächsten Verabredung fahre.«

Ich spekulierte darauf, dass sie nicht ablehnen konnte. Was konnte eine mögliche Mieterin mit derartig vornehmen Visitenkarten schon groß Schaden in einem leeren Gebäude anrichten? Sie zögerte kaum sichtbar und übergab mir dann im Tausch gegen meine Unterschrift eine Hand voll zusammengewürfelter Messingschlüssel, die an einem alten Stück Schnur zusammengehalten wurden. Ich eilte zum Volvo. Obwohl ich darauf vorbereitet gewesen war, in Anwesenheit einer Immobilienmaklerin eine Besichtigungstour durch Nummer 23 zu unternehmen, würde es doch viel einfacher sein, herumzuschnüffeln, ohne meinen Vorwand aufrechterhalten zu müssen. Ich würde wohl in der Lage sein, das Gebäude innerhalb von zehn Minuten zu überprüfen. Wenn es leer war, wäre ich bereit, zuzugeben, dass ich einem Phantom nachgejagt war und Tom Ashe schlicht und einfach nicht bei Trost gewesen war. Dann sollte ein anderer herausfinden, welches Spiel der alte Mann in seinem verrückten Hirn beschlossen hatte mit uns allen zu spielen. Aber wenn er dort gewohnt hatte …

Ich wendete den Volvo in einer geeigneten Einmündung und fuhr zurück zur Hauptstraße, wo der übliche zäh fließende, Abgase ausstoßende Verkehr herrschte. Es war nicht weit zur Horsell Road, aber nach fünf Minuten Stop and Go dachte ich wieder einmal darüber nach, aufs Land zu ziehen.

Wenn man schon von Verrückten sprach: Ich war es, nicht Ashe.

Zehn Minuten später stand ich in einem Korridor am Fuß einer Betontreppe, die hinauf in stickige Dunkelheit führte. Ich steckte den Kopf durch die Tür einer alten Toilette mit gesprungenem Inventar und überprüfte den großen Raum, der die ganze Länge der Eingangshalle einnahm, doch der war leer bis auf einen Stapel vergilbter Zeitungen in einer Ecke und die Brösel der rissigen, grauen Schicht Linoleum.

Ich versuchte ein paar Lichtschalter, um zu sehen, ob der Strom abgeschaltet war. Zwar drang genügend Tageslicht herein, so dass es nicht wirklich wichtig war, auch weil ich glaubte, nicht lange herumsuchen zu müssen. Ich war sicher, dass der »Haussitter« Tom Ashe gewesen war und sein Hauptquartier sich dort befunden hatte, wo ich gestern das Licht gesehen hatte. Irgendwo musste hier eine Tür in der Eingangshalle sein, die in den Keller führte.

Zuerst dachte ich, ich hätte mich geirrt. Ich steckte meine Nase in den lang gezogenen, leeren Raum und zögerte am Fuß der Treppe, die zu den oberen Stockwerken führte. In der Toilette sah ich einen tropfenden Hahn – das Wasser war im Gegensatz zum Strom nicht abgestellt worden. Ich ging auf die Toilette. Als ich wieder herauskam, mit dem Echo des fließenden Wassers im stillen Gebäude, fiel mein Blick auf eine Tür unter der Treppe. Ich drückte vorsichtig die Klinke nieder, doch die Tür wollte sich nicht öffnen. Natürlich nicht.

Ich zog die Schlüsselschnur des Maklers auseinander und fing an, einen nach dem anderen auszuprobieren. Beim dritten oder vierten Versuch glitt ein Schlüssel ins Schloss und ich spürte, wie sich die Zuhaltung widerstrebend bewegte. *Gut.* Ich würde kurz einen Blick auf die Örtlichkeiten werfen und dann ganz schnell wieder hier raus sein, zurück zur geistigen Gesundheit. Ich sah schon vor meinem inneren Auge, wie ich den Volvo in doppelter Reihe vor dem Büro des Maklers abstellte, durch die Tür eilte und die Schlüssel mit einem munteren »Danke! Ich rufe Sie an …« auf die Empfangstheke warf, um dann zum Termin mit Scotland Yard zu rasen.

Die Tür wollte sich nicht öffnen. Ich richtete meine Aufmerksamkeit wieder auf die vor mir liegende Aufgabe und versuchte die ganze Prozedur noch einmal. Schlüssel. Schloss. Ich konzentrierte mich, und meine Ohren und Finger bestätigten, dass der Schlüssel seinen Dienst tat und die Zuhaltung sich widerwillig im Inneren der Tür bewegte. Ich drückte langsam die Klinke herunter. Und die Tür blieb fest verschlossen.

Ich presste mein Gesicht gegen den Türrahmen und versuchte vergeblich, etwas durch den Türspalt zu sehen. Die Tür war aus altem Eichenholz, folglich solide. Und weiterhin verschlossen. Nein: von der anderen Seite verriegelt, ganz klar.

Als ich auf den Bürgersteig trat, war es, als hätte ich mich von einem Grab in die reale Welt zurückbegeben. Ein Lieferwagen war nebenan vorgefahren und zwei Männer, die wegen der Hitze ihren Oberkörper entblößt hatten, trugen stapelweise Zeitschriften die Treppe hinauf ins Gebäude. Meine Armbanduhr teilte mir mit, dass ich zehn Minuten in Nummer 23 gewesen war. Langsam wünschte ich mir, Mrs Parker würde eintreffen und mir helfen. Die Männer tauchten wieder auf, knallten die Wagentür zu und hievten sich auf die Vordersitze des Lieferwagens. Ich stieg hinunter in den Kellergang und blieb vor der Tür stehen. Das Vorhängeschloss und die Schließe glitten wie gehabt ohne weiteres beiseite und ich versuchte es erneut mit den Schlüsseln. Es dauerte eine Weile, bevor ich auf den stieß, der nicht nur hineinglitt, sondern sich auch leicht umdrehen ließ.

Leichter als die anderen. Ungeheuer leicht. Das Schloss musste geölt worden sein.

Doch der Raum, in den ich trat, als ich die Tür geöffnet hatte, wirkte ebenso staubig und verlassen wie das Stockwerk darüber. Ein alter Holzstuhl lehnte an der Vorderwand – zu alt, zu kaputt, als dass man sich noch die Mühe gemacht hätte, ihn mitzunehmen. Fetzen von Pappkartons und Papier waren auf dem Boden verstreut.

Die Tür am hinteren Ende des Raums war geschlossen und der Raum dahinter wirkte heute dunkel. Vielleicht war nur eine Glühlampe ausgebrannt. Ich betätigte die Schalter hinter mir, mit dem gleichen Ergebnis wie im Stockwerk darüber. Doch was war dann mit dem Kabel, das ich bemerkt hatte, mit der amateurhaften Stromleitung? Ich entdeckte sie am Rand des Türrahmens, wo sie lose zum Boden hinabfiel und in ein Loch im Dielenfußboden tauchte. Jemand hatte ein Brett angesägt und das Kabel darunter verlegt. Die Ränder des Einschnitts waren ausgefranst, aber sauber. Neu. Das Dielenbrett bewegte sich, als ich ein paar Finger darunter schob; aber es war zu schwer, um es ohne Werkzeug anzuheben. Jemand hatte eine Menge Anstrengungen unternommen, um den Verlauf des Kabels zu verbergen.

Ich lauschte wieder. Ein Auto fuhr durch die Straße und oben lief immer noch die Toilettenspülung. In einer Nische meines Bewusstseins fragte ich mich, ob ich etwas kaputtgemacht und eine Überschwemmung ausgelöst hatte – nicht, dass es viel zu überschwemmen gab. Ich bewegte mich hinüber zur Tür, die sich auf einen Korridor öffnete, welcher sich seinerseits von einer nackten Wand weiter hinten auf der rechten Seite zu einer Treppe auf der linken Seite erstreckte. Nur die untersten zwölf Stufen waren zu sehen: Die verriegelte Tür von der Eingangshalle lag unsichtbar irgendwo darüber. Die gegenüberliegende Wand war von drei Türen unterbrochen. Die nächste stand offen und ich konnte eine weitere Toilette sehen. Doch nichts legte nahe, dass sie benutzt wurde. Die zweite Tür führte zu einem Vorratsraum mit leeren Regalen. Die dritte, ganz am Ende, war geschlossen. Ich ging zu ihr und drückte vorsichtig die Klinke hinunter. Wieder geölte Scharniere …

Es war ein Raum, der ungefähr drei Meter breit und doppelt so lang war, und er war nicht leer. Die Fenster an der hinteren Wand waren zwar zugenagelt, doch strömte genug Tageslicht durch die Spalten, dass ich den Müll sehen konnte, der über den alten Linoleumboden verstreut war, außerdem ein umgekipptes Feldbett … Es war nur ein ganz kurzer Anblick.

Hinter der Tür: plötzlich Bewegung. Ich schrie, packte meine Tasche an ihrem langen Henkel und schlug sie heftig gegen die schwarze Gestalt, bevor etwas gegen meinen Kopf knallte. Noch nicht mal Zeit nachzudenken, nur das Registrieren von Empörung, *so was sollte nicht* …, und Schmerz, aber keine Zeit, Angst zu haben oder …

4

Zeit verging. Eine riesige, brutale Faust hämmerte gegen meinen Schädel.

Als ich das nächste Mal aufwachte, hatte sich nichts geändert, nur der Schmerz war beständiger geworden. Ich lag auf etwas Hartem. Als ich meinen Muskeln befahl, sich zu rühren, weigerten sie sich; also lag ich still und blickte mit meinem rechten, geöffneten Auge über den staubigen Boden vor meiner Nase. Er war mit Dingen bedeckt, die ich nicht identifizieren konnte.

Nach einer Weile waren mein Auge und mein Hirn bereit, sich zu konzentrieren. Ich fing an, eine Bestandsaufnahme zu machen. Schlüssel an einer Schnur, vor meinem Gesicht. Dahinter meine geöffnete Schultertasche, der Inhalt auf dem Boden verstreut. Ich sollte sie aufheben und alles hineinpacken. Ich sollte mich aufsetzen. Ich konnte mich nicht erinnern, was geschehen war.

Etwas war auf mich gefallen …

Der Schmerz hatte sich von einem Stechen in ein dumpfes, raumfüllendes Dröhnen verwandelt und ich wusste, dass mir der Kopf abfallen würde, wenn ich versuchte, mich zu bewegen. Unter meinem Kinn war etwas Kühles, Klebriges, was ich nicht unbedingt identifizieren musste, was aber möglicherweise mit dem kleinen, scharfen Schmerz über meinem Ohr in Verbindung stand.

Ich begriff, dass mir jemand helfen musste, weil ich mir nicht selbst helfen konnte.

Dann dachte ich ans Sterben. Ich dachte eine ganze Weile darüber nach. Barnabas würde Ben sagen müssen, dass ich tot war. Würde er in der Lage sein, sich richtig um Ben zu kümmern? Würde Ben sich um ihn kümmern müssen? Ein Funken Wut flammte plötzlich auf und ich entdeckte, dass ich mich doch bewegen konnte. Ich bemühte mich um eine Hebelposition, drückte mich hoch und saß aufrecht.

Dann wurde mir übel.

Als ich aufhörte, mich zu übergeben, hörte ich ein schwaches, intervallartiges Klingeln, das ich zuerst meinen Ohren zuschrieb, bevor ich nach und nach begriff, dass es seinen Ursprung außerhalb von mir hatte. Ich starrte in Schräglage vor mich hin, bis das geschwollene und langsam arbeitende Ding, zu dem mein Kopf mutiert war, endlich das Geräusch identifizierte, und dann brauchte ich endlos, um an mein Handy zu gelangen und es mit ungeschickten Händen anzustellen, und ich war irgendwie so außerhalb meiner selbst, dass Paul Grant anscheinend endlos *Hallo? … Dido? Dido?* wiederholen musste, bevor ich hustete und, mit dem säuerlichen Geruch meines Erbrochenen überall und der Frage im Hinterkopf, ob er mich überhaupt hören konnte, flüsternd herausbrachte: »Ich bin im Keller der Nummer 23 in der Horsell Road – ich hatte einen Unfall.« Und ich krächzte immer und immer wieder diese Worte, versuchte, ihn dazu zu bringen, mir zuzuhören, denn er schien immer nur Fragen stellen zu wollen, die ich noch nicht mal ansatzweise verstand.

V Einige Konsequenzen

1

Mein linkes Auge wollte sich nicht öffnen, aber mein rechtes Auge registrierte Mr Spocks verzweifelten Sprung aufs Bett. Eine Katze, die vor Liebesentzug und Hunger außer sich war. Ihre Ankunft verriet mir, dass es Morgen war, und das Licht an der Decke informierte mich, dass es später Morgen war. Das Geräusch fremder Stimmen drang zu mir ins Schlafzimmer und warnte mich, dass etwas Außergewöhnliches vor sich ging.

Ich konzentrierte mich schmerzhaft auf die Tür, als sie vor einem Tablett aufflog. Das Tablett befand sich vor Barnabas, der eine Reihe von Drohungen über vor den Füßen herumstreichende Katzen hervorstieß.

Ich riss mich zusammen. »Sein Futter ist in den Dosen unter der Spüle.« Sprechen war überraschend schmerzhaft. »Geht es Ben gut?«

Barnabas blähte sich wohlwollend auf. »Phyllis badet ihn gerade. Ich habe dir Tee gemacht. Wie fühlst du dich?«

Schwierige Frage. Mein Eindruck war, dass noch nicht alles funktionierte, dass ich es jedoch bedauern würde, wenn ich dem nachging. Ich hob meine Hand irgendwo an die blinde Seite und stieß auf eine sanfte Schwellung und eine raue Linie über dem Ohr, die besonders schmerzhaft und seltsam stachelig war.

Ich sagte: »Ich brauche einen Spiegel«, und Barnabas übergab mir kommentarlos den kleinen von meiner Kommode.

Da gab's auch nicht viel zu sagen. Mein linkes Auge war in einem geschwollenen, schwärzlichen Bereich versunken, der sich über die linke Seite meines Gesichtes erstreckte. Irgendjemand hatte mir an einer Stelle über meinem Ohr die Haare wegrasiert und die Enden von schwarzen Nahtfäden ragten aus einer Linie getrockneten Blutes heraus.

»Es sieht viel schlimmer aus als gestern Abend«, wimmerte ich.

Barnabas schien sich zu einer Erklärung gezwungen. »Es ist nicht so schlimm, wie es jetzt aussieht. Die Ärztin kommt später noch mal, du kannst sie dann fragen. Du wirst wieder ganz in Ordnung kommen.«

Ich sah noch einmal nach und fand es schwierig, ihm zu glauben.

Aber Barnabas blieb dabei. »Du brauchst nur ein bisschen Ruhe. Übrigens kommt Pat heute Nachmittag – ich glaube, sie will dich mit eigenen Augen sehen. Außerdem …«, doch dann wurde er von der Türglocke unterbrochen, gefolgt von einem Wutschrei von Ben im Bad und Gemurmel im Wohnzimmer, das plötzlich lauter wurde, als würden dort ein paar Personen debattieren. Mein Vater schob eine Tasse Tee in meine Richtung, sagte: »Trink das«, und verschwand.

Ich entdeckte, dass es mir tatsächlich möglich war, mich aufzusetzen. Als ich die Tasse vorsichtig an meine Lippen manövriert hatte, entdeckte ich ebenfalls, dass ich sogar daran nippen konnte. Wie gewöhnlich war der Tee meines Vaters kalt und schwach. Ich lauschte auf das Geräusch von Schritten, die meine Treppe heraufkamen, dann auf etwas, was klang wie ein Protest von Barnabas, und auf unverständliche Stimmen aus der anderen Richtung, die in mehrere laute Gespräche gleichzeitig verwickelt waren. Der Geräuschpegel stieg und ich hätte schwören können, dass jemandem der Geduldsfaden riss. Ich stellte versuchsweise einen Fuß auf den Boden neben meinem Bett, doch die Aussicht auf einen Versuch aufzustehen bewirkte nur, dass das Dröhnen in meinem Schädel wieder anfing. Kleinere Unruhen würden sich selbst, ohne meine Mithilfe, auflösen müssen. Ich zog den Fuß zurück, schob Mr Spock aus dem Weg und ließ mich mit dem Gefühl in die Kissen zurücksinken, zwar blass, aber nicht besonders interessant zu sein. Und dann kam die Unruhe.

Ernie Weekes führte sie an. Er trug Tarnhosen, ein rotes Barett und Kampfstiefel und sah damit aus wie eine Kreuzung zwischen Che Guevara und einem Pfadfinder. Irgendwas lag in seiner Haltung, was mir verriet, dass er sich seinen Weg durch die feindlichen Linien zu mir hatte bahnen müssen. Er blieb dramatischerweise stehen, blockierte die Tür und musterte mein Gesicht mit einer Mischung aus Neugier und Besorgnis. Dann sprang er rasch an mein Bett, beugte sich vor und küsste mich fest auf den Mund.

»Hey! Alles klar! Was machst du bloß?«

Mit der Frage im Hinterkopf, ob ich wirklich so aussah, als wäre ich dem Tod gerade noch mal von der Schippe gesprungen, wie seine Haltung nahe legte, antwortete ich, dass mit mir so weit alles in Ordnung sei. Offensichtlich an meinen Worten zweifelnd, setzte sich Ernie mit solchem Schwung auf den Rand meines Bettes, dass meine Backenzähne zu wackeln anfingen, und senkte vertraulich die Stimme. »Der Professor sagt, du wärest in einem alten Lagerhaus angegriffen worden. Wenn du Lust hast, in Kellern herumzuwühlen, solltest du mich mitnehmen. Wenn ich dabei bin, wird niemand dir was tun.« Er starrte mich finster an.

Hinter ihm tauchte Barnabas in Begleitung von Phyllis und einem handtuchumwickelten Baby auf.

Ich machte eine beruhigende Geste und sagte rasch: »Ernie, glaub mir, wenn ich das nächste Mal einen Leibwächter brauche, nehme ich dich.«

»Wer war es denn? Ich knöpfe ihn mir mal vor.«

Ich blickte ihn an. Das Gesicht vor mir gehörte zu einem eifrigen Zehnjährigen, der Körper jedoch strömte Entschlossenheit, Zuverlässigkeit und Kraft aus. Mir kam der Gedanke, dass ich wahrscheinlich heute viel gesünder wäre, wenn ich ihn gestern dabeigehabt hätte.

Dann sagte ich langsam: »Wenn ich alles durchschaut habe, werde ich es dir erzählen. Wirst du heute am Katalog arbeiten?«

»Wenn das okay ist. Und der Professor was für mich hat.«

Barnabas tauchte erneut auf. Ich unterbrach seinen Protest gegen die Invasion in meinem Schlafzimmer und verabredete mit ihm, dass er Ernie bei der Arbeit betreuen würde. Nachdem das erledigt war, bekam ich meinen Sohn ins Bett gereicht, so dass wir einander sorgfältig mustern konnten. Nach anfänglichem Zögern reagierte er ziemlich höflich auf den Anblick seiner einäugigen Mutter mit dem ins Violette spielenden Gesicht und bemerkte lediglich: »Ah-wa-wa-ba!« Aber würde ich ähnliche Toleranz von ihm erwarten können, wenn er erst einmal ein, zwei Jahre älter war? Wir wechselten ein paar Worte im Vertrauen, bevor Phyllis ihn mir wieder wegnahm.

»Wir gehen ein bisschen mit dem Kinderwagen spazieren«, teilte sie mir mit. »In zehn Minuten. Hier kann er ohnehin nicht einschlafen. Und was dich angeht – zieh dir bloß nicht irgendwelchen Unsinn von diesen Leuten hier an. Und damit meine ich sowohl deinen Vater als auch die anderen. Barnabas sagt, deine Schwester kommt später, wenn du also jetzt wieder schlafen willst, schaff ich sie dir alle vom Hals.«

Ihre Worte erinnerten mich an das unverminderte Gemurmel im Nebenzimmer. Barnabas hatte darin eingestimmt. Dann bemerkte ich, dass sich Paul Grants Stimme über die der anderen erhob. Die anderen Stimmen klangen fremd.

Nachlässigerweise versuchte ich, fragend meine Augenbrauen hochzuziehen. Das war ein Fehler. Ich quiekte auf.

»Es sind drei«, flüsterte Phyllis. »Dieser Detective, dein Freund – der vom hiesigen Revier. Und noch ein Mann und eine Frau. Sie sind schon seit einer Stunde da, aber wir haben sie warten lassen, bis dein Vater meint, du seist bereit. Er streitet ständig mit ihnen.«

»Warum drei?«, fragte ich laut. Dann erinnerte ich mich. Die Fremden waren wohl die Leute von Scotland Yard, die ich gestern hätte treffen sollen. Anscheinend gab es kein Entkommen.

Ich konnte sehen, dass Phyllis mich mit dem kühlen Blick einer Krankenschwester musterte. »Ich sage ihnen, dass du noch nicht in der Lage zu einem Gespräch bist. Sie können später wiederkommen.«

Ich sagte, es sei zweifelhaft, ob es gut wäre, das Gespräch zu verschieben. »Nebenbei«, gestand ich mir wie ihr, »möchte ich wissen, was passiert ist. Ich weiß, dass mich Paul auf meinem Handy angerufen hat, aber danach war ich weg. Ich würde das lieber hinter mich bringen und dann ein bisschen schlafen, bevor meine Schwester eintrudelt. Sie ist ein bisschen zu fürsorglich.«

Phyllis kannte Pat, die ein paar Jahre älter ist als ich und das nicht vergessen kann. Also verschwanden sie und Ben ohne weiteren Kommentar und ließen mich vorübergehend allein. Ich war versucht, meinen Kopf in dem Kissenbezug zu verstecken, erinnerte mich jedoch daran, dass Paul mein geschundenes Gesicht am Tag zuvor schon gesehen hatte und dass ich nichts tun konnte, um die Tatsache zu verbergen, dass ich aussah wie ein viertklassiger Boxer. Ich zog die Bettdecke gerade, lehnte mich zurück und sah Barnabas zu, wie er das nächste Besucherkontingent ins Zimmer scheuchte.

Es war noch nicht mal ein Sitzplatz für einen Besucher vorhanden, geschweige denn für drei. Man kann meine Wohnung als »gemütlich« bezeichnen; es ist der erste Stock eines kleinen Reihenhauses mit einem Wohnzimmer, das sich über die gesamte Frontseite des Gebäudes erstreckt, während der Rest der Fläche von meinem Schlafzimmer, einer kleinen Küche und einem winzigen Badezimmer eingenommen wird. Zufälligerweise gefällt es mir hier: die schönen georgianischen Proportionen des Vorderzimmers und die Fenster, die frühviktorianischen Möbel, die ich Stück für Stück in kleinen Antiquitätenläden oder auf dem Trödelmarkt erstanden habe. Meine Wohnung passt zu mir. Mein Schlafzimmer aber war nie dazu gedacht, Empfänge abzuhalten, auch nicht, bevor ich Bens Bettchen und Schrank in die letzte freie Ecke quetschte. Die Polizei stellte sich also vorsichtig in einem Halbkreis vor mir auf, während Barnabas im Türrahmen stehen blieb, offensichtlich, um darüber zu wachen, ob sie sich auch an die Regeln hielten.

Ich zwinkerte ihm mit meiner gesunden Gesichtshälfte zu. »Solltest du nicht besser runtergehen und Ernie in den Laden lassen?«

Mein Vater ignorierte das Zwinkern. »Vielleicht brauchst du ja etwas.«

Ich versicherte ihm, dass das nicht der Fall war und dass die Beamten sicher allein hinausfänden, falls ich müde werden sollte. Barnabas starrte mich finster an und knurrte: »Wir müssen uns mal ernsthaft miteinander unterhalten«, und verschwand extrem langsam. Ich konnte hören, dass er noch mit Phyllis sprach, bevor er und Ernie die Treppe hinuntergingen. Ich konzentrierte mich auf den nächsten Abschnitt eines anscheinend sehr betriebsamen Tages.

Inspektor Lyon, deren Stimme ich zwei Tage zuvor auf meinem Anrufbeantworter gehört hatte, entpuppte sich als Frau mit mausbraunem Haar, farblosen Augen und dem unscheinbaren Gesicht eines Menschen, dessen Karriere darauf basiert, nicht aus der Menge herauszuragen: Es war gut möglich, dass man sich in ihrer Gegenwart danebenbenahm, weil man schlicht vergaß, dass sie da war. Sie war ein klein wenig älter als ich. Nun drückte sie sich gegen die Kommode und ich konnte sehen, wie ihr der Schweiß die Wange hinunterlief und aus ihrer Grundierung eine rosa Pampe machte.

Ihr Begleiter, DS Pickles, war ein großer Mann mit quadratischem, fleischigem Gesicht, dunkler Haut, dünner werdendem, braunem Haar und dunklen Augen, die wenig preisgaben. Er hatte ein bisschen Fett angesetzt: Ich hielt ihn für einen Bierliebhaber. Trotz der Hitze war er korrekt gekleidet und trug einen faltenlosen, grauen Anzug. Ein solider Gentleman. Paul stellte mir die beiden vor, während er auf die demolierte Seite meines Gesichts starrte. Er wirkte unglücklich. Ich hoffte, dass es sich um Schuldgefühle handelte. Ich würde wohl eine Weile brauchen, um zu vergessen, dass er mich gestern hätte begleiten können, obwohl eine Stimme in mir sagte, dass ich unfair war.

»Wie geht es dir heute?« Seine Stimme klang förmlich und erinnerte mich gerade deshalb an die privatere Natur unserer Beziehung. Er beugte sich ein wenig vor. »Es sieht schon besser aus …«

»Ich habe dir noch gar nicht richtig gedankt. Ich kann mich nicht genau erinnern, was passiert ist, aber es gab da ein Geräusch … Musstest du die Tür aufbrechen?«

Er nickte leicht. »Wer auch immer dich angegriffen hat, muss durch die Hintertür verschwunden sein und das Schloss war zu. Ich musste die Tür eintreten. Glücklicherweise war das Holz alt.«

Ich dachte immer noch darüber nach. »Ich hörte Lärm, und dann kam ein Licht und du warst da. Und die Leute von der Ambulanz.«

Ich konnte spüren, wie Inspektor Lyon mit dem Fuß gegen mein Bett stieß, als sie ihre Position verlagerte. Das Zimmer war wirklich unmöglich, aber ich hatte nicht das Bedürfnis aufzustehen. Sie fragte drängend: »Haben Sie jemanden gesehen?«

Genau in diesem Punkt versagte mein Gedächtnis. »Ich glaube nicht. Nein. Ich war …« Aber das war zu kompliziert für mich, ich konnte es nicht erklären, also verstummte ich wieder.

Pauls Stimme sagte sanft: »Erzähl uns alles, an das du dich erinnern kannst. Dein Vater konnte uns noch nicht mal sagen, was du da eigentlich gemacht hast.«

Ich schloss die Augen und versuchte es, obwohl mein Gehirn immer noch nicht ganz funktionierte. Das Gestern war irgendwie in weitere Vergangenheit gerückt. Ich war gerade noch klar genug, um mich daran zu erinnern, dass Paul schon eine Ahnung hatte, warum ich in die Horsell Road gegangen war … Also hatte er den anderen nichts von unserem Gespräch erzählt.

»Ich habe mir das Haus Nummer 23 angesehen, weil ich dachte, es bestünde die Möglichkeit, dass Tom Ashe dort gewohnt hatte. Nein, ich vergaß – im Maklerbüro erzählte man mir, dass er tatsächlich dort gewohnt hatte. So war es. Ich bekam den Schlüssel von ihnen und überprüfte das Erdgeschoss, aber dann …« Ich versuchte mich zu erinnern … das Geräusch von fließendem Wasser … »Ich habe eine

Toilettenspülung betätigt. Das war es wohl. Jemand muss es gehört haben. Er muss sich im Keller versteckt haben, als ich dort hinging.« Ein weiteres Stück meiner Erinnerung kehrte zurück. »Jemand hatte seine Sachen durchsucht. Sie waren überall im Raum verstreut, oder nicht? Jemand muss die Wasserspülung gehört haben, und als ich …« Ich verstummte wieder, weil es zu schwierig war, die Dinge in eine Ordnung zu bringen. »Ich kann mich nicht erinnern.«

Der Mann mit dem komischen Namen – Pickles – versuchte es auf die väterliche Tour. »Sie haben eine leichte Gehirnerschütterung. Sie werden sich bald wieder an alles erinnern.«

Ich öffnete die Augen und blickte ihn an, als er schwieg.

»Je eher Sie uns helfen können, desto besser. Wir tappen im Augenblick im Dunkeln.«

Ich erinnerte mich wieder. »Sie sind von Scotland Yard, nicht wahr? Und Sie glauben, dass die Person im Keller die war, die Tom Ashe umgebracht hat.«

Das Zögern war so offensichtlich, dass ich förmlich sehen konnte, wie ihr Eingeständnis im Raum schwang. Ich beschloss, nichts mehr zu sagen, bis einer von ihnen sprach. Wir lauschten auf das Ticken meiner Uhr auf dem Nachttischchen und auf den Verkehr in der Upper Street. Es hörte sich an, als wäre jemand liegen geblieben, und jedes Auto, jeder Bus und jeder Lkw in Nord-London versuchte nun, im ersten Gang daran vorbeizufahren. Als Lyon schließlich sprach, hätte ich es fast überhört. »Scotland Yard, ja.«

Aber Paul hatte noch etwas gesagt: eine andere Bezeichnung. Ich würde mich später daran erinnern.

Lyon sagte: »Können Sie noch mal von vorn anfangen und alles ganz langsam durchgehen? Erzählen Sie uns alles, an das Sie sich erinnern können. Sie können den Rest ergänzen, wenn es Ihnen besser geht.«

Ich musste die Ereignisse im gleichen Maße für mich wie für sie ordnen, also begann ich mit der Nacht nach Barnabas' Geburtstagsessen, als Ashe die Horsell Road erwähnt hatte. Ich erzählte alles, was ich über sein Verschwinden und seine Rückkehr wusste. Für mich klang das alles ziemlich wirr; aber die drei hörten zu, als würde es einen Sinn ergeben. Ich erzählte ihnen von dem kleinen Mädchen, das behauptet hatte, Tom würde in dem leeren Gebäude wohnen, und dann davon, wie ich mir die Schlüssel besorgt hatte.

Jemand sagte in aufmunterndem Tonfall: »Gut.« Es war gut. Die Dinge kamen zurück. Die stickige Luft in dem leeren Gebäude, der Geruch, die lastende Stille. Ich sprach von der verschlossenen Tür in der Eingangshalle, von meinem Gang in den Kellerbereich und mein Eindringen über Toms inoffizielle Route.

»Ich hörte nichts. Ich nahm an, dass der Keller leer war. Ich ging ins Hinterzimmer …« Dann wurde es schwierig. »Ich dachte, die Decke sei über mir eingestürzt. Ich erinnere mich daran, dass mir übel wurde und dass mein Handy klingelte. Inspektor Grant kam. Es tut mir Leid. Ich kann noch nicht richtig denken.«

Lyon sagte: »Langsam kann ich mir ein Bild machen. Und Sie haben wirklich niemanden gesehen?«

Nein. Es fühlte sich an, als wäre eine Wand vor einem Teil meines Gedächtnisses errichtet worden.

»Die Erinnerung wird bestimmt zurückkommen. Sie haben uns sehr geholfen.«

Ich wusste nicht, warum sie das ständig sagten, weil es mir nicht sonderlich geholfen zu haben schien, also fragte ich: »Was haben Sie gefunden, als Sie dort ankamen? Können Sie mir etwas darüber sagen, was der … der Eindringling dort gemacht hat?«

Die Antwort darauf war allgemeines, verneinendes Gemurmel und dann sagte Inspektor Lyon: »Unsere Spurensicherung konnte nicht viel finden. Wie Sie schon sagten, der Raum war ein Schweinestall. Also …«

Aber jetzt erinnerte ich mich doch an etwas. »Sie wollten mich aufsuchen. Wegen Tom Ashe … Warum? Ich weiß nichts über seinen Mord.« Ich lehnte mich gegen die Kissen, beobachtete die drei unter meinen gesenkten Lidern und sah, dass die beiden von Scotland Yard Paul einen Blick zuwarfen. Das erinnerte mich daran, dass ich wissen wollte, warum zwei ziemlich hohe Beamte in London herumliefen und den Tod eines verrückten, alten Obdachlosen untersuchten, aber irgendetwas in mir befahl mir, dem erst nachzugehen, wenn ich mich nicht mehr so benommen fühlte. Instinkt oder dröhnender Kopfschmerz. Jedenfalls sagte ich: »Ich kann meine Augen nicht länger offen halten. Ich muss jetzt schlafen.«

Lyon und Pickles gaben höfliche Geräusche von sich und verzogen sich aus der schmalen Passage am Fuß des Bettes. Unter den gegebenen Umständen konnten sie wirklich nicht viel mehr tun, obwohl sie nicht glücklich wirkten. Ich hörte, wie jemand mit Phyllis sprach, die offensichtlich vor der Tür Wache gehalten hatte. Als ich aufblickte, sah ich, dass Paul allein im Zimmer war.

Ich schenkte ihm ein vorsichtiges Lächeln, aber er wirkte grimmig. »Du hast Glück gehabt.«

»Es fühlt sich aber nicht so an.«

»Dir hätte noch viel Schlimmeres zustoßen können als eine Gehirnerschütterung und das weißt du auch.«

Ich sagte demütig, dass mir das schon klar sei. Ich war wach genug, um hinzuzufügen, dass er wahrscheinlich Tom Ashes Mörder gefangen hätte und ich nicht aussähe wie Frankensteins Monster, wenn er nur mitgekommen wäre. Ich verstand schon die Regeln, aber wenn man es genau nahm, hatte ich nicht so richtig viel Glück gehabt.

»Alles in Ordnung mit dir?«

»Ich glaube, ich brauche ein Aspirin.«

»Das ist auf dem Nachttischchen«, sagte Paul schroff. Er zögerte und so langte ich schon nach dem Döschen und einem Glas, als er sagte: »Warte, ich gebe es dir«, aber meine Hand umfasste es eher als die seine. Als ich es geschluckt hatte, schien zwar das Dröhnen nachzulassen, die Müdigkeit aber zuzunehmen.

Er stand immer noch an der Tür und ich konnte den seltsamen Ausdruck auf seinem Gesicht sehen; doch war ich nicht darauf vorbereitet, ihn leise fragen zu hören: »Warum bist du bloß so *verdammt* stoisch?« Und auch nicht darauf, dass er danach so schnell verschwand.

Ich sagte: »Was soll denn das heißen?« Aber das kam nicht mehr bei ihm an und ich hörte, wie er die Treppe hinunterpolterte und die Haustür zuschlug. Dann lehnte sich die stoische Person in die Kissen zurück. Weinen war nicht gerade angenehm, aber das hielt mich nicht davon ab.

Schritte kamen in den Raum. Phyllis. Sie sagte: »Oh.« Zumindest war es das Wort, das »Oh« geschrieben wird, aber da schwangen noch ein paar australische Vokale, einige »ahs« und »uhs« mit, über die ich unter anderen Umständen gelacht hätte. Für den Moment aber klang es einfach tröstlich. Sie schob mir einen Arm unter die Schultern, entfernte zwei der Kisssen, so dass ich flach liegen konnte, und schob eine Schachtel Kleenex in Reichweite. Dann sagte sie: »Die verdammten Männer, nicht?«, und ich schlief ein.

2

Eine Stimme in meinem Ohr sagte klar und deutlich: »Staatssicherheit«, und ich öffnete die Augen. Das Zimmer war leer, bis auf Ben, der in seinem Bettchen ein paar Aufwachgeräusche von sich gab, daher schloss ich, dass mir mein Kopf einen Streich gespielt hatte.

Oder auch nicht. Lyon und ihr Partner waren nicht nur von Scotland Yard, sondern vom *Special Branch.* Paul hatte das gesagt, aber ich war gestern noch zu wackelig gewesen, um mich richtig daran zu erinnern. Das musste etwas bedeuten. Wahrscheinlich würde ich ihn fragen müssen, wenn wir denn noch miteinander sprachen. Zumindest bedeutete es, dass sie den Tod von Tom Ashe ernst nahmen.

Gut.

Wie auch immer, es war nicht meine Angelegenheit. Sollte der verdammte Paul Grant doch seiner Wege ziehen. Was meinte er mit *stoisch*, das er aussprach wie eine Beleidigung? Eine Träne des Selbstmitleids rollte mir die Nase herunter.

Ich schleuderte die Decke zurück und zog mich in eine sitzende Position. Als nichts zersprang, stand ich auf, behielt erfolgreich das Gleichgewicht und unternahm versuchsweise ein paar unsichere Schritte zum Fenster. Jeder einzelne meiner Muskeln war verspannt. Ich fragte mich, wie ich mich fühlte, und meine Antwort lautete: schrecklich ... wund ... niedergeschlagen ... und nicht so schlecht wie gestern. Mein linkes Auge war bereit, sich zu öffnen, und obwohl die Sicht noch etwas verschwommen war, konnte ich es doch nutzen. Ich versuchte, meinen Kopf in beide Richtungen zu rollen. Warnendes Hämmern knapp über meinem linken Ohr; doch erträglich. Alles schien mehr oder weniger zu funktionieren. Ich machte mit dem Rollen weiter, entspannte harte Schultermuskeln und beugte mich dann einen Moment über das Babybettchen. Ben trat aufmerksam in die Luft, erst mit dem einen Bein, dann mit dem anderen. Er krähte mich an und widmete sich dann wieder seiner Arbeit, also ließ ich ihn allein und ging, um im Badezimmerspiegel der Wahrheit ins Gesicht zu sehen.

Es war nicht so schlimm, wie ich es mir vorgestellt hatte. Die linke Kopfhälfte war immer noch geschwollen, die Haut rund um mein Auge eine aufgeblähte Masse in Rot- und Violett-Tönen, die an den Rändern langsam zu einem Grüngelb verblassten. Mein Haar hätte wohl schlimmer ausgesehen, wenn es nicht lockig und ohnehin schon kurz geschnitten gewesen wäre, doch war es schweißnass. Ich drehte meinen Kopf und rollte mit den Augen, um die Wunde über meinem linken Ohr ins Visier zu bekommen. Sie sah aus, als hätte sie in der Nacht genässt – die Enden der Fäden waren mit getrocknetem Blut bedeckt. Was ich jetzt mehr als alles andere wollte, war ein Bad und eine Haarwäsche, aber ich erinnerte mich daran, dass die Naht trocken bleiben sollte. Sofort begann meine Kopfhaut zu jucken. Überall.

Ich betätigte vorsichtig meine Haarbürste, während ich Kaffee mahlte, Wasser kochte und eine Dose für Mr Spock öffnete, der unverzüglich herbeigeeilt kam, als er merkte, dass ich in der Küche war. Nachdem ich einen halben Becher Kaffee getrunken, Ben erfolgreich angezogen, gefüttert und umgezogen und mich schließlich in die Badewanne gesetzt hatte, wusste ich, dass ich es überleben würde.

Natürlich klingelte da das Telefon. Ich spielte mit dem Gedanken, den Anrufbeantworter anspringen zu lassen, doch die Vorstellung, dass es Barnabas war, der wissen musste, ob ich noch lebte (und sofort das Schlimmste annehmen würde, wenn ich nicht abnahm), brachte mich dazu, mich aus dem Bad zu kämpfen und schlapp, nass und fluchend ins Wohnzimmer zu schwanken. Ich nahm den Hörer mitten im Klingeln ab und grollte: »Hallo?«

»Miss Dido Hoare?« Das war nicht Barnabas.

»Am Apparat.« Und auf den Teppich tropfend.

»Mein Name ist Leonard Stockton, von Wisby Finch, Anwaltskanzlei. Ich rufe Sie in Zusammenhang mit dem Tod eines Klienten an: Mr Ashe.«

Augenblicklich fühlte ich mich nicht mehr wie ein Märtyrer, sondern war ganz Ohr. »Klient?«

»Wir haben Mr Ashes letzten Willen aufgesetzt.«

Ich sagte: »Letzten Willen?«, und riss mich zusammen. Der Mann musste ja denken, ich sei beschränkt. *Tom Ashe? Klient? Letzter Wille?* »Ich fürchte, ich weiß gar nichts darüber. Aber woher wissen Sie, dass Mr Ashe tot ist?«

»Die Polizei hat uns kontaktiert. Vor ein paar Monaten hat Mr Ashe mit uns ein Arrangement bezüglich seiner Post getroffen, während er auf Reisen war, obwohl er hier und da zu uns kam, seine Briefe abzuholen. Ich glaube, sie haben bei ihm zu Hause ein paar Bankauszüge mit unserer Adresse darauf gefunden.«

Um ein Haar wäre ich wieder in meine Wiederholungstour zurückgefallen: *Reisen? Bank? Auszüge?,* konnte mich jedoch gerade noch zurückhalten, stellte mich auf einen trockeneren Teppichabschnitt und sagte stattdessen: »Ach so. Hm. Wie kann ich Ihnen helfen?«

»Ich würde es zu schätzen wissen, wenn Sie mich so bald wie möglich aufsuchen könnten. Wir sind in der Essex Road, also ziemlich nahe bei Ihnen, glaube ich. Ich hoffe, es kommt Ihnen nicht ungelegen.«

Ich konsultierte die kleine Uhr über dem Kamin. Viertel nach neun.

»Ich kann in einer Stunde bei Ihnen sein«, sagte ich, »wenn Ihnen das gelegen kommt.«

Die förmliche Stimme wurde wärmer. »Sehr zufrieden stellend, ich danke Ihnen. Die Polizei kommt um zwölf Uhr und ich müsste Ihnen vorher die Lage der Dinge erklären. Ich freue mich, Sie zu sehen, Miss Hoare.«

Ich antwortete, die Freude sei ganz auf meiner Seite, ließ mir die Adresse wiederholen, humpelte steifbeinig in den Flur und fragte mich, was zum Teufel da vor sich ging. Ich stand noch gedankenverloren vor der Tür des Wohnzimmers, als ein Schlüssel im Schloss unten knackte und ich mich ins Badezimmer flüchten musste, bevor mich einer meiner Aufpasser so entdeckte. Ich sprang zurück in die Badewanne.

»Dido?«

»Barnabas. Ich bin im Bad. Weck Ben nicht auf!«

»Was machst du da drinnen?« Seine Stimme näherte sich rasch der Badezimmertür und senkte sich dann zu einem Flüstern. »Warum bist du nicht im Bett?«

»Mir geht es besser«, sagte ich laut. »Ich fühle mich gut. Hör mal, Barnabas, ich muss weg.«

Barnabas atmete deutlich hörbar aus und sagte: »Ich will dir mal was erzählen ...«

»Ich habe einen Termin bei einem Anwalt«, unterbrach ich ihn. »Ehrlich. Ich nehme mir ein Taxi. Aber ich brauche dich eine Weile als Babysitter.«

Selbst durch die geschlossene Tür konnte ich ihn schnauben hören.

3

Die Kanzleiräume von Wisby Finch nahmen den ersten und zweiten Stock eines frühviktorianischen Gebäudes in der Mitte der Essex Road ein. Wir hatten uns kaum der Empfangssekretärin vorgestellt, da erschien Mr Stockton schon persönlich: ein kleiner, blasser Mann, der weitaus jünger war, als ich wegen seiner gemessenen, geradezu förmlichen Sprechweise am Telefon erwartet hatte. Er vermied noblerweise jeglichen Ausdruck des Schreckens angesichts meines Aussehens und schaffte es, herrlich unüberrascht zu wirken, als er mich in Begleitung eines alten Vaters und eines kleines Sohns antraf. Er schüttelte uns lose die Hand und drängte uns einen engen Korridor entlang, dessen Wände und Teppich das typisch georgianische Grün aufwiesen, in ein breites Büro nach vorne hinaus, wo mit Büchern bedeckte Wände, ein chinesischer Seidenteppich und schimmernde Mahagoni-Möbel nahe legten, dass die Anwaltskanzlei Wisby Finch, was sie auch sonst sein mochte, sicher nicht billig war. Was bei mir die Frage hervorrief, wie Tom Ashe ihr Klient hatte sein können.

Stockton steuerte mich zu einem Ledersessel, während Barnabas mit dem Babysitz kämpfte. »Möchten Sie einen Kaffee?«

Wir gaben höfliche Antworten und ich fügte hinzu: »Ich bin neugierig …«

Er unterbrach mich mit erhobener Hand: »Ich sollte Ihnen vor allem anderen sagen, dass ich nichts Persönliches über Mr Ashe weiß. Er kam vor einem Jahr unangemeldet und direkt von der Straße zu uns.«

Ich konnte mir nicht verkneifen zu sagen: »Sie müssen entsetzt gewesen sein.«

Ich erhaschte ein rasches Aufflackern von Amüsement in

seinen grauen Augen. »Man könnte es so nennen. Ich war gerade zufällig im Vorzimmer, als er kam, so dass ich die Gelegenheit hatte, mit ihm zu sprechen. Ich war fasziniert von seiner Art, sich zu benehmen und zu sprechen. Ich nehme an, Sie kannten ihn ziemlich gut?«

Barnabas sagte: »Nein.« Sein Ton war furchteinflößend.

Ich entschied mich, aufrichtig zu sein. Und erzählte ihm von Ashes periodischen Besuchen im Laden und davon, dass ich ihn eines Tages hilflos auf meiner Türschwelle gefunden hatte. Ich erzählte ihm sogar von »Dido, Königin von Karthago«. Den Rest sparte ich mir für später auf.

Meine Anekdote amüsierte ihn offensichtlich. »Das lateinische Zitat und die offensichtlich klassische Bildung – ich weiß, was Sie meinen. Er erzählte mir, dass er in Cambridge auf das St. Pauls und aufs Trinity College gegangen sei, und ich hielt das für glaubhaft. Ich selbst bin ein alter Paulaner, habe aber nie den Versuch gemacht, seine Aussage zu überpüfen, obwohl das wahrscheinlich möglich gewesen wäre.«

Ich entschied mich, offen zu sprechen. »Ich verstehe nicht, wie er sich Ihre Gebühren leisten konnte.«

Anstatt zu antworten, zögerte er und schien durch das Deckblatt eines gelben Ordners zu starren, den er akkurat ausgerichtet vor sich auf den Schreibtisch gelegt hatte. Schließlich sagte er: »Unsere Gebühren für das Aufsetzen und Aufbewahren eines einfachen Testaments sind recht vernünftig. Und Mr Ashe bezog eine Art Pension aus dem öffentlichen Dienst, glaube ich.«

»Ist das alles, was Sie für ihn getan haben?«

»Es gab schon vorher ein Testament, das nun ungültig ist; und wir gestatteten ihm, seine Post hierher senden zu lassen, wo wir sie sammelten, wie ich schon erklärt zu haben meine.«

»Aber wie sind Sie an meinen Namen gekommen?«

Er löste die Schnur und öffnete den Ordner. Von meiner Position auf der anderen Seite des Schreibtischs konnte ich ein gefaltetes Dokument mit einer weiteren Schnur und einen großen, weißen Umschlag ohne Aufschrift erkennen. Er faltete das Dokument auseinander, glättete es auf seinem Schreibtisch und reichte es herüber. »Das werden Sie lesen wollen. Es ist ziemlich eindeutig, aber lassen Sie es mich wissen, wenn ich Ihnen etwas erklären soll.«

Es war in der Tat eindeutig.

Dieses Testament ist verfasst von mir, Thomas John Ashe, c/o Barclays Bank, The High Street, Camden Town, NW 1.

1. Ich widerrufe alle früheren Testamente und Kodizille.

2. Ich bestimme zu meinem Testamentsvollstrecker Miss Dido Hoare, wohnhaft George Street 3 …

Ich stöhnte auf. »Warum hat er das getan?«

Mr Stockton beobachtete mich scharf. »Sie zum Testamentsvollstrecker zu bestimmen? Das hat er nicht gesagt. Ich nahm an, Sie seien miteinander verwandt.«

Ich unterdrückte den Impuls zu sagen, was ich von Tom Ashes Hirngespinsten hielt, und las weiter, nur leicht behindert von Barnabas, der sich über meine rechte Schulter gebeugt hatte. Nachdem Ashe mich zum alleinigen Testamentsvollstrecker bestimmt und verfügt hatte, dass ich seine Leiche einäschern lassen solle, hatte er mir steuerfrei ein Halsband aus Lapislazuli, Gold und Karneol inklusive Schachtel und Verpackung vermacht, das sich schon in der Obhut von Dido Hoare befand. Dann kam: *»Den Rest meines persönlichen Besitzes vermache ich meiner Frau Emma.«* Weiter kam nichts Wichtiges. Ich sah nach dem Datum. Unterschrieben worden war das Testament einen Tag, nachdem

Ashe mich mit dem Halsband aufgesucht hatte. Er hatte seine Unterschrift, *T. J. Ashe,* in einer kleinen, kursiven Handschrift mit langen Bögen zwischen den Buchstaben geschrieben und bezeugt war das Testament von zwei Personen, die ausgewiesenermaßen im Rechtswesen tätig waren: Wisby Finch hatte nicht nur für den Rechtsbeistand, sondern auch für die Zeugen gesorgt.

Ich reichte das Dokument zu Barnabas weiter, dessen Gesicht sehenswert war. »Was soll ich jetzt machen? Er hatte keinen Grund, mir diese Aufgabe zu übertragen. Was hat er sich dabei gedacht?«

Mr Stockton zögerte sichtlich. »Ich habe ihn gefragt, ob er sich Ihre Einwilligung dazu eingeholt hat. Das sicherte er mir zu. Aber Sie sollten wissen ...«

»Was?«

Er starrte mich mit zusammengekniffenen Augen an, als wollte er meine Reaktion abschätzen. »Sie können sich weigern. Für den Fall, dass Sie die Aufgabe zurückweisen – kann ich Ihnen ein entsprechendes Formular geben, wenn Sie das möchten. Sie könnten auch entweder Ihren Rechtsbeistand oder mich selbst bitten, Sie zu vertreten. Die Gebühren werden aus dem Nachlass bezahlt. Sie unterliegen keinerlei Verpflichtung.«

Ich starrte erst ihn an, dann das Dokument auf dem Schreibtisch, dann meine Knie. *Natürlich unterliege ich keinerlei Verpflichtung – ich habe schon genug für Tom Ashe getan. Ich habe ein Leben zu führen ...*

»Ich habe erfahren«, sagte die trockene, höfliche Stimme, »dass Mr Ashe ermordet wurde. Sie – ähem – hatten ebenfalls einen Unfall? Ich habe mich gefragt, ob die beiden Vorfälle zusammenhängen. Vielleicht sollte ich Ihnen sagen, dass ein Detective von Scotland Yard heute Mittag mit mir über Mr Ashe sprechen möchte. Es wäre sehr hilfreich für mich, zu wissen, was ich ihm sagen kann, wenn Sie bereit sind, über Ihre Bevollmächtigung eine Entscheidung zu treffen. Ich würde Ihnen empfehlen, Ihren eigenen Anwalt aufzusuchen.«

Ich konnte hören, wie Barnabas sich räusperte, und ergriff als Erste das Wort. »Eigentlich habe ich keinen Anwalt. Mein Vater hat jemanden beauftragt, als ich geschieden wurde, aber …« Ich konnte mich noch nicht mal an ihren Namen erinnern und ich war mir nicht sicher, ob ich jetzt wirklich eine Scheidungsanwältin brauchte. Außer man betrachtete den Tod als letzte Scheidung.

Mir sank das Herz noch ein bisschen und ich sagte: »Wenn ich der Testamentsvollstrecker von Tom Ashe wäre, würde mir das doch etwas …« Was wollte ich sagen? Oder genauer, was wollte ich wirklich? Ich dachte daran, dass er wie ein alter Hund in einer Ecke eingeschläfert worden war. Und ich erinnerte mich an etwas Schwarzes, das sich im Kellerraum bewegt hatte.

Eine vernünftige Person würde sagen: Danke, Mr Stockton, und auf Wiedersehen. Ich wich dem Blick meines Vaters aus.

»Wenn ich Tom Ashes Testamentsvollstrecker wäre«, sagte ich laut, »würde ich doch etwas mehr Autorität in dieser Angelegenheit haben.« Ich blickte Stockton an. Er verstand mich nicht. Und wenn schon. Ich sagte: »Ich werde es tun. Natürlich werde ich Ihre Hilfe brauchen, weil ich so etwas noch nie getan habe, aber ich übernehme die Aufgabe. Fragen Sie mich nur nicht warum.«

»Sie werden Formulare unterschreiben müssen, damit die gerichtliche Testamentsbestätigung in Gang gesetzt wird. Die Polizei wird vorerst nicht die Leiche zur Einäscherung freigeben, also können diesbezügliche Arrangements warten. Wir können Ihnen eine hiesige Firma empfehlen, wenn

Sie das möchten und die Zeit gekommen ist. Wenn Sie mit Miss Aitken für morgen einen Termin ausmachen, werde ich alles für Sie bereit haben.«

Barnabas räusperte sich nun explosionsartig und signalisierte damit seinen Eintritt in die Diskussion, doch dann sagte er nur: »Seine Frau. Emma, nicht wahr? Haben Sie sie von seinem Tod benachrichtigt?«

Ich verstand Stocktons starren Blick falsch. »Ich nehme an, das ist meine Aufgabe. Geben Sie mir ihre Adresse?«

»Wir haben keine Adresse.«

Wir starrten einander an.

Stockton sagte bedächtig: »Ich würde Ihnen empfehlen, ein Wort mit der Polizei zu wechseln. Ich bin sicher, sie sind sehr darauf erpicht, sie ausfindig zu machen. Aber wahrscheinlich wird Ihnen das weiterhelfen.« Er überreichte mir den großen, weißen Umschlag. Er war versiegelt, doch ich konnte mehrere Blätter Papier darin spüren. »Sie werden darin auch einen an Sie adressierten Umschlag finden. Er hat ihn bei uns hinterlegt, als das Testament beglaubigt wurde, und ich denke, er enthält die Informationen, die Sie benötigen. Es ist auch ein Schriftstück unserer Kanzlei darin, in dem bestätigt wird, dass Sie in Mr Ashes beglaubigtem Testament zur Testamentsvollstreckerin bestimmt wurden; dazu ein Bankauszug, der vor zwei Tagen hier eintraf, und ein Brief, der etwa zur selben Zeit kam. Und natürlich eine Photokopie vom Testament.«

Ich sagte: »Ich muss nicht ganz bei Trost sein«, und als wir ihn verließen, hatte sein professioneller Ernst nur ganz leichte Risse bekommen. Was mich betrifft, so war ich mir nur allzu bewusst, dass Barnabas, während wir den Flur und die Treppe hinter uns brachten, vor sich hin kochte, aber das war nicht der Grund, warum mir keineswegs zum Lachen zumute war.

VI Vertrauenssache

1

Ich blies den Staub von der Oberfläche meines kleinen viktorianischen Schreibtischs und machte mir im Kopf eine Notiz, dass ich das Wohnzimmer aufräumen musste, doch dann warf ich die Notiz wieder weg, weil ich mich an all die anderen erinnerte, die ich in letzter Zeit gemacht hatte. In meinem Alter muss man seine schlechten Gewohnheiten akzeptieren.

Ich hielt einen Moment inne und lauschte auf das Murmeln von Barnabas' Stimme im Schlafzimmer. Als wir nach Hause gekommen waren, hatte ich Erschöpfung vorgeschützt und das Angebot meines Vaters angenommen, seinen Enkel ins Bett zu bringen: Ich brauchte Zeit zum Nachdenken. Verstohlen löste ich die Lasche von Wisby Finchs großem Umschlag. Vielleicht enthielt er etwas, das mir einen Hinweis gäbe, was eigentlich vorging. Mir würde wohl nicht vergönnt sein, der väterlichen Standpauke zu entgehen, an der Barnabas arbeitete, seit er von Paul Grant telefonisch die Nachricht übermittelt bekommen hatte, dass ich in der Notaufnahme des nächstgelegenen Krankenhauses wieder zusammengeflickt wurde. Langjährige Erfahrung hatte mich gelehrt, dass ich mich besser mit einem ausführlichen Bericht über die Vorgänge um Tom Ashe wappnete. Ich konnte mir schon den empörten Aufschrei vorstellen: »Meine liebe Dido, du bist wahnsinnig!«, wenn er die ganze Wahrheit erfuhr. Insgeheim hoffte ich, etwas Interessantes zu finden, das ihn ablenkte.

Ein Blatt Papier und vier Umschläge glitten auf den Schreibtisch: die Photokopie des Testaments, die ich für den Moment beiseite legte, ein unversiegelter Umschlag mit einem einzelnen Blatt Briefpapier von Wisby Finch, auf dem wie versprochen bestätigt wurde, dass ich die Treuhänderin des Privatbesitzes von Mr Thomas John Ashe war; ein Fensterbriefumschlag mit seinem letzten Bankauszug; ein schmuddeliger, brauner Umschlag mit einer Sondermarke; und das, wonach ich gesucht hatte: ein länglicher Umschlag mit meinem von Hand geschriebenen Namen darauf.

Ich riss den Brief des toten Mannes an mich auf.

Ich weiß nicht, warum ich eine Erklärung erwartete. Einige letzte, praktische Hinweise, vorzugsweise in der Art von *Liebe Miss Dido Hoare, vielen Dank, dass Sie für mich agieren wollen, und ich hoffe, Ihnen damit nicht zu viele Unannehmlichkeiten zu bereiten. Mein gesamtes Vermögen besteht aus 20 Pfund, die in einem verstärkten Umschlag an Mrs Emma Ashe in Dumroamin', Clacton-on-Sea gesandt werden sollen …*

Ich zog zwei Bögen billiges, blaues Briefpapier hervor, die mit der seltsamen, flüssigen Schrift beschrieben waren, die ich schon von der Unterschrift auf dem Testament kannte, und las sie mit wachsender Panik.

Dido, Eure Majestät, nur Ihr seid noch geblieben.

Samarkand ist die schönste Stadt, die ich je gesehen habe, aber für das tägliche Leben habe ich immer Kairo vorgezogen. Waren Sie jemals südlich von Kairo? Sie können über die Straßen oder den Fluss dorthin gelangen, sagen wir, Sie nehmen mit dem Auto die Route über El Minya, Asyut und Sohag? Ich fuhr direkt nach dem Krieg dorthin. Damals konnte man alles tun. Wenn Barnabas sich an damals erinnert, wird er Ihnen sagen, dass Sie in dieser Angelegenheit niemandem trauen dür-

fen. Ich meine es vollkommen ernst, Sie dürfen niemandem trauen, niemandem trauen …

Die Schrift fing ganz ordentlich an, mit den seltsam lang gezogenen Bögen zwischen den einzelnen Buchstaben, aber als er die letzten Worte die ganze Seite hinunter wiederholte, immer und immer wieder, wie ein Fälscher, der eine Unterschrift übt, verzerrten sich die Linien und sackten nach rechts ab. Als ich auf den zweiten Bogen blickte, sah ich, dass er das erste Viertel davon mit denselben Worten bedeckt hatte, sich dann aber offensichtlich zusammengerissen, einen entschiedenen Schlussstrich darunter gezogen, den Bogen mit *TJA* unterschrieben und dann aufgehört hatte.

Mir standen die Haare zu Berge. Den Brief konnte ich vergessen. Ein vernünftiger Mensch hätte wohl gesagt: *Der arme, alte Mann, ich hoffe, ich lebe nicht so lange, dass mein Geist derart …*

Ich starrte immer noch auf die Seiten, als ich bemerkte, dass ich Barnabas' Stimme nicht mehr im Schlafzimmer hörte, und blickte schuldbewusst auf: Mein Vater stand schweigend in der Tür. »Du siehst heute schon besser aus«, räumte er grimmig ein. Wahrscheinlich hieß das, dass er mich jetzt angehen konnte. »Nun, fang von vorne an. Nein, fang von hinten an. Was hat sich Tom Ashe dabei gedacht? Was hast *du* dir dabei gedacht?«

Ich antwortete demütig, dass ich darauf keine Antwort wüsste.

»Er war verrückt. Offensichtlich. Was hat den Mann denn getrieben, als er dich in seinem Testament erwähnte und dich bat, sich um seine Angelegenheiten zu kümmern? Ich kann mir nicht vorstellen, warum ein Anwalt das zulassen sollte. Er war von Sinnen. Allerdings nicht ganz so wahnsinnig wie du, als du auch noch eingewilligt hast.«

Er schnappte sich die Kopie des Testaments und las es zweimal mit geschürzten Lippen durch. »Ich nehme an, seine Frau ist schon sehr alt und vielleicht auch nicht mehr in der Lage, mit Geld umzugehen. Vermutlich gibt es keine anderen Verwandten und er hat sich in den Kopf gesetzt, dass du ein entgegenkommender Mensch bist. Du warst entgegenkommend zu ihm.« Er schenkte mir einen Blick reinster Zuneigung, was bei mir bewirkte, dass ich die Verteidigungswälle senkte, die ich immer gegen seine Einmischung aufrichte. »Es ist vollkommen klar: Wenn du Stockton anrufst und sagst, dass du deine Meinung geändert hast, wird das Gericht jemand Professionellen damit betrauen.«

Ich öffnete meinen Mund und sagte: »Aber ich werde es tun.« Als Barnabas daraufhin ein mürrisches Gesicht aufsetzte, erinnerte ich ihn daran, dass Wisby Finch die Arbeit machen und ich nur die Formulare unterschreiben würde. »Es scheint mir nicht viel Aufwand zu sein, bedenkt man, dass Ashe mir das Halsband vermacht hat. Wahrscheinlich ist es ziemlich wertvoll. Zumindest behauptet er in seinem Testament, dass es teilweise aus Gold ist.«

Barnabas zögerte, sah mich an und zuckte schließlich mit den Schultern. »Vielleicht hätten wir dir nicht beibringen sollen, immer deine Schulden zu bezahlen.« Er rümpfte die Nase. »Du weißt, dass mir das nicht gefällt. Der Mann wurde ermordet. Und hast du schon vergessen, dass du ebenfalls angegriffen wurdest?«

Wohl kaum. Ich wandte ihm meine versehrte Gesichtshälfte zu. »Ich schätze ...«

»Was?«, fragte Barnabas nach einer Minute der Ungeduld.

»Als wir ihn das letzte Mal sahen, benahm er sich sehr seltsam.« Ich dachte fieberhaft nach, überlegte, wie viel ich Barnabas sagen konnte, ohne Panik bei ihm zu verursachen. »Damals dachte ich, dass er zwar ein bisschen vertrottelt sei, aber im Grunde harmlos. Jetzt bin ich mir nicht mehr so sicher. Ich denke, er wusste, dass er in Gefahr war, und ich ... ich denke, er hoffte, ich würde bei der Polizei dafür sorgen, dass sie es nicht auf sich beruhen lassen würde, wenn ihm etwas zustieße. Du weißt doch, dass die Polizei das fast getan hätte. Leute, die auf der Straße leben, sterben auch immer auf der Straße.«

»Und warum du?«

Warum ich? »Weil«, ich überlegte scharf, »weil sonst niemand da ist.« Die Worte in seinem Brief. »Und ich glaube, es liegt an dir.«

»An *mir*?«

»Ja.« Das klang fast leichtfertig, aber ich hatte einen Grund dafür. »Je länger ich darüber nachdenke, desto mehr glaube ich, dass er dich gesucht hat. Er sagte etwas an dem Tag, als er mit dir sprach – erinnerst du dich? Wir haben keinen gewöhnlichen Nachnamen, und als er ihn im letzten Winter auf dem Ladenschild sah, muss er sich gefragt haben, ob du was damit zu tun hast. Als er dich erkannte, fasste er, glaube ich, einen Entschluss. Er erwähnte Bletchley, damit du ihn erkanntest. Da hat er sein neues Testament gemacht. Er wollte, dass wir seine Interessen wahren.«

Barnabas sah mich spöttisch an. »Und warum wurde ich dann nicht als Testamentsvollstrecker genannt?«

»Weil du zu alt bist«, entfuhr es mir, bevor ich es verhindern konnte. Barnabas rümpfte wieder die Nase. »Du weißt doch, was ich meine. Er war krank und müde, er dachte, dass du seiner Generation angehörst und ...«

Ja, das war es. Als ob Verantwortung wie das Familiensilber weitergegeben wurde.

»Nun«, sagte mein Vater widerstrebend. »Nun, ich denke, es wird keinerlei Gefahr für dich bergen, wenn du sicherstellst, dass dein Anwalt das Erbe an die Ehefrau weiterleitet. Dann bist du schon in Übung, wenn du dasselbe mal für mich tun musst.« Ich warf ihm rasch einen Blick zu und sah, dass er vor sich hin starrte. »Jedenfalls ist es besser, wenn du keine Alleingänge in Sachen Neugier mehr unternimmst. Apropos, könntest du jetzt freundlicherweise mal von vorn anfangen und mir erklären, was zum Teufel du zusammengeschlagen im Keller einer stillgelegten Fabrik auf der Horsell Road gemacht hast?«

Ich begehrte auf. »Das ist eine lange Geschichte und ich bin müde.«

Barnabas sagte grimmig: »Das bin ich auch. Ich gehe jetzt mit dir in die Küche und du machst uns eine Kanne Tee. Komm schon. Ich bin ganz Ohr.«

Ich ging widerstandslos vor ihm her und begann, während ich den Kessel füllte, mit der Nacht nach seiner Geburtstagsparty.

»Das ist alles?«, fragte Barnabas, nachdem er seine zweite Tasse Tee zur Hälfte getrunken hatte. »Meine Güte, eine schöne Bescherung. Ich muss darüber nachdenken. Irgendetwas musst du übersehen haben.«

Ich wurde durch eine Erinnerung aufgeschreckt. Er bemerkte es. »Was ist?«

Ich ging zum Schreibtisch zurück, um die Unterlagen zu holen, und überreichte ihm den verrückten Brief. Er las ihn mehrere Male durch. Schließlich faltete er die Blätter wieder zusammen und gab sie mir zurück. »Meine Güte.«

»Barnabas, warum würdest *du* mir raten, niemandem zu trauen?«

»Das weiß ich wirklich nicht.«

»Aber du musst. Bist du sicher, dass du ihn nicht doch besser kennst, als du mir erzählt hast?«

»Absolut.«

Ich war hartnäckig. »Aber es muss mit der Vergangenheit zu tun haben, dass er dich erwähnt hat. Willst du nicht noch einmal darüber nachdenken?«

Dann ließ ich den Gedanken für eine Weile los, denn es war Ashe persönlich gewesen, der mir befohlen hatte, niemandem zu trauen, und unter den gegebenen Umständen brauchte ich kaum meinen Vater, um das zu bestätigen. Und doch hatte Ashe sich entschieden, es so zu formulieren. Es lag ein Hintersinn darin.

»Allerdings ...«

»Allerdings?«

»... gab es da ein alles überwiegendes Prinzip beim Geheimdienst, das uns ständig eingebläut wurde: Verlier kein Wort über deine Arbeit, vertraue noch nicht einmal deinem engsten Freund oder deiner Frau, deiner Mutter, deinem Kind ... Aber ich weiß nicht, was uns das sagen soll.«

Ich wollte etwas tun. Nicht nur herumsitzen und mit meinem Vater debattieren, nicht nur im Laden sitzen, auf Kunden warten und Barnabas beim Verfassen von Katalogeinträgen zusehen. Ich hatte schon angefangen, in der Sache Tom Ashe Nachforschungen anzustellen, und jetzt hatte ich die nötige Autorität bekommen, meine Nase in diese Angelegenheit zu stecken.

Barnabas würde das nie und nimmer billigen.

»Was war noch unter den Papieren?«, fragte er plötzlich.

Ich ging die verbliebenen Umschläge durch: Bankauszug und ... was?

Der braune Umschlag trug alle Zeichen einer langen Reise. Die Originaladresse war mit einem schwarzen Filzstift durchgestrichen worden. Derselbe Filzstift hatte die Adresse der Bank darauf geschrieben und ein schlecht funktionierender Kugelschreiber hatte diese Adresse ausgestrichen und Wisby Finch auf den letzten freien Raum in der oberen Ecke des Umschlags geschrieben. Zumindest drei Poststempel waren übereinander gelagert, doch mir schien, dass einer das Datum vom letzten April trug. Ich fand ein Küchenmesser in der Schublade des Tisches und glitt mit der Spitze unter die Lasche.

Im Umschlag befand sich nur eine vergilbte Postkarte mit weißem Zackenrand. Auf einer Seite zeigte sie den Umriss eines Kruzifixes mit Lilien und einem blutenden Herz in der Mitte, darunter das Motto *Das Reich Gottes ist nahe*. Die Karte sah aus wie ein Lesezeichen oder wie ein Fleißkärtchen von der Sonntagsschule. Die Rückseite war leer.

Barnabas wandte sie hin und her. Am Ende sagte er: »Ich bin mir nicht sicher, ob sich jemand über so etwas in seiner Post freuen würde. War dein Freund religiös?«

Ich erwiderte, dass Tom Ashe niemals ein Gebet in meiner Gegenwart gesprochen habe. Doch das wollte nicht viel heißen: Ich *kannte* den Mann nicht. Die ganze Angelegenheit deprimierte mich langsam schon wieder. Nichts ergab Sinn.

Barnabas murmelte: »Unsinn, wir erkennen ihn nur noch nicht. Aber …«

»Aber was?«, fragte ich.

»Ich wollte sagen, dass das äußerst kompetente Gespann von Scotland Yard ihn sicher für uns herausfinden wird. Du musst dich da nicht einmischen.«

Ich sagte: »Nein.« Aber ich hatte für seinen Geschmack nicht schnell genug geantwortet.

»Und was genau hast du vor?«

»Ich werde noch einmal mit Scotland Yard sprechen.« Ich wusste genug über die Vorgänge bei der Polizei, um anzunehmen, dass sie die Spurensicherung zur Horsell Road gesandt hatten. Zum Tatort. Sie würden das, was sich im Kellergeschoss befand, sorgsam durchkämmt und dann das Ganze versiegelt haben. Angenommen, dass sie damit bereits fertig waren, so konnte der Testamentsvollstrecker von Tom Ashe doch wohl einen Besuch wagen. Eine Sache, die ich von Stocktons kurzer Unterweisung behalten hatte, war die, dass der Testamentsvollstrecker sich zunächst darum kümmerte, den Besitz des Verstorbenen für eine Schätzung aufzulisten. Dieser Raum im Keller war voller Sachen gewesen, oder etwa nicht? Also rief die Pflicht. Und wo meine früheren Nachforschungen unterbrochen worden waren, sollten sie auch wieder aufgenommen werden.

Barnabas zeigte seine gewittrige Miene und unternahm einen letzten Versuch. Manchmal bin ich fast sicher, dass er meine Gedanken lesen kann. »Dido, ich werde dich nicht davon abhalten, Krematorien zu besichtigen oder Bestattungen zu organisieren, oder was auch immer nun kommen mag. Du kannst dich sogar bei der Polizei unbeliebt machen und ich sage kein Wort. Aber ich verlange von dir, dass du mir versprichst – feierlich versprichst –, nicht wieder Kellergeschosse zu durchsuchen. Wenn jemand dich beim nächsten Mal wirklich umbringt, dann sind sowohl Ben als auch ich der freundlichen Obhut eines Waisenhauses ausgeliefert.«

Barnabas versteht mich. Die Mutterschaft hat mich in gewissen Dingen empfindlich gemacht. »Ich verspreche«, sagte ich, »jemand Vertrauenswürdigen mitzunehmen, wenn ich etwas Verrücktes tue.« Das meinte ich ernst.

Traue niemandem …

Vielleicht war der Angreifer ja nur ein zufälliger Eindringling gewesen. Aber wer würde in ein leeres Gebäude einbrechen? *Traue niemandem …*

Idealerweise hätte ich jetzt einen Besuchstermin arrangiert und danach Paul überredet, mich zu begleiten. Doch irgendetwas sagte mir, und das ziemlich entschieden, dass dies eine Einmischung in die Arbeit eines anderen Departments bedeutet hätte. Und wie sagt das Schild über der Bar so schön: *Bitte fragen Sie nicht nach einem Kredit, denn eine Ablehnung wird häufig als Kränkung empfunden.*

Ich erinnerte mich, dass die Nummer von Inspektor Lyon auf meinem Telefonblock war, aber ich hätte schwören können, dass sich kein Muskel in meinem Gesicht bewegt hatte, als Barnabas einen kurzen Blick auf mich warf und fragte: »Was führst du jetzt im Schilde?«

Also erklärte ich ihm wahrheitsgemäß, dass ich nur im Schilde führte, die nächsten drei Stunden am Telefon zu verbringen und mit Fragen, Überredungskunst, Schmeichelei und Hartnäckigkeit mein Recht auf Zutritt zu Tom Ashes Unterschlupf durchzusetzen und mit der Amtsgewalt des Gerichtes für Nachlassverwaltung zu drohen, wenn das Special Branch mir dieses Recht verweigerte. Barnabas fragte mich im Gegenzug, wozu das denn gut sein solle, und blieb dabei, dass ich nur über seine Leiche in die Nähe der Horsell Road käme. Ich tröstete ihn mit der Aussicht, ihm Ben für den Nachmittag zu überlassen.

Was den Rest betraf, so war meine Vorhersage über den Ablauf des weiteren Tages ziemlich präzise gewesen. Ich übte mich in heiliger Geduld; und als schließlich Wisby Finch bei Diane Lyon anrief, klappte es. Zur Teezeit hatte ich das Versprechen, dass die Tür unter der Treppe im Erdgeschoss bis zum nächsten Morgen zwar verschlossen, doch unverriegelt sei, dazu zwei mit motorisiertem Kurier gelieferte, blinkend neue Schlüssel, und dann setzte ich mich ein letztes Mal ans Telefon, um mir für das große Ereignis einen Leibwächter zu besorgen: Ernie, der es kaum abwarten konnte, dass es losging.

Als Barnabas Ben von einem Spaziergang zum Kirchhof zurückbrachte, fühlte ich mich, als hätte ich einen körperlichen Kampf hinter mir. Ich raffte mich dazu auf, meinem wundervollen Sohn ein Bad und eine Mahlzeit zu bereiten; und dann ließen wir uns alle drei vor den geöffneten Fenstern des Wohnzimmers nieder. Eine kaum wahrnehmbare Brise ging.

»Ich habe etwas Chablis im Kühlschrank«, sagte ich probehalber. »Wir haben ihn uns verdient, oder?«

Wir betrachteten Bens Fortschritte mit seiner eigenen Flasche und kamen schweigend und einvernehmlich zu dem Entschluss, dass wir ihn verdient hatten.

»Ich räume die Papiere weg«, sagte Barnabas bedeutsam. »Ich nehme nicht an, dass du dir Gedanken ums Essen gemacht hast?«

»Salat«, sagte ich prompt. »Brot und Pastete. Es dauert nicht mal eine Minute.«

Aber Barnabas hielt den letzten, ungeöffneten Umschlag in die Höhe. »Du hast seinen Bankauszug noch nicht gesehen?«

Ich erinnerte mich wieder daran. »Mmmm.«

»Soll ich einen Blick darauf werfen?«

Ich lachte. Ich bin nicht die Einzige in der Familie, die von Neugier geplagt wird. »Wenn du willst.«

Als ich zehn Minuten später mit einem Tablett zurückkehrte, auf dem sich eine Flasche und zwei Gläser, ein recht schlaffer Salat und die Reste einer stattlichen Scheibe Leberpastete befanden, welche überraschenderweise noch in Ordnung zu sein schien, entdeckte ich, dass mein Vater immer noch am Schreibtisch stand, wo ich ihn zurückgelassen hatte, und dass der Schreibtisch immer noch von Papieren übersät war. Ich stellte das Tablett stattdessen auf der Anrichte ab. »Willst du das Essen auf die Knie stellen?«

Er betrachtete die Wand. »Du hast gar nicht gefragt. Willst du nicht wissen, was in dem Bankauszug steht?«

Ich sagte: »Will ich das? Also dann. Aber ich weiß schon, dass er eine Art Pension hatte.«

Barnabas sagte: »Er hat über zweiunddreißigtausend Pfund auf seinem Girokonto.«

Wie hieß es so schön in meinem Lieblingsbuch: Es wird immer geheimnisvoller.

2

Jemand hatte in der Horsell Road ganze Arbeit geleistet, so dass das Schloss in der Tür unter der Treppe sich klaglos betätigen ließ und nichts die Tür hinderte, auf leichten Druck hin aufzuschwingen. Eine nackte Betontreppe führte hinunter ins Dämmerlicht.

Ernie sagte: »Du wartest hier – ich checke das«, und ich trat beiseite und bewunderte, wie er federnd die Treppe hinuntersprang. Er war am Morgen voller Entschlossenheit und in seinem üblichen paramilitärischen Outfit aufgetaucht: schwarze Stiefel, Tarnhosen und ein weißes T-Shirt mit merkwürdigem Aufdruck, einer geflügelten Pyramide mit einem Auge in der Mitte. Er steckte seinen Kopf durch jede der Türen im Flur, kam dann zurück und grinste zu mir herauf: »Alles klar.«

Ich hatte nichts anderes erwartet. Ob es an Ernies Gegenwart oder am Wissen lag, dass die Polizei ihre eigene Säuberungsmethode hatte, konnte ich nicht sagen; aber der Ort wirkte steril.

An der Tür von Ashes Schlupfwinkel blieb ich stehen und betätigte ohne Ergebnis den Lichtschalter.

»Ich hab's gleich!« Ein schmaler Lichtstreifen strich durch

den Raum und ich erkannte, dass Ernie eine riesige Taschenlampe aus einer seiner zahllosen Reißverschlusstaschen hervorgezaubert hatte.

Ich holte meine sehr viel bescheidenere aus der Schultertasche. »Warte! Ich habe was gesehen ... auf dem Boden neben dem Bett. Richte die Taschenlampe dorthin.«

Ernie gehorchte und unsere zwei Lichtstrahlen fokussierten ein Gewirr elektrischer Kabel und einen ganz normalen Drei-Wege-Adapter, in dem eine alte Schreibtischlampe eingestöpselt war. Der Adapter war am vorderen Ende des vertrauten Elektrokabels angebracht, das hier wieder unter dem Dielenboden aufgetaucht war und sich die Wände des Raums entlangschlängelte. Ich stieg über einen nur halb sichtbaren Schutthügel und versuchte den Schalter der Lampe: Plötzlich flammte eine nackte Hundertwattbirne auf. Das war nützlich, enthüllte aber nichts besonders Erhellendes.

Jemand, wahrscheinlich der alte Mann persönlich, hatte den Raum mit Mobiliar aus Mülltonnen, Containern und den verlassenen Räumlichkeiten im Stockwerk darüber versehen. Ein altes Feldbett mit einem Holzrahmen und einer Liegefläche aus Tuch lag umgestürzt in der Ecke; das Kissen und ein alter, khakifarbener Schlafsack waren aufgerissen worden, so dass ganze Knäuel der Füllung den Boden bedeckten. Abgesehen von ein paar alten Kisten enthielt der Raum noch einige Büromöbel, die so alt und schäbig waren, dass die früheren Mieter sie einfach dagelassen hatten. Ein Metallschrank stand mit offenen Türen an der Wand. Es sah so aus, als hätte er Ashe als Kleiderschrank und Bücherregal gedient; jedenfalls lag ein Haufen von etwas, das aussah wie Lumpen, auf dem Fußboden davor, zusammen mit einem Durcheinander aus gebrauchten Büchern. Ich erkannte den Umschlag vom Thubron-

Taschenbuch. Die einzigen anderen Möbelstücke waren ein Drehstuhl ohne Lehne und ein alter Eichenschreibtisch ohne Schubladen, der als Ablage für eine rostige Kochplatte und eine halb gefüllte Wasserflasche aus Plastik diente. Darunter lagen wild verstreut die ramponierten Reste von Besteck und Geschirr.

»Hier ist alles umgekrempelt worden«, gab Ernie niedergeschlagen von sich. »Glaubst du, das waren die Bullen?«

Nein, das glaubte ich nicht. Zumindest nicht alles. Ich erinnerte mich an meinen kurzen Einblick in diesen Raum, als ich das letzte Mal da war. Ohne Zweifel hatte die Polizei den Raum durchsucht. Vielleicht sogar besonders sorgfältig. Aber jemand vor ihnen ebenfalls. Also würde jetzt nichts von Interesse mehr hier sein.

Die Luft im Zimmer war stickig und es roch unangenehm nach muffiger Kleidung. Ich biss die Zähne zusammen. »Hör mal, ich weiß, das ist nicht toll, aber wir müssen den Raum durchsuchen.«

Ernie grinste. Er hatte sich auf eine Schatzsuche gefreut. »Wonach soll ich suchen?«

Gute Frage. »Papiere«, sagte ich entschieden, als wüsste ich, was ich tat. »Alles Beschriebene, sei es mit Handschrift, sei es mit Maschinenschrift, selbst wenn es nur ein Fetzen Papier ist.« Dann hatte ich eine neue Idee. »Und alles über Ägypten.«

»Ägypten?« Ernie blinzelte.

»Richtig. Also sieh dir auch die Bücher an. Nein, ich seh mir die Bücher an. Ich fang mit dem Krempel an, der vor dem Schrank liegt. Du fängst auf der anderen Seite des Zimmers an. Sieh auch unter dem Bett nach.«

Ich stellte sicher, dass sich nur noch Staub im Schrank befand, und wandte mich dann dem Durcheinander auf dem Boden zu. Meine Bücher waren alle noch da, jedes einzelne, das er bei mir gekauft hatte, aber auch andere, die er vom Trödelmarkt oder in gemeinnützigen Bildungseinrichtungen erstanden haben musste. Ich sah jedes Buch einzeln durch. Meist waren es griechische oder lateinische Texte oder Reiseberichte. Ein paar waren über Nordafrika und die hielt ich ins grelle Licht der alten Lampe. Abgesehen von einer Art Einkaufsliste auf einem Vorsatzblatt waren alle unbeschrieben: Tom Ashe war keiner gewesen, der Bücher verunzierte. Leider.

Tja, diesen Teil von Ashes Privatbesitz konnte ich gut auf seinen Wert taxieren: etwa fünf Pfund an einem guten Tag auf dem Trödelmarkt. Ich machte mir eine geistige Notiz und wandte mich den verstreuten Kleidern zu.

Er war kein modebewusster Mensch gewesen. Ich nahm eins der Kleidungsstücke nach dem anderen hoch und versuchte, die daraus entsteigenden Gerüche zu ignorieren, während ich die Taschen leerte und alles so schnell wie möglich auf den Boden des Schrankes warf. Meine Ausbeute waren ein kleiner Haufen Bustickets, ein billiger Kugelschreiber, eine zerdrückte, leere Tube Sofortkleber und ein Schlüssel für ein Sicherheitsschloss. Das sah nicht gerade vielversprechend aus, aber es waren die einzigen persönlichen Besitztümer, die ich finden konnte, also riss ich aus einem alten Exemplar der *Telegraph* einen Bogen ab, wickelte alles darin ein und stopfte das Päckchen in meine Handtasche.

Ernie durchstöberte den Rest des Raums, drehte Dinge um, hob sie hoch, schüttelte sie und legte sie wieder hin. Hier und da murmelte er etwas zu sich selbst und einmal sagte er klagend: »*Irgendjemand* hat hier etwas gesucht. Der alte Knabe hat das doch nicht selbst aufgerissen: Das sieht für mich nach einem Messer aus.«

Ich ging zu ihm hinüber, untersuchte das Kissen, das er in

der Hand hielt, und konnte sehen, was er meinte: Der Riss, aus dem Kapoklumpen quollen, verlief diagonal zum Fadenlauf des Stoffes.

»Das waren doch nicht die Bullen?«, fragte er kläglich.

Ich schüttelte den Kopf. »Wahrscheinlich war es derjenige, der mich niedergeschlagen hat, als ich hier hereinwollte.« Wenn ich seine Durchsuchung unterbrochen hatte, würde das erklären, was geschehen war: Der Schatten, der mich angegriffen hatte, hatte nur versucht, ungesehen zu entkommen. Vielleicht hatte ich wirklich Glück gehabt.

Ernie wurde ernst. »Jemand dachte vielleicht, er hätte Geld, oder? Aber sie fanden es nicht, als sie ihn kaltmachten, oder? Also kamen sie hierher und suchten danach.«

»Vielleicht.« Da fiel mir etwas ein. »Ernie, hast du irgendwelche Bankauszüge gesehen?«

Mein Schutzengel blickte ungläubig drein.

»Oh, er hatte tatsächlich ein Bankkonto«, versicherte ich ihm. »Ich nehme an, die Polizei hat sie mitgenommen.«

Ernies Miene hellte sich auf. »Da war ein *Umschlag*«, sagte er eifrig. »Ich habe ihn auf den Kocher gelegt.« Er hatte den Schreibtisch und seinen Inhalt aufgeräumt und ich sah, dass der Umschlag auf der Kochplatte thronte. Es war ein alter Fensterumschlag, leer, aber identisch mit dem, den ich bereits besaß. Ich gab ihn zu der mageren Ausbeute in meiner Tasche. Das war das Einzige im Raum, was nahe legte, dass Tom Ashe Kontakt zur normalen Welt hatte. Sonst waren da weder weitere Umschläge noch Notizen, Briefe, Listen – nichts Geschriebenes …

Nicht? Oder nicht mehr?

Wenn ich nur vor meinem Angreifer da gewesen wäre, ganz zu schweigen von der Polizei … Und wenn ich sie fragte, würden sie mir erzählen, was sie gefunden hatten?

Nach anderthalb Stunden hatte ich Erbarmen mit uns beiden. Der Raum wirkte nun viel ordentlicher, obwohl wir wirklich nicht behaupten konnten, dass wir aufgeräumt hatten. Ernie hatte das umgestürzte Feldbett wieder auf die Beine gestellt und wir hatten das Bettzeug sorgfältig durchsucht, gefaltet und wieder aufs Bett gelegt. Es war unmöglich zu sagen, ob Ashe jemals so konventionell gewesen war, etwas in seinem aufgerissenen Bettzeug zu verstecken, aber jetzt war jedenfalls nichts da. Die Kleider und Bücher waren wieder im Schrank, das Essbesteck auf dem Schreibtisch. Wir überprüften Ashes Sammlung Pappkartons und Ernie fand einen Sack mit schimmelnden Orangen, aber der Rest enthielt nur Zeitungen. Es schien, als hätte Ashe alte Zeitungen gesammelt: Mit dem, was er hier gebunkert hatte, hätte man eine Hütte bauen können. Oder Barrikaden.

»War's das?«, fragte ich.

Ernie runzelte die Stirn. »Wir haben noch nicht den Fußboden überprüft.«

»Du meinst: unter den Dielen?«

»So in etwa«, sagte Ernie.

Der Boden wurde von altem, braun gemustertem Linoleum bedeckt, das verblasst, rissig und abgelaufen war. Ich stampfte mit dem Fuß auf. Der Boden selbst fühlte sich solide an, aber das Linoleum war ein gutes Versteck und es sah aus, als wäre es zumindest weder vom Schatten noch von der Polizei untersucht worden. Ich fand eine aufgerissene Stelle vor der Tür und schob meine Finger unter den Riss. Das Linoleum war geklebt worden, doch riss es laut knackend ab und begann sich in einem schrägen Streifen abzulösen.

»Lass mich mal«, sagte Ernie und schob mich beiseite, um weiterzumachen. Ich zog mich in den Flur zurück und sah zu, wie er keuchte, schwitzte und zog. Er brauchte etwa zehn Minuten, um den größten Teil abzureißen und vor der Tür zu stapeln. Die alten Dielenbretter waren intakt und zeigten keinerlei Spuren einer Veränderung, aber wo die Lampe gestanden hatte, war ein schmales Rechteck aus schmutzigem Papier übrig geblieben. Ernie stürzte sich darauf und hob es hoch, starrte darauf und gab es mir dann: eine Quittung für die Jahresmiete eines »Mini-Schließfachs A 34« in einem Depot »U-STOR« in Barnet, datiert auf September letzten Jahres.

Ernie und ich sahen einander an. Sein Grinsen hätte einen größeren Raum erhellt als Tom Ashes kleinen Schlupfwinkel und es fühlte sich so an, als verhielte es sich mit meinem Grinsen ähnlich.

»Zeit für ein Bier. Komm, auf meine Rechnung«, sagte ich und wartete im Korridor, während Ernie das Licht ausschaltete, aber selbst in dem schwachen Tageslicht, das durch den Raum drang, erkannte ich, dass kein Wirt einen schmutzigen Landstreicher wie Ernie in seine Kneipe lassen würde. Und ausgehend von der verlegenen Miene, die Ernie zeigte, stand ich ihm wohl in nichts nach.

»Nach Hause«, sagte ich. »Ich habe eine Flasche Bier im Kühlschrank und vielleicht haben wir Glück und niemand erkennt uns.«

»Aber wir haben was entdeckt«, tröstete er mich.

Ich hoffte, dass er Recht hatte.

3

Ich saß im Vorderzimmer und sah Ben zu, wie er mit der linken Faust im Mund einschlief. Pure Zufriedenheit.

Als das Telefon klingelte, wachte er auf und war kurzzeitig empört, so dass ich beruhigende Geräusche von mir gab und den Anrufbeantworter anspringen ließ. Die leise Stimme übertönte kaum die von Ben und sagte: »*... Pickles. Können Sie mich bei Scotland Yard anrufen, sobald Sie diese Nachricht hören? Es ist etwas passiert und wir müssen ...*«

Ich hievte mir Ben über die Schulter und ging zum Hörer.

»Ich bin hier.«

Ben informierte uns, dass er ebenfalls da war.

»Tut mir Leid, es klingt, als wären Sie beschäftigt.«

»Er wollte gerade einschlafen.«

»Oje. Tut mir Leid.« Er klang so müde wie Ben und auch genauso gut gelaunt.

Ich seufzte. »Kein Problem. Was ist los?«

»Sie waren heute in der Horsell Road?«

Ich bestätigte vorsichtig, dass ich dort gewesen war.

»Wann sind Sie gegangen?«

Ich antwortete, ich hätte nicht darauf geachtet.

»Es hat dort ein Feuer gegeben.«

Ich öffnete meinen Mund, schloss ihn wieder und dachte fieberhaft nach. Toms amateurhaft verlegte Leitung hatte nicht gerade sicher ausgesehen. Hatten wir ... nein, ich erinnerte mich genau daran, dass Ernie das Licht ausgeschaltet hatte. Vielleicht die Kochplatte?

»Ist viel beschädigt worden?«

»Die Flammen drangen nur bis in eine Ecke des Raums vor. Aber es gibt Rauchschäden.«

Ich dachte an die Zeitungen. Das Ganze klang wie ein Wunder.

Er sagte: »Es würde mir wirklich helfen, wenn Sie mir sagen könnten, wann Sie gegangen sind, und sei es nur ungefähr.«

»Irgendwann zwischen zwölf und ein Uhr?«, schätzte

ich. »Es tut mir Leid, aber als wir aufhörten, war ich so erhitzt und dreckig, dass ich an nichts anderes mehr dachte als an eine gründliche Reinigung.«

»War jemand bei Ihnen?«

»Ein Freund hat mir geholfen. Und wir haben die Lichter ausgeschaltet und die Tür abgeschlossen. Da bin ich mir ganz sicher.«

»Ihr Freund – könnte er uns sagen, wann Sie gegangen sind?«

Ich stellte mir Ernie im Geiste vor. Ich hatte aus bitterer Erfahrung gelernt, dass er keine Armbanduhr besaß. Es schien sich dabei um eine Frage des Prinzips zu handeln. Und ja, seine Handgelenke waren nackt gewesen.

»Ich glaube nicht, aber ich werde mal nachfragen. Wie ich schon sagte, war der Raum in Ordnung und sicher verschlossen, als wir gingen. War es das Kabel?«

Ich hörte das elektronische Summen der Telefonleitung, bis seine Stimme schließlich ausdruckslos von sich gab: »Jemand hat das Brett von einem der hinteren Fenster durchbrochen. Zwar sind dort Gitter angebracht, so dass sie nicht hineinkonnten; aber sie zerbrachen das Glas und stopften ein paar benzingetränkte Zeitungen durch das Loch und warfen ein Streichholz hinterher. Der Hausmeister von nebenan bemerkte den Rauch gegen drei Uhr, aber zu diesem Zeitpunkt war das Feuer schon fast aus.«

Ich dachte noch einmal an Ashes Zeitungssammlung. Fragte mich, ob irgendwas zwischen all dem Papier versteckt gewesen und nun für immer verloren war.

Erst als ich den Hörer aufgelegt hatte, erinnerte ich mich daran, dass ich ihm von der Schließfachquittung hätte erzählen sollen. Nun, ich würde sicher noch die Gelegenheit dazu haben.

VII Negative Beweise

1

Ich kämpfte mich aus dem Schlaf. In London ist es niemals still, aber im Sommer gibt es um die Morgendämmerung herum eine Zeit, zu der man Geräusche hört, die sonst im allgemeinen Lärm untergehen. Ich lauschte auf Bens Atem.

Ich hatte geträumt. An Einzelheiten konnte ich mich nicht erinnern, aber mir war, als wäre Tom Ashes verkohlte Leiche da gewesen, hätte sich auf mich zubewegt und mit mir gesprochen, verbrannt, aber immer noch schrecklich lebendig. Ich schob das Bild mit Hilfe meiner Tagespläne beiseite. Phyllis sollte ausnahmsweise mal ganz früh kommen und mit etwas Glück konnte ich mich davonmachen, bevor Barnabas oder die Polizei mit Fragen und guten Ratschlägen auftauchten. Der Radiowecker neben mir beschied mir, dass es fast sechs war. Ich drückte auf den Knopf, um die Nachrichten zu hören, und schlief wieder ein, bevor sie anfingen.

Aber Viertel nach zehn kam ich in meinem Volvo von meiner ersten Erledigung zurück, erfüllt von der niederdrückenden Gewissheit, dass ich nichts erreicht hatte und wohl auch nichts erreichen würde. U-STOR hatte sich als riesiger Aluminiumschuppen neben einem Fußballstadion am nördlichen Stadtrand entpuppt, dessen überdimensionale Plakate in Gelb und Grün mich und den Rest von Nord-London darüber informierten, dass wir sichere Lagerräume von drei Quadratmeter aufwärts zu sehr günstigen Preisen mieten konnten. Nach einer hitzigen Debatte mit einem ungehobelten Kerl am Empfang, dessen Augen unfähig schienen, etwas anderes als meinen Busen ins Visier zu nehmen, wurde ich hereingelassen und zum Schließfach A 34 gewiesen. Der Schlüssel aus Tom Ashes Tasche passte ins Schloss der Lamellentür, die sich zu einem etwa zwei Quadratmeter großen, begehbaren Raum öffnete, in dem sich präzise gesagt nichts befand. Außer man zählte Staub mit. Was ich nie tue. Ich widerstand dem Feind, drohte mit Anwalt, Polizei und Armee, bis der Kerl mich unbelästigt das Register durchsehen ließ. Tom Ashes vertraute Unterschrift und ein Schnörkel bewiesen, dass er am 3. April da gewesen und den Inhalt seines Schließfachs mitgenommen hatte, was immer das auch gewesen sein mochte. Ich schloss ab und ging.

Ich bog gerade von der nördlichen Umgehungsstraße ab, als der Volvo plötzlich ein ohrenbetäubendes Schleifen irgendwo hinter dem Lenkrad von sich gab und langsamer wurde. Das Geräusch, als würde der Motor versuchen, sich selbst aufzufressen, hörte nach ein paar Sekunden auf und das alte Auto rollte weiter Richtung Archway, aber ich speicherte diese Erfahrung als weiteren Punkt in der Sparte dessen ab, worum man sich Sorgen machen musste.

Ich hatte den Schlüssel zu Ashes leerem Schließfach behalten. Der Raum war bis September bezahlt, und sollte mir alles zu viel werden, konnte ich mich für ein paar Tage wegschließen. In der Zwischenzeit aber musste ich einen Katalog fertig stellen. Allein, die Neugier gebot mir ein paar Umwege. Am Kreisverkehr Archway bog ich Richtung Kentish Town ab.

Vor der U-Bahn war ein freier Platz, so dass ich Halt machte, den Motor ausstellte und mich fragte, was ich als Nächstes tun sollte. Direkt nördlich vom U-Bahn-Eingang, zwischen dem Bürgersteig und der Backsteinmauer über den

Schienen war die Stelle, wo Tom gestorben sein musste. Ein gläsernes Vordach auf Eisenträgern schirmte eine Bank ab. An diesem Tag saß dort niemand. An der Wand klebte Müll und ein streunender Hund beschnüffelte ihn ohne besonderes Interesse und trottete dann in eine Seitenstraße. Ich wusste nicht, was ich erwartet hatte, aber hier gab es kein Anzeichen dafür, dass etwas passiert war. Leicht niedergedrückt beschloss ich weiterzufahren.

In der Horsell Road blieb ich mit laufendem Motor mitten auf der Straße stehen. Die Front von Nummer 23 war rauchgeschwärzt. Jemand hatte die Türen und Fenster mit Spanplatte vernagelt und das Gebäude wirkte heruntergekommener denn je. Was auch immer Ashe sechs Monate lang eingelagert hatte, konnte sehr gut seit April hier gewesen sein. Wenn es je wirklich existiert hatte und nicht nur eines von Ashes Hirngespinsten war, dann hatte der Schatten es möglicherweise schon entdeckt, bevor ich das erste Mal hier war. *Aber warum war er dann zurückgekommen und hatte ein Feuer gelegt?*

Wenn es sich nicht nur um einen willkürlichen Akt von Vandalismus handelte, um etwas, das nichts mit dem Mord an Tom Ashe, mit dem Angriff auf mich oder etwas in der Art zu tun hatte.

Und die Erde eine Scheibe war.

Die Hälfte der Einwohnerschaft von Islington, die sich nicht im Urlaub befand, ging in der Upper Street einkaufen, daher hatte ich Schwierigkeiten, nach Hause zu kommen. Als ich endlich meinen Wagen in einen Anwohnerparkplatz gequetscht hatte, etwa fünf Minuten Fußweg vom Laden entfernt, hatten meine Körpertemperatur und meine Stimmung ihren Siedepunkt erreicht, und die Sonne stand so hoch, dass mein Weg zurück zur George Street zusätzlich eine blutdrucktreibende Angelegenheit wurde.

Von der Straße aus wirkte mein Buchladen schattig und kühl. Drinnen jedoch war es nur stickig. Kunden waren nicht zu sehen, daher war das Stimmengewirr im Büro wohl entschuldbar, legte es doch nahe, dass jemand Probleme hatte, in meinem Geschäft alles in Gang zu halten, während ich Phantomen nachjagte.

Barnabas steckte seinen Kopf zur Bürotür hinaus. »Du bist zurück«, verkündete er unnötigerweise. »Das ist ein Irrenhaus hier.«

»Offensichtlich«, sagte ich und deutete in die Richtung, aus der Ernies gespannte Stimme kam. »Was ist los? Höre ich da Ben bei euch?«

Mein Vater nickte und ließ einen Ausdruck der Selbstgefälligkeit über sein Gesicht huschen. »Er macht jetzt ein Nickerchen. Phyllis musste gehen. Sie bringt ihren Mann zum Arzt. Er hatte einen Asthmaanfall. Ich passe auf Ben auf, bis sie wieder zurück ist. Was ist mit dir?«

Ich brachte ihn auf den neuesten Stand meines verschwendeten Tages.

Barnabas bemerkte, dass er es mir ja gesagt habe, was nicht ganz fair war. »Und Ernie hat zweihundert Bücher im Computer. Du musst dich nur noch zwei Minuten hinsetzen und sie mit Preisen versehen.«

Ich nickte. Barnabas' zwei Minuten waren in Wahrheit drei Stunden, aber die Arbeit war sicherlich überfällig.

»Und das Polizeijüngelchen war vor ein paar Minuten hier.« Damit meinte mein Vater Paul Grant, dem er vorwirft, zu jung für seine verantwortliche Stellung zu sein. Zu jung heißt: unter fünfzig. »Und es kam ein Anruf von Scotland Yard, in dem es hieß, dass sie mit dir sprechen wollen, und außerdem will Mr Stockton, dass du ihn anrufst …«

»Ich bin im Bilde«, versicherte ich ihm. »Was wollte Paul?«

Barnabas runzelte die Stirn und antwortete, wenn irgendjemand das wüsste, dann doch wohl am ehesten ich selbst.

»Kann ich dir Ben noch ein bisschen hier lassen?«, fragte ich demütig. »Ich erledige die Anrufe oben, dann störe ich euch nicht.«

Mein Vater verkündete etwas gezwungen, wenn auch nicht ganz korrekt, dass er mehr Erfahrung mit Babys hätte als ich. »Und Ernie hat zwei jüngere Brüder«, rief er mir nach, »falls ich nicht weiterweiß.«

Ich gab über die Schulter zurück: »Du weißt doch immer weiter«, und zog mich mit dem Gefühl nach oben zurück, dass ich ausnahmsweise mal das letzte Wort gehabt hatte.

Ich hätte mit dem Bad oder zumindest mit dem Kaltgetränk anfangen sollen, das ich mir versprochen hatte. Stattdessen rief ich in der Zentrale des hiesigen Polizeireviers an und wurde darüber informiert, dass DI Grant gerade beruflich unterwegs sei. Ich wollte schon die Nummer von seinem Handy wählen, hörte aber mitten im Vorgang auf. Möglicherweise würde er nicht gerade erfreut sein, wenn ich ihn bei einer Drogenrazzia anklingelte, oder womit auch immer er im Moment beschäftigt war.

Stockton war in einer Besprechung. Ich ließ die Nummer von meinem Handy zurück, so dass er mich auch im Badezimmer erreichen konnte. Was Scotland Yard betraf, so würden Lyon oder Pickles sicher noch mal anrufen: Ich erkenne Verbissenheit, wenn sie mir begegnet.

Tatsächlich saß ich gerade ganze zwei Minuten in der Wanne, als das Telefon klingelte und mein Anrufbeantworter ansprang. Selbst bei geschlossener Tür konnte ich Lyons geschäftsmäßige Stimme hören. Ich lehnte mich zurück, schloss die Augen und versank in lauwarmem Schaum. Mit ein bisschen Glück würde ich meinen Rückruf um mindestens zehn Minuten verschieben können.

Die Türglocke läutete.

Ich spielte mit dem Gedanken, einen Tod durch Ertrinken vorzutäuschen. Dann kämpfte ich mich natürlich in meinen Bademantel und lief tropfend zum Wohnzimmer, um den Besucher von einem Fenster aus zu identifizieren. Es hätte mich nicht überrascht, wenn ein Abgesandter vom Special Branch das Gebäude umschlichen hätte: Ich sehe zu viele alte FBI-Filme. Aber in Wirklichkeit war es Paul Grant, der steif vor meiner Tür stand und in ein leises Gespräch mit Barnabas verwickelt war. Ich konnte nicht hören, was sie sagten, aber etwas lag in der Art, wie sie einander ansahen, was nahe legte, dass die Unterhaltung aggressiv wurde. Barnabas hatte seine eigenen Schlüsse aus Pauls Abwesenheit in letzter Zeit gezogen. Ich spürte, wie mir das Herz pochte, riet mir, mich besser daran zu erinnern, dass ich stoisch war, lehnte mich aufs Fenstersims und räusperte mich. Beide blickten zu mir hoch.

»Gib mir eine Minute. Ich trockne mich ab und ziehe mir etwas an.«

Paul lächelte höflich. »Lass dir Zeit. Wir plaudern ein bisschen.«

Was wahrscheinlich bedeutete, dass Barnabas versuchte, Informationen aus ihm herauszuholen. Ich ging zu geschäftsmäßiger Geschwindigkeit über, um mich trockenzurubbeln, mir das Haar über die Naht zu kämmen und in ein meergrünes Strandkleid zu schlüpfen, das meiner Meinung nach meine Sonnenbräune vorteilhaft hervorhebt. Von meinen Besuchern hörte ich in dieser Zeit nichts, und als ich zurückkam, stand Paul immer noch reglos am Fuß der Treppe, im Gespräch mit Barnabas und mit einem Blick, der mir ausweichend vorkam.

»Ich dachte, du hättest vielleicht Lust, mit mir einen trinken zu gehen«, sagte er. »Im Pub an der York Road?«

Ich sagte, das hätte ich.

»Wir kommen hier gut klar«, sagte Barnabas entgegenkommenderweise. »Ihr zwei habt wahrscheinlich eine Menge Geschäftliches zu klären.«

Hatten wir das? Mir war, als hätte ich ein gespenstisches Zwinkern gesehen, und ich fragte mich, ob mein Vater glaubte, er könnte hier den Kuppler spielen. Ich würde ihn später fragen.

2

Wir setzten uns an einen Tisch auf der petuniengeschmückten Terrasse, in den Schatten eines gestreiften Sonnenschirms, und ich wartete, während Paul sein Bier und meine Schorle holte. Die Hitze prallte vom stehenden Gewässer im Kanalbecken ab; selbst hier gab es kein Entrinnen. Ich schloss die Augen.

»Einen Penny für deine Gedanken.«

Ich sagte: »Was mache ich in London, wenn ich in einem Zitronenwäldchen sitzen könnte?«

»Du hast im Moment eine Menge am Hals«, antwortete er und etwas in seinem Ton klang, als hätte er Hintergedanken. Als ich ihn direkt anblickte, hob er sein Glas. »Cheers. Schön, dich zu sehen.«

Ich sagte: »Schön, *dich* zu sehen. Aber?«

»Was?«

»Da schwang doch ein ›aber‹ mit.«

Er setzte sein Glas ab. »Es ist nur …«

Ich wartete.

»Es geht mich nichts an.«

»Als Freund«, schlug ich vor. Langsam wurde ich nervös. »Tom Ashe.«

Oh, tatsächlich? Ich wartete.

Er rutschte auf seinem Stuhl hin und her. »Sieh mal, du weißt doch, welche Arbeit wir auf Lokalebene tun. Die meisten Gewaltverbrechen sind schrecklich simpel: Man weiß, wer es war, und meistens war der Täter von Sinnen, weil er getrunken hat oder unter Drogen stand. Oder weil er eben einfach von Sinnen war. Ein Großteil unserer Arbeit besteht aus einer Art Sozialarbeit. Wir haben immer zu wenig Personal und müssen uns irgendwie damit arrangieren; und wir lösen auf Lokalebene eine überraschende Anzahl von Verbrechen. Und wir verbringen eine Menge Zeit mit Papierkram.«

Ich erkenne eine öffentliche Ansprache, wenn ich sie an einem Pubtisch höre. Womit hatte ich das verdient? Ich zog mit. »Du erzählst es, als wäre deine Arbeit langweilig.«

»Ist sie auch. Meistens.«

Ich sah ihn prüfend an. Schöne braune Augen. »Aber?«

Er lachte. »Barnabas versuchte mich schon dazu zu bringen, ihm zu erzählen, was vor sich geht, aber ich kann es nicht. Es ist schon seltsam, dieser Mantel des Schweigens, der sich über den Tod des alten Mannes gebreitet hat. Ich habe dir doch erzählt, dass ich einen Freund in Kentish Town habe? Wir haben eine Zeit lang in West-London zusammen gearbeitet, das ist also schon eine ganze Weile her. Gestern rief ich ihn an und er erzählte mir, dass sie von ihrem eigenen Chef angewiesen worden seien, die ganze Sache zu vergessen. Was natürlich dazu geführt hat, dass sie selbst kaum noch über etwas anderes sprechen. Aber sie haben die Akten weitergeleitet und der hiesigen Presse wurde mitgeteilt, dass Ashe an einem Schlaganfall gestorben ist.«

Ich dachte einen Augenblick darüber nach. Das Einzige, was mir dann einfiel, war die Frage: »Warum?«

»Weil sich Special Branch jetzt um alles kümmert. Lyon hat allumfassende Weisungsbefugnis. Pickles übernimmt einen Großteil der Lauferei und scheint so viel Verstärkung zu bekommen, wie er braucht – was heutzutage ziemlich merkwürdig ist. Und all das, weil ein obdachloser alter Mann gestorben ist?«

»Sie rufen ständig an. Sie wollen, dass ich zu ihnen komme und mit ihnen spreche.«

»Vielleicht nimmst du dir einen Anwalt.«

Ich starrte ihn mit offenem Mund an. »Warum?«

Er lachte kurz auf. »Nicht, weil sie dich bald verhaften werden. Ich meinte nur, dass du vielleicht einen Anwalt brauchst, der sich auskennt. Oder …«

Er verstummte. Ich wartete. Er spielte mit seinem Glas und schien in einer Sackgasse gelandet zu sein. Ich wartete. Zum Aussitzspielchen gehören zwei.

»Du weißt ja, dass ich wünschte, du würdest nur ihre Fragen beantworten und dann das Ganze vergessen.«

Ich starrte ihn an.

»Ich mache mir Sorgen um dich. Okay, streich das. Es gibt keinen Grund, sich um dich Sorgen zu machen.« Er machte ein finsteres Gesicht. »Warum musst du immer so drängeln? Mir gefällt einfach die Atmosphäre dabei nicht. Ich habe gehört, dass Lyon sehr gut ist – sehr ehrgeizig. Was immer im Fall Ashe getan werden muss, sie wird es an sich reißen, vor allem, wenn höhere Interessen in dieser Untersuchung liegen, die ich dort vermute. Warum schnappst du dir nicht Barnabas und das Baby und verschwindest aus London? Sagtest du nicht eben, du seist urlaubsreif?«

Ja, warum eigentlich nicht? Ich ermittelte zwei mögliche Motive für dieses Gespräch. Mir war es natürlich lieber zu glauben, dass Paul wirklich daran interessiert war, was mit mir geschah. Aber ich musste auch die Möglichkeit in Betracht ziehen, dass ihm jemand befohlen hatte, mich beiseite zu nehmen. »Ich werde niemanden drängen. Aber ich kann auch nicht wegfahren – wir müssen diesen Monat noch einen großen Herbstkatalog fertig stellen. Außerdem bin ich Tom Ashes Testamentsvollstreckerin. Der Anwalt übernimmt zwar die meiste Arbeit, aber ich muss noch ein bisschen hier bleiben, um Papiere zu unterschreiben.«

»Du könntest wieder verletzt werden.«

»Es war doch etwas anders«, sagte ich langsam. Mittlerweile glaubte ich, mich an die Einzelheiten des Zwischenfalls erinnern zu können, ganz so, wie mir alle prophezeit hatten. »Ich kam jemandem in die Quere, der war, wo er nicht hätte sein sollen. Er geriet in Panik – und versuchte zu entkommen, bevor ich sein Gesicht sah.«

»Wahrscheinlich hast du Recht, aber das ändert gar nichts. Muss ich wirklich darauf hinweisen, dass du das nächste Mal vielleicht nicht so viel Glück hast?«

»Warum sollte es ein nächstes Mal geben? Es könnten doch auch einfach ein paar Leute von der Straße gewesen sein, die dachten, sie könnten etwas klauen, wo Tom Ashe doch tot war?«

»Könnte sein«, sagte Paul. Er zögerte. »Möchtest du noch etwas trinken? Hier gibt es auch Sandwiches.«

Es war inzwischen Mittag geworden und die Terrasse wurde voller. Ein paar Mädchen, die am Geländer vor dem Wasser lehnten, blickten hoffnungsvoll auf unseren Tisch, gaben aber auf, als ich mich demonstrativ zurücklehnte. Bis Paul mit den neuen Getränken und einem Teller mit dreieckigen Sandwiches zurückkam, welche von den üblichen Tomatenschnitzen und Salatrüschen verziert wurden, hatte ich mir etwa ein halbes Dutzend neuer Fragen ausgedacht.

»Was denken sie wirklich beim Special Branch? Weißt du, warum sie mit mir sprechen wollen?«

Paul knallte das Tablett auf den Tisch.

»Hörst du mir nicht zu? Niemand erzählt mir irgendetwas darüber. Es gehört nicht in meine Zuständigkeit, es gehört nicht in Islingtons Zuständigkeit und nicht in Kentish Towns!«

Er verstummte wieder. Ich blickte ihn an, doch er sah aufs Wasser. Oder auch auf die beiden Mädchen. »Also gut. Ich bin angewiesen worden, mit dir nicht über Ashe zu sprechen.«

»Was?«

»Tu nicht so begriffsstutzig: Ich bekam von meinem Vorgesetzten die *Instruktion*, mit dir nicht über Tom Ashe zu sprechen! Er fragte mich nach dem Charakter unserer Beziehung und ich erklärte, wir seien im letzten Jahr Freunde geworden. Er ging zwar nicht so weit, mir den Umgang mit dir zu verbieten, doch er hätte es am liebsten gewollt. Irgendeine Order muss von Scotland Yard gekommen sein, sonst wäre er nicht so dahinterher. Wenn du wirklich Antworten willst, sprichst du besser mit denen. Sie wollen ja ohnehin mit dir reden. Was ist also dein Problem?«

Ich blickte auf die Sandwiches und war mir nicht sicher. Ich hatte keinen Hunger mehr. »Deshalb hast du also gesagt, ich sollte mir einen Anwalt nehmen.« Wut stieg mir wie Gallenflüssigkeit in meine Kehle.

Er sagte abrupt: »Ich *kann* dir nicht helfen. Nicht, dass ich nicht wollte. Niemandem gefällt das, aber ich kann nichts machen. Ich bin selbst nur ein kleiner District DI.«

Er hatte Recht, doch etwas in mir hatte auf seine Unterstützung gezählt. Ich versuchte, die Sache von seiner Warte aus zu betrachten. Ich versuchte, mich als diese *stoische* Frau zu sehen, die ihm ständig lächerliche Fragen stellte, sich dann zurückzog und allem zum Trotz ihren eigenen Weg ging. Puh! Ich sagte: »Das verstehe ich natürlich. Ist das Hühnchen?«

Er sagte: »Mexikanischer Geflügelsalat«, und dann sprachen wir über das Wetter.

3

Als ich zurückkam, saß Ernie allein im Büro vor einem flimmernden Computerbildschirm und den Resten eines Döners. Er vertraute mir an, dass »der Professor« und sein Enkel wahrscheinlich ein kleines Mittagsschläfchen hielten. Ich stieß im Stillen einen Seufzer der Erleichterung aus und sagte laut, dass ich hoffte, Ernie hätte sich selbst zu helfen gewusst und keinen Ärger mit den Kunden gehabt.

Er grinste stolz. Es waren zwei Kunden da gewesen: ein alter Knabe, der eine halbe Stunde lang hier »herumgehangen« und dann ein Buch für fünf Pfund gekauft hatte, und ein junger, der einen ganzen Stapel Bücher ausgesucht und dann, als Ernie die ausgewiesenen Preise addieren wollte, um einen Kollegenrabatt gebeten hatte.

Meine Besorgnis stieg. »Wer war es? Und was hast du gemacht?«

Ernie bedachte mich mit einem beruhigenden Lächeln. »Genau das, was ich letzte Woche bei dir gesehen habe. Ich fragte ihn nach seiner Visitenkarte und die bewies, dass er in einem Buchladen arbeitete. Es war das Symbol darauf, das du auch auf deinen Rechnungen hast; PBFA, richtig? Also sagte ich zu ihm, er könnte zehn Prozent Nachlass haben. Ich habe ihn per Scheck bezahlen lassen, behielt aber seine Karte. Und«, schloss er, »da sind zwei Anrufe auf dem Anrufbeantworter. Ich ging nicht ans Telefon, weil es nur die Bullen waren. Diese Frau.«

Ich unterdrückte ein Stöhnen. DI Lyon wurde langsam aufdringlich. »Hör mal, ich gehe besser und rede mit ihnen. Das wird ein oder zwei Stunden dauern. Könntest du hier bleiben und den Laden hüten? Du kannst Barnabas runterholen, wenn du ein Problem hast. Ist das für dich in Ordnung, wenn du heute ein paar Stunden länger für mich arbeitest?«

Ernie grinste und sagte nur: »Dann habe ich eine Rücklage, wenn das College anfängt.«

Ich erreichte Stocktons Sekretärin, die mir beschied, dass der Anwalt mindestens bis fünf Uhr im Gericht sei. Trotz Pauls Rat schien es nicht wirklich wichtig zu sein, auf Stockton zu warten; und DS Pickles bestätigte, als ich ihn unter der von ihm zurückgelassenen Nummer anrief, dass sie mich so früh wie möglich sehen wollten. Natürlich nahm das Unterfangen eher vier als die von mir geplanten zwei Stunden in Anspruch. Als ich schließlich nach einem Kampf durch den Berufsverkehr aus dem Taxi fiel, fand ich den Laden geschlossen und ein wenig zusammenpassendes Vierergespann oben im Wohnzimmer vor: Barnabas auf dem Sofa; Ben und Ernie auf dem Fußboden, wo Ernie Ben mit anscheinend geübter Hand ein Fläschchen verabreichte – seine Behauptung, ein paar jüngere Brüder zu haben, entsprach offensichtlich der Wahrheit; und Mr Spock, der den Eindruck erweckte, von seinem Platz auf dem Kaminsims alles zu überblicken, trotz der Tatsache, dass er die Augen geschlossen hatte. Ein Krug mit einer Pfütze eisgekühlter Limonade stand auf dem Tisch. Ich nahm mir Barnabas' Glas und goss sie dort hinein.

»Heiß?«

»Unglaublich«, bestätigte ich.

Mein Vater verlangte einen unverzüglichen und lückenlosen Bericht meiner Tätigkeiten, doch Tatsache war, dass ich zwei Stunden in einem schlecht gelüfteten Büro mit einer sonnenbeschienenen Glasfront zugebracht hatte und von DS Pickles befragt worden war, hier und da unterbrochen von seiner Chefin, die anscheinend zufällig auftauchte, wenn man daran glauben mochte. Das Ganze war durchaus freundlich zugegangen, doch sie hatten mich mit dem unguten Gefühl entlassen, dass mir ein Dutzend Vergehen unterstellt wurden.

Ich hatte die Geschichte von meinem ersten Besuch in der Horsell Road erzählt. Sie hatten gefragt, was genau Ernie und ich beim zweiten Besuch getan und gesehen hatten, und ich erinnerte sie in aller Vorsicht an meine Pflichten als Ashes Testamentsvollstrecker, die auch darin bestanden, seinen Besitz zu taxieren. Niemand war so unhöflich, »Ausreden, Ausreden« zu rufen, also lieferte ich freiwillig einen Bericht von der U-STOR-Quittung und dem leeren Schließfach, was sie mehr zu interessieren schien als mich. Ich kam ohne die Quittung, aber mit dem deutlichen Gefühl nach Hause, dass der ungehobelte Kerl im U-STOR Besuch von der Polizei bekommen würde, denn Lyon war die Sorte Mensch, die erst an die Existenz von Sonne und Mond glaubt, wenn man ihr drei positive Gutachten und ein schriftliches Geständnis des königlichen Astronomen liefert. Am Ende unterschrieb ich ein kurzes Protokoll: Wenn es auch nur ein einziges Faktum enthielt, das jemandem nützen konnte, so konnte ich mir jedenfalls nicht vorstellen, welches das sein sollte.

»Hey, wir haben das Feuer nicht gelegt.« Ernie stutzte. »Sie wollen doch nicht auch mit mir sprechen, oder?«

Barnabas verstand, was er sagen wollte, und erklärte: »Wahrscheinlich nicht, aber wenn doch, dann komme ich mit. Ich sorge dafür, dass es keinen Ärger gibt.«

Ernie grinste kurz und half Ben dann weiter, sein Bäuerchen zu machen. Auch ich stieß einen Laut der Erleichterung hervor; wie jede berufstätige Mutter bin ich immer auf der Suche nach Babysittern, die im Notfall einspringen können. Ich malte mir schon aus, wie Ernie Klein Ben die Grundlagen der Computerarbeit nahe brachte.

Das Telefon klingelte.

»Leonard Stockton hier. Gibt es ein Problem?«

Ich antwortete, dass ich das nicht hoffen wollte, und erzählte ihm von Paul Grants Rat. Er hörte mir geduldig zu, schwieg dann eine Weile und sagte schließlich: »Sehr interessant! Aber es gab keine Schwierigkeiten?«

Diese Frage brachte wiederum mich dazu, eine Weile zu schweigen. »Soweit ich sehen konnte, nicht.« Was mir Sorge bereitet hatte, war die Tatsache, dass jemand einen Mann, den ich für einen Freund hielt, *angewiesen* hatte, mir nicht zu helfen. Aber mir war durchaus bewusst, dass an meinem Ende der Leitung noch zwei Paar Ohren zuhörten.

Seine Stimme erklang wieder. »Ich habe Sie eigentlich angerufen, weil ich bei der Bank war, um sie von Mr Ashes Tod zu informieren. Ich bat darum, mir Kopien von den Bankauszügen der letzten zwölf Monate zu überlassen, und heute Morgen kamen sie mit der Post. Da ist etwas Seltsames. Ich glaube, ich schicke sie Ihnen besser mal. Sie haben nicht zufällig einen Faxapparat?«

Ich antwortete, dass ich zufällig doch einen hätte, und zwar im Büro unten, und er versprach mir, sie gleich loszuschicken. Und als ich fünf Minuten später unten im Büro stand und mit wachsendem Erstaunen auf die lange Papierschlange starrte, die sich aus dem Faxapparat schlängelte, wuchs mein Respekt vor seinem Scharfsinn. Als die Maschine schließlich mit einem letzten Ping ihre Tätigkeit einstellte und sich ausschaltete, riss ich das hauchdünne Papier von der Rolle und setzte mich damit an den Tisch.

Jeder monatliche Auszug bestand aus einem einzelnen Blatt, das an Tom Ashe, zu Händen Wisby Finch, adressiert war. Sie waren alle nahezu identisch. Es gab eine Überweisung, die jeden Monat um den Zehnten herum getätigt wurde und aus 301,52 Pfund, ab April aus 310,38 Pfund bestand. Die Herkunft dieser Überweisung wurde durch die Initialen TPA ausgewiesen. Alle anderen Buchungen waren Abhebungen mit der Karte, meistens über eine Summe von zwanzig Pfund. Die Geldautomaten, die Ashe benutzt hatte, waren mit Adresse ausgewiesen und das Seltsame bestand erst einmal darin, dass Ashe selten einen Geldautomaten öfter als zwei- oder dreimal im Jahr benutzt hatte. Geographisch gesprochen waren die Abhebungen von Enfield bis nach Kingston upon Thames und von Uxbridge bis nach Greenwich erfolgt. Man hätte meinen können, dass Ashe sein Leben damit zugebracht hatte, mit dem Bus durch die Gegend zu fahren.

Noch seltsamer aber war, dass er im betreffenden Zeitraum mit einem Kontostand von fast einunddreißigtausend Pfund begonnen und mit über zweiunddreißigtausend geendet hatte: Damit hatte er fast die Hälfte seines Einkommens gespart. Wenn mir das nur gelingen würde ... Natürlich bedeutete das auch einen ziemlich niedrigen Lebensstandard.

Ich ging noch mal zum Anfang zurück und las mich durch die verschmierten Zeilen. Es mussste doch so etwas wie ein Muster geben? Jawohl. Ashe hatte vor Ende März höhere Abhebungen getätigt als danach. Bis zum 24. März hatte er einmal pro Woche mindestens sechzig Pfund abgehoben, manchmal ein bisschen mehr. Und zwar zusätzlich zu kleineren, unregelmäßigeren Abhebungen zu anderen Zeitpunkten. Ich blätterte meinen Kalender auf dem Schreibtisch durch und fand heraus, dass die großen Abhebungen immer an einem Freitag getätigt worden waren.

Miete! Er hatte sich in einer billigen Herberge oder einer Pension ein Zimmer mit Frühstück gemietet. Gegen Ende März hatten diese Abhebungen allerdings aufgehört. Vermutlich war er da in Nummer 23 eingezogen.

Es schien, als müsste ich tatsächlich herausfinden, wo er gewohnt, ob er dort Freunde gehabt und warum er das aufgegeben hatte. Sicher nicht, weil er es sich nicht länger leisten konnte. Mir drängte sich das Bild auf, wie Tom Ashe hastig einige Bücher, ein paar von seinen alten Klamotten und seine Bankkarte mit zweiunddreißigtausend Pfund Deckung einpackte und sich bei Nacht und Nebel aus einer heruntergekommenen Pension schlich.

Wenn Paul Grant mich nicht gewarnt hätte, hätte ich ihn wohl angerufen und um Rat gefragt. Stattdessen rief ich bei Wisby Finch an, in der Hoffnung, Stockton wäre noch nicht nach Hause gegangen, und war erleichtert, als er abnahm.

»Ich sehe, was Sie meinen. Es wäre schön zu wissen, woher das Einkommen kam und wo er letztes Jahr im Winter in bar seine Miete bezahlte.«

Stocktons leise Stimme klang herzlich. »Ich dachte mir schon, dass Sie es sehen würden. Zufällig kann ich Ihnen sagen, woher das Einkommen stammte, denn meine Mutter war Lehrerin. TPA ist die Altersversorgung für Lehrer. Wenn Sie möchten, kann ich dort anrufen. Seine Frau sollte als Angehörige in ihren Akten stehen: Wenn sie Anspruch auf eine Witwenrente hat, haben sie wahrscheinlich ihre aktuelle Adresse.«

»Ja, bitte«, sagte ich voller Erleichterung. Zumindest eine Sache erwies sich als ganz einfach.

»Was das andere betrifft«, fuhr er fort, »so dürfte ich vielleicht etwas vorschlagen?«

Ich drängte ihn dazu.

»Wenn er überstürzt eine Pension verlassen hat, wäre es doch möglich, dass er dort noch Schulden hat. Wir könnten doch jetzt eine Suchanzeige für Gläubiger aufgeben, was meinen Sie?«

Oh, ja, Mr Stockton!

»Das Problem ist nur: Wo?«

Wir gingen die einzelnen Möglichkeiten durch und kamen schließlich überein, dass Ashes häufige Besuche in meinem Laden Ortsgebundenheit nahe legten und bescheidene Anzeigen in zwei Lokalzeitungen und dem *Evening Standard*, unter dem Namen Wisby Finch, wohl das Beste wären, um Neuigkeiten zu bekommen. Als ich schließlich auflegte, das Fax zusammenfaltete und es in einen brandneuen Hefter in die unterste Schublade meines Schreibtischs legte, hatte ich das Gefühl, dass die Sache nun vielleicht in Gang kam, trotz der Tatsache, dass fast alles, was ich bis dahin herausgefunden hatte, ohne Ergebnis blieb: keine Adressen, keine Schecks, die auf namentlich bezeichnete Personen ausgestellt waren, keine Aufzeichnungen, nichts im Schließfach.

Ashe hatte Anfang April das Schließfach geleert, direkt nachdem die regelmäßigen Abhebungen aufgehört hatten. Es war etwas schief gegangen im März. Etwas oder jemand war aufgetaucht und Ashe war weggelaufen.

Ich saß immer noch an meinem Schreibtisch und verlor mich in Spekulationen, als die Türklingel ertönte. Ich ignorierte sie, bis deutlich wurde, dass der Besucher hartnäckig war. Dann reckte ich meinen Kopf und spähte um die Bücherregale herum. Der Ankömmling war ein Fremder, ein untersetzter Mann von etwa fünfzig Jahren mit fahlem, rotblondem Haar, der ein zerknautschtes Hemd mit geöffnetem Kragenknopf trug und eine Aktentasche in der Hand hatte. Mein erster Gedanke war, dass es sich um einen Polizeibeamten in Zivil handelte. Der kam nicht gerade im günstigsten Moment.

Ich zog mich vom Schreibtischstuhl hoch und ging widerstrebend zur Tür. Die kleine nepalesische Türklingel erklang über meinem Kopf.

»Wir haben leider geschlossen.«

»Ich weiß, ich war früher schon einmal da, aber Sie waren ausgegangen. Sie sind Dido Hoare.«

Ich bestätigte das und fragte mich, warum Ernie ihn nicht erwähnt hatte. Oder hatte er es doch? Ich versetzte mich in Ernies Lage und konnte sehen, dass der Mann vor mir vielleicht derjenige war, den er als »alten Knaben« beschrieben hatte, welcher ein Buch für fünf Pfund kaufte.

»Sie haben ein Buch gekauft?«, fragte ich. »Ich hoffe, damit ist alles in Ordnung.«

Er beschrieb eine willkürliche Bewegung mit der Aktentasche und da wusste ich, dass ich Recht hatte. »Ja, alles in Ordnung.« Doch warum hatte ich jetzt den Eindruck, dass er noch nicht mal den Titel des Buches hätte nennen können?

Ich sagte: »Gut. Was kann ich dann für Sie tun? Ich wollte gerade aufbrechen.« Diese Botschaft bekräftigte ich, indem ich reglos im Türrahmen stehen blieb.

Er sagte: »Ich kann morgen noch einmal kommen, aber es wäre besser, wir würden uns jetzt unterhalten. Mein Name ist Dennis Ashe. Sie kannten meinen Vater.«

VIII Der Honigtopf

1

»Aber sie ist tot«, sagte der Mann mit den rotblonden Haaren schroff. Ich hatte ihn ins Büro geführt. Wir sahen uns über den Schreibtisch und die darauf liegenden Karteikarten, die Barnabas und Ernie bearbeitet hatten, hinweg an.

»Tot? Aber warum …« Ich hielt inne und sagte stattdessen vorsichtig: »Das tut mir Leid. Das habe ich nicht gewusst.«

»Meine Mutter starb vor fünf Jahren.«

»Ich bin davon ausgegangen, dass sie noch am Leben wäre, da sie die Erbin Ihres Vaters ist.« Ich suchte in dem quadratischen, hängebackigen Gesicht mir gegenüber nach Ähnlichkeit mit Tom Ashe. »Ich sollte wohl dazusagen, dass er sie zur Alleinerbin ernannt hat. Sie wurden in dem Testament nicht aufgeführt, daher meine Überraschung.«

Er zuckte leicht mit den Schultern. Er schwitzte, sein grünes Hemd hatte Flecken unter den Achseln. »Wir standen uns nie besonders nahe. Ich habe mir schon immer gedacht, dass einmal alles an sie gehen würde, aber jetzt wird doch das, was noch übrig ist, an mich und meine Tochter gehen.«

Mir kam es vor, als habe er den Satz als eine – durchaus verständliche – Frage gemeint, also erklärte ich ihm: »Seine Rente wurde ihm monatlich auf ein Konto überwiesen. Ich nehme an, Sie wissen, dass er von einer kleinen Lehrerpension lebte? Mehr haben wir bisher nicht gefunden.« Mein Halsband ging den enterbten Sohn nichts an. »Der Anwalt ist noch dabei, alles zu überprüfen.«

»Und sonst nichts? Noch nicht einmal Persönliches – Souvenirs? Bücher? Mein Vater hatte immer jede Menge Bücher.«

»Jedenfalls habe ich abgesehen von alten Kleidern und einigen Taschenbüchern bisher nichts weiter gefunden.« Ich hätte schwören können, dass sich seine Gesichtszüge verhärteten. »Was genau meinen Sie denn?«

Er zögerte. »Ich weiß es nicht. Ich wünschte nur, ich hätte – wissen Sie – irgendetwas, das mich an ihn erinnert. Vielleicht eine Uhr? Oder Manschettenknöpfe? Irgendeine Art Andenken?«

Oder ein merkwürdiges altes Perlenhalsband?, fügte ich im Geiste hinzu. Vielleicht war dieses Ding letzten Endes doch etwas wert. Andererseits war es in der Tat seltsam, dass jemand, der über siebzig Jahre alt geworden war und weite Teile des Globus bereist hatte, am Ende mit zweiunddreißigtausend Pfund auf der Bank und nicht einem einzigen Besitzstück dastand, noch nicht einmal mit einem Aschenbecher, auf dem mit Muscheln umrandet *Feriengrüße aus Blackpool* steht.

Ich fand, dass ich mein Zögern ziemlich gut überspielte, indem ich eine unbeschriebene Karteikarte und einen verirrten Kugelschreiber auf dem Schreibtisch zusammensuchte. »Sie können vielleicht helfen. Der Anwalt wird wissen wollen, wo Ihre Mutter zuletzt gewohnt hat, und ihr genaues Sterbedatum. Und auch die vorletzte Adresse Ihres Vaters – wo er bis zum vergangenen März gelebt hat. Und den Namen der Schule, an der er zuletzt unterrichtete.«

»Warum?« Meine Fragen schienen ihn zu erstaunen.

Ich zog die Schultern gerade und versuchte mir den Anschein zu geben, als wüsste ich genau, was ich tue. »Das hat etwas mit etwaigen Schulden zu tun. Die gerichtliche Testamentsbestätigung kann erst gegeben werden, wenn wir alle seine Angelegenheiten gründlich untersucht und nach Gläubigern inseriert haben.«

Der rotblonde Mann lächelte kalt. »Deswegen mache ich mir keine Gedanken. Ich habe noch nie etwas von Tom bekommen. Selbst als ich noch ein kleiner Junge war, war er nie für mich da. Und heute brauche ich auch nichts von ihm, das kann ich Ihnen sagen.«

Aber vor einer Minute hast du mir noch etwas ganz anderes erzählt. Und was willst du dann überhaupt hier und summst wie eine Wespe um den Honigtopf herum?

Aber ich sagte nur: »Erinnern Sie sich noch an die Adresse Ihrer Mutter?«

»Natürlich erinnere ich mich daran. Sie lebte bei mir und meiner Frau, als sie starb.« Ich zückte vielsagend den Kugelschreiber und er nannte mir eine Adresse in Hampshire.

»Oh. Sie sind extra für einen Tag nach London gekommen?«

Er schüttelte den Kopf. »Wir wohnen dort nicht mehr. Meine Frau und ich haben uns bereits vor einigen Jahren getrennt. Meine Tochter lebt im Ausland.«

Ich schrieb seinen Namen auf die Karte unter die Adresse in Hampshire und sagte: »Wo wir schon mal dabei sind, notiere ich mir am besten gleich auch Ihre aktuelle Adresse.«

»Ähm. Station Road, Nummer vierzehn. Willesden.«

»Telefon?«

»Ich habe noch keinen Anschluss. Ich bin gerade erst eingezogen.«

Ich blieb hartnäckig. »Was ist mit Ihrem Vater? Können Sie mir sagen, wo er letzten Winter gewohnt hat?«

Reumütiges Kopfschütteln.

»Oder seine letzte Schule? Ich nehme an, dass das schon eine Weile her ist.«

Er zuckte mit den Schultern. »Das war Ende der Siebziger. Ich erinnere mich nicht mehr genau – irgendeine weiterführende Schule im Süden von London. Aber das kann doch nicht so wichtig sein.«

Ich war geneigt, ihm zuzustimmen, aber da ich diese Frage aus einem bestimmten Grund, der mir selbst nicht klar war, gestellt hatte, schüttelte ich nur den Kopf und ließ den Kuli sinken. »Haben Sie sich gestritten?«

Ich hätte darauf geschworen, dass er mich spekulierend ansah. »Wie ich schon sagte, er war nie da während meiner Kindheit. Ich habe ihn nie wirklich gekannt. Ich glaube, das macht mir am meisten zu schaffen. Ich kenne ihn eigentlich überhaupt nicht und jetzt bleibt mir noch nicht einmal etwas, was mal ihm gehört hat.«

Ein paar Minuten lang saßen wir beide in unsere eigenen Gedanken versunken da. Die seinen drehten sich wahrscheinlich um die drückenden Erinnerungen eines Mannes, der auf alles einen Groll hegte, was sein Vater niemals für ihn getan hatte, und der nun der Tatsache ins Auge sehen musste, dass daran nichts mehr zu ändern war. Und die meinen, so wurde mir langsam klar, waren ganz mit dem Gefühl beschäftigt, dass ich Dennis Ashe nicht mochte. Aber um ehrlich zu sein, hatte ich seinen Vater auch nicht besonders gemocht.

»Sie haben ihn doch noch vor ein paar Wochen gesehen«, hörte ich mich jetzt sagen. »Als Sie bei ihm im Krankenhaus waren.«

»Krankenhaus?« Er schien ins Stottern zu geraten. »Welches Krankenhaus?«

Hatte ich da etwas falsch verstanden? Ich nahm ihn genau in Augenschein und bemerkte die Schweißperlen auf seiner Oberlippe. Nein, ich hatte richtig geraten. »Sie waren im Whittington an dem Tag, an dem Tom auf eigene

Verantwortung das Krankenhaus verließ. Die Stationsschwester hat mir von Ihnen erzählt.«

»Ach das. Nun, er rief mich an und ich habe vorbeigeschaut, um mich zu vergewissern, dass mit dem alten Herrn alles in Ordnung ist. Aber Sie habe ich dort nicht gesehen.«

»Wohin haben Sie ihn gebracht, nachdem er das Krankenhaus verlassen hatte?«

»Nirgendwohin. Ich habe ihn in Camden Town abgesetzt. Er wollte zu so einem Wohnheim.«

»Hatte er dort ein Zimmer?« *Nun rede schon weiter, lüg mich nur an.*

»Nun ja, zumindest habe ich ihn dort abgesetzt.«

Nun ja, vielleicht. »Ich werde dem Anwalt die Adressen geben«, sagte ich. »Nur noch eine Sache.« Das hatte ich mir extra aufgespart. »Warum hat Ihr Vater, kurz bevor er starb, ein Testament aufgesetzt, in dem er alles Ihrer Mutter vermachte? Wusste er denn nicht, dass sie tot ist?«

Dennis kam schwerfällig auf die Füße, sein Gesicht war rosa angelaufen, schweißnass und steif. »Oh, natürlich wusste er das. Er war total ausgebrannt. Ich sage Ihnen was: Ich glaube, er verlor langsam den Verstand. Als ich ihn im Krankenhaus besuchte, hat er die ganze Zeit von ihr geredet, als sei sie noch am Leben. Und als ich ihm sagte, dass er damit aufhören soll, hatte er schon vergessen, was er gesagt hatte.«

Die Worte sprudelten immer schneller aus ihm hervor, als habe er seine Erinnerungen nicht länger unter Kontrolle. Ich rief mir Ashes Augen ins Gedächtnis, die immer etwas hinter meinem Kopf zu suchen und zu sehen schienen, und wusste, was mein Besucher meinte. Vielleicht ließen sich letzten Endes alle Schwierigkeiten ganz einfach damit erklären, dass der alte Mann senil geworden war. Vielleicht.

»Rufen Sie mich an, sobald Ihr Telefon angeschlossen ist?«, bat ich ihn an der Tür. »Bis dahin werde ich Ihnen auch sagen können, wie es mit dem Testament weitergeht.«

Er murmelte etwas in seinen Bart und wir trennten uns an der Tür. Ich sah ihm nach, wie er auf das Ende der Straße zulief. Er war ungefähr sieben Meter weit gelaufen, als mir noch etwas einfiel, und ich rief ihm hinterher: »Wer hat Ihnen meinen Namen gegeben?« Er hörte mich nicht und bog um die Ecke, ohne seinen Schritt zu verlangsamen.

Es war schon spät und oben warteten sie bestimmt bereits auf mich, aber ich ging dennoch erst in den Laden zurück und überprüfte die Riegel an der Tür zum Hof. Der Straßenführer *London von A bis Z* befand sich ausnahmsweise einmal an seinem Platz über dem Schreibtisch und ich nahm ihn ohne besonderen Grund vom Regal, wenn man mal von der inneren Unruhe absieht, die diese Begegnung bei mir hinterlassen hatte. In insgesamt zweiundzwanzig Postzustellbezirken Londons gab es eine Station Road, außerdem in vielen der Vororte, die sich von Barnet bis nach West Wickham zogen. Aber nicht in Willesden. Nicht, soweit ich sehen konnte.

Und dann, ungefähr fünf Minuten zu spät, traf es mich schlagartig. *»Nun, er rief mich an und ich habe vorbeigeschaut, um mich zu vergewissern, dass mit dem alten Herrn alles in Ordnung ist. Sie habe ich dort aber nicht gesehen.«* Es war wirklich wundervoll, dass Ashe es geschafft hatte, Dennis vom Krankenhaus aus anzurufen, obwohl dieser überhaupt kein Telefon hatte.

Ich stellte die Alarmanlage an. Diese Mühe machte ich mir ziemlich selten.

2

Ich wachte auf, weil ich wieder eine laute Stimme in meinem Ohr vernahm. Es war die Stimme von Tom Ashe und sie hatte gesagt: *»Hiermit vermache ich Miss Dido steuerfrei ein antikes Halsband inklusive Schachtel und Verpackung unter der Bedingung, dass sie niemandem traut.«* Hätte ich an Gespenster geglaubt, wäre ich aufgestanden und hätte im Flur und Bad nachgeschaut, ob Tom Ashe nicht vielleicht tatsächlich Gestalt angenommen hatte, um mich anzublöken. Stattdessen blieb ich reglos liegen und wartete, bis mein Herzklopfen sich wieder beruhigt hatte, und bat mein Unterbewusstsein um eine Erklärung. Nicht, dass ich keinen Grund gehabt hätte, Alpträume zu haben. Nach einigen Minuten erstarb das Echo in meinem Kopf und hinterließ in mir das Gefühl, dass ich etwas unternehmen musste.

Nachdem ich zehn Minuten lang so dagelegen und Ben beim Atmen zugehört hatte, rollte ich mich zur Seite. Mein Wecker informierte mich darüber, dass mein Unterbewusstsein beschlossen hatte, kurz vor halb sechs loszuschreien. Vorsichtig schwang ich die Beine aus dem Bett, schnappte mir von dem Stuhl neben dem Bett eine Hand voll Klamotten und schlich auf nackten Sohlen aus dem Zimmer. In der Küche spritzte ich mir Wasser ins Gesicht und schlüpfte in ein T-Shirt und einen roten Baumwollrock. Meine Tasche hatte ich am Abend zuvor auf dem Sofa im Wohnzimmer abgelegt. Ich zog den Schlüssel heraus und tapste die Treppe auf die Straße hinunter. Da ich möglichst leise sein wollte, hatte ich meine Sandalen im Schlafzimmer gelassen, aber ich glaubte nicht, dass ausgerechnet jetzt irgendwelche Kunden auftauchen könnten, die sich vor exzentrischen barfüßigen Buchhändlerinnen fürchteten.

Als ich die Schublade aufzog, brachte mich der stechende

Geruch von altem Staub, der sich dort gesammelt hatte, zum Niesen. Die Schachtel mit dem Halsband verbarg sich ganz hinten unter einer Mappe mit Quittungen, die darauf warteten, dass ich meine vierteljährliche Steuerabrechnung machte.

Mein Unterbewusstsein hatte den Wortlaut nicht ganz korrekt wiedergegeben. In dem Testament stand: »… ein Halsband aus Lapislazuli, Gold und Karneol inklusive Schachtel und Verpackung …«

Jedesmal, wenn ich mir diesen Text angesehen hatte, war er mir merkwürdig vorgekommen, aber da alles andere mindestens ebenso merkwürdig gewesen war, hatte ich dem nie Beachtung geschenkt. Nun gut, dann wollen wir mal sehen. Ich schob den kleinen Messinghaken zur Seite und hob den schmucklosen Deckel an. Modergeruch stieg mir in die Nase. Ich wühlte in dem Papier und nahm das Halsband heraus. Die stumpfen roten und blauen Perlen lagen kühl in meiner Hand. In die Kanten der kleinen Blätter waren Zacken gehämmert und von einem davon war die Spitze abgebrochen. Als ich das abgebrochene Blatt umdrehte, fand ich auch hier winzige Hammerspuren und stellte fest, dass sich das Metall mit einer geradegebogenen Heftklammer ganz einfach zerkratzen ließ. Was immer dieses gelbe Material auch sein mochte, es war jedenfalls weich genug, um reines Gold zu sein.

An der Wand über dem Waschbecken habe ich einen kleinen Spiegel aufgehängt. Ich ging hinüber und hielt mir das Halsband an, um zu sehen, wie es auf meiner Haut aussah. Wenn ich ehrlich meinen ersten Eindruck wiedergeben sollte, dann fand ich: feine Arbeit, aber hässlich. Ich hatte nicht den blassesten Schimmer, woher dieses Ding stammen könnte oder ob es wertvoll war. Aus dem Nahen Osten, wenn man Ashe Glauben schenkte. Aber ich war nicht in der Lage zu unterscheiden, ob es eins von diesen Schmuckstücken war, das eine verschleierte Dame trug, um den Reichtum ihres Mannes zur Schau zu stellen, oder ob es einfach die Art von Perlen waren, die abends in den Istanbuler Diskotheken getragen wurden. Es verlangte nach dem Urteil einer kompetenten Person. Wie dem auch sei, da der Verschluss fehlte, konnte ich es sowieso nicht tragen.

Aber vielleicht gab es ja doch eine Möglichkeit für mich, selbst herauszufinden, woher es stammte. Ich kippte die Papierfetzen auf den Schreibtisch und drehte die Schachtel auf der Suche nach einem Stempel oder Etikett um. Aber außer Schmutzspuren und einem blassen, lilafarbenen Tintenfleck fand ich nichts. Ich nahm das Vergrößerungsglas zur Hilfe, das ich in der langen Schreibtischschublade aufbewahre, um fehlerhafte Stellen oder Inschriften in Büchern zu begutachten, die mir zum Kauf angeboten werden. Unter der Lupe stellte sich heraus, dass der Fleck genau das war, was er zu sein schien.

Also noch mal von vorne. Das Testament hatte mir das Halsband sowie die Schachtel und die Verpackung vermacht. *Verlieren Sie nichts. Das ist sehr wichtig,* hatte er mir mitgeteilt. Das Halsband lag eingebettet in einen Haufen von vergilbten Zeitungsfetzen. Ich knipste die Schreibtischlampe an und zückte erneut das Vergrößerungsglas. Nichts ist unverständlicher als ein Puzzle aus alten Zeitungsfetzen, aber es lag auf der Hand, dass dieses hier selbst in einem Stück für mich nur von begrenztem Wert gewesen wäre: Ich erkenne Arabisch, wenn ich es vor mir sehe, aber ich kann es ganz gewiss nicht lesen.

Barnabas hatte mir erzählt, dass er bei dieser Hitze nicht gut schlief, und so verließ ich mich darauf, dass er bereits wach war und am Frühstückstisch saß. Die Stimme, die den Hörer abnahm, klang dann auch wie erwartet putzmunter.

»Barnabas, wie gut ist dein Arabisch?«, fragte ich und erklärte ihm alles.

»Ich nehme ein Taxi.« Er hatte schon aufgelegt, bevor ich ihm sagen konnte, dass ich oben bei Ben sein würde, der jetzt lange genug allein gewesen war. Ich ließ die Papierschnipsel, wo sie waren – das Papier war altersschwach, und je weniger es angefasst wurde, umso lesbarer würde es bleiben –, und legte die Perlen in die leere Schachtel, die ich nach einem Moment des Zauderns wieder außer Sichtweite nach hinten in die Schublade schob. Sollte sich herausstellen, dass das Halsband eher in die Kategorie Diamanten als Strass gehörte, würde ich es an einem sichereren Ort unterbringen, aber im Moment begnügte ich mich damit, gewissenhaft wieder die Alarmanlage einzuschalten, und ertappte mich dabei, wie ich verstohlen nach rechts und links blickte, als ich die Tür hinter mir zuschloss. Aber auf der George Street wimmelt es nicht gerade von Frühaufstehern, und weit und breit war niemand in Sicht, der sich darüber, wie ich mich heimlich aus meinem eigenen Laden schlich, hätte wundern können.

3

»Das Dumme daran ist«, sagte Barnabas kurz angebunden, »dass es Arabisch ist. Dein Verehrer hätte das Halsband überall kaufen können, von Marokko bis zu den Golfstaaten. Er kann es natürlich in Kairo bekommen haben. Oder gestohlen. Oder was auch immer.«

»Dass es Arabisch ist, weiß ich selbst«, erwiderte ich. »Aber was ich mich frage, ist, ob an diesen Zeitungsfetzen nicht irgendetwas Besonderes sein könnte.«

»Etwas Besonderes?«, fragte Barnabas. »Inwiefern besonders?«

Ich erzählte ihm noch einmal von dem genauen Wortlaut des Testaments und Tom Ashes merkwürdiger Instruktion.

Als ich fertig war, sah er zweifelnd aus. »Ich würde nicht allzu viel auf die eingehende Textanalyse jeder einzelnen seiner Silben geben – du etwa? Es ist ja nun nicht so, als sei der alte Mann besonders vernünftig gewesen. Und vielleicht lag seine geistige Fähigkeit gerade mal darin, es als wichtig zu erachten, dass dein Andenken an ihn genau in dem Zustand bleibt, in dem es war.«

»Es geht schon gegen alle Vernunft, mir überhaupt dieses Halsband zu schenken«, erwiderte ich spitz. »Insbesondere, wenn es tatsächlich aus Gold und Halbedelsteinen besteht. Es könnte gut und gerne ein paar tausend Pfund wert sein.«

Barnabas schien das zu belustigen. »Ich nehme an, ein Gericht würde darin nichts anderes als einen Beweis nach dem anderen für seine geistige Unzurechnungsfähigkeit sehen, was wiederum ein noch zweifelhafteres Licht auf das Testament werfen würde. Falls das überhaupt noch nötig ist, ich meine angesichts der Tatsache, dass er sein gesamtes Vermögen einer toten Frau vermacht hat.«

»Und in einer Müllkippe in einer verlassenen Fabrik gewohnt hat, wo er doch über dreißigtausend Pfund auf der Bank hatte.«

Barnabas hob warnend eine Hand und setzte eine wichtigtuerische Miene auf. »Man sollte sich davor hüten, Schlüsse aus dem Lebensstil anderer Leute zu ziehen. Es ist durchaus möglich, dass er ein exzentrischer Millionär war, genauso wie ich immer darauf Rücksicht genommen habe, dass du ein unabhängiges Leben als Buchhändlerin vorziehst, obwohl du als meine Haushälterin in einer komfortablen Villa in der Nähe von Kew ein sicheres und ehrenhaftes

Leben hättest führen können, was übrigens ein Beweis *deiner* – Dido, hör auf, mich SO anzugucken, nur weil ich dies als warnendes Beispiel gegen die Vermutung anführe, dass Tom Ashe, nur weil er sich in einem Kellerloch versteckt hat, verrückt gewesen sein muss. In Anbetracht dessen, was ihm passiert ist, beweist sein Versuch, sich zu verstecken, ganz offensichtlich nur, dass er geistig ebenso gesund war wie jeder andere Mensch auch.«

Ich holte tief Luft. »Na schön. Rollen wir das Ganze also von hinten auf. Fest steht, dass irgendjemand Tom Ashe ermordet hat.«

Barnabas nickte. »Vier oder fünf Monate zuvor hat er seine alten Verstecke verlassen, wo immer sie auch gewesen sein mochten. Er tauchte unter, gab falsche Adressen an ... entweder war er paranoid oder er wusste, dass er in Gefahr war.«

»Und da er ja auch *tatsächlich* in ...«

»Sogar in *Lebensgefahr«*, warf Barnabas mit dramatischer Stimme ein.

»... schwebte, müssen wir dann nicht davon ausgehen, dass er sich sogar überaus vernünftig verhalten hat?«

»Schlau wie ein Fuchs«, brummte Barnabas.

»Da er einer echten Bedrohung ausgesetzt war, mag es für *alles*, was er getan hat, einen Grund gegeben haben – dafür, dass er mit seinem Sohn zusammen das Krankenhaus verließ, für sein Verschwinden, dafür, dass er mir das Halsband vermacht hat, für die genauen Instruktionen die Schachtel betreffend, dafür, dass er sein Vermögen seiner Frau vermacht hat ... Barnabas, an dieser Stelle komme ich doch ins Zweifeln.«

»Du hast ihren Namen, ihre letzte Adresse in – wo mag das sein? – Lymington und die Aussage ihres Sohnes, dass sie vor fünf Jahren gestorben ist«, erwiderte mein Vater mit sanfter Stimme. »Ich gehe davon aus, dass es für deinen Anwalt sicherlich ein Leichtes ist, seine Sekretärin zum Einwohnermeldeamt zu schicken, um sich dort die Sterbeurkunde zu besorgen. Es ist sogar das Erste, was er jetzt tun muss.«

Daran hatte ich noch gar nicht gedacht. Schnell sagte ich: »Ich werde ihn anrufen ...«

»Wir sind noch nicht fertig«, fiel Barnabas mir mit unangenehm schulmeisterlicher Stimme ins Wort. »Seine sorgfältige Wortwahl – wir gehen also davon aus, dass dies mit Absicht geschehen ist, schon vergessen? – über das Halsband, die Verpackung und die Schachtel ...«

Ich drehte mich um und betrachtete erneut die drei verschiedenen Komponenten vor mir auf dem Schreibtisch, den er eigens dafür freigeräumt hatte. Mir fiel auf, dass mein Vater mit den Zeitungsschnipseln gespielt und jeden einzelnen sorgfältig aufgereiht hatte. »Du versuchst doch nicht etwa, sie wie ein Puzzle zusammenzufügen, oder?«

»Das habe ich zwar überlegt, aber ich denke, das ist nicht machbar. Obwohl die meisten scheinbar aus derselben Zeitung gerissen wurden. Die Typographie scheint durchgehend dieselbe zu sein und das Gleiche gilt für das Alter und die Beschaffenheit des Papiers. Wenn wir des Arabischen mächtig wären, könnten wir vielleicht etwas entdecken, was Licht in die ganze Sache bringt. Ich bin der Meinung, wir sollten sie jemandem zeigen, der uns weiterhelfen kann. Die Fakultät für Orientalistik und Afrikanistik scheint mir dafür am geeignetsten.«

»Das klingt ja, als würde dir das richtig Spaß machen«, bemerkte ich listig. »Aber nicht alle Schnipsel stammen aus derselben Zeitung.«

»Das stimmt. Ich habe auch den englischen Schnipsel gesehen. Das ist übrigens interessant. Wenn man genauer hinsieht, kann man ein Stück von dem Untertitel entziffern.« Er zeigte auf die Stelle. Auf einem keilförmigen Stück Papier standen die Worte *… jestät König Farou …*

Ich sah Barnabas an. Interessant?

»Farouk, nehme ich an. Ägypten. Seine Regierungszeit begann vor dem Krieg und endete Anfang der Fünfziger, als er von Nasser seines Amtes enthoben wurde.«

»Es sind *ägyptische* Zeitungen?« Ich brauchte die Botschaft, die Ashe mir hinterlassen hatte, erst gar nicht zu Hilfe zu ziehen. *Für das tägliche Leben habe ich immer Kairo vorgezogen …*

Es war der erste Hinweis, der tatsächlich so etwas wie Methode hinter Tom Ashes Verrücktheit vermuten ließ. Falls es Verrücktheit war. »Wir brauchen jemanden, der sich das so schnell wie möglich ansieht. Sonst gibt es nichts zu sehen, oder?«

»Ganz im Gegenteil«, sagte Barnabas. Er beugte sich nach vorn und zeigte auf ein ungefähr drei Zentimeter langes, rechteckiges Fragment aus goldbraunem Papier, das an den Kanten oben und unten stark zerfasert, beinahe ausgefranst war. Als ich es mit dem Zeigefinger berührte, fühlte sich das flockige Material pudrig und weich an.

»Lass es besser liegen«, sagte Barnabas schroff. »Ich kann es zwar nicht mit Sicherheit sagen, aber es sieht viel älter aus als alles andere hier. Das Papier hat eine eigenartige, fasrige Struktur und die Schriftzeichen darauf sind nicht gedruckt, sondern von Hand geschrieben. Ich kenne die Sprache nicht, aber die Buchstaben entstammen dem griechischen Alphabet.«

»Vielleicht ein Teil des Zertifikats über die Herkunft des Halsbandes, was meinst du?« Ich betrachtete es genauer und holte erneut das Vergrößerungsglas hervor. Der Gegenstand meiner Untersuchung ähnelte einem sehr groben, handgemachten Stück Leinenpapier mit drei Zeilen handgeschriebenem Text, dessen ursprünglich schwarze Tinte zu einem unregelmäßigen Braun verblasst war. Dieses Rechteck war einst die Ecke einer Seite gewesen. Oben und unten war es unregelmäßig ausgefranst. Die rechte Seite war einst der Rand des Blattes gewesen, sie war nur auf einem ganz schmalen Stück ausgefranst, aber inzwischen sehr empfindlich und flockig. Die vierte Seite war gefalzt und durch die handgeschriebenen Zeilen hindurch senkrecht durchgerissen worden, und wenn mich meine Augen nicht täuschten, war das erst vor kurzem geschehen, weil die Fasern an der Abrisskante blasser aussahen. Ich reichte Barnabas das Vergrößerungsglas und trat mit einem kurzen Aufwall der Erregung einen Schritt zurück: dieser alte bräunliche Fetzen, der aus einem Manuskript herausgerissen worden war, das war Ashes wahre Botschaft.

Barnabas stieß einen lautlosen Pfiff aus, ein lästiges Geräusch, von dem ich wusste, dass es Zufriedenheit zum Ausdruck brachte. »Ich habe da so eine Ahnung. Es ist alt. Viel älter, als ich dachte. Ich denke, das wäre letzten Endes vielleicht doch was für … das Britische Museum. Hast du noch eine von diesen albernen kleinen Klarsichthüllen, in die du immer die ganz kleinen Drucke steckst?«

Ich fand eine in einer Schachtel unter dem Packtisch und sah ihm zu, wie er den Fetzen behutsam in die Hülle gleiten ließ. Als er schließlich sicher und unversehrt in der Hülle steckte, atmeten wir beide auf.

»Ob du mich wohl für ein oder zwei Stunden entbehren könntest …?«

»Für Ernie liegt genug rum, um ihn den ganzen Tag über zu beschäftigen, wenn er erst einmal eingetrudelt ist. Und Phyllis ist schon unterwegs.«

Er zögerte und sah aus wie ein Schuljunge, der den Unterricht schwänzt. »Du solltest das Übrige besser wieder wegräumen. Es ist ja nicht so, dass du *gar* keine Kunden hättest, selbst an einem so heißen Tag, wie dieser zu werden verspricht.«

»Wie wär's, wenn du zwei Fliegen mit einer Klappe schlägst?«, schlug ich ihm vor. »Das Britische Museum liegt direkt neben der Universität und du könntest mir die Fahrerei ersparen.«

»Du meinst, ich soll einfach auf gut Glück beim Fachbereich für Orientalistik und Afrikanistik vorbeischauen und sehen, ob ich jemanden erwische?« Er schaffte es, gleichzeitig zweifelnd und aufgeregt auszusehen, und wir machten uns daran, die übrigen Zeitungsfetzen so vorsichtig wie möglich in eine größere Plastikhülle zu schieben. Im Hinterkopf hatte ich das Bild von Dennis Ashe, wie er plötzlich auf einen weiteren kleinen Plausch vorbeikam. Oder Sergeant Pickles. In beiden Fällen war mir der Gedanke sehr angenehm, alles aus dem Haus zu haben. Irgendetwas in mir wollte zuerst wissen, was genau es mit den Schnipseln auf sich hatte, bevor ich die Neuigkeiten weitergab.

4

Und dann wusste ich erst mal nichts mehr mit mir anzufangen. Glücklicherweise war Ben recht kommunikativ aufgelegt und so führten wir ein langes Gespräch über sein Spielzeug, bis Phyllis eintraf. Dann ging ich wieder nach unten und stellte den Computer an und fand die Datei mit dem Katalog, die Ernie freundlicherweise »Dein Katalog« genannt hatte, damit selbst jemand wie ich wusste, worum es sich handelte. Ich fing an, die Einträge Korrektur zu lesen und die Preise in die kleinen Kästchen zu setzen, die er eigens für diesen Zweck angelegt hatte. Da mir die meisten Bücher gut vertraut waren, ließ ich meine Gedanken schweifen. Als ich mich schließlich wieder zusammenriss, stellte ich fest, dass ich die letzten zwanzig Exemplare mit traumhaften Preisen versehen hatte. So hatte ich einen wirklich hübschen Zola mit dreitausenddreihundertfünfzig Pfund ausgezeichnet, was für ein Exemplar aus der dreiundzwanzigsten Auflage nun wirklich etwas übertrieben war, selbst wenn es einmal Swineburne persönlich gehört hatte. Ich entfernte die erste Ziffer und dachte gerade noch rechtzeitig daran, meine Arbeit zu speichern, bevor ich den Computer wieder ausstellte.

Eine Hand voll Kunden trieb es im Laufe des Vormittags in den Laden und wieder hinaus. Eine sympathische Kanadierin, die ich noch nie zuvor gesehen hatte, kaufte meinen zweibändigen Cowper von 1851 für den Preis von zweihundert Pfund, mit dem ich ihn ausgezeichnet hatte, und versuchte noch nicht einmal, mit mir zu handeln – und sie zahlte in bar. Noch vor einem Jahr hätte mich ein Geschäft wie dieses für Stunden in Hochstimmung versetzt. Nun überlegte ich nur undankbar, dass sich mein Buchbestand dank des Geldes, das aus dem von mir so getauften »Plutarch-Coup« gekommen war, während der vergangenen vierzehn Monate so verbessert hatte, dass ich langsam richtig blasiert wurde. So musste es sein oder aber ich machte mir immer noch Sorgen wegen anderer, ganz und gar nicht gewinnbringender Angelegenheiten.

Körperliche Betätigung war jetzt genau das, was ich brauchte. Ich fand ein Staubtuch unter der Spüle und öffnete die Tür, die auf den glühend heißen, von Mauern umgebenen Hof hinausging, um mir das zu gönnen, was man lachhafterweise als frische Luft bezeichnen könnte. Zwanzig Minuten später fand ich mich auf der obersten Sprosse einer Trittleiter wieder. Ich hatte keine Ahnung, wie lange ich dort bereits so verharrt hatte, aber ich spürte in meiner linken Wade die ersten Anzeichen eines Krampfes. Ich war genau in der Stimmung, in der Menschen anfangen, mit Büchern oder sogar Bomben um sich zu schmeißen.

Ich stürzte von der Leiter, wankte ins Büro und zog das Notizbuch hervor, in dem ich mir die Telefonnummer von Frau Inspektor Lyon notiert hatte. Am anderen Ende der Leitung klingelte es so lange, dass ich gerade auflegen wollte, als sie den Hörer abnahm.

»Hier ist Dido Hoare.«

»Guten Tag, Miss Hoare.« Dem Tonfall ihrer Stimme nach hätte man fast meinen können, dass sie gerade an mich gedacht hätte. »Ist etwas nicht in Ordnung?«

»Ja, allerdings«, erwiderte ich. »Ich habe den Eindruck, dass ich ziemlich viel Zeit mit dieser Ashe-Angelegenheit verschwende. Ich möchte mit der Person reden, die Special Branch auf den Fall angesetzt hat.«

In der nun eintretenden Stille hörte ich im Hintergrund ein Telefon unablässig klingeln. Schließlich sagte sie: »Eigentlich bin ich diejenige, die die Ermittlungen leitet.«

»Das meine ich nicht. Ich möchte mit der Person vom Geheimdienst reden, die Special Branch auf den Mord angesetzt hat. Und Sie beauftragt hat, zu ermitteln – oder was auch immer.«

»Wie kommen Sie darauf ...«

Ich ließ sie nicht ausreden. »Wie ich darauf komme, dass irgendetwas komisch daran ist, dass Special Branch mit der Aufklärung eines Mordes an einem obdachlosen, alten, pensionierten Schullehrer und überzeugten Abstinenzler beauftragt ist, der dreißigtausend Pfund auf der Bank hat und der auf offener Straße durch eine Injektion ermordet wurde, während er sich gerade zusammen mit einer Gruppe von Obdachlosen besoff?«

Das Telefon im Hintergrund hörte auf zu klingeln, dann fing es wieder an. »Lassen Sie mich nachdenken«, sagte sie.

»Was meinen Sie mit *nachdenken*? Es liegt doch wohl auf der Hand, dass Ihre Abteilung nur deswegen eingeschaltet wurde, weil es um Tom Ashe geht oder um den, der er einmal war. Ich *weiß*, dass er so eine Art Spion war. Nachrichtendienst, richtig? Ich hatte immer gedacht, dass das schon zu lange her sei, um noch von Bedeutung zu sein, aber offensichtlich habe ich mich geirrt, und je länger Sie mich hinhalten, umso offensichtlicher wird das Ganze. Ich muss mit jemandem reden, der befugt ist, mir das ein oder andere zu erzählen.«

»Was erzählen?«

Nun war ich diejenige, die zögerte. Was mir wirklich Gedanken machte, war die Frage, warum der Nachrichtendienst oder Special Branch oder sonst wer heute noch so ein Interesse an Tom Ashe hatte. Ich konnte ihr nicht sagen, dass ich einfach nur auf Schnüffeltour war, aber mehr steckte tatsächlich nicht dahinter. Ich holte tief Luft. »Hören Sie, ich habe nicht vor, irgendetwas zu unternehmen, was Sie in Schwierigkeiten bringen könnte. Es wäre besser, wenn ich mit jemandem Informationen austauschen könnte, der die Vergangenheit von Tom Ashe wirklich kennt.« Ich fand, das klang sehr plausibel, und hoffte, sie würde meinen Worten irgendeine Bedeutung zumessen.

»Also gut, ich werde einen Anruf tätigen. Ich werde versuchen, Sie heute Nachmittag zu erreichen.« Ich wollte gerade den Mund aufmachen, als sie hinzufügte: »Ich habe da etwas, was Sie bestimmt brauchen können: Ich habe die Adresse von Mrs Ashe für Sie. Sie lebt in einem Pflegeheim in Brighton …«

»Sie lebt?«

Ich schien mal wieder eine dieser Pausen verursacht zu haben.

»Wie ich bereits sagte – sie lebt in einem Altenheim am Stadtrand von Brighton. Der Ort heißt Clifftops Retirement Home.«

»Ich hole nur schnell einen Stift«, murmelte ich und wühlte in den Papieren auf dem Schreibtisch herum. Ich hätte am liebsten losgewinselt, aber nachdem ich die Information auf ein Stück Papier gekritzelt hatte, hatte ich meine Sprache so weit wiedergefunden, dass ich ihr danken konnte. Dann legte ich auf und verspürte das dringende Bedürfnis nach einem von diesen stärkenden Gläschen Irish Whiskey, die Barnabas in Stressmomenten auszuteilen pflegt.

Wenn Toms Witwe am Leben war, musste ich dann davon ausgehen, dass ihr Sohn, bei dem sie lebte, als sie starb – oder eben *nicht* starb –, nichts davon wusste? Ich brach ab und korrigierte mich: Wenn Mrs Ashe lebte, warum hatte ihr Sohn mir dann erzählt, sie sei tot? Mir schoss der häßliche kleine Gedanke durch den Kopf, dass er von mir erwartete, dass ich ihm Toms Vermögen auszahlte. Aber das war natürlich Unsinn; nur ein Narr würde glauben, dass ich ihm das Bankkonto von Tom einfach so überließe, ohne vorher die Sterbeurkunde der Mutter gesehen zu haben. Das konnte es also nicht sein. Oder doch?

Hatte er eine Falle aufgestellt, um entweder mich oder seine eigene Mutter reinzulegen? Angesichts der falschen Adresse, die er mir gegeben hatte, ergab diese Vermutung durchaus einen Sinn.

Es sei denn, Mrs Ashe war gar nicht die Person, die sie sein sollte. Was in mir den Gedanken aufkommen ließ, dass ich ihr schleunigst einen Besuch in Brighton abstatten sollte. Ein Tag am Meer: genau das, wonach ich mich gesehnt hatte.

IX Oh, ich bin wirklich gerne am Meer

1

»Aber warum gerade Sie?«, fragte mich Mrs Ashe, wobei ihre sanfte Stimme naives Erstaunen zum Ausdruck brachte, während ihr Blick scharf war wie eine Rasierklinge.

Ich widerstand der Versuchung, ein gekünsteltes, schuldbewusstes Lächeln aufzusetzen, und erklärte stattdessen: reiner Zufall, aus einer Laune heraus ... vielleicht auch wegen Barnabas und Bletchley ... Diese Geschichte klang in meinen Ohren ziemlich weit hergeholt, aber ihre Miene wurde sofort sanfter.

»Ja – das leuchtet mir ein. Tom hat in letzter Zeit so viel in der Vergangenheit gelebt ... Als er Ihren Namen registrierte – den Namen Ihres Vaters –, hatte ihm das vielleicht das Gefühl vermittelt, jemanden aus alten Zeiten wiedergefunden zu haben, jemanden, dem er vertrauen konnte. ›Jemand, der über jeden Verdacht erhaben war‹, so hätte er es ausgedrückt. Sollte er Ihren Vater tatsächlich nach so langer Zeit wiedererkannt haben?«

Ich erzählte ihr, dass Ashe keinen Augenblick lang gezögert hatte. Sie nickte und eine Weile saßen wir schweigend da. Ich sah ihr an, dass sie in Erinnerungen schwelgte; und Erinnerungen waren genau das, was ich von ihr wollte.

Wir waren früh von zu Hause aufgebrochen, um auf der monotonen Strecke durch den Süden von London mit seinen Einkaufs- und Umgehungsstraßen dem Schlimmsten zuvorzukommen. Aus meinem kleinen Ausflug war eine richtige Familienexpedition geworden. Hinter mir saß Barnabas und navigierte mich. Ben wurde sorgsam von Phyllis bewacht, die in richtiger Urlaubsstimmung war und einen Picknickkorb bei sich trug. Ich setzte alle drei an einem schnell voller werdenden Strand ab, wo sie unter zwei großen Sonnenschirmen ihr Lager aufschlugen – die außerordentlich moderne Phyllis hält Sonne für mordsmäßig gefährlich für Babys. Barnabas, wie immer in knielange, beigefarbene Shorts, Socken und altmodische Sandalen gekleidet, zeigte Anzeichen von Rebellion.

Ich überließ sie ihrem Streit über die gesundheitlichen Vor- und Nachteile des Sonnenbadens, in dem glücklichen Bewusstsein, dass zumindest Ben vor allen Übeln der Welt beschützt war, mochten sie nun von der Sonne oder anderen Gefahrenquellen herrühren, und fuhr mit dem Volvo weiter die Küste entlang. Die Wegbeschreibung, die mir am Telefon durchgegeben worden war, führte mich ohne Schwierigkeiten zu dem großen Backsteinhaus mit dem Giebeldach, das, wie es sein Name versprach, hoch oben auf den Klippen über der glatten blauen See thronte.

Neben dem Haus gab es einen kleinen Parkplatz und werktags zu dieser frühen Stunde brauchte ich mich mit keinem anderen Besucher um einen Platz zu schlagen. Und Mrs Ashe saß bereits an einem kleinen Tisch auf einer Terrasse über den Klippen und erwartete mich: eine schrumpelige kleine Frau in einem lilafarbenen Baumwollkleid mit einer Kappe aus blendend weißem Haar und mit hellen grauen Augen, die in einem Rollstuhl saß. Wir hatten uns zur Begrüßung die Hand gegeben. Ihr Händedruck war ohne Kraft, dafür voller Wärme.

»Entschuldigen Sie, dass ich sitzen bleibe«, hatte sie gesagt. »Ich habe leider Krebs und … O nein, nein – in meinem Alter breitet er sich nur noch sehr langsam aus. Aber es ermüdet mich doch und die Hitze macht mir zu schaffen. Wie ich sehe, hatten Sie einen Unfall – setzen Sie sich und ruhen Sie sich erst einmal aus. Möchten Sie einen Kaffee? Ich fürchte, ich trinke mehr, als gut für mich ist.«

Irgendjemand hatte ihr eine Kanne hingestellt, die auf einem kleinen Stövchen stand, dazu Milch und Zucker und zwei Porzellantassen, und sie schenkte mir einen Kaffee ein und bot mir hauchdünne Zuckerplätzchen an und erzählte mir, dass sie bis zu ihrer Pension Direktorin an einem Gymnasium in Berkshire gewesen sei. Das hatte ich mir schon fast gedacht. Irgendetwas an ihr erinnerte mich an die schwierigen Gespräche, die ich als Teenager mit meiner Schuldirektorin in Oxford geführt hatte.

Ich erläuterte ihr das Testament. Sie schaute aufs Meer hinaus, während sie schweigend zuhörte. »Ich weiß nicht, warum er sich in den Kopf gesetzt hatte, mich zu seiner Testamentsvollstreckerin zu machen und nicht Ihren Sohn«, erzählte ich ihr.

Und sie stellte ihre Tasse behutsam auf der Untertasse ab und erwiderte: »Unser Sohn kam vor zwanzig Jahren bei einem Flugzeugunglück ums Leben. Vielleicht können Sie sich noch an den Flugzeugabsturz auf dem Birmingham Airport erinnern? Es gab keine Überlebenden.«

Ich stellte meine Tasse weniger sanft ab. »Aber ich habe ihn …« Nein, kein guter Anfang. Ich holte tief Luft. »Irgendjemand kam gestern zu mir in den Laden. Ich weiß nicht, wie er auf mich gekommen ist, aber er behauptete, sein Name sei Dennis Ashe. Das ist einer der Gründe, warum ich hier bin.« Ich kam mir ziemlich albern vor, wie ich so nach Worten suchte. »Ich meine, mir war schon klar, dass irgendetwas nicht stimmte. Ich habe mich wohl sehr ungeschickt ausgedrückt. Er erzählte mir nämlich, dass *Sie* tot seien, verstehen Sie.«

Sie hatte ihre Lippen geschürzt und sah mich jetzt an, als

sei ich eine ihrer auf Irrwegen befindlichen Viertklässlerinnen. »Unser Sohn hieß Michael und nicht Dennis. Ihr Besucher war sich dessen offensichtlich nicht bewusst. Wer um alles in der Welt mag das gewesen sein? Was für ein grausamer Scherz.«

»Ich glaube nicht, dass das ein Scherz war.« Ich hatte bereits meine eigenen Schlüsse gezogen. »Es muss sich dabei eher um einen Versuch handeln, an das Vermögen Ihres Mannes zu kommen.«

»Vermutlich.« Sie runzelte die Stirn. »Können Sie diese Person beschreiben?«

Ich dachte an das Gespräch zurück und beschrieb den rotblonden Mann so gut ich konnte.

Sie schüttelte entschieden den Kopf. »Ich kenne ihn nicht.«

»Könnte es vielleicht ein Verwandter gewesen sein?«

Wieder schüttelte sie den Kopf. »Ich habe einen Bruder in Neuseeland und eine Enkeltochter, Christine – Michaels Tochter –, die jetzt bei ihrer Mutter in Vancouver lebt. Sonst gibt es niemanden.«

Mir fiel ein, dass »Dennis« ebenfalls behauptet hatte, eine Tochter im Ausland zu haben, und ich speicherte es irgendwo in meinem Gedächtnis. Auch wenn Mrs Ashe ihn nicht zu kennen glaubte, so schien er sie durchaus zu kennen oder etwas über sie zu wissen. »Vielleicht ein Freund von Mr Ashe?«

»Ich wüsste niemanden, auf den Ihre Beschreibung zutrifft.«

»Entschuldigen Sie, wenn ich Ihnen neugierig vorkomme«, sagte ich jetzt, »aber ich bin mir nicht ganz im Klaren über die Situation. Seit wann leben Sie im Clifftops?«

»Bereits seit einigen Jahren. Ich bin zwei Jahre jünger

als Tom und er gehörte nicht zu den Menschen, die den Anforderungen, eine Invalidin zu pflegen, gewachsen sind. Als sich also herausstellte, dass ich bis zum Ende meiner Tage auf Hilfe angewiesen sein würde, hat er sich darum gekümmert, dass ich hier einen Platz bekam. Er nahm sich eine kleine Wohnung in der Stadt, um in meiner Nähe zu sein, aber er war immer sehr rastlos. Vor ungefähr einem Jahr gab er die Wohnung wieder auf und zog nach London. Aber er kam mich weiterhin jeden Sonntag besuchen. Noch bis vor kurzem, es war selten, dass er nicht kam.«

Ich blickte mich um und sah das Meer, den gepflegten Garten, das solide Haus. Abgesehen von dem diskreten Schild am Fuße der Einfahrt hätten wir genauso gut in dem Garten ihrer Privatvilla sitzen können.

»Sie nehmen mir diese Frage hoffentlich nicht übel«, sagte ich, »aber sind Sie finanziell abgesichert? Ich gehe davon aus, dass sich die Testamentsvollstreckung noch eine Weile hinziehen wird, weil es noch so viele offene Fragen gibt …«

Sie lächelte. »Ich beziehe meine eigene Rente und außerdem bekam ich die Hälfte von Toms. Dann gibt es da noch die Jahresrente, die er abgeschlossen hat, als wir unser Haus verkauft haben. Ich brauche mir keine Sorgen zu machen, wenn es noch etwas dauert.« Sie lachte. »Ich lege sogar noch etwas zur Seite für Christine. Sie arbeitet mit benachteiligten Kindern und das wird in Kanada auch nicht besser bezahlt als hier. Ich brauche nicht viele Extras. Wie Sie sehen, ist es hier äußerst angenehm.«

Das Bild von Toms Straßenkleidung und dem dunklen und zugemüllten Loch, in dem er geendet war, kam mir in den Sinn. Und auch das kleine Vermögen auf seinem Bankkonto. Es war in der Tat angenehm in Clifftops, und so wie es aussah, würde meine Aufgabe als Testamentsvollstreckerin durch die Bedürfnisse seiner Witwe nicht erschwert werden.

Und dann hatte sie laut nachgedacht und hinzugefügt: »Aber warum gerade Sie?«

Wir saßen eine Weile da. Ich dachte darüber nach, wie seltsam es war, dass Ereignisse, die vor einem halben Jahrhundert passiert waren, uns heute auf dieser Terrasse zusammengeführt hatten. »Ich würde gerne Ihren Vater kennen lernen«, sagte sie.

»Ich werde ihn mitbringen, wenn ich das nächste Mal komme.«

»Sehr schön. Es gibt nicht mehr viele, mit denen man in Erinnerungen an frühere Zeiten schwelgen kann. Inzwischen ...«, ihre Stimme erstarb, aber ihr Blick blieb scharf. »Es ist sehr nett von Ihnen, extra herzukommen und mich darüber zu informieren, was ... was Tom in London gemacht hat. Aber ich habe das Gefühl, Sie wollen etwas von mir. Vielleicht sollten wir zur Sache kommen? Ich bin etwas müde heute Morgen.«

»Ich weiß nicht, wo ich anfangen soll.«

»Die Polizei hat erzählt, er sei ermordet worden, dass es daran nicht den geringsten Zweifel gebe. Ich hoffe, er hat nicht gelitten.«

»Ich frage mich immer wieder«, sagte ich, »ob Sie vielleicht wissen, wieso das passiert ist.«

»Das frage ich mich auch, Dido, aber in den letzten Monaten hat er mir nur sehr wenig darüber erzählt, was er so treibt. Er sagte, dass er auf ein leer stehendes Haus aufpassen würde, bis es verkauft sei, dass er viel lesen würde, dass er zufrieden sei – nichts von Bedeutung, wie Sie sehen. Seinen Erzählungen zufolge schien nichts ... Außergewöhnliches ... vorgefallen zu sein.«

Er hatte ihr eine stark entschärfte Version der Wahrheit gegeben. Ich überlegte schnell. »Wann genau ist er nach London gezogen?«

»Ende August letzten Jahres.«

Die U-STOR-Quittung war auf den sechsten September datiert.

»Und einzig und allein, weil er sich hier langweilte?«

»... Ja.« Sie hatte etwas gezögert.

»Spielte sonst noch etwas eine Rolle?«

»Ich hatte den Eindruck, dass ihm irgendetwas Sorgen bereitete. Ich spürte, dass irgendetwas vorgefallen war, aber er spielte es herunter, wenn ich ihn danach fragte.«

»Warum ist er nach Islington gezogen? Haben Sie dort früher einmal gewohnt?«

»Wir haben nie in London gewohnt bis auf einige Monate kurz nach unserer Hochzeit, als wir eine kleine Wohnung in der Nähe der Portobello Road hatten. In der Nähe des Marktes.«

Ashe hatte also Brighton verlassen und hatte in einer Gegend von London, mit der ihn nichts verband, vorübergehend ein Quartier bezogen. Wieder kam mir der Gedanke, dass er sich das ganze Jahr über versteckt hatte. »Das ist gut möglich«, räumte Mrs Ashe ein, als ich diese Vermutung äußerte.

»Aber versteckt wovor? Oder vor wem?«

»Solche Dinge erzählte er mir nicht. Das hat er noch nie gemacht. Soll ich das näher erläutern? Wir haben im Winter 1950 geheiratet, damals hat Tom noch unterrichtet. Eigentlich hatte er für die Regierung im Ausland gearbeitet, aber dazwischen gab es eine Zeit von mehreren Jahren, während der er hier in England war. In dieser Zeit wurde auch Michael geboren. Tom sagte, dass er nie wieder für den Geheimdienst arbeiten werde, deswegen hat er mir hin und wieder von seinen früheren Erlebnissen erzählt. Natürlich keine geheimen Informationen – nichts, was direkt mit seiner Arbeit zu tun gehabt hätte –, vielmehr Geschichten über die Orte, an denen er gewesen war, über Dinge, die er gesehen und erlebt hatte, über die merkwürdigen Menschen, die er kennen gelernt hatte. Einige Zeit danach, ich glaube, das war 1955, haben sie ihn plötzlich wieder eingestellt, vermutlich wurde er vom Außenministerium für diverse Aufträge eingeteilt. Aber von da an hat er mir nie wieder etwas von seiner Arbeit erzählt. Eine Zeit lang war er viel auf Reisen und brachte mir Geschenke aus dem Orient oder dem Nahen Osten mit, aber er hat nie über seine Arbeit geredet. Nie.«

»Und das ging eine ganze Weile so?«

»Ja, ungefähr zwölf Jahre lang. Ich blieb mit dem Baby in England, und als Michael in die Schule kam, fing ich wieder an, als Lehrerin zu arbeiten. Schließlich wurde ich Direktorin an einem sehr angesehenen Mädchengymnasium außerhalb von Newbury.«

»Aber da war er nicht mehr …«

Sie lachte. »Um Himmels willen, nein! Da hat Tom schon lange nicht mehr den Orient durchstreift … Nein, er hatte … er war ab Ende der Sechziger kontinuierlich in England. Er hat eine Zeit lang für den britischen Nachrichtendienst als Übersetzer gearbeitet und danach haben sie ihm eine Stelle als Lehrbeauftragter besorgt. Aber er war Klassizist und das war damals kein gefragtes Studienfach. Außerdem …« Sie zögerte und ich sah, wie sie kurz errötete. »Außerdem hatte er einige Jahre lang ein Alkoholproblem.«

Ich erzählte ihr, dass ich das bereits wusste. »Aber nachdem er nicht mehr für den Geheimdienst tätig war, haben Sie ein ganz normales Leben geführt?«

Meine Frage schien sie zu belustigen. »So würden Sie es wahrscheinlich ausdrücken. Ich glaube, sie waren sehr großzügig zu ihm, nachdem er pensioniert worden war, denn es schien nie an Geld zu mangeln und wir lebten erstaunlich gut.«

Toms gut bestücktes Bankkonto kam mir wieder in den Sinn. Dieses Geld ...

»Und es gab keine weiteren Auslandsaufenthalte?«

»Während der Unterrichtszeit ist er ein- oder zweimal auf dem Kontinent gewesen, aber nur für ein paar Tage. Abgesehen davon haben wir ganz normale Familienurlaube wie jeder andere auch gemacht. Mit Michael waren wir einige Male in Frankreich zum Zelten. Aber da gibt es nichts, was erklären könnte, warum ihn jemand umbringen wollte. War das Ihre Frage?«

»Können Sie mir von der Zeit davor erzählen?«, bat ich sie. »Wo haben Sie sich kennen gelernt? Kannten Sie ihn bereits während des Krieges?«

Sie lachte. »Das wussten Sie nicht? Ich bin ihm in Bletchley begegnet. Ich habe dort damals als Schreibkraft gearbeitet. Wir waren ein ganzer Haufen junger Mädchen und sorgten dafür, dass wir uns nicht langweilten. Als der Krieg in Europa zu Ende war, habe ich Bletchley verlassen und mit meiner Ausbildung zur Lehrerin begonnen. Meine Eltern hielten es für überflüssig, dass ich eine Universität besuchte, aber ich habe sie dazu überreden können, mich für ein Lehrercollege anzumelden. Und dann habe ich kurz nach meinem Examen Tom wiedergetroffen und wenige Monate später waren wir verheiratet.«

Das Halsband und die Zeitungsausschnitte stammten aus diesen Jahren und vielleicht die verrückte Nachricht, die Tom für mich hinterlassen hatte, und alles andere auch.

»Erzählen Sie mir von dieser Zeit«, bat ich sie.

2

Sie tauchten immer zu dritt auf, erzählte sie, in Bletchley seien sie unzertrennlich gewesen: Tom, Sammy Butler und Peter Mellor. Sie waren jung und somit weniger einschüchternd als viele der älteren Männer, die dort arbeiteten, weswegen die Schreibkräfte ein besonderes Auge auf sie geworfen hatten.

Tom war derjenige, der am besten aussah, aber sie fanden ihn ein bisschen zu »ernsthaft« – es machte ihm Spaß, lateinische Gedichte zu lesen, und er war das reinste Sprachgenie.

Peter Mellor war unscheinbar. Mrs Ashe hatte ihn als dunkel, hart und schweigsam in Erinnerung. Als unnahbar. Anscheinend hatte er die Schreibkräfte ignoriert. Tom hatte ihr Jahre später erzählt, dass Mellor eine kirchliche Laufbahn eingeschlagen habe.

Sammy war ein kräftiger, rothaariger Mann mit einer ebenso kräftigen Stimme, der das Bier und die Frauen liebte, aber am meisten sich selbst. Über Sammy kursierte ein Gerücht: Sammy sei zu dem Schluss gekommen, dass nach dem Krieg Silberknappheit herrschen werde, und zwar ganz egal ob die Alliierten oder die Achsenmächte gewinnen würden, denn neue Herstellungstechniken würden mehr Silber erfordern, als die Industriestaaten zur Verfügung hätten. Sammy wollte reich werden und kaufte deswegen so viel Silber auf, wie er es sich leisten konnte, und vergrub es in einem Flussbett in der Nähe des Parks. Er wähnte es dort in Sicherheit, bis er zurückkommen und es wieder ausgraben würde. Aber als er 1950 schließlich zurückkehrte, war das Flussbett zuzementiert und das Wasser durch einen unterirdischen Kanal geleitet worden. Er hatte seinen Schatz nie wiedergefunden – er hatte nicht einmal mehr die Stelle ausmachen können, an der er ihn versteckt hatte. Tom hatte ihr von dieser Episode erzählt. Eine gute Geschichte – sie hatten herzhaft darüber gelacht.

Die Männer waren alle drei als Cambridge-Studenten vom Geheimdienst angeworben worden und alle drei waren nach Ende des Krieges erneut vom Geheimdienst angeworben worden oder hatten sich von sich aus zur Verfügung gestellt.

»Waren sie da immer noch unzertrennlich?«, fragte ich. »Worin bestand ihre Arbeit?«

Sie goss die letzten Tropfen Kaffee in meine Tasse und ich gab den letzten Rest Milch dazu.

Ja, sie hatten eine Zeit lang für dieselbe Abteilung gearbeitet, sowohl in London als auch im Ausland. Tom und noch einer von ihnen waren in Palästina gewesen. Nach Ende des Mandates hatte man sie in verschiedene Ecken der Welt geschickt, aber sie hatten sich weiterhin getroffen, sooft es ging. Einmal, erinnerte sie sich, waren die drei in einem gemeinsamen Urlaub nach Persien gefahren und hatten von dort aus eine wilde Reise unternommen. Das war wahrscheinlich ihre eigene Idee gewesen, kein offizieller Auftrag. Sie waren auf Lastwagen quer durch Afghanistan gefahren und hatten wegen einer Wette die Grenze nach Usbekistan überquert, indem sie einen Fluss durchschwammen und dann den Eisenbahnschienen bis zu einem Ort namens Teruez folgten, wo sie auf die Straße nach Norden trafen. Wie durch ein Wunder waren sie bis nach Samarkand und wieder zurück gekommen, ohne dass es an den Grenzen einen Zwischenfall gegeben hätte.

»Abenteuer wie diese eben. Wilde Geschichten«, sagte sie lächelnd und schüttelte den Kopf. »Ich wusste nie, was ich glauben sollte und was nicht. Aber es stimmt wohl, dass Tom immer wieder für die verschiedenen Botschaften von

Kairo bis nach Französisch-Indochina gearbeitet hat. Ich durfte nicht immer wissen, wo er sich gerade aufhielt, aber für gewöhnlich erhielt ich Hinweise. Er liebte Indochina. Saigon war seine Lieblingsstadt.«

Ich stellte meine Kaffeetasse wieder ab. »Mir hat er erzählt, Kairo sei seine Lieblingsstadt gewesen.«

Sie lachte. »Schon möglich! Aber er hat Ägypten bereits 1948 oder '49 verlassen und er ist ganz bestimmt nie wieder dort eingesetzt worden.« Ihr Lächeln erlosch. »Ich muss zugeben, dass ich immer das Gefühl hatte, dass dort irgendetwas vorgefallen war, das es schwierig für ihn machte, zurückzukehren. Er redete zwar nie darüber, aber ich glaube, dass er während seines Aufenthaltes damals Schwierigkeiten mit dem Ministerium hatte. Ich weiß es nicht. Wir haben kurz darauf geheiratet und ich hatte damals ganz bestimmt andere Dinge im Kopf.«

Das klang alles sehr romantisch. Aber brachte mich das weiter? »Was ist aus den anderen geworden?«, wagte ich sie zu fragen.

»Die hatte er schon lange aus den Augen verloren, noch bevor er den Geheimdienst verließ. Damals habe ich mich gefragt, ob …« Sie stockte.

Eine Weile saßen wir da und schauten hinaus auf die reglose See, bis ich schließlich sagte: »Ich gehe jetzt besser, damit Sie sich ausruhen können. Ich komme ein anderes Mal wieder, wenn Sie nichts dagegen haben. Und dann bringe ich Barnabas mit.«

»Das würde mich freuen. Ich bekomme jetzt nur noch selten Besuch.«

»Eine Sache noch. Wissen Sie vielleicht, ob sich im letzten März oder April irgendetwas Ungewöhnliches ereignet hat? Das war die Zeit, als er …« Unvorsichtigerweise hätte ich beinahe gesagt »aus seiner Obdachlosenunterkunft ausgezogen ist«. »Als er in die Wohnung zog, in der er zuletzt wohnte.« Ich wählte meine Worte sehr sorgfältig. »Ich hatte den Eindruck, dass irgendetwas Unangenehmes passiert war, irgendetwas, was ihn sehr beunruhigte, ihm vielleicht sogar Angst machte. Ich frage mich, ob das wohl in irgendeinem Zusammenhang mit dem Mord stehen könnte?«

Die alte Dame sah mich ernst an. »Ich verstehe nicht, warum Sie mich das fragen. Hat das etwas mit dem Testament zu tun?«

»In gewisser Hinsicht«, erwiderte ich und erzählte ihr von dem Halsband und dem Brief, den Tom bei dem Anwalt hinterlegt hatte.

Eine Pflegerin kam über den Rasen auf uns zugelaufen und Mrs Ashe lächelte sie an. Als sie sich wieder mir zuwandte, war ihr Lächeln wie weggefegt. »Ich verstehe. Aber das kann auch einfach nur an seinem Alter oder den Auswirkungen seiner Krankheit gelegen haben.«

»Außer dass er *tatsächlich* ermordet wurde, wahrscheinlich von derselben Person, die auch sein Zimmer in Brand gesteckt und mich dort angegriffen hat. Ich frage mich, ob irgendjemand vielleicht glaubte, dass er dort etwas versteckt hatte? Möglicherweise sogar etwas, was die Identität des Mörders preisgeben könnte? Und dann dieser Mann, der behauptete, Ihr Sohn zu sein, und mir erzählte, Sie wären tot. Ich kann mir beim besten Willen nicht vorstellen, warum jemand so etwas tun sollte. Er hätte sich doch an fünf Fingern ausrechnen können, dass ich schon bald die Wahrheit herausfinden würde.«

»Verstehe«, sagte sie wieder. »Verstehe, aber ich begreife wirklich nicht das Geringste. Und Sie sind sich da auch ganz sicher?«

Die Pflegerin, eine mollige Person mit einem professionellen Lächeln, war jetzt bei uns angekommen. »Wenn Sie so weit sind, Mrs Ashe, dann bringe ich Sie jetzt zurück auf Ihr Zimmer.«

»Ich bin so weit«, antwortete Mrs Ashe. Ihr Gesicht trug jetzt einen angespannten Ausdruck.

»Dido, ich habe mir Ihre Nummer in meinem Adressbuch notiert. Ich rufe Sie an, wenn mir noch irgendetwas einfällt. Aber setzen Sie keine allzu großen Hoffnungen auf mich. Sollte vergangenen März tatsächlich etwas vorgefallen sein, hätte Tom mir das sicherlich nicht erzählt. Unsere Ehe basierte auf der Bereitschaft meinerseits, die meisten Dinge *nicht* zu wissen: Er sagte immer, dass ich nur so wirklich sicher sei.«

»Und, hatte er Recht?«, fragte ich.

Sie lächelte schwach. »Ich habe immer Angst um ihn gehabt. Ich werde mich vor dem Mittagessen noch ein wenig hinlegen. Kommen Sie mich bald wieder besuchen?«

Ich sagte, das würde ich, und ich hatte vor, mein Wort zu halten.

3

»Aber wer zum Teufel ist dann Dennis?«, fuhr Barnabas mich an. Statt einer Antwort brach irgendetwas unter der Motorhaube des Volvos in metallisches Scheppern aus und der Wagen verlor an Geschwindigkeit. Ich schaltete in Leerlauf und ließ das Auto in eine Haltebucht rollen. Eigentlich war es eine Bushaltestelle und ich bereitete mich schon einmal darauf vor, jedem, der vorbeikam, die Sachlage zu erklären. Phyllis hinten auf der Rückbank stieß einen Entsetzensruf nach dem anderen aus, wurde aber von Ben übertönt, der seinen Missmut über diesen Lärm lauthals zum Ausdruck brachte. Er war nicht der Einzige: Vorsichtig drehte ich den Schlüssel in der Zündung und bekam, was ich verdiente.

»Stell den Motor aus, um Himmels willen!«, rief Barnabas. »Jetzt verstehe ich die wahre Bedeutung des Ausdrucks ›etwas in Grund und Boden fahren‹.«

»Haben wir Feuer gefangen?«, fragte Phyllis mit ruhiger Stimme. »Schschschsch.«

Ich begriff, dass die Frage weniger meinem Sohn galt als mir, und erklärte ihr, dass wir meiner Ansicht nach in Sicherheit waren und lediglich hier festsaßen. Tief in meinem Innersten wusste ich, dass Barnabas Recht hatte und dass man selbst von einem großen Volvo wie diesem nicht erwarten konnte, dass er bis in alle Ewigkeit weiterfuhr, wenn der Meilenzähler schon zweimal wieder bei null angefangen hatte.

»Wir werden wohl die nächsten Stunden in dieser Wildnis feststecken«, sagte Barnabas grantig. Er hatte bereits schlechte Laune, seit ich zu unserem gemeinsamen Picknick zurückgekehrt war, und ich vermutete, dass Phyllis die Aufsicht über Ben ein wenig zu vehement an sich gerissen hatte. Und unsere jetzige Lage gab ihm anscheinend den Rest.

Ich kramte in meiner Handtasche, zog das Handy hervor und wählte die Nummer der Pannenhilfe, um sie zu informieren, dass mein Auto in den letzten Zügen lag und ich darüber hinaus in Begleitung eines Säuglings und eines gebrechlichen alten Mannes sei. Diese Worte ließen Barnabas vollkommen einschnappen; dafür hielt schon zwanzig Minuten später das ersehnte gelbe Auto hinter uns und eine halbe Stunde später hatte ein Abschleppwagen uns vier und den Volvo eingeladen und fuhr uns fünf zusammen nach Hause.

»Das ist der Pleuelfuß«, grummelte Barnabas in einer Tour vor sich hin. »Eigentlich hätte ich von dir erwartet, dass du bemerkst, dass der *Pleuelfuß* an deinem Auto bald den Geist aufgibt. Vielleicht tust du jetzt endlich, was du schon vor einem Jahr hättest machen sollen, und kaufst dir ein neues Auto?«

»Morgen früh gehe ich los und kaufe mir eins«, sagte ich aus einer gnädigen Laune heraus. »Mit Klimaanlage, einverstanden?«

Das gab mir etwas, worüber ich nachdenken konnte, anstatt immer wieder auf demselben alten Knochen herumzukauen, aber ich konnte trotzdem nicht verhindern, dass meine Gedanken immer wieder zu dem Mann abschweiften, der sich mir als Toms Sohn vorgestellt hatte. *Traue niemandem …*

Doch als der Abschleppwagen uns in der George Street absetzte und zusammen mit meinem Volvo in Richtung meiner Autowerkstatt verschwand, stellte ich fest, dass ich meinen guten Vorsatz, mein unentbehrliches Transportmittel zu ersetzen, vorläufig auf Eis legen musste. Denn auf meinem Anrufbeantworter befand sich eine kurze Nachricht in der mir inzwischen vertrauten Stimme von Inspektor Lyon, die mich davon in Kenntnis setzte, dass ein Mr Simon Cox mich morgen früh um zehn Uhr unter einer Adresse in Westminster empfangen könne, um mit mir Angelegenheiten von beiderseitigem Interesse zu erörtern. Dem Tonfall ihrer Stimme nach zu schließen, lehnte sie jede Verantwortung für die Kontaktaufnahme zwischen mir und den Ungeheuern vom Geheimdienst ab. Was in mir die Frage aufwarf, ob ich einen bewaffneten Leibwächter anheuern sollte oder ob ein schlichter Polizeibeamter wohl ausreichen würde?

X Engel der Gerechtigkeit

1

Um sechs Minuten nach acht schnitten die Sonnenstrahlen bereits durch die Gebäudeschluchten und knallten hinunter auf den Bürgersteig. Ich machte mir die Mühe, die Wohnzimmerfenster so weit wie möglich aufzureißen, obwohl ich mir nicht vorstellen konnte, dass das irgendetwas anderes brachte, als heiße Luft in die Wohnung zu lassen.

Mein Termin in Westminster war um zehn: Ich hatte also noch genug Zeit, mir den Kopf darüber zu zerbrechen, was ich dort tun würde, und keine kalten Füße zu kriegen. Im Badezimmer putzte ich mir die Zähne und unterzog mein Gesicht im Spiegel einer eingehenden Musterung. Die Platzwunde über meinem linken Ohr heilte langsam zu und wurde von meinem Haar diskret verdeckt und die Prellung in meinem Gesicht war zu einer geschmackvollen Farbkombination verblasst, in der Gelb und Hellblau dominierten. Ich konnte jetzt als ein gewöhnliches Opfer von familiärer Gewalt durchgehen und eine Schicht Make-up würde wahrscheinlich alle Spuren überdecken. Ich beschloss jedoch, dass es für dieses kosmetische Hilfsmittel zu heiß war, und betupfte mich stattdessen mit Puder in der Hoffnung, dass er lange genug halten würde, um mich durch das Gespräch zu bringen. Dem ich mit keiner großen Freude entgegensah. Ich war in dem heißen Licht der Morgensonne mit dem panischen Gefühl aufgewacht, dass ich noch nicht einmal wusste, wo ich anfangen sollte. Oder *warum*. Ich hatte gedacht, wenn ich gegenüber Inspektor

Lyon nur energisch genug auftrat (um nicht zu sagen, mit den Füßen aufstampfte), wenn es mir nur gelänge, mit jemandem zu reden, der die Wahrheit darüber wusste, was Tom Ashe in Ägypten wirklich gemacht hatte, dann würde ich wie durch ein Wunder auch alles über seine nähere Vergangenheit in Erfahrung bringen: wo das ganze Geld herkam und ob er möglicherweise irgendwo noch mehr versteckt hatte. Das Motiv seines Mörders.

Du bist nicht Nemesis, sondern seine Testamentsvollstreckerin. Angenommen, sie fragen dich, was dich das alles angeht?

(…)

Du scheinst ja richtig Spaß an der Sache zu haben!

Ja, zugegeben, den hatte ich. In gewisser Hinsicht. Ich gestand meinem beinahe wieder vorzeigbaren Spiegelbild und meiner rastlosen inneren Stimme, dass ich wusste, dass ich mich unmöglich verhielt. Ohne Zweifel wäre Barnabas in der Lage zu erklären, in welchem Winkel meiner fehlerhaften Persönlichkeit der Schlüssel zu meiner Veranlagung, in anderer Leute Angelegenheiten herumzuschnüffeln, begraben liegt, wenn ich ihn danach fragen würde. Oder meine Schwester Pat. Plötzlich fiel mir auf, dass die kritische Stimme in mir immer wie meine Schwester klang. Ich legte einen Lippenstift auf, der genug leuchtete, um die Aufmerksamkeit von meinen Prellungen abzulenken, schnappte mir meine Handtasche und verließ die Wohnung.

Phyllis drehte draußen mit Ben ihre morgendliche Runde, bevor es zu heiß wurde – sie hielt leidenschaftlich an der altmodischen Auffassung fest, dass mäßige Bewegung an der frischen Luft beim Aufziehen von Kindern unendlich wertvoll sei, ob sie nun zahnen oder anderes Ungemach haben. Ich überließ die Wohnung Mr Spocks alleiniger Aufsicht, drehte in der Haustür unten zweimal den

Schlüssel im Schloss, dann ging ich in den Laden, wo ich als Erstes die Post von heute Morgen, die unter dem Briefschlitz auf dem Boden lag, aufsammelte. Es gab drei Umschläge, zwei mit Katalogen aus dem Ausland, aus denen die besten Bücher mit Sicherheit schon längst bestellt waren, und ein Scheck über sechs Pfund. Ich klatschte diese Kostbarkeiten schwungvoll auf meinen Schreibtisch, stellte fest, dass mein Anrufbeantworter keine einzige Nachricht bereithielt, und entschloss mich, bis zur übernächsten Straßenecke zu gehen, um auf der Upper Street nach einem Taxi Ausschau zu halten. In den Tiefen der untersten Schublade suchte ich nach dem Brief von Wisby Finch. Mit Bürokraten kommt man leichter klar, wenn man ein offiziell wirkendes Schreiben zur Unterstützung hat.

Die Schachtel mit dem Halsband war weg.

Ich tastete am Boden der Schublade herum, als sei sie nur unsichtbar geworden. Dann riss ich mich zusammen. Niemand war hier eingebrochen – nicht mit meiner supermodernen Alarmanlage. Wann hatte ich sie zuletzt gesehen: gestern? … Montag?

Auf dem Schreibtisch direkt vor meiner Nase lag ein Stapel Karteikarten von meinem Vater. Auf der obersten stand BITTE MACH DIR KEINE SORGEN ICH GLAUBE ICH WEISS WO ICH SO ETWAS ÄHNLICHES SCHON EINMAL GESEHEN HABE.

Aha. Na schön.

Ich atmete bewusst ruhig, schob Leonard Stocktons »Bestätigung« in meine Handtasche und wählte die Nummer meines Vaters. Sein Telefon klingelte, bis ich es aufgab.

2

Das Taxi setzte mich irgendwo in einem Gewirr aus kleinen Straßen südlich dem Parlamentsgebäude vor einer neogeorgianischen Häuserzeile ab, deren Bewohner so unglaublich bescheiden waren, dass selbst die Hausnummern an den Türen einen schüchternen und zurückgezogenen Eindruck machten. Ich blinzelte gegen das Sonnenlicht und fand den Eingang, den ich suchte: ein geschmackvolles kleines Messingschild, auf dem die Worte *Auswärtiges Amt – Außenstelle* eingraviert waren. Ein paar hundert Meter weiter zu meiner Linken ertönte Big Ben. Beim zweiten Glockenschlag drückte ich auf die Klingel, das Schloss klickte auf und ich betrat eine kleine, beige-braune Empfangshalle. Hinter mir klickte die Tür wieder zu.

Im Gegenzug zu meinem Namen, der in einem Register überprüft wurde, geleitete mich der stämmige Mann mittleren Alters hinter der Rezeption in eine zweite Empfangshalle, die genauso aussah wie die erste, wenn man von den gepolsterten Stühlen an der Wand, einem elektrischen Ventilator auf einem Ständer und einer Rezeptionistin, die seine Schwester hätte sein können, absah. Ich nannte ein weiteres Mal meinen Namen. Sie nahm den Hörer ab und murmelte etwas hinein. »Mr Cox kommt jeden Augenblick herunter«, grummelte sie, »wenn Sie sich solange setzen möchten.«

Ich zog es vor, im Luftzug des Ventilators stehen zu bleiben, und es dauerte nicht länger als neunzig Sekunden, bis sich die lackierte Holztür zu meiner Linken mit einem Klicken öffnete und ein hochgewachsener Mann majestätisch daraus hervortrat. Es kennzeichneten ihn eine polierte Glatze und die Tatsache, dass er seit Tagen der erste Mann war, den ich in einem Nadelstreifenanzug der Hitze trotzen sah. Wie es sich gehörte, registrierte ich seinen eng geknoteten Schlips, dessen winziges Muster darauf hinwies, dass er eine Ausbildung an einer Privatschule genossen hatte oder in einem von jenen Clubs Mitglied war, bei denen es von Vorteil ist, wenn Eingeweihte über die Mitgliedschaft Bescheid wissen.

»Miss Hoare? Simon Cox. Sehr erfreut.« Sein Handschlag war kräftig und kurz, und sein Gesicht zeigte alles andere als Freude. »Wenn Sie mir bitte folgen möchten?«

Ich folgte seinem Rücken durch einen engen, mit Türen gesäumten Flur, die alle geschlossen waren. Eine Klimaanlage sorgte für eine feuchte Kühle. Plötzlich bogen wir um die Ecke durch eine der Türen, durchquerten ein verlassenes Vorzimmer und betraten einen etwas größeren Raum, dessen Fenster durch schräg gestellte Jalousien abgedunkelt waren. Im Geiste machte ich eine Inventur der gepflegten Möbel: ein paar Stühle, ein Schreibtisch, den ein schwarzes Telefon zierte, ein altmodischer Tintenlöscher und ein kleines gerahmtes Bild; außerdem ein Tisch von gemäßigter Größe, auf dessen polierter Oberfläche eine Aktenmappe lag, die sich durch ihre dicke schwarze Aktennummer verriet und mit rosafarbenem Band zusammengehalten wurde. Bis auf das Bild, das wie ein Familienphoto aussah, wies nichts darauf hin, dass dieser Raum bewohnt wurde.

Wir setzten uns im rechten Winkel an einer Ecke des Tisches gegenüber, als seien wir auf einer Konferenz, und versuchten uns gegenseitig einzuschätzen.

»Inspektor Lyon«, sagte er abrupt, »hat mit mir Kontakt aufgenommen. Und mich um Unterstützung gebeten. Es geht um eine testamentarische Angelegenheit?«

Ich beschloss, dass dies wahrscheinlich der beste Weg sei, mit meinen Nachforschungen zu beginnen. »Ich bin«, sagte ich mit wankender Stimme, »die Testamentsvollstreckerin von Mr Thomas Ashe, der vor kurzem ermordet wurde.« Ich fragte mich, ob er eine Regung preisgeben würde. Das tat er natürlich nicht. »Es gibt jede Menge Probleme in der derzeitigen Situation – mal ganz abgesehen von dem Mord natürlich. Ich nehme an, Inspektor Lyon hat Ihnen bereits davon erzählt.«

Er nickte. Er ließ mich nicht eine Sekunde lang aus den Augen. Ich konnte nicht das Geringste in ihnen lesen und wurde langsam von einer tiefen Abneigung gegen Mr Cox erfasst.

»Ich habe diese Angelegenheit natürlich auch mit seiner Witwe erörtert.« Seine Augen enthielten sich weiterhin jeden Kommentars und langsam begann ich zu verstehen, wie sich ein Regenwurm fühlen muss, kurz bevor er in Stücke geschnitten wird. »Mrs Ashe hat mir so gut geholfen, wie sie konnte, aber trotzdem gab es eine ganze Menge im Leben ihres Gatten, worüber sie nichts gewusst hat.« Ich holte tief Luft und wagte den Sprung ins kalte Wasser. »Und deswegen habe ich um dieses Treffen gebeten. Ich brauche Informationen über Mr Ashes Laufbahn beim Geheimdienst, denn es gibt Probleme bei der Regelung seines Nachlasses, die anscheinend irgendwie damit in Zusammenhang stehen.«

»Ich bin nur der Protokollführer. Viele Dinge sind noch geheim. Immer noch Verschlusssache. Was genau wollen Sie wissen?«

Alles, Mr Cox. Aber was ich wirklich sagte, war: »Was genau waren das für Schwierigkeiten, in denen Mr Ashe steckte, als er Ende der vierziger Jahre Ägypten verließ?«

Er machte keine Anstalten, die Akte aufzuschlagen. »Unmöglich zu sagen. Darüber gibt es keinen offiziellen Bericht. Jedenfalls nicht hier. Sie denken also, es gab Schwierigkeiten?«

Ich lieferte ihm die einfachste Erklärung. »Mrs Ashe. Sie äußerte die Vermutung.« Seine knappen Sätze griffen langsam auf mich über. Ich beschloss, ein wenig zu übertreiben. »Sie erzählte mir, dass in Ägypten irgendetwas vorgefallen sei, das eine Rückkehr für ihn unmöglich machte. Es könnte etwas mit den anderen zu tun gehabt haben, denke ich – er hat damals noch mit zwei weiteren Männern zusammengearbeitet, Kollegen, die er während des Krieges in Bletchley kennen gelernt hatte.«

Mit zunehmend finsterem Blick entfernte er das abgewetzte rosafarbene Band. Der Ordner enthielt eine Ansammlung von Formularen, Dokumenten und Notizen auf größtenteils billigem, verblichenem Papier in verblasster lilafarbener Maschinenschrift. »Ende der Vierziger? Ja … Hier ist eine Notiz über Reiseunterlagen. Von Zypern nach London, Januar neunundvierzig. Er machte *en route* Station in Paris. Ankunft hier Ende des Monats. Es gab etwas Ärger – der Zwischenstopp war ohne Genehmigung. Hier eine Nachricht von ihm. Besagt, er habe um eine Genehmigung ersucht. Keine schriftliche Aufzeichnung darüber.« Er sah mich an und zuckte leicht mit den Schultern. »Hat sich unmöglich gemacht.«

Ich dachte angestrengt nach. »Wurde er nach England zurückbeordert, weil in Kairo etwas vorgefallen war? Oder war einfach sein Auftrag dort erledigt?«

Cox zögerte. »Es ist *möglich*, dass er von dort abberufen wurde. Vielleicht sehr unvermittelt. Bin mir nicht sicher. Hier steht, dass er in dem Ruf stand, launisch zu sein.«

Immer wieder hatte ich darüber nachgedacht, was Mrs Ashe mir erzählt hatte. Ihrer Geschichte zufolge hatte Tom eine Zeit lang nicht mehr für den Geheimdienst gearbeitet; er hatte in England gelebt, als sie heirateten. Hatte ihn dieser Zwischenstopp in Schwierigkeiten gebracht? Vielleicht ging es um etwas viel Ernsteres. Mir fiel die inoffizielle Reise durch Zentralasien ein. Wenn sie tatsächlich inoffiziell gewesen war, ließ sie auf einen undisziplinierten, rebellischen jungen Mann schließen, der seinen eigenen Kopf hatte. *Launisch.* Nicht gerade die Eigenschaft, die solch ein Arbeitgeber zu schätzen weiß.

»Hatte er jemals einen offiziellen Auftrag in der Sowjetunion?«, fragte ich jetzt ganz spontan. »Er erzählte mir, er sei einmal in Samarkand gewesen.«

»Dann ist das schon möglich.« Ich schwieg erwartungsvoll, bis er hinzufügte: »Das könnte noch Verschlusssache sein.«

Ich schlug einen anderen Kurs ein. »Wohin führte ihn der nächste Einsatz nach Ägypten?«

Das hatte ein weiteres Zögern zur Folge. »Bin mir nicht sicher. Möglicherweise eine Dienstunterbrechung. Arbeitete 1954 einige Monate im Inland und 1955 im Fernen Osten.«

»Für den Nachrichtendienst.«

Ich hatte es nicht wie eine Frage klingen lassen, und da er sich eines Kommentars enthielt, nahm ich an, dass ich richtig lag. Er blätterte die letzten Papiere durch und hielt inne, um ein Blatt zu betrachten, das wie die Durchschrift eines Briefes aussah. Er brauchte einige Minuten, um bis zum letzten Dokument zu gelangen, und ich sah, wie er nachdenklich ein Blatt Papier betrachtete, das entschieden neuer aussah als die übrigen. »Ist 1976 in Rente gegangen«, sagte er.

»War das nicht ziemlich früh? Da war er doch gerade mal Mitte fünfzig.«

Cox lachte trocken. »Ist so üblich. Wie bei den Streitkräften. Normalerweise scheiden sie mit fünfzig, spätestens fünfundfünfzig aus dem Dienst. Nicht wie unsereiner, der schuften muss, bis er mit fünfundsechzig pensioniert wird. O nein.«

Ich überlegte, wie ich am geschicktesten die nächste Frage formulieren sollte. »War er … haben Sie den Eindruck, dass seine Karriere von 1954 an normal verlief?«

»Normal?«

Nun, vielleicht war das nicht gerade ein treffender Ausdruck für die Arbeit beim Geheimdienst. »Ich meine, normal in dieser Branche.«

»Mir liegen keine Berichte über offizielle Verweise vor.«

Ich hätte alles darum gegeben, fünfzehn Minuten mit dem Aktenordner allein zu sein, aber da es mir fern stand, mich auf Cox zu stürzen und ihm mit meinem Stuhl eins über den Schädel zu ziehen, wusste ich nicht, wie das möglich wäre.

»Sind dies die einzigen schriftlichen Aufzeichnungen?«, fragte ich.

Meine Stimme klang leidend, was wohl der Grund war, warum ich einen Anflug von Belustigung in seinen Augen zu bemerken schien. »Nein. Mit an Sicherheit grenzender Wahrscheinlichkeit nicht. Aber das einzig gegenwärtig Zugängliche.«

»Könnten Sie mehr finden, wenn Sie danach suchen würden?«

Er sah mich ausdruckslos an. »Selbst wenn ich könnte, dürfte ich nichts davon preisgeben.«

»Aber die Sachen sind alt – älter als zwanzig Jahre.«

»Weitere Aufzeichnungen«, sagte er rundheraus, »sind vielleicht in einigen Jahren einsehbar. Vielleicht auch nicht. In dieser Hinsicht sind wir sehr vorsichtig.«

»Aber was soll daran schon gefährlich ...?«

»Das weiß man nie«, sagte er.

Ich holte tief Luft. »Wer könnte Sie dazu bevollmächtigen, mir mehr zu erzählen?«

»Der Premierminister«, kläffte er mit einer Stimme, die wie eine zuschlagende Tür klang. »Kann ich Ihnen sonst noch irgendwie behilflich sein?«

Ich bemühte mich, nicht die Beherrschung zu verlieren

und nicht etwas zu sagen, das wir nachher beide bereuen könnten. Dieses Gespräch verlief noch schlimmer, als ich es befürchtet hatte. »Ja! In der Tat gibt es da etwas, was ich gerne gewusst hätte. Tom Ashe hatte beim Geheimdienst zwei enge Freunde: Sammy Butler und Peter Mellor. Ich muss wissen, wo sie jetzt sind.«

Ich hatte mit einem weiteren ausdruckslosen Blick oder bedauernden Beteuerungen über nicht vorhandene Informationen gerechnet und war vollkommen unvorbereitet, als er nickte. »Special Branch hat ebenfalls nach ihnen gefragt. Ich habe diese Informationen bereits weitergegeben. Samuel Butler, auch bekannt unter dem Spitznamen ›Ginger‹, starb an einem Herzinfarkt im North Middlesex Hospital im Juni vergangenen Jahres. Mr Mellor schied, obwohl ihm dringend davon abgeraten wurde, 1958 aus dem Dienst. Ihm wurde keine Abfindung bewilligt und wir verloren ihn aus den Augen. Man machte ihn in einem Kloster in der Normandie ausfindig. Lebt augenscheinlich seit vielen Jahren als Benediktiner-Mönch.«

Ich starrte ihn verblüfft an und setzte mich aufrecht hin. Ich würde noch viel weiter als nur bis nach Nordfrankreich fahren, um mit einem Menschen zu reden, der früher mit Ashe zusammengearbeitet hatte. Dass Butler tot war, war ein harter Schlag, aber Mellor würde es genauso gut tun. Voraussichtlich würde er die Lücken füllen können, die Emma Ashe nicht hatte wissen dürfen und die ich erst verstehen musste, bevor ich beurteilten konnte, ob meine Aufgabe hiermit erledigt war.

»Können Sie mir den Namen des Klosters sagen?«

Cox seufzte. »Inspektor Lyon kennt die genauen Einzelheiten. Aber …«

»Aber was?«

»Kann nicht schaden, es Ihnen zu sagen. Ich glaube, man

hat sich beim Abt und der Gendarmerie erkundigt. Er verließ vor drei Monaten das Kloster. Auf Urlaub, aber er kehrte nicht zurück. Man weiß nichts Genaues über seine derzeitige Lage.« Ich starrte ihn mit offenem Mund an. »Vielleicht sollten Sie besser mit Inspektor Lyon reden?«, schlug er vor.

»Das wäre wohl das Beste«, stimmte ich ihm zu. New Scotland Yard war nicht weit von hier. Ich spielte mit dem Gedanken, dort hineinzumarschieren und so lange damit zu drohen, sämtliche Fenster einzuschlagen, bis endlich jemand klein beigab und mir etwas Brauchbares erzählte.

»Tut mir Leid«, sagte er abrupt. »Ich weiß – enttäuschend. Setzen Sie sich wieder mit mir in Verbindung, wenn Sie noch Fragen haben. Vielleicht habe ich ja eine Antwort für Sie.«

Was allerdings verdammt unwahrscheinlich ist, beendete ich den Satz insgeheim. Dann kam mir eine weitere Möglichkeit in den Sinn. »Könnte ich noch mit jemand anderem reden? Jemandem, der Tom Ashe noch aus den vierziger Jahren kennt. Vielleicht jemand aus der Abteilung, der er unterstand?«

Diese Frage schien ihn zu überraschen. Seine blassen Hände zögerten einen Moment lang auf der Akte und ich dachte schon, er würde mir eine Auskunft verweigern. Wenn ich ihn nur zwingen könnte …

Dann hatte ich die zündende Idee. »Was ist mit dem Officer, der den Auftrag damals leitete?«, fragte ich nüchtern. Schließlich lese ich nicht umsonst Spionagekrimis.

»Tot.«

Er sagte es mit tonloser Stimme und hatte die Antwort gewusst, ohne die Akte aufschlagen zu müssen. In mir erwachte ein Instinkt. »Wann ist er gestorben?«

»Sechsundsiebzig.«

»In dem Jahr, als Ashe in Rente ging?«

»So ist es.«

»Wie ist er gestorben?«

»Erschossen.«

»Ermordet?«

Er zögerte einen Moment zu lange, bevor er antwortete. »Laut Untersuchungsergebnis war es Selbstmord.«

»Sie ziehen das in Zweifel?«

»Ich habe keine Meinung.« Diesmal kam die Anwort wie aus der Pistole geschossen. »Ich führe hier nur die Bücher.«

Wir gingen den Weg zwischen den Büros zurück bis zu der Tür des zweiten Wartezimmers und blieben dort stehen.

»Sie haben mir wirklich sehr weitergeholfen«, sagte ich. Das war sarkastisch gemeint.

Er schüttelte den Kopf, ohne zu lächeln. »Noch eine Sache. Falls Sie unter seinen persönlichen Besitztümern auf irgendwelche Dokumente stoßen, die aussehen, als könnten sie für seine Arbeit ... für uns hier von Bedeutung sein ... Ich wäre Ihnen sehr dankbar, wenn Sie sie uns zukommen ließen. Im Interesse der nationalen Sicherheit.«

»Das ist äußerst unwahrscheinlich«, sagte ich. »Es hat dort gebrannt. Wenn die Polizei bei den Aufklärungsarbeiten nichts gefunden hat, dann, so bin ich mir sicher, gibt es auch nichts mehr zu finden. Aber sollte ich dennoch ein dickes Manuskript mit dem Vermerk ›streng geheim‹ finden, dann werde ich dafür sorgen, dass es bei Ihnen ankommt.« Nachdem ich es gelesen habe.

Er schüttelte meine Hand. »Über Ägypten.«

Ich spitzte die Ohren. »Ja?«

»Darüber steht nichts in den Aufzeichnungen hier, aber die Ägypter haben noch Jahre, nachdem Ashe Kairo verlassen hatte, nach ihm gefragt. Ob wir wüssten, wo er sei, was er mache? Solche Fragen eben. Natürlich haben unsere Leute jegliches Wissen abgestritten.«

Ich spürte, wie mir die Kinnlade nach unten fiel. Und nicht zum ersten Mal. *Die Ägypter?* »Die ägyptische Polizei?«, fragte ich ihn aufgeregt.

»So etwas wie das Äquivalent zu unserem Scotland Yard, denke ich.«

»Aber niemand hat denen erzählt, wo er sich aufhält?«

Cox erlaubte sich ein Aufblitzen menschlicher Regung. »Natürlich nicht!«

»Natürlich nicht«, wiederholte ich, dann verließ ich das Gebäude, während ich mich fragte, auf welche Weise Tom Ashe in Wirklichkeit an mein Perlenhalsband gekommen war.

Es war geradezu eine Erleichterung, wieder draußen in den Kohlenmonoxidwolken der Victoria Street und der wirklichen Welt zu sein. Ich stellte mich an einen Fußgängerüberweg, um ein Taxi anzuhalten. Eingeschlossen in sein komfortables, klimatisiertes Innere lehnte ich mich in dem Ledersitz zurück und überlegte, welchen winzigen Bruchteil der ganzen Wahrheit, die sich in dem Aktenordner aus Manilapapier befunden hatte, man mir wohl verraten hatte. Ich vermutete, der einzige Weg, mir Zugang zu dieser Akte zu verschaffen – ganz zu schweigen von den anderen, noch interessanteren und noch geheimeren Akten, deren Existenz Cox mehr oder weniger zugegeben hatte –, bestand darin, den Premierminister zu verführen. Dieser Plan schien mir nun vollkommen undurchführbar zu sein. Diane Lyon dazu zu bringen, mir zu verraten, was sie wusste, schien fast ebenso unrealistisch, aber ich sollte es wenigstens versuchen, auf diesem Weg weiterzukommen.

3

Als ich vor dem Laden aus dem Taxi fiel, stellte ich fest, dass die Tür abgeschlossen war und das »Geschlossen«-Schild davor hing. In der Annahme, dass Barnabas noch immer mit dem Halsband durch London spazierte, kramte ich nach meinem Schlüssel und ließ mich ein. Der Geruch von heißer, staubiger Luft schlug mir entgegen und ich hielt einen Augenblick lang inne. Ich hatte einen dieser Momente unerklärlichen Glücksgefühls.

Manche Leute müssen sich mit Kellnern oder der Wartung von Autos oder der Reparatur von Dächern ihren Lebensunterhalt verdienen. Ich hingegen verbringe meine Zeit mit interessanten Büchern und vielen sehr unterschiedlichen Kunden und Kollegen, von denen einige ebenfalls ziemlich interessant sind. Wenn auch nicht viele so interessant wie Tom Ashe, zum Glück.

Vielleicht sollte ich lernen, mich um meine eigenen, gut laufenden Angelegenheiten zu kümmern.

Ich riss mich zusammen, als das Telefon im Hinterzimmer zu klingeln anfing, drehte das »Geschlossen«-Schild um für den Fall, dass zufällig gerade Kundschaft des Weges kam, und nahm den Hörer genau in dem Moment ab, als der Anrufbeantworter mit einem Klicken ansprang.

»Dido Hoare hier.«

»Gut – du bist zurück.« Es war die Stimme meines Vaters, die vor Aufregung bebte.

»Das bin ich, aber wo bist du gewesen?«, erwiderte ich. »Ist irgendwas mit Ben?«

»Nein, natürlich nicht. Nicht dass ich wüsste. Phyllis passt auf ihn auf und ich bin mir sicher …«

»Ich mir auch«, fiel ich ihm hastig ins Wort. »Wo steckst du?«

»Das erkläre ich dir gleich, aber – um es kurz zu machen – die Leute vom Britischen Museum haben angerufen. Ich hätte es wissen müssen, dein seltsamer kleiner Papierfetzen ist in Wirklichkeit Papyrus, kein Papier im eigentlichen Sinne.«

Papyrus war für mich gleichbedeutend mit Bibel. »Ist es denn *so* alt?«

»Sie können es nicht genau datieren, aber sie werden es näher untersuchen. Sie fragten mich, ob ich damit einverstanden sei, dass sie es nach Kairo schicken, und ich musste ihnen sagen, dass ich der Meinung sei, dass es das Land nicht verlassen dürfe, da es eventuell als Beweismittel in einer Rechtssache benötigt wird. Ich habe mich so ausgedrückt, weil es nichts bringt, Zeter und Mordio zu schreien und alle verrückt zu machen.«

»Wovon handelt der Text?«

»In dieser Hinsicht waren sie sehr zurückhaltend, aber es scheint sich um einen philosophischen Text zu handeln. Ich nehme an, dass sie erst eine zweite Meinung einholen möchten, bevor sie sich festlegen. Ich habe mich aber damit einverstanden erklärt, dass sie Photographien des Stücks an ein Museum in Kairo schicken. Ah – ja.« Ich hörte das Geraschel von Papier. »Es ist das Koptische Museum in Kairo.«

»Das wird Monate dauern, bis wir von denen etwas hören«, sagte ich grimmig. »Nur um dir das erzählen zu lassen, musstest du den langen weiten Weg nach Bloomsbury machen?«

»Nein, nein, ich habe meine Gründe. Nebenbei bemerkt, sie haben mich gebeten, eine Ermächtigung zu unterschreiben. In der steht, dass ich damit einverstanden bin, dass man die Ägypter davon in Kenntnis setzt.«

Das klang noch merkwürdiger.

»Außerdem habe ich bei der Gelegenheit gleich bei der

Fakultät für Orientalistik und Afrikanistik vorbeigeschaut. Ein Dr. Sharp hat sich unserer Papierschnipsel angenommen.«

»Hat er irgendetwas herausgefunden?«

»Nichts Spezielles«, erwiderte Barnabas langsam. »Noch nicht. Dafür sind sie in zu kleine Stücke gerissen worden, aber mit der Zeit wird er da bestimmt etwas herausholen können. Jedenfalls hat er herausgefunden, dass sie aus zwei, möglicherweise drei Zeitungen von Anfang Winter 1948 stammen, und mindestens eine davon ist in Kairo erschienen. Ein Teil des Materials ist in englischer Sprache, aber er kann die Quelle nicht mit Sicherheit identifizieren, obwohl sie alle aus derselben Zeit stammen.«

»Wovon handeln sie?«, fragte ich mit schwindender Hoffnung, während ich dachte, *es muss doch irgendwo irgendetwas über die Schachtel …*

»Schwer zu sagen. Größtenteils politische Nachrichten. Sehr viel über die Lage der Palästinenser. Worüber sie natürlich nichts Gutes zu berichten hatten. Auch ein paar Neuigkeiten aus dem eigenen Land: Ärger auf den Schienen, verschiedene kleinere Verbrechen, die zunehmend ablehnende Haltung gegenüber den Briten, ein Mord in Alexandria, politische Unruhen … ein Querschnitt durchs ganze Leben, aber größtenteils auf Schnipseln, die zu klein sind, als dass sie Dr. Sharp weiterbringen würden. Ich habe sie ihm dort gelassen – er sagte, er wolle sie sich noch einmal genau ansehen, sobald er die Zeit finde. Er fragte mich, wonach er suchen sollte, und ich muss zugeben, ich wünschte, ich wüsste es. Es muss für ihn fast wie eine Strafarbeit wirken – er sitzt gerade über den Korrekturfahnen eines Buches.«

Ich ließ mich schwer auf den Schreibtischstuhl sinken und starrte auf den schwarzen Computerbildschirm. Ich hatte fest damit gerechnet, dass bei den Nachforschungen eines ganzen Tages mehr herauskommen würde als diese mickrigen Nebensächlichkeiten.

»Dido?«

»Ja?«

»Dein Halsband.«

Wie töricht ich mir vorkam, als mir klar wurde, dass ich es vergessen hatte.

»Ich habe es mitgenommen ...«

»Das habe ich gemerkt«, erwiderte ich missmutig. »Du hättest mich wenigstens vorwarnen können.«

Er fegte die Bemerkung beiseite. »Das war der Hauptgrund für mich, heute nach Bloomsbury zu fahren. Mir war plötzlich, als hätte ich etwas sehr Ähnliches schon einmal irgendwo gesehen. Das wollte ich genauer wissen. Es ist wirklich bemerkenswert!«

Ich zählte bis fünf. »Was?«

»Es ist überhaupt kein Halsband, sondern ein Kopfschmuck. Im Britischen Museum sind zwei davon ausgestellt, die mit deinem fast identisch sind. Ich dachte doch, dass es mich an etwas erinnert. Es könnte sich herausstellen ...« Er legte eine dramatische Pause ein. Ich weigerte mich aufzuspringen. »Es könnte sich herausstellen«, wiederholte er jetzt eingeschnappt, »dass es sich bei deinem Stück um einen Kopfschmuck handelt, den Sir Leonard Woolley bei seinen Ausgrabungen in Ur in Mesopotamien Ende der zwanziger Jahre in einem der Gräber der Hofdamen gefunden hatte! Sie werden auf 2000 v. Chr. datiert. Offensichtlich ist er wieder neu aufgefädelt worden ... Nun, was sagst du?«

»Ich bin sprachlos. Warum ... wie passt das ins Bild?«

»Bei allen archäologischen Ausgrabungen verschwinden kleine wertvolle Objekte. Es ist unmöglich, die einheimischen Arbeiter davon abzuhalten, Dinge mitgehen zu lassen. In Anbetracht von Tom Ashes Lebensgeschichte gehe ich davon aus, dass er es für einen Apfel und ein Ei einem zwielichtigen Händler abgekauft hat. Ganz offensichtlich boten sich ihm jede Menge solcher Gelegenheiten nach dem Krieg. Falls es ihm zur Gewohnheit geworden war, die hin und wieder auftauchenden Artefakte nach Europa zu schmuggeln, dann könnte das durchaus seinen etwas überraschenden Wohlstand erklären. Möglicherweise ist dies nicht der einzige Gegenstand dieser Art, über den du stolpern wirst. Mir fiel dein leeres Schließfach ein: Vielleicht steht dir noch eine langwierige und komplizierte Suche nach anderen geschmuggelten Wertgegenständen bevor.«

Vielleicht. Tom Ashes außergewöhnliches Guthaben auf der Bank, das im Gegensatz zu seiner bescheidenen monatlichen Rente stand, ergab so langsam einen Sinn. Mein Herz sank langsam runter bis in die Zehenspitzen und ich begann mich zu fragen, ob irgendwo in Ashes abgebranntem Kellerloch vielleicht eine Nachricht für mich gelegen hatte, die das ganze Problem auf einen Schlag gelöst hätte. Ganz offensichtlich hatte er mich nicht zur Testamentsvollstreckerin ernannt, nur um das Geld auf seinem Konto an seine Frau weiterzuleiten. Das hätte jeder andere genauso gut machen können, eingeschlossen Wisby Finch.

Hier musste irgendetwas ziemlich Illegales dahinter stecken, etwas, womit ein Anwalt sich nicht abgeben würde. Warum hatte mir dieser verdammte Kerl nicht einen richtigen Brief schreiben können statt dieses vollkommen durchgedrehten Etwas, das Leonard Stockton mir übergeben hatte?

Barnabas' Stimme unterbrach meine Gedanken, als ich gerade dabei war, so richtig schlechte Laune zu kriegen. »Nun, wie ist es bei dir gelaufen? War dein Besuch im Auswärtigen Amt erfolgreich?«

»Mr Cox war nicht besonders entgegenkommend. Er

meinte, er ›führe nur die Bücher‹, und zweifelsohne lag es ihm sehr am Herzen, diese Zuständigkeit mit niemandem zu teilen. Mir ist noch nie jemand begegnet, der so höflich und zugleich so wenig hilfsbereit war. Aber einige meiner Fragen hat er trotzdem beantwortet und ich habe ein wenig über Ashes alte Kumpel in Erfahrung bringen können, auch wenn sich diese Infos im Nachhinein als unbrauchbar herausgestellt haben.« Ich erzählte ihm von Sammys Tod und Peters Rückzug vom weltlichen Leben einige Jahrzehnte zuvor und von dem von eigener oder fremder Hand getöteten Vorgesetzten, dem interessanterweise Tom Ashes Ausscheiden aus dem Dienst folgte.

»Aber du weißt, dass Ashe zu der Zeit, in der die Zeitungen erschienen, in Ägypten war und dass sich dort irgendetwas ereignete, was das Interesse der ägyptischen Polizei auf sich zog und das Missfallen unserer Landsleute erregte. Ashe hat sich wohl zu selbständig gemacht.« Barnabas schwieg einen Augenblick. »Das klingt, als hätten Ashe und seine Freunde ein eher trauriges Dasein geführt. Ich frage mich, ob er nicht als Doppelagent gearbeitet hat?«

Ohne großen Enthusiasmus zog ich Bilanz aller sicheren Informationen, die wir bisher zusammengetragen hatten. Ja, irgendetwas Merkwürdiges war vorgefallen. »Aber selbst wenn sie die Wahrheit wissen, würden sie sie mir niemals verraten. Und solange ich nicht weiß, dass es für das Vermögen von Ashe relevant ist, habe ich keine Ahnung, wie ich deswegen einen Wirbel veranstalten könnte.«

Es folgte ein weiteres Schweigen. Schließlich sagte er: »Vielleicht solltest du mit dieser Person von der Polizei über das reden, was du erfahren hast. Sie scheint recht vernünftig und praktisch veranlagt.«

»Sie ist vom Special Branch«, entgegnete ich. »Wenn sie etwas wissen sollte, würde sie es mir genauso wenig sagen.«

»Wir sollten uns besser überlegen, wie wir diese Angelegenheit handhaben wollen, aber es kann trotzdem nicht schaden, es wenigstens mal bei ihr zu versuchen. Und auch bei deinem Anwalt. Ach, und übrigens, hast du das mit dem Auto schon gehört?«

»Was gehört?« Ich hörte, wie meine Stimme einen schrillen Unterton annahm.

»Aha. Deine Werkstatt rief an, als ich gerade deine mesopotamische Antiquität zurückbrachte. Um es kurz zu machen, sie wären zwar durchaus in der Lage, deinen Wagen zu reparieren, aber sie wollen es nicht. Sie erwähnten eine ganze Reihe von anderen Dingen, die ebenfalls repariert werden müssten. Ihr Angebot lautete auf eine vierstellige Summe. Ich sagte ihnen, du würdest sie anrufen, aber dass ich der Meinung sei, du würdest ihn wahrscheinlich verschrotten.«

In der Tat, was mir für einen richtig ermüdenden Tag noch fehlte, war eine Einkaufstour. »Ich kann nicht einfach mir nichts, dir nichts losziehen und mir einen neuen Wagen kaufen. Nicht einfach so …«

»Und ob du das kannst!«, brüllte Barnabas mir ins Ohr. »Jetzt erzähl mir bloß nicht, du hättest bereits jeden Penny vom letzten Jahr in neue Ware investiert, denn ich weiß, dass das nicht stimmt! Du hast genug Geld, um dir ein neues Auto zu kaufen, ganz zu schweigen von einer neuen Wohnung, die groß genug für eine Frau mit Kind ist, das habe ich dir alles schon tausendmal gesagt …«

»Schon gut!«, kreischte ich. »Barnabas, okay, schon gut, du hast ja Recht. Überredet! Noch heute Nachmittag. Und jetzt lass mich in Frieden.«

Gnädigerweise fing er an zu lachen. »Ach übrigens …«

»Was?«

»Wo wir gerade von Geld reden. Ist der Kopfschmuck nicht ein hübsches Bestechungsgeschenk?«

»Bestechungsgeschenk?«, wiederholte ich langsam.

»Ja, Bestechungsgeschenk. Jetzt stell dich nicht dumm, meine Liebe. Er muss ein hübsches Sümmchen wert sein. Da steckt eine Menge Geld dahinter und damit meine ich nicht nur das bisschen Geld auf der Bank. Wir haben es bisher nur noch nicht geschafft, es zu finden. Aber es liegt auf der Hand, dass Tom Ashe dich bestochen hat, um zu gewährleisten, dass es gefunden wird und dass es die Person bekommt, die im Testament steht – nämlich seine Frau. Ich war eigentlich der Annahme, *das* sei klar!«

Das war es. Was mich daran störte, war die Tatsache, dass mir diese riesigen Geldsummen bisher noch nicht einmal hinter einer Ecke zugeblinzelt hatten; und ich hatte ganz gewiss nicht die leiseste Idee, wo ich nach ihnen suchen sollte. Ich war so vertieft in dieses neue Problem, dass ich buchstäblich über den Mann stolperte, der im Eingang zu meiner Wohnung kauerte, sich etwas in den Bart hineinmurmelte und versuchte, den Schlüssel in das Schloss meines Stromkastens zu pfriemeln.

Ich entschuldigte mich in einem Tonfall, der nach einer Erklärung verlangte.

»Stromzähler ablesen«, grunzte er, humpelte zur Seite und murmelte, *dass irgend so ein Scheißkerl, Verzeihung,* das Schloss mit Kaugummi zugeklebt habe, und das sei doch wirklich verdammt noch mal das *Letzte,* was diesem verfluchten Pack verdammt noch mal einfiel. Ich war so ausgesprochen seiner Meinung, dass ich ihn mit einem strahlenden Lächeln überraschte, während ich die Tür aufschloss.

Das war verdammt noch mal wirklich das Letzte, in der Tat. Wie soll man nach etwas suchen, dessen bloße Existenz man nur vermuten kann, weil niemand bereit ist, einem die Wahrheit zu erzählen?

XI Rotschopf

1

Die Neun-Uhr-Nachrichten hatten ausnahmsweise mal Schwierigkeiten, von etwas Schrecklicherem zu berichten als von der alle Rekorde brechenden Dauer dieser längsten Hitzewelle seit Aufzeichnung von Temperaturkurven (oder vielleicht sogar seit der Entstehung dieses Landes). Dutzende von Dingen schrien danach, endlich erledigt zu werden, und ich wurde ganz langsam in meinem Sessel unter dem offenen Fenster im Wohnzimmer wach und zögerte das Unvermeidbare hinaus.

Ben döste auf meinem Schoß. Mr Spock, genauso komatös, verengte seine Augen zu Schlitzen und beobachtete uns von seinem Platz auf dem Kaminsims aus, der seit kurzem sein Lieblingsplatz war – vermutlich war er zu dem Schluss gekommen, dass er so in Sicherheit vor Kinderhänden war, in deren Gutmütigkeit mein Kater noch kein rechtes Vertrauen gefasst hatte. Die Zukunft wird es zeigen, Katze.

Auf der anderen Straßenseite erstrahlte mein neues Auto in wunderbarem Glanz. Noch nach sechzehn Stunden überzog sich mein erstauntes Gesicht mit Schamesröte darüber, dass dieses Ding da draußen tatsächlich mir gehörte: dass ich gestern Nachmittag die Wohnung verlassen und den Autohändler überfallen hatte, der mir vor fünf Jahren den inzwischen schrottreifen Volvo verkauft und ihn seitdem für mich gewartet hatte. Ich war selbstverständlich mit der Absicht losgezogen, meinen heiß geliebten alten Wagen, wie es sich gehört, durch eine neuere Version derselben Marke zu ersetzen. Aber dann hatte der Citroen dort im Schaufenster gestanden. Selbstverständlich ein Kombi, fast neu, mit seinen umwerfenden französischen Kurven. Die Sonne hatte auf seinen nachtblauen Lack geschienen. Schon allein sein Anblick gab mir das Gefühl, ein Filmstar zu sein. Plötzlich war ich zu einer Spontankäuferin geworden. Eine Stunde, drei Anrufe und einen Besuch bei meiner Bank später fuhr ich in ihm übermütig zurück zur George Street.

Mit der Klimaanlage auf Hochtouren.

Wer weiß, womit meine Extravaganzen einmal ihren Höhepunkt erreichen würden? Wo ich gerade dabei war, könnte ich vielleicht noch einmal losziehen und eine Wohnung mit vier, besser noch fünf Zimmern kaufen, damit meine heranwachsende männliche Brut nicht gezwungen wäre, sich mit ihrer alternden Mutter ein Schlafzimmer teilen zu müssen?

Bevor ich mich dazu entschließen konnte, mit einer Einkaufstüte voller gebrauchter Fünfzig-Pfund-Noten wieder loszuziehen, klingelte das Telefon.

Es war die Stimme von Barnabas. »Guten Morgen, wie geht es Ben? Ich hatte eigentlich erwartet, dass du mit deinem neuen Auto gerade eine Spritztour machst, falls man dieses Ungetüm als Auto bezeichnen kann. Dieser Wagen sieht aus wie eine Schlampe. Ich frage mich, was du dir dabei gedacht hast: Willst du nach Hollywood oder was?«

»Genau das habe ich vor, sobald der Verkehr in der Stadt wieder rollt und Ernie hier ist und ich mit Leonard Stockton gesprochen habe, um herauszufinden, ob unsere Anzeigen erscheinen, und sobald ich die Post geöffnet habe und ganz nebenbei noch ein paar Bücher verpackt habe, die ich schon vor Tagen hätte verschicken sollen …«

»Stopp – ich habe nur einen Witz gemacht.«

»... ich habe ihn nur gerade vom Fenster aus bewundert.«

»Dann steht er also noch vor der Tür? Hat sich über Nacht nicht einfach in Luft aufgelöst?«

Mein Vater kennt mich gut, keine Frage.

Der zweite Anruf kam von meiner Schwester Pat, die mir androhte, von St. Albans auf einen Einkaufsbummel nach London zu kommen. Ich erzählte ihr, es sei der reinste Wahnsinn, bei ihrem Asthma und der hiesigen Luftverschmutzung in die Londoner Innenstadt zu fahren, und schlug ihr vor, dass ich in meiner neuen Zauberkutsche zu ihnen rausfahren würde, sobald ich mir einen halben Tag freinehmen konnte.

Kaum dass ich den Hörer aufgelegt hatte, klingelte das Telefon zum dritten Mal.

»Dido? Hier ist Paul.«

Ich lehnte mich in dem Sessel zurück und nahm mit einer gewissen Verärgerung zur Kenntnis, dass mir das Herz bis zum Hals schlug.

»Hallo! Wie geht's denn so?«

»Könnte besser sein«, erwiderte er. »Ich rufe dienstlich an. Ich bin drüben in der Horsell Road. Dort hat es wieder gebrannt und diesmal haben sie ganze Arbeit geleistet. Special Branch wurde informiert und sie haben uns gebeten, dich zu fragen, ob du bereit seist, herzukommen und dich hier umzusehen. Wenn du Zeit hast, komme ich dich abholen.«

»Sie meinen, ich soll mich *drinnen* umsehen? Ist das auch nicht gefährlich?«

»Ich denke, sie hätten das sonst nicht vorgeschlagen. Aber natürlich bist du nicht verpflichtet ...«

»Ich komme«, erwiderte ich hastig. »Selbstverständlich.«

Man hatte mir nie meine Neugier austreiben können. »Ich kann in fünf Minuten fertig sein, aber ich bin allein, deswegen muss ich Ben mitnehmen.«

Paul klang resigniert. »Ich denke, damit kommen wir schon klar.«

Es war wahrscheinlich mein Glück, dass er am Highbury Corner durch ein noch undurchdringlicheres Verkehrschaos als üblich aufgehalten wurde, weil ich so nicht nur genug Zeit hatte, mir den Kopf darüber zu zerbrechen, wo ich ein sauberes T-Shirt herbekam, sondern auch kurz in eine lauwarme Wanne steigen konnte, als er ein zweites Mal anrief, um sich zu entschuldigen. Danach vertrieb ich mir die Zeit, indem ich versuchte, mir vorzustellen, wie Frau Inspektor Lyon erst mal Windeln wechselt, bevor sie in ihrem Streifenwagen davonrauscht, um den Schauplatz eines Verbrechens in Augenschein zu nehmen.

Ausgeschlossen.

Ich bürstete mir die Haare, begutachtete von neuem mein Gesicht im Badezimmerspiegel und überzeugte mich, dass die Prellungen wirklich kaum noch zu sehen waren. Ich schlenderte gerade zurück ins Wohnzimmer, als es endlich an der Tür klingelte. Paul hatte die gereizte Ausstrahlung eines Menschen, der gerade zwanzig Minuten lang mit Blaulicht und Sirene vergeblich gegen einen dichten Verkehrsstau angekämpft hatte. Er beugte sich zu mir hinunter und drückte mir einen warmen, aber irgendwie sehr geschäftigen Kuss auf den Mund, bevor er mit geübter Hand den Kindersitz entgegennahm – selbst ein Vater mit fünfjähriger Erfahrung.

»Warum will sie mich bloß sehen?«, fragte ich, als ich ihm die Treppen hinunter auf die Straße folgte. Über diese Frage hatte ich mir die ganze letzte halbe Stunde den Kopf zerbrochen, aber es war mir immer noch ein Rätsel. Ich fragte mich sogar, ob es mehr mit meinem Gespräch mit Simon Cox als mit der Horsell Road zu tun hatte.

»Ich habe keine Ahnung, was in Lyons Kopf vor sich geht«, erwiderte er zerknirscht. »Hör zu, du und Ben, ihr setzt euch nach hinten auf die Rückbank. Wir werden es mit einem Umweg durch den Osten der Stadt versuchen. Ich nehme an, sie warten bereits auf uns.« Er hatte seinen Wagen mitten auf der Straße stehen lassen, ohne das Blaulicht abzuschalten, und ich bemerkte, dass sich eine Gruppe von Schaulustigen versammelt hatte, vermutlich um meiner Verhaftung beizuwohnen.

Glücklicherweise bemerkte ich ebenfalls Ernie Weekes, der um die Ecke bog, stehen blieb und dann zu laufen anfing. Ich hatte ganz vergessen, dass er kommen sollte. Ich stieg wieder aus dem Auto und winkte beruhigend ab.

»Alles in Ordnung mit dir?«, rief er.

Beschwichtigend hob ich die Hände. »Ich muss mal eben für eine halbe Stunde weg. Stell dir vor, irgendjemand ist in die Horsell Road eingebrochen und hat im Zimmer von Tom Ashe wieder Feuer gelegt. Ich werde mich dort mal umsehen.«

Ich begleitete Ernie zum Laden, schloss ihm die Tür auf und stellte die Alarmanlage aus.

»Und mit dir ist auch *wirklich* alles in Ordnung?«, knurrte er misstrauisch hinter mir, sobald wir außer Hörweite waren. Ernie begegnet allen Polizisten mit Misstrauen. Er macht keine Ausnahmen. »Willst du, dass ich mitkomme?«

»Mit mir ist *wirklich* alles in Ordnung«, versicherte ich ihm. »Ich werde mich dort umsehen und versuchen herauszufinden, was vor sich geht. Ich kann mir ehrlich gesagt nicht vorstellen, warum sich jemand, der das Chaos in diesem Zimmer sieht, überhaupt noch die Mühe macht, der Ort war doch ein einziger Saustall. Lass den Anrufbeantworter eingeschaltet. Ich bin bald wieder zurück. Kommst du klar ohne mich?«

Ernie versicherte mir, dass er bestimmt noch ein paar Stunden beschäftigt sei, um den Katalog druckfertig zu machen, und dass er gut auf den Laden aufpassen würde. Paul saß mit laufendem Motor auf dem Fahrersitz. Ich stieg wieder ein und setzte mich brav neben den Kindersitz.

»Okay«, sagte ich und kurbelte in dem Versuch, etwas frischen Wind abzubekommen, das Fenster herunter und gleich wieder hoch, als wir einen Abgaswolken speienden Lastwagen überholten. »Was geht hier vor? Warum ist Islington mit einem Mal wieder mit im Spiel? Ich dachte, Special Branch hätte euch gesagt, ihr sollt euch da raushalten.«

»Sie haben vergessen, das bekannt zu geben«, knurrte er. »Und als einer der Nachbarn den Schaden bemerkte, sind wir angerufen worden. Also sind wir rübergefahren, um den Ort im Blick zu behalten. Die Inspektorin hat mich gebeten, dich anzurufen. Da du und sie eine der letzten gewesen seid, die den Ort gesehen haben, meinte sie, dass du ihr vielleicht dabei helfen könntest, festzustellen, ob sich jemand an irgendetwas zu schaffen gemacht hat. Ich habe keine Ahnung, warum sie das für notwendig hält. Das waren bestimmt nur ein paar Kids aus der Gegend.«

Das bezweifelte ich. Ich fragte mich, ob Special Branch mehr über Ashes einträgliche Nebenbeschäftigungen wusste, als sie zugegeben hatten. Wenn das der Fall war, dann glaubten sie genauso wenig wie ich an blinden Vandalismus.

An der Straßenkurve bei den Werkstätten blockierten zwei Streifenwagen, ein Feuerwehrwagen und ein einfacher weißer Lieferwagen ohne Kennzeichen die enge Straße. Ein uniformierter Beamter stand vor dieser Blockade und leitete den Verkehr nach Osten in eine Seitenstraße um, ein zweiter passte darauf auf, dass die Kinder aus dem Viertel nicht unter dem Absperrband der Polizei hindurchschlüpften, das vor die Werkstätten gespannt war. Das kleine Mädchen, dass mir gesagt hatte, wo Tom Ashe wohnte, konnte ich zwar nicht entdecken, dafür sah ich aber Mr Shah draußen vor seiner Ladentür herumlungern. Paul hielt hinter dem Lieferwagen und wir schlossen uns der Gesellschaft an.

Im Keller von Hausnummer dreiundzwanzig wimmelte es von Menschen. Zwei Männer in weißen Kitteln, die zwei kofferähnliche schwarze Taschen bei sich trugen, rauchten eine Zigarette – wie passend in einem ausgebrannten Zimmer. Ein Mann in Feuerwehruniform starrte unbehaglich ins Leere, während eine über und über mit Photoausrüstung behängte junge Frau scheinbar heftig mit Sergeant Pickles debattierte. Inspektor Lyon saß auf der obersten Treppenstufe und beaufsichtigte einen unbekannten Mann in Zivilkleidung und einen genauso unbekannten uniformierten Beamten dabei, wie sie mit schon völlig verschmutzten Händen an einer Holzplanke herumzerrten, die zuvor den Eingangsbereich abgesichert hatte und nun nur noch an einer Ecke wie betrunken von der Wand baumelte. Wenn mich nicht alles täuschte, klopfte Lyon ungeduldig mit dem Fuß auf den Boden. Es schmeichelte mir, dass sich ihre Gesichtszüge aufhellten, als sie mich sah.

»Ging nicht schneller«, brummte Paul ihr über meinen Kopf hinweg zu. »Stau.«

»Was ist passiert?«, fragte ich.

»Kommen Sie runter, Miss Hoare. Keine Angst – es kann nichts passieren.«

Ich zögerte. »Ich habe mein Kind bei mir. Es sitzt im Wagen. Es muss jemand darauf aufpassen.«

»Oh«, sagte sie und ihre Augen blieben an Paul hängen, der sichtbar zögerte, bevor er mit höflicher Stimme »sicher« sagte und zurückging. Ich stieg nach unten.

Irgendjemand mit viel Kraft hatte die Holzplanke an der unteren Ecke losgestemmt und die Nägel, mit der sie vor die Tür genagelt war, aus dem Türrahmen herausgerissen. Hinter den Trümmern baumelte die Tür lose in den Angeln. Das Innere des Raumes war, soweit ich es erkennen konnte, mit einer schwarzen Rußschicht bedeckt. Dort drinnen stank es, als hätte jemand sein Auto dort geparkt.

»Kinder können die Tür wohl kaum aufgebrochen haben, oder?«

Die Inspektorin rieb sich geistesabwesend über die Wange. »Nein, da muss eine ziemlich kräftige Person am Werk gewesen sein.«

»Wann?«

»Irgendwann gestern Nacht. Dort unten muss es ziemlich dunkel sein und offensichtlich sind sie oder ist er von niemandem bemerkt worden. Der Hausmeister von nebenan hat so gegen sieben Uhr heute Morgen die örtliche Wache alarmiert.«

»Und was wollen Sie von mir?«

»Unsere Leute waren bereits da drinnen und haben mir gesagt, dass es ungefährlich ist.« Sie zeigte auf die Männer mit den Koffern. »Ich werde mich dort unten kurz umsehen, bevor sie mit ihrer Arbeit beginnen. Ich möchte, dass Sie mit mir kommen, wenn es Ihnen nichts ausmacht. Sie sollen sich nur umsehen. Ich nehme an, dass irgendjemand hier unten nach etwas sucht.«

»Schon wieder«, murmelte ich.

Sie lächelte grimmig. »Nein – noch immer. Ich weiß, dass Sie schon vor dem ersten Feuer hier waren, und da kam mir der Gedanke, Sie könnten mir vielleicht dabei helfen, herauszufinden, worauf der Eindringling aus war. Ich möchte nichts unversucht lassen.«

»Sie haben immer noch keine Ahnung, wer Tom Ashe umgebracht haben könnte?«

Sie sah mir direkt in die Augen. »Genauso wenig wie Sie. Wir vermuten, dass es der Mann war, mit dem Ashe an jenem Tag getrunken hat. Ich vermute ebenfalls, dass dieser Mann identisch ist mit demjenigen, der diesen Ort immer wieder aufsucht, und dass er hier nach etwas sucht. Aber das sind alles nur Vermutungen und ich komme einfach nicht weiter. Wären Sie bereit, mit mir da hineinzugehen? Detective Constable Moore wird uns begleiten. Nehmen Sie eine der Taschenlampen – der Strom ist abgestellt.«

Ich bekam den Griff einer schweren Taschenlampe in die Hand gedrückt, dann quetschte ich mich durch die Absperrung hindurch und folgte den anderen hinein in die Dunkelheit. Wir ließen den Lichtstrahl unserer Taschenlampen durch das vordere Zimmer schweifen. In dem Raum stank es nach Feuer und die Wände und die Decke waren rußgeschwärzt, aber ansonsten wirkte dieses Zimmer unberührt.

Dann gingen wir zu dritt weiter über diesen Boden, der sich unter unseren Füßen weich und sandig anfühlte, auf die nächste Tür zu. Im Flur verstärkte sich der Gestank. Ich hustete. Wir standen zusammen neben dem Haufen Linoleum, den Eddie und ich dort liegen gelassen hatten, vor dem Eingang zu dem Zimmer, das einstmals der Unterschlupf von Tom Ashe gewesen war. Auch diese Tür stand halb offen, ihre Farbe war abgeblättert. Der Constable ging vor und ich ertappte mich dabei, wie ich ihm beinahe in die Fersen trat, so als hätten wir im Flur hinter uns etwas Unangenehmes zurückgelassen.

Der Gestank war unerträglich, es roch zugleich organisch

und durchdringend metallisch, und die Luft schien nach wie vor mit Rauch erfüllt zu sein und brannte in der Kehle. Das Zimmer war größtenteils schwarz und verkohlt, am anderen Ende des Raums hatte das Feuer am schlimmsten gewütet. Die Flammen hatten das Bett und das Bettzeug verzehrt und sich die Wand entlang ausgebreitet und Toms Sammlung von Zeitungen und Pappkartons angekokelt, ohne sie jedoch zu zerstören. Die anderen Möbel waren noch zu erkennen.

Lyon fiel in mein Husten ein. »Das tut mir Leid«, keuchte sie. »Wer immer das gewesen sein mag, hat das Bett mit Benzin übergossen und dann angezündet. Deswegen stinkt es hier so. Wir sollten uns hier nicht zu lange aufhalten.«

»Und was soll ich jetzt machen?«

»Sagen Sie mir nur, ob Ihnen irgendetwas auffällt, was anders ist als beim letzten Mal, als Sie hier waren – ich meine natürlich abgesehen von den Verwüstungen, die das Feuer angerichtet hat. Schenken Sie den Brandschäden gar keine Beachtung: Achten Sie darauf, ob irgendetwas nicht an seinem Platz steht.«

Das schien mir ein ziemlich sinnloses Unterfangen zu sein. Aufmerksam ging ich ein paar Schritte nach rechts, wobei ich auf schmieriger Asche ausrutschte, die sich als verbrannter Kapok entpuppte. Ernie und ich hatten einen Teil der kleineren Besitztümer von Tom Ashe zu kleinen übersichtlichen Stapeln zusammengeräumt, aber ansonsten hatten wir das meiste so gelassen, wie wir es vorgefunden hatten. Ich leuchtete mit der großen Taschenlampe in die Ecke, wo das Bett gestanden hatte und wo die U-STOR-Quittung versteckt gewesen war, aber man konnte unmöglich sagen, ob noch jemand anderes dort aktiv gewesen war. Ich drehte mich halb um. Das hier war aussichtslos.

Oder so gut wie.

»Was ist?«, fragte Lyon mit ruhiger Stimme.

»Der Schrank. Ich selbst habe auch seine Hosen- und Jackentaschen durchsucht, aber ich habe nicht den Schrank von der Wand abgerückt, und ganz sicher habe ich die Kleider danach nicht in einem Haufen auf dem Boden liegen lassen. Es könnte natürlich sein, dass die Feuerwehrmänner das gemacht haben.«

»Wir werden das nachprüfen.« Sie fing wieder an zu husten und erstarrte im gleichen Augenblick. Moore und ich sahen sie an. Sie hatte eine vom Rauch geschwärzte Streichholzschachtel entdeckt, die fast unsichtbar auf dem rußverschmierten Boden lag.

»Das lag hier vorher nicht«, sagte ich, ohne erst groß überlegen zu müssen. Tom war Nichtraucher gewesen und für eine elektrische Kochplatte braucht man keine Streichhölzer.

»Ich werde Leute herschicken, die dieses Chaos unter die Lupe nehmen. Ich hätte schon nach dem ersten Feuer alle Leute hierher bestellen sollen – mein Fehler. Im Moment haben wir so verdammt wenig Personal bei der Spurensuche. Constable, halten Sie mich auf dem Laufenden. Sagen Sie mir Bescheid, sobald Sie etwas herausfinden.«

»Ich glaube nicht …«, fing ich an.

»Was?«

»Hier unten war nichts versteckt. Ernie und ich haben den ganzen Ort nach seltsamen oder persönlichen Dingen abgesucht – und sei es nur ein bekritzelter Papierfetzen. Wir haben uns hier unten viel Zeit gelassen, wir haben sogar das Linoleum vom Boden gerissen – das haben Sie ja selbst gesehen. Auf diese Weise haben wir die Quittung gefunden.« Aber ihrem Gesicht war anzusehen, dass sie von der Idee, ein Amateur könnte einen Ort angemessen durchsuchen, nicht das Geringste hielt. Vielleicht hatte sie ja Recht, aber es ärgerte mich trotzdem. »Wenn das alles ist«, sagte ich eingeschnappt, »dann bin ich jetzt weg. Wir befinden uns gerade in der Endphase mit unserem Herbstkatalog und ich muss noch ein paar Preise überprüfen.«

Sie dankte mir mit einer ruhigen, geistesabwesenden Stimme, die darauf schließen ließ, dass sie mit ihren Gedanken bereits ganz woanders war, und ich bahnte mir einen Weg zwischen den Männern in den weißen Kitteln hindurch nach draußen.

Paul fuhr mich schweigend nach Hause, offensichtlich ohne das geringste Interesse an der Sache. Und ganz gewiss nicht bereit, mir irgendwelche Fragen zu stellen. Was mich betraf, so versuchte ich eine Erklärung dafür zu finden, welchen Sinn es haben konnte, dass irgendjemand Toms Zimmer nicht nur angezündet hatte, sondern danach noch einmal zurückkam, einbrach und schließlich alles zerstörte. Warum zum Teufel hatte er sich diese Mühe gemacht? Wenn andererseits Barnabas mit seiner Vermutung, dass irgendwo ein Haufen Geld versteckt lag, Recht hatte, wie passte dann eine Brandstiftung in dieses Konzept? Außerdem war ich mir verdammt sicher, dass in der Horsell Road kein Geld gelegen hatte. Nicht in diesem schmutzigen Kellerloch. Irgendwo hinter einer anderen Straßenecke, in einem andern Langzeit-Schließfach vielleicht.

Und mit einem Schlag wurde mir klar, dass Barnabas' Vermutung wohl stimmte: denn der Mann, der sich Dennis Ashe nannte, hatte auf Umwegen danach gefragt. Das begriff ich jetzt. Sein ganzes Gerede über ein Andenken an seinen Vater ... Das Einzige, was ich noch nicht wusste, war, ob der rothaarige Mann auch der düstere Angreifer gewesen war, den ich nur mit den Augenwinkeln erfasst hatte, und der Brandstifter und Toms Mörder: Aber die

Wette war ich gerne bereit einzugehen. Wonach suchte er also? Jedenfalls nicht nach meinem mesopotamischen Perlenschmuck, stellte ich bedauerlicherweise fest; das war nur mein kleines Bestechungsgeschenk und ganz offensichtlich nicht der Hauptgewinn. Der mit Sicherheit eine Menge wert war, wo immer er sich auch befinden mochte.

2

Paul setzte uns vor dem Laden ab. Er war wortkarg gewesen und ich führte es auf die Hitze und den Ärger darüber zurück, von Special Branch als Laufbursche benutzt zu werden. Es war schwer, kein Mitleid mit ihm zu haben, aber ich hoffte, er würde sich zusammenreißen. Es war gut möglich, dass ich ihn noch brauchte. Ich sah seinem davonfahrenden Wagen nach, bis jemand von der anderen Straßenseite ausscherte und mir die Sicht nahm.

Ernie kam wie ein Wirbelwind aus aufgestauter Energie aus dem Laden geschossen, schnappte nach Bens Kindersitz und drängelte uns beide hinein.

Ich starrte ihn an und fragte: »Was ist denn los?«, während er mich schon wieder fragte: »Alles in Ordnung mit dir?«

Diese anhaltende Sorge um mein Wohlergehen war so auffällig, dass ich ihn weiter anstarrte. Eine meiner Kundinnen aus dem Viertel, Mrs Acker – eine ruhige Frau, die nun seit drei Jahren zum gelegentlichen Stöbern in meinen Laden kam –, war außer uns die einzige Person im Laden. Als sei er der Chef, schob Ernie uns grinsend an ihr vorbei und schlug die Bürotür hinter uns zu.

»Ernie, du sollst doch nicht …«

Mit einem dringlichen Zischen fegte er den Einwand beiseite. »Oh, *sie* ist okay und ich höre es ja läuten, wenn sonst jemand reinkommt. Jetzt hör dir *das* an! Das ist echt der Hammer. Die haben uns beobachtet. So'n Typ tauchte in 'nem schmierigen alten grünen Vauxhall hier auf, kurz nachdem du und dein Freund weg wart, und seitdem ist er vor dem Laden rumgelungert. Hast du ihn denn gerade nicht gesehen? Er ist dem anderen hinterher, als er wieder losfuhr.«

»Du siehst Gespenster«, erwiderte ich mit fester Stimme. »Warum sollte einer so etwas tun? Da hat wahrscheinlich nur jemand auf seinen Mitfahrer gewartet. Du weißt doch, wie schwierig es ist, in dieser Gegend einen Parkplatz zu kriegen.«

Ein Ausdruck von Triumph und Vorwurf trat in das Gesicht meines Leibwächters. »Nie im Leben! Der Typ hat dort fast zwei Stunden lang in der glühenden Hitze gesessen. Er stand bestimmt kurz vor einem Hitzschlag.«

»Jedenfalls war es *nicht* die Polizei«, sagte ich mit der Situation entsprechendem Nachdruck. »Ich habe mir nämlich gerade mit der Polizei zusammen das Zimmer von Tom Ashe angesehen. Warum hätte die Polizei jemanden herbestellen sollen, wenn sie doch genau wusste, wo ich war und was ich gemacht habe? Wie dem auch sei, wenn du den Wagen meinst, der gerade weggefahren ist, dann scheinen sie sich eher für Inspektor Grant zu interessieren als für mich.«

Ich hörte meine eigenen Worte und hielt inne. Einen Moment mal, Dido. Denk noch einmal in Ruhe nach.

»Du hast den Fahrer nicht erkannt?«

Ernie schüttelte den Kopf. Eine Sekunde lang kam es mir so vor, als habe er leicht gezögert.

»Was hat er gemacht, während er gewartet hat?«

»Er hat so getan, als würde er Zeitung lesen, aber er hat die ganze Zeit rübergeglotzt.«

»Hast du ihn beobachtet?«

»Als ich mitgekriegt hatte, dass er nach dir sucht, bin ich raus vor den Laden und hab so getan, als würde ich auf Kundschaft warten. Ich hab ihn im Auge behalten, für den Fall, dass er irgendwas drehen wollte. Zuerst dachte ich ja, er will nur den Laden auskundschaften, und deswegen hab ich die Tür abgeschlossen. Aber er hat einfach nur dagesessen und dann tauchte diese Lady hier auf; da habe ich wieder aufgeschlossen, aber ich hab ihn trotzdem weiter beobachtet.«

»Und er war die ganze Zeit über da, während ich weg war?«

Ernie versicherte mir selbstgefällig, dass der Beobachter nicht einen Finger hätte krümmen können, ohne dass es ihm aufgefallen wäre.

»Und du bist dir *sicher*, dass du ihn noch nie gesehen hast?«

Ernie zuckte mit den Schultern.

»Wie sah er aus?«

»Ich konnte nicht viel erkennen, er hat im Schatten gesessen. Er war ziemlich alt.«

»So alt wie Barnabas?«

Ernie schüttelte wieder den Kopf. »Nein, *so* alt auch wieder nicht. Mittelalt, ich würd' sagen, so um die fünfzig vielleicht? Rote Haare …«

»Was?«, rief ich mit einer Stimme, die uns beide überraschte.

»Nun … so etwas mit grau gemischt«, fügte Ernie zögernd hinzu.

In diesem Moment tat Ben mir den Gefallen, mit Jammergeschrei aufzuwachen, was mir Gelegenheit zum Nachdenken gab, während ich ihn für eine tröstende Liebkosung hochnahm. Irgendwie gefiel es mir ganz und gar nicht, dass »Dennis Ashe« zurückgekommen war.

Er hatte also vor dem Laden rumgehangen und war dann Paul Grant gefolgt. Warum? Um herauszufinden, wer dieser Mann war, der mich und Ben in einem Fahrzeug ohne Kennzeichen durch die Gegend kutschierte? Paul hatte sich auf den Weg zurück zur Wache gemacht, und falls Dennis ihm bis dorthin folgte, würde er sich gehörig erschrecken. In welchem Fall er beschließen könnte, zurückzukommen. Ich tat das Naheliegendste, nämlich Pauls Handy-Nummer zu wählen und keine Antwort zu erhalten.

Ich musste Ben aus der Gefahrenzone bringen.

»Ernie?«

Er sah mich mit vor Aufregung glänzenden Augen an.

»Ich glaube, ich kenne ihn. Hört sich an, als sei es ein Mann, der vor ein paar Tagen in den Laden kam. Ich glaube, er hat bei dir ein Buch gekauft.« Der Ausdruck in Ernies Gesicht änderte sich. »War er das? Er kam später noch mal zurück und erzählte mir, er sei Tom Ashes Sohn. Aber das war gelogen.«

»Mach dir seinetwegen keine Sorgen«, sagte Ernie und kam direkt auf den Punkt. »Solange ich hier bin, kann dir nichts passieren.«

»Das glaube ich dir gerne«, erwiderte ich. »Aber er könnte wirklich gefährlich sein.«

Ernie sah mich an. »Ist er der Mörder?«

Ich wollte keine falsche Dramatik aufkommen lassen. »Könnte sein. Hör zu, ich werde Ben jetzt nach oben bringen. Falls das Auto zurückkommt, möchte ich, dass du mich oben anrufst und mir Bescheid sagst. Mach den Laden zu, sobald Mrs Acker gegangen ist, und schließ danach für niemanden mehr auf. Viele Kunden kommen jetzt sowieso nicht, und wenn jemand wirklich etwas kaufen will, dann muss er eben wiederkommen. Bist du mit dem Katalog fertig? Ich werde es per Taxi zur Druckerei schicken, damit du hier bleiben kannst.«

»Es fehlen immer noch die Preise ab Seite siebenundvierzig«, erinnerte er mich vorwurfsvoll.

Ich sah die betreffenden Katalogseiten auf dem Computermonitor. Das war eine Sache von zehn Minuten, wenn ich mich ins Zeug legte, und lange herumzugrübeln hatte ich sowieso keine Lust. Ohne große Worte zu verlieren, drückte ich ihm Ben in den Arm und hörte den beiden mit einem Ohr zu, während ich den letzten zwanzig Artikeln ungefähre Preise zuordnete. Dann nahm ich das Baby wieder entgegen.

»Jetzt kannst du weitermachen«, sagte ich. »Ich lasse die Bürotür offen, damit du die Straße im Auge behalten kannst, während du ausdruckst. Ich halte von oben aus ebenfalls Ausschau. Und vergiss nicht, mir Bescheid zu sagen, wenn du das Auto siehst. Ein Vauxhall, sagtest du?«

Aber trotz meiner wiederholten verstohlenen Ausflüge zu den Wohnzimmerfenstern und den zahlreichen Autos, die in beiden Richtungen die George Street entlangrollten, war von dem Beobachter nichts zu sehen. Falls er hier gewesen war und falls es sich tatsächlich um Dennis gehandelt hatte, falls, falls, falls … Vielleicht hatte es ihn abgeschreckt, als er merkte, dass er Paul zur Polizeiwache gefolgt war. Oh, wie sehr ich mir das wünschte, denn die Erinnerung an den lügenden, schwitzenden, rothaarigen Mann war furchterregend. Vor seinem nächsten Besuch wollte ich vorgewarnt sein und nach Möglichkeit einen Polizisten im Nebenzimmer sitzen haben.

Es wurde langsam Nachmittag. Ich versuchte wieder, Paul zu erreichen. In der Telefonzentrale teilte man mir mit, dass er nicht auf der Wache sei, und sein Handy hatte er offensichtlich ausgeschaltet. Dann rief ich bei Scotland

Yard an, wo man mir gestattete, Inspektor Lyon eine Nachricht zu hinterlassen. Wie sagt man so schön, die Polizei ist nie da, wenn man sie braucht.

Um halb vier rief Ernie mich an, um mir mitzuteilen, dass alles fertig sei und der Ausdruck gut aussähe. Ich verließ mich auf sein Urteil, denn ich verspürte zum Korrekturlesen ungefähr genauso viel Lust wie zum großen Wohnungsputz. Ich wies ihn an, ein Taxi zu bestellen und weiterhin die Augen aufzuhalten, und überwachte den Abtransport unserer Arbeit von meinem Fenster über der Straße aus. Danach blieb mir nichts weiter zu tun, als mir Sorgen zu machen. Und auf die Rückkehr des Beobachters zu warten.

Als gegen vier Uhr das Telefon klingelte, stürzte ich zum Hörer.

»Er ist jetzt hier«, flüsterte Ernie ins Telefon.

Ich versuchte, mir meiner Stimme nichts anmerken zu lassen. »Bleib dran. Wieder auf der anderen Straßenseite?«

»Auf dieser Seite. Fast hätte ich ihn gar nicht gesehen. Links. Er hat den Motor laufen.«

Ich legte den Hörer neben das Telefon, schlich zum linken Fenster hinüber und hielt mich hinter dem Vorhang versteckt. Das zweite Auto in der Reihe hatte ein verstaubtes grünes Dach und ich vermutete, dass es das Auto war, das Ernie meinte. Von meinem Blickwinkel aus konnte ich bis auf die zwei Hände auf dem Lenkrad nichts erkennen. Er war so nahe, dass ich sogar noch seine Auspuffgase riechen konnte. Ich war in innerlichem Widerstreit, ob ich hinuntergehen und herausfinden sollte, was da vor sich ging. Was sollte man mir am helllichten Tag mitten auf der Straße schon antun können?

»Ernie? Bist du noch dran?«

»Ja.«

»Hör zu. Ich komme jetzt nach unten. Ich kann sein Gesicht von hier aus nicht sehen. Du bist dir sicher, dass es der Mann von heute Morgen ist?«

»Dasselbe Auto«, sagte Ernie.

Ich untersagte mir jeden Gedanken oder Anflug von Angst. Ben rührte sich nicht. Im letzten Moment hielt ich seinetwegen doch kurz inne, um die Wohnungstür doppelt abzuschließen. Es hatte einen Augenblick zu lange gedauert. Als ich mich auf dem Bürgersteig umdrehte, fiel mein Blick auf den leeren Platz neben dem Bordstein und ich sah das grüne Auto noch gerade eben am Ende der Straße um die Ecke biegen.

Ernie stürzte in dem Moment aus dem Laden, als ich gerade sämtliche rothaarigen Männer und grünen Vauxhalls verfluchte. Mir fiel auf, dass er grinste.

»Er hat dich kommen sehen. Als du stehen bliebst, ist er losgefahren. Damit ist ja wohl so einiges klar, hm?«

Ich seufzte. »Ja. Aber ich wünschte, es würde noch so einiges mehr erklären, verdammt! Ernie, ich muss herausfinden, wer dieser Mann in Wirklichkeit ist.«

In diesem Moment bemerkte ich, dass mein Verbündeter mir einen stolzen Blick zuwarf. Er drückte mir eine von Barnabas' Karteikarten in die Hand; darauf stand ein Autokennzeichen. Und im selben Augenblick hörte ich das Telefon in der Wohnung klingeln.

Der erste Anuf kam von Diane Lyon.

»Ich habe Besuch bekommen«, erklärte ich und erzählte ihr von Dennis Ashe. Daraufhin schwieg sie so lange, dass ich schon meinte, Gespenster in der Leitung zu hören. Nach einer Zeitspanne von, wie es mir schien, mindestens fünf Minuten sagte sie: »Ich frage mich, ob Sie vielleicht Schutz benötigen?«

Dieselbe Frage hatte ich mir auch schon gestellt. Ich erzählte ihr von Ernie. Das schien sie ziemlich kalt zu lassen.

»Wie dem auch sei, im Moment ist er erst einmal wieder weg«, sagte ich. »Die Sache ist die, dass ich gerne wüsste, um wen es sich handelt. Mrs Ashe fiel dazu nichts ein. Ich glaube, er ist der …« Einer Eingebung folgend, hielt ich im letzten Moment inne.

Die Inspektorin gestand mir, dass auch sie gerne mehr wissen würde. Als ich ihr das von Ernie notierte Autokennzeichen durchgab, verriet ihre Stimme mal gerade einen Hauch von mütterlicher Anerkennung: Endlich hatten die Kinder etwas richtig gemacht.

»Bleiben Sie am Apparat. Ich bin gerade in meinem Büro – ich werde es gleich mal durch den Computer jagen«, erklärte sie.

Ich stellte mich darauf ein, warten zu müssen, aber sie war fast augenblicklich wieder am Telefon, und als sie zum Reden anhob, hatte ihre Stimme einen anderen Tonfall angenommen. »Ich hab's. Nun … der Wagen ist auf einen Dennis Butler eingetragen, wohnhaft in Lyndhurst, Hampshire.«

Ich brauchte zwei Anläufe, bevor ich einen Ton herausbrachte. *»Butler?«*

»Der Name sagt Ihnen etwas?«

Ich merkte, dass er ihr auch etwas sagte, egal wie verschlossen sie zu sein vorgab. »Mrs Ashe erzählte mir, ihr Mann habe zwei enge Freunde gehabt. Einer davon war Sammy Butler. Und da fällt mir gerade ein, dass er den Spitznamen ›Ginger‹ trug. Aber Ihr Mr Cox erzählte mir, dass er vor einem Jahr gestorben sei.«

»Das stimmt auch.« Sie hatte ihre Stimme jetzt wieder unter Kontrolle gebracht. »Und ob Sie es glauben oder nicht, er hatte einen Sohn namens Dennis.«

Ich entgegnete, dass ich das gerne glauben wolle. »Und dieser Mann hat ebenfalls rote Haare. Rötliches Haar.«

»Ich denke, das liegt in der Familie«, erwiderte sie trocken. »Wenn Sie mich entschuldigen, ich werde jetzt eine Fahndung nach dem Auto anordnen. Ich bin wirklich neugierig darauf, mich mit Mr Butler zu unterhalten. Genau genommen werde ich ihn gleich zu einem Verhör auf die Wache bringen lassen, für den Fall, dass er der Mann sein sollte, der mit Tom Ashe an dem Tag seines Todes zusammen getrunken hat. Wir werden jemanden finden, der die beiden zusammen gesehen hat.«

Mir rutschte das Herz in die Hose. »Ist er der Mörder?«

»Eins nach dem anderen. Sind Sie heute den ganzen Tag über zu Hause zu erreichen?«

Ich antwortete, dass ich das nicht mit Sicherheit sagen könne, und gab ihr noch einmal meine Handynummer.

Sie klang unzufrieden, aber sie beschränkte sich darauf zu sagen: »Sie sollten so vorsichtig wie möglich sein, solange wir ihn nicht gefunden haben. Offensichtlich hat er ein Interesse an Ihrer Person. Hat er irgendeinen Grund, Ihnen etwas anzutun? Gibt es etwas, was Sie mir verschwiegen haben?«

»Ich glaube nicht.«

Nach einer kurzen Pause akzeptierte sie diese Antwort. »Ich werde Islington Bescheid sagen, damit alle halbe Stunde ein Streifenwagen bei Ihnen vorbeifährt. Halten Sie die Augen auf und spazieren Sie nach Einbruch der Dunkelheit nicht alleine herum.«

... und meiden Sie Männer, die Spritzen mit sich herumtragen, fügte ich im Geiste hinzu. Das war ein so guter Rat, dass ich all meine Vorsätze über Bord warf, als Paul Grant zehn Minuten später anrief. Ich lud ihn zum Abendessen ein und erzählte ihm alles. Er schien das Gefühl zu haben, dass er in Anbetracht der Umstände wenigstens über Nacht bei mir bleiben sollte. Was zur Folge hatte, dass ich aufhörte, auf die Autos zu horchen, die draußen auf der Straße an der Wohnung vorbeifuhren, und beruhigt einschlief.

XII Nag Hammadi

1

Ich lehnte am Fuße der Treppe an der Wand und lauschte auf die Stille im Haus und das Geräusch von Pauls davonfahrendem Auto. Ben war wieder eingeschlafen. Mr Spock war durch das Küchenfenster hinaus über die Dächer und Höfe der George Street verschwunden. Es war so drückend, dass die Luft alle Geräusche und Bewegungen erstickte. Das konnte nicht ewig so weitergehen.

Die Post stapelte sich seit Tagen auf einer Ecke meines Packtisches. Ich ging in den Laden und sortierte sie gedankenlos in vier Haufen: Rechnungen, Schecks, Kataloge und Restliches. Ich hatte den größten Teil der Post bereits geöffnet, als mir auffiel, dass meine Handbwegungen rein mechanisch waren. Ich hatte keine Ahnung, was ich gerade betrachtet hatte, und ich war auch nicht im Entferntesten daran interessiert. Tom Ashe und all die verrückten Puzzleteile seiner Vergangenheit umnebelten als großes Fragezeichen mein Hirn. Ich sonderte die Wurfsendungen aus und schmiss sie in den Papierkorb, während ich an Ashes verkohltes Versteck und seine düsteren kleinen Geheimnisse dachte, die auf immer verloren waren.

Die Sache. Was immer sie sein mochte – nennen wir sie X. Der Einbrecher hatte sich geirrt. Tom mochte wohl eine verzerrte Wahrnehmung von der Realität haben, aber er war doch klar genug gewesen, um zu wissen, dass X in einem Schließfach im U-STOR, oder besser noch in einem Tresor, sicherer aufgehoben war als in der Horsell Road. In der Horsell Road hatte *er* sich verstecken wollen, auch wenn ihm das nicht gelungen war. Und was X betraf, so hatte Ashe genug Geld und Angst gehabt, um es vor finsteren Gestalten mit Benzinkanistern und Streichhölzern in Sicherheit zu bringen.

Ich kramte die Kontoauszüge hervor, fand die Adresse von Toms Bankfiliale und suchte im Telefonbuch die Nummer heraus. Der stellvertretende Geschäftsführer, dem ich mich als Tom Ashes Testamentsvollstreckerin vorstellte, die ihren rechtmäßigen Geschäften nachging, konsultierte die Geschäftsbücher und teilte mir schließlich mit, dass Mr Ashe keinerlei Vermögenswerte bei ihnen zurückgelassen habe. Nun gut. Aber mein paranoider Freund hatte mit Sicherheit seinen Schatz in einem Institut wie diesem untergebracht. *Traue niemandem.*

Ich gab mir selbst einen Tritt. Er war keineswegs paranoid gewesen. Wie viele Morde hatte es gegeben? Tom, Sammy Butler? Toms Officer vor zwanzig Jahren? Als ich mich umdrehte, um den Hörer aufzulegen, sah ich, wie der grüne Vauxhall langsam an meinem Fenster vorbeifuhr. Blankes Entsetzen trieb mich in die Ecke hinter dem Schreibtisch. Als ich mich schließlich dazu überwinden konnte, einen weiteren Blick hinauszuwerfen, war weder von dem gestrigen noch von irgendeinem anderen grünen Auto weit und breit etwas zu sehen.

Dann fasste ich einen Entschluss. Ernie hätte das auf seinem Computer zweifellos viel professioneller hingekriegt, aber ich begnügte mich mit einer leeren Karteikarte und einem dicken schwarzen Marker und schrieb: *Geschäft wegen Urlaub geschlossen. Wiedereröffnung am 1. September.* Ich schaute auf dem Kalender an der Wand nach. Ein Freitag. Vielleicht hatten sie ihn bis dahin hinter Schloss und Riegel gebracht. Vielleicht war dann auch die Hitzewelle vorbei.

Vielleicht kamen dann die ersten Kunden aus dem Urlaub zurück. Vielleicht konnte mein Leben dann weitergehen. In der Zwischenzeit würde ich mich von allen Orten fern halten, an denen man mich sonst immer finden konnte, wenn man mich suchte.

Nachdem ich meinen Anrufbeantworter mit einer passenden Ansage besprochen, die Riegel an der Tür zum Hof überprüft, die Karteikarte an die Scheibe der Ladentür geklebt und die Alarmanlage eingeschaltet hatte, schloss ich ab und stahl mich wie ein Dieb davon.

Ben räkelte sich und führte Selbstgespräche, wobei er hin und wieder mit der Faust gegen das Mobile schlug, das an den Gitterstäben seines Bettchens baumelte. Ich schlüpfte aus meinen Sandalen, legte im Wohnzimmer eine CD von Mahler auf, zog das Bettlaken glatt und legte mich mit einem Notizblock und einem Stift aufs Bett. Höchste Zeit, mal in Ruhe die Lage zu überdenken, statt wie ein kopfloses Huhn durch die Gegend zu rennen.

Die Musik hatte aufgehört, als ich wieder aufwachte, und das Telefon musste schon eine ganze Weile geklingelt haben. Als ich mich aus dem Bett schwang, stellte ich fest, dass der oberste Zettel meines Notizblocks unbeschrieben war, dafür war der Kugelschreiber auf dem Laken ausgelaufen.

»Leonard Stockton am Apparat«, erklärte mir die Stimme am Telefon. »Ich habe Neuigkeiten. Ich weiß nicht, ob Sie unsere Anzeigen gestern in den Zeitungen gesehen haben, jedenfalls habe ich bereits eine Antwort erhalten. Eine Mrs Hellenides behauptet, dass Mr Ashe im März aus ihrer Pension ausgezogen sei und ihr noch für zwei Wochen die Miete schulde. Möchten Sie, dass ich mich um die Angelegenheit kümmere?«

»Wenn es Ihnen recht ist«, erwiderte ich, »würde ich lieber selbst mit ihr reden.«

Die Adresse, die Mrs Hellenides Wisby Finch gegeben hatte, führte mich nördlich der Euston Station zu einem frühviktorianischen vierstöckigen Reihenhaus, das schon bessere Tage gesehen hatte – und zwar eine ganze Menge davon. Den Türrahmen mit der abgeblätterten braunen Farbe zierten ein Dutzend Türklingeln. Wenn man ihrer Anzahl Glauben schenken wollte, musste das Haus aus lauter umgebauten Besenschränken bestehen. Der Name »Hellenides« prangte auf einem ordentlich gedruckten Schild neben der untersten Türklingel, also drückte ich auf den dazugehörigen Klingelknopf. Ohne Vorwarnung flog die Tür lautlos auf, vor mir stand ein stämmiger grauhaariger Mann, der mich misstrauisch und unfreundlich musterte.

»Ich suche eine Mrs Hellenides«, erklärte ich. »Ich komme im Auftrag der Anwaltskanzlei Wisby Finch. Sie hat sich mit uns in Verbindung gesetzt.«

Die Tür wurde mir vor der Nase zugeschlagen. Ich überlegte gerade, ob ich erneut klingeln sollte, als sie wieder aufging und dieses Mal den Blick auf eine noch stämmigere Frau freigab, die unter einem verblassten, lilafarbenen Overall ein trübes Schwarz trug. Mr Hellenides lauerte im Hintergrund, vermutlich um ihr, wenn nötig, zu Hilfe zu eilen.

Ich wiederholte meine Geschichte.

»Haben Sie das Geld dabei?«, fiel sie mir ins Wort.

»Ich habe die Befugnis, die Schulden von Mr Ashe zu begleichen, vorausgesetzt Sie haben einen Beweis für Ihre Zahlungsforderung.«

Sie schien darüber nachzudenken. »Wollen Sie reinkommen?«

Ich wollte nicht. Abgesehen von anderen Bedenken hatte ich Ben allein im Wagen an der Parkuhr direkt hinter mir gelassen, weil ich es für sehr unwahrscheinlich hielt, dass Mrs Hellenides mir die Anwältin abnehmen würde, wenn ich ein Baby dabeihätte: Berufstätige Mütter müssen sich normalerweise besser organisieren. Ich warf einen Blick auf meine Armbanduhr. »Ich habe nur sehr wenig Zeit und denke eigentlich nicht, dass das nötig ist. Es sei denn, Mr Ashe hat irgendetwas zurückgelassen, als er auszog? Sollte das der Fall sein, dann werde ich es entweder jetzt sofort mitnehmen müssen oder das Nötige veranlassen, dass es abgeholt und zu uns ins Büro gebracht wird.«

Mrs Hellenides schnaubte. »Der? Der hat alles eingepackt und mitgenommen. Ohne Bescheid zu sagen. Fünfzig Pfund die Woche hat sein Apartment gekostet und er schuldet mir noch die Miete für zwei Wochen.«

Ich konnte mir das »Apartment« lebhaft vorstellen – ein enges Zimmer mit einem Bett, einem Stuhl, einem Tisch, einem Kleiderschrank, einer alten Gasheizung und einer Kochplatte. Dort hatte man zwar seine eigenen vier Wände, aber Komfort bekam man für fünfzig Pfund die Woche nicht – nicht in so zentraler Lage.

»Fünfzig Pfund die Woche also«, sagte ich hinterhältig. »Mag sein – aber wie sieht es mit der Kaution aus? Wenn ich recht verstehe, haben Sie sie einbehalten.«

Mr und Mrs Hellenides tauschten einen Blick aus, der mir sagte, dass ich mit meiner Vermutung richtig gelegen hatte, dann starrten sie mich mit dem verletzten Gesichtsausdruck ehrlicher Menschen an, die gerade übers Ohr gehauen werden. »Nun«, sagte ich müde, »ich habe die Befugnis, Ihnen auszuzahlen, was er Ihnen schuldete, aber wir haben keine Mietbestätigungen oder Quittungen gefunden und deswegen auch keinerlei Beweise, dass er hier jemals gewohnt hat.« Mir war, als würde sich Mr Hellenides' Gesicht unangenehm verdüstern. »Die Rechtslage besagt in diesem Fall *eindeutig*, dass Sie nachweisen müssen, dass Ihre Forderung berechtigt ist. Wenn ich Ihnen das Geld jetzt einfach so auszahlen würde, könnte man es von mir wieder zurückverlangen. Sind Sie auch ganz sicher, dass sich hier nichts mehr befindet, das mal Mr Ashe gehört hat? Wenn Sie mir irgendetwas vorweisen könnten, das mal ihm gehört hat, dann wäre das schon Beweis genug.«

Mit der verbitterten Miene eines Mannes, dem es von vorneherein klar gewesen war, dass er betrogen werden würde, schüttelte Mr Hellenides bereits den Kopf, als Mrs Hellenides »die Karte!« rief und in einen griechischen Wortschwall ausbrach. Dann wandte sie sich wieder mir zu. »Er hat alles mitgenommen, aber es ist eine Postkarte gekommen, nachdem er weg war.«

Mr Hellenides wühlte im Hintergrund bereits in einem Bündel von Umschlägen, größtenteils Werbesendungen, die sich unter einem Tisch im Flur auf dem Boden stapelten. Vermutlich wurden hier die Briefe an ehemalige Mieter so lange aufbewahrt, bis jemand vorbeikam und Anspruch darauf erhob oder sie wegwarf. Es dauerte einige Minuten, währenddessen er die Umschläge quer über den verblichenen Läufer verteilte, bevor er mit einer Ansichtskarte in der Hand wieder aufstand. Hoffnungsvoll hielt er sie mir entgegen und zog sich dann wieder zurück.

Das Bild auf der Rückseite zeigte den Mont St. Michel. Ich drehte sie schnell um. Sie war an Mr Tom Ashe adressiert und am dreißigsten März in der Londoner Innenstadt aufgegeben worden. Die linke Seite war unbeschriftet.

»Zufrieden?«, fragte Mr Hellenides.

»Zufrieden«, erwiderte ich, während ich voller Bedauern überlegte, mit welch wunderbaren und erhellenden Botschaften man dieses unbenutzte Papier hätte füllen können. »Ich meine, ja, und die hier nehme ich für unseren Bericht mit.« Ich kramte in meiner Handtasche. »Ich kann Ihnen die hundert Pfund in bar geben. In Anbetracht der Unannehmlichkeiten, die Sie hatten, erkläre ich mich ebenfalls damit einverstanden, dass Sie die Kaution einbehalten.«

Mir fiel auf, dass eine richtige Anwältin eine Quittung verlangt hätte, aber ich bin nun mal keine richtige Anwältin, und ich hatte den Eindruck, dass ihnen dieses Versäumnis nicht weiter unangenehm war. Sie blieben auch weiterhin schweigsam und schienen weiterhin vor mir auf der Hut zu sein, als ich ihnen einen schönen Tag wünschte und mit der Postkarte in der Tasche die Treppe hinuntersauste.

Hundert Pfund schien sie nicht gerade wert zu sein. Aber wahrscheinlich stand ihnen das Geld zu. Ich hatte ihnen ihre Verärgerung und Entrüstung angemerkt und natürlich hatten sie gehofft, dass ich mich nicht mehr an die Kaution erinnern würde; aber das war nur menschlich.

Auf meiner Parkuhr hatte ich noch fünfzehn Minuten gut. Ben begrüßte mich mit einem lauten Gurren und so nutzte ich die ersten fünf Minuten, um mich mit ihm zu unterhalten; und wie die nächsten zehn Minuten verstrichen, merkte ich gar nicht, während ich das Bild vom Mont St. Michel bei Flut betrachtete und die ordentlich in blauer Tinte geschriebene Adresse auf der anderen Seite studierte.

Man hört von Botschaften, die in Mikraten versteckt sind, und mir kam die absurde Idee, dass ich die Schrift mit einer Lupe untersuchen sollte. Nun, also gut, aber das musste ja nicht sofort sein, denn ich glaubte nicht im Ernst, dass das, was ich in meiner Hand hielt, eine mit unsichtbarer Tinte geschriebene Geheimbotschaft war. Es war eher ein … Zeichen. Ein abgemachtes Zeichen. Mir kam der Gedanke, dass Tom Ashe es sofort verstanden hätte.

2

Als ich gerade am Hauptbahnhof vorbeifuhr, fing das Handy in meiner Tasche an zu piepsen. Ich tastete danach, zog es hervor und drückte auf Empfang, ohne meine Augen von dem dichten Verkehr um mich herum zu nehmen, dann brüllte ich: »Hallo?«

»Dido? Wo um alles in der Welt steckst du und wieso sagt dein Anrufbeantworter, dass du im Urlaub bist?« Es war Barnabas. Sein Tonfall ließ vermuten, dass irgendetwas Schlimmes vorgefallen sein musste, aber ich musste dennoch das Telefon in meinen Schoß fallen lassen, da ich beide Hände brauchte, um einem selbstmörderischen Motorradfahrer auszuweichen. Als ich es wieder aufnahm, stellte ich fest, dass er meine vorübergehende Abwesenheit überhaupt nicht bemerkt hatte.

Ich schnitt ihm das Wort ab: »Hör zu, Barnabas, ich bin nicht im Urlaub. Wir sind gerade in Euston, auf dem Weg nach Hause. Ich habe ganz einfach keine Lust, im Laden herumzuhängen und auf den nächsten Mord zu warten. Außerdem werden die Angelegenheiten von Tom Ashe in den nächsten Wochen einen großen Teil meiner Zeit beanspruchen. Hör mal, warum sagst du mir nicht einfach, was los ist: Warum rufst du an?« Barnabas macht sich ohnehin schon viel zu viele Sorgen um mich und so versuchte ich, gewisse Dinge über grüne Vauxhalls und rothaarige Männer irgendwie für mich zu behalten, und wenn ich deswegen das Thema wechseln musste.

»Halt sofort an!«, brüllte er. »Oder eher gesagt, dreh sofort um, du fährst in die falsche Richtung. Hast du mich denn nicht gehört? Ich brauche dich hier, und zwar sofort!«

»Wo? Barnabas, ich habe Ben dabei …«

»Darüber mach dir mal keine Gedanken, wir sind hier nicht im Lesesaal.«

Ich holte tief Luft. »Da muss mir was entgangen sein. Wo bist du?«

»Im Britischen Museum. Im Büro des Leiters der Abteilung für Manuskripte und Handschriften. Du musst auf der Stelle herkommen und mit diesen Leuten reden. Vielleicht solltest du auch dem Anwalt Bescheid sagen – einer der Gentlemen hier neigt dazu, leicht überzureagieren: Ich vermute, er würde mich am liebsten nach Ägypten ausliefern und mich dort in ein Gefängnis werfen lassen.«

Im Hintergrund hörte ich, wie mit gequälter Stimme Einspruch erhoben wurde, ich verstand jedoch nicht den Wortlaut; aber dann erkannte ich am Tonfall meines Vaters, dass er nur einen Scherz gemacht hatte, und entspannte mich. Barnabas und seine blöden Witze.

»Okay«, sagte ich jetzt. »Dann bringe ich eben Ben mit. Es wird circa eine halbe Stunde dauern – ich bin zwar ganz in der Nähe, aber du weißt ja, wie es in dieser Gegend mit Parkplätzen bestellt ist.«

»Bleib dran«, befahl Barnabas und ich hörte, wie im Hintergrund eine weitere unverständliche Unterhaltung geführt wurde. Währenddessen gelang es mir, mich durch den Verkehr hindurch auf die andere Seite zu fädeln und nach rechts in eine der Seitenstraßen von Nord-Bloomsbury abzubiegen. Dann war er wieder dran. »Ich habe ihnen gesagt, dass du auf dem Vorhof parken musst. Sie werden den Pförtnern die Anweisung geben, dich durchzulassen.«

Ich war beeindruckt. Um auf dem Vorhof des Britischen Museums parken zu dürfen, muss man, glaube ich, mindestens ein leitender Angestellter sein, wenn nicht sogar die Queen persönlich. »Und denk dran, dass ich ein neues

Auto habe«, sagte ich. »Sag ihnen, es ist ein dunkelblauer Citroen-Kombi.«

»Wie könnte ich diesen Wagen vergessen?«, schnaubte Barnabas und legte auf.

Die Fahrt dorthin, durch enge, dicht befahrene und zugeparkte Seitenstraßen, nahm mehr Zeit in Anspruch, als ich gedacht hatte. Die Pförtner vor den Schranken des Museums hatten mich schon kommen sehen und traten sofort zur Seite; wie ein Filmstar zu seiner Premiere fuhr ich dort ein und scheuchte eine schnatternde Touristenschar auseinander. Kaum war ich auf dem Hof, hielt mich ein Sicherheitsbeamter in Uniform an.

»Ich werde von dem Leiter der Manuskriptabteilung erwartet«, erklärte ich. Das wäre gar nicht nötig gewesen; man hatte ihn eigens hergeschickt, um mich in die letzte freie Parklücke zu lotsen. Dann nahm mein Führer kommentarlos die Griffe des Kindersitzes, rauschte mit mir durch den Haupteingang und scheuchte, als wir in einer scharfen Kurve in den ruhigeren Bereich einbogen, in dem Manuskripte und Handschriften ausgestellt waren, eine Menschenmenge auseinander, bevor er eiligen Schrittes auf eine Tür mit der Aufschrift »Personal« zusteuerte.

Der Direktor der Manuskriptabteilung hatte ein Büro von mittlerer Größe, an den Wänden gerahmt von geheimnisvollen goldbraunen Eichenschränken, die vermutlich voll mit kostbaren Dokumenten waren. Barnabas nahm mit seiner Aktentasche und einer Tasse Tee einen erheblichen Teil des Tisches in der Mitte des Raumes ein; er befand sich in der Gesellschaft eines besorgt ausschauenden vierzigjährigen Mannes, vermutlich besagter »Dr. Mackintosh« von dem Namensschild an der Tür, und zweier dunkelhäutiger Männer in teuren dunklen Anzügen – waren das vielleicht die Ägypter, die Barnabas bezichtigte, ihn festnehmen zu wollen? Auf den ersten Blick machten sie auf mich einen noch unglücklicheren Eindruck als der Direktor und ich war mir sicher, dass Barnabas sich ihnen gegenüber von seiner abscheulichsten Seite gezeigt hatte. Inzwischen hatte wohl auch der Letzte von ihnen begriffen, dass mein Vater ein berühmter Wissenschaftler, emeritierter Professor für englische Literatur an der University of Oxford und unglaublich angesehen war. Und manchmal ein ziemlicher Tyrann sein konnte.

Bei meiner Ankunft erhoben sich alle vier von ihren Stühlen und wurden mit einem Mal furchtbar betriebsam auf der Suche nach einem Platz für das Baby. Ben landete schließlich auf dem Schreibtisch des Direktors, so dass endlich händeschüttelnd die Vorstellung beginnen konnte – Dr. Mackintosh, Professor Mustafa Madkour vom Koptischen Museum in Kairo und Dr. Samie, der, wie sich herausstellte, der ägyptische Kulturattaché war. Die beiden Letzteren sahen fast identisch aus, waren Ende dreißig, ausgesucht höflich und trugen maßgeschneiderte graue Seidenanzüge. Glücklicherweise trug Professor Madkour ein schmales Bärtchen, das mir half, die beiden auseinander zu halten. Sie wetteiferten darum, mir einen Stuhl, einen Aschenbecher und eine Tasse Tee anzubieten. Wir tauschten Plattitüden aus, aber es war offensichtlich, dass ich nicht die Einzige war, die mit ihrer Aufmerksamkeit woanders war.

Genau in der Mitte des Tisches lag auf einem Stück weißer Pappe Tom Ashes kleiner Papyrusfetzen.

Ich sagte ja zu einer Tasse Tee, goss Milch hinzu und gab zu verstehen, dass ich ganz Ohr sei.

Professor Madkour ergriff als Erster das Wort. Er war am selbigen Tag mit dem Flugzeug aus Kairo eingetroffen, aber trotz seines frühen Fluges konnte er seine Aufregung kaum dämpfen. »Miss Hoare, ich nehme an, Sie haben von dem Koptischen Museum gehört? Und sollten Sie schon einmal in Kairo gewesen sein, so haben Sie es mit Sicherheit schon besucht. Ich habe eine Broschüre mitgebracht.«

Er schob mir eine bunte Touristenbroschüre über den Tisch zu. Ich bekundete mein Interesse, indem ich sie als Bezugsquelle neben meine Teetasse platzierte, für den Fall, dass ich sie zu Rate ziehen musste.

»Miss Hoare, der Papyrusfetzen, den Professor Hoare zur Identifizierung hierher gebracht hat, ist aus einem verloren gegangenen Manuskript herausgerissen worden, welches Eigentum meiner Regierung ist. Es gehört zu einer Sammlung früher Handschriften, Kodizes, die in unserem Museum ausgestellt werden.«

Warum überraschte mich das bloß nicht? »Wollen Sie damit sagen, dass Mr Thomas Ashe, der mir diesen Fetzen gab, das Manuskript aus dem Museum gestohlen hat?«, fragte ich ihn.

Professor Madkour beugte sich nach vorn. »Nein, das nicht. Es gelangte bereits vor vielen Jahren in seinen Besitz, vielleicht sogar noch, bevor die Sammlung, von welcher dieses Stück ein Teil ist, die Aufmerksamkeit der Behörden auf sich zog.«

»Sie erheben also nicht den Vorwurf, dass er es gestohlen hat? Mein Vater hat Ihnen vielleicht bereits erklärt, dass ich die Testamentsvollstreckerin von Mr Ashe bin. Vielleicht sollte ich besser meinen Anwalt verständigen, bevor wir fortfahren.«

Der Blick, den Professor Madkour und Dr. Samie austauschten, weckte mein Interesse.

»Nun, das auch nicht unbedingt. Obwohl die Botschaft nun seit mehr als vier Jahrzehnten mit Nachfragen und persönlichen Vorstellungen über den Verbleib von Mr Ashe an Ihre Regierung herangetreten ist. Wir hätten uns wirklich gerne mal mit ihm unterhalten.« Er sprach ebenso wie der Professor in dem feinsten aller englischen Akzente, der der Welt zu verstehen gab, dass diese Männer das Ergebnis englischer Privatschulen und eines Oxbridge-Studiums waren. Oder, wie Barnabas sagen würde: Schon erstaunlich, in welchem Maße der Einfluss des Britischen Empire bis heute nachwirkt …

Aber was mein Vater in diesem Moment tatsächlich sagte, war: »Vielleicht sollten Sie von vorne anfangen und uns die ganze Geschichte erzählen? Wir wissen, dass Mr Ashe nach dem Krieg in Ägypten war. Beginnt dort Ihre Geschichte?«

Professor Madkour nickte und sah von Barnabas zu mir und wieder zurück zu Barnabas.

3

»Gewiss«, begann der Professor, »haben Sie von den Schriftrollen von Qumran gehört. Die Sache, von der ich spreche, ist diesen Rollen sehr ähnlich, wir würden sagen, in mancher Hinsicht sogar noch aufregender, wenn auch nicht so bekannt.«

Er räusperte sich. »Ich rede von den Gnostischen Evangelien von Nag Hammadi.«

Pause. »Sie wurden in der Nähe eines Dorfes am Jabal al Tarif von einem Einheimischen, einem Bauern, entdeckt. Dreizehn in Leder gebundene Bücher aus Papyrus und einige lose Blätter. Einige wurden verbrannt, einige dem örtlichen Priester zur sicheren Verwahrung anvertraut und einige wurden an sachkundige Autoritäten nach Kairo geschickt, wo sie daraufhin von den Mitarbeitern des Museums als verloren geglaubte Versionen von Gnostischen Evangelien identifziert wurden.«

Barnabas schien zu wissen, was Gnostische Evangelien waren. Ich nicht und so fragte ich nach. Madkour sah mich ärgerlich an, machte sich jedoch mutig daran, mir die folgende Erklärung zu liefern.

Bereits seit mehreren Jahrhunderten wussten Gelehrte von der Existenz unterschlagener Übersetzungen ganz früher Christlicher Evangelien in Ägypten aus der Zeit um 50 bis 100 nach Christus. Sie waren mindestens ebenso alt wie die Evangelien des Neuen Testaments, aber sie berichteten aus einem anderen Blickwinkel von der Geschichte und Theologie der frühen Kirche. Um es kurz zu machen, gehörten sie der Gnostischen Tradition des frühen Christentums an – einer mystischen Tradition, die von fernöstlichen Religionen beeinflusst war und die sich dem orthodoxen Christentum, wie es von dem Heiligen Paulus und seinen Anhängern verbreitet wurde, widersetzte.

Zu Beginn des vierten Jahrhunderts waren die Gnostiker in der Versenkung verschwunden, über alle Erdteile verstreut und als Häretiker gebrandmarkt. Es war gefährlich, ihre Schriften zu besitzen, und irgendjemand im oberen Ägypten hatte während der Zeiten der Verfolgung seine Sammlung zum Schutz in Tonkrügen vergraben.

Seit dem achtzehnten Jahrhundert waren in Europa immer wieder Fragmente von ihnen aufgetaucht. Es folgte ein langer, ermüdender Bericht über rechtliche Hindernisse und geschickte Schachzüge seitens der Kolonialmächte. Er endete damit, dass es den Mitarbeitern des Museums gelang, sich mit Hilfe der Muster, die ihnen von den verschiedenen Interessensparteien zugeschickt wurden, ein klares Bild davon zu verschaffen, was genau dort gefunden worden war, und so machten sie sich daran, es zurückzuholen. Ein Buch wurde von der Regierung gekauft, zehn weitere konfisziert, aber die Sammlung blieb unvollständig.

»Diese Art von Situation«, fuhr Madkour fort, »ist immer etwas kompliziert. Es gab noch weitere Papyrustexte und von 1947 an wurden sie von den jeweiligen Behörden versteckt, um deren Konfiszierung zu verhindern. Der Mann, der schon den ersten Fund gemacht hatte, entdeckte noch weiteres Material und versuchte, es in Kairo zu verkaufen. Ein Antiquitätenhändler hat davon alles aufgekauft, was er bekommen konnte. Ein italienischer Sammler hatte weitere Stücke, die die Regierung erst 1952 in ihren Besitz bringen konnte. Ein Händler aus Belgien schmuggelte einiges Material von Kairo in die Vereinigten Staaten, wo es unseren Regierungsvertretern gelang, den Verkauf zu verhindern; aber danach wurde alles zurück nach Europa gebracht, wo dieser Gentleman starb, bevor er festgenommen werden konnte, und seine Witwe verkaufte das Material an eine Stiftung in der Schweiz. Wie Sie sehen, war es ein Problem von internationalem Ausmaß. Es tauchten viele Probleme auf.«

Barnabas wurde langsam unruhig. »Sie malen uns«, unterbrach er ihn, »diese Geschichte wirklich faszinierend aus. Aber bisher haben Sie noch keinen einzigen Beweis erbracht, der die Herkunft dieses speziellen Papyrusfetzens oder eine Ungesetzlichkeit in Mr Ashes Handlungen belegt.«

»Es geht nicht nur um diesen einen Fetzen«, fiel ihm Dr. Samie verärgert ins Wort. »Aber selbst wenn dem so wäre, so ist auch er das Eigentum der ägyptischen Regierung, die alles Material dieser Art 1952 verstaatlicht hat.«

»Das habe ich schon verstanden«, erwiderte Barnabas. Die Sanftheit seiner Stimme versetzte mich in Alarmbereitschaft. »Aber ich wiederhole: Worüber genau reden wir?

Woher kam es? Wie gelangte es in die Hände von Tom Ashe? Oder wissen Sie das nicht?«

Jetzt mischte Madkour sich ein. »Das wissen wir sehr wohl«, erwiderte er. »Ich werde Ihnen jetzt das vorläufige Ende dieser Geschichte erzählen.«

Kairo wurde 1948 bombardiert und dabei wurde ein kleines Antiquitätengeschäft zerstört. Die Witwe des Händlers verkaufte einen Kodex, der ein komplettes Evangelium und den Teil eines weiteren enthielt, an einen britischen Touristen. Sie hatte diesen Handel in ihren Geschäftsbüchern fein säuberlich notiert und den Käufer als einen Mr Ash, wohnhaft im Kings Hotel, angegeben. Trotz ihres Schreibfehlers hatten die Behörden Schritte unternommen, um sich mit Mr Thomas Ashe in Verbindung zu setzen, aber als sie ihn befragten, behauptete er, er habe das Manuskript bereits an einen gewissen Antiquitätenhändler aus Italien weiterverkauft. Bis sie schließlich den mutmaßlichen Käufer ausfindig gemacht hatten, der diesen Kauf vehement abstritt, befand Ashe sich bereits so gut wie an Bord eines Schiffes nach Zypern. Eine augenblicklich verfügte Durchsuchung seines Gepäcks am Zoll führte zu nichts, und da er mit einem britischen Reisepass unterwegs war, sahen sich die Behörden nicht in der Lage, die Angelegenheit weiterzuverfolgen. Außerdem waren sie sich nicht sicher, ob man den Worten des Italieners Glauben schenken konnte. Es hatte Verzögerungen, weitere Ermittlungen und Gegenanschuldigungen gegeben.

»Am Ende«, schloss Professor Madkour ziemlich missmutig, »waren unsere Leute von der Unschuld des Italieners überzeugt, zumindest, was diese spezielle Transaktion betraf, denn wir boten ihm an, im Austausch gegen das Manuskript unsererseits über einige andere Regelwidrigkeiten hinwegzusehen. Aber er war dennoch außerstande, es uns zu beschaffen. So wurde uns klar, dass es Mr Ashe irgendwie gelungen war, den Kodex aus Ägypten hinauszuschmuggeln. Aber als wir in London Nachforschungen anstellten, war die Polizei scheinbar nicht in der Lage, uns zu helfen. Sie informierte die ägyptische Botschaft, dass Mr Ashe ihres Wissens nach nicht nach England zurückgekehrt sei. Wir haben im Laufe der Jahre weitere Nachforschungen angestellt, aber ohne Erfolg.«

»Sie reden von einem Kodex«, sagte ich. »Ist es ein ganzes Dokument – oder besteht es aus mehreren Teilen? Warum glauben Sie, dass dieser Fetzen etwas damit zu tun hat?«

»Das ist keine Frage des ›Glaubens‹«, erwiderte der Professor. Er klang beleidigt. »Ich habe mir dieses Stück sehr genau angesehen. Selbst Ihnen dürfte vielleicht aufgefallen sein, dass drei seiner vier Ränder auf natürlichem Wege gealtert sind, die vierte Seite jedoch erst vor kurzem geknickt und von einem größeren Blatt abgerissen wurde.«

Selbst mir? »Das«, erwiderte ich ihm, »ist mir in der Tat aufgefallen.«

Meine Stimme muss irgendwie seltsam geklungen haben, denn er sagte jetzt: »Ich bitte Sie vielmals um Verzeihung. Die andere Sache ist die, dass es mir gelungen ist, die drei unvollständigen Textzeilen auf diesem Fetzen zu identifizieren. Hier handelt es sich zweifellos um eine Passage aus dem Dokument, das als *Das geheime Petrusevangelium* bekannt ist. Wir besitzen eine andere, wahrscheinlich etwas jüngere Version dieses Dokuments. Daran gibt es nicht den geringsten Zweifel: Es ist ein sehr berühmter Text von großem Interesse, weil er einer ganzen Reihe zentraler christlicher Doktrinen wie zum Beispiel der jungfräulichen Geburt und der Wiederauferstehung des Fleisches widerspricht. Das ganze Dokument ist für die Wissenschaftler von ungemeiner Bedeutung.«

»In der Tat«, sagte Barnabas sanft. Eine Art Vorhang war vor sein Gesicht gefallen. Ich wusste, was das bedeutete, und ich hätte einiges darum gegeben, mit ihm ein Wörtchen unter vier Augen zu reden, bevor er erneut den Mund aufmachte.

»Ich gehe davon aus, Sie möchten die Erlaubnis, diesen Fetzen mit nach Kairo zurückzunehmen?«, fragte ich schlauerweise.

»Aber gewiss«, erwiderte der Professor. »Es ist unbestreitbar, dass es sich hierbei um einen Teil des Kulturerbes unseres Landes handelt und dass das Stück zu dem Material gehört, das vor vierzig Jahren zu Staatseigentum erklärt wurde.«

»So unbestreitbar nun auch wieder nicht«, erwiderte ich. »Als Testamentsvollstreckerin von Mr Thomas Ashe ist es meine Pflicht, die Interessen seiner Erben im Einklang mit den Gesetzen dieses Landes zu schützen. Abgesehen davon nehme ich an, dass die zuständigen Behörden den Export von historischem Material ohne eine offizielle Genehmigung unterbinden würden.« Das konnte ich zwar nicht mit Sicherheit sagen, aber schließlich befand ich mich im Britischen Museum, das jene Elgin Marbles beherbergt, die an die Griechen zurückzugeben wir uns seit Jahrzehnten standhaft weigern.

Ich betrachtete die beiden Regierungsvertreter. »Mit anderen Worten, ich hege keineswegs die Absicht, Ihnen die Erlaubnis zu erteilen, dieses Stück mitzunehmen. Aber selbstverständlich bin ich damit einverstanden, wenn es fürs Erste in der Abteilung für Manuskripte und Handschriften verbleibt, und ich bin davon überzeugt, dass es bei Dr. Mackenzie in sicheren Händen ist.«

Das nun aufkommende Gemurmel ließ Ben in energische Protestschreie ausbrechen. Er übertönte alle anderen.

Ich ging zu ihm, um ihn hochzunehmen. Mit ihm auf dem Arm trat ich wieder vor die Ägypter und gab mein Bestes, um wie eine Madonna mit Jesuskind auszusehen. Ich übersah das belustigte Aufblitzen in den Augen meines Vaters – die einzige Person, die in dieser ganzen Aufregung ruhig blieb.

Nach einem Moment rief ich: »Ich muss dem Kind die Windeln wechseln. Dürfte ich Ihre Toilette benutzen, Dr. Mackenzie?«

Ich ignorierte Barnabas, der dem Zimmer den Rücken zukehrte, um aus dem Fenster zu schauen.

Schließlich kamen wir mit heiler Haut aus dem Museum davon. Ich hatte ihnen die Adresse von Wisby Finch gegeben, sie hochmütig davon in Kenntnis gesetzt, dass alle weiteren Verhandlungen über Leonard Stockton laufen würden, und mit ihnen vereinbart, dass ich sie, wie es sich gehörte, informieren würde, falls noch weitere Fragmente dieser Art auftauchten. Schließlich und endlich versetzte ich ihnen den Gnadenstoß: das Feuer, das Mr Ashes Wohnquartier und, soweit die Polizei beurteilen konnte, all sein Hab und Gut zerstört hatte.

Die Familie Hoare ließ gequältes Schweigen zurück. Barnabas hatte sich auf der Rückbank des neuen Wagens niedergelassen, sah abwechselnd auf seinen Enkelsohn und die ausgefallene, blaue Lederpolsterung und sagte: »Da ist es also. Da ist das Geld, das ich schon meilenweit im Voraus gerochen habe.«

»Es klingt, als sei es ziemlich wertvoll. Und es gehört Mrs Ashe. Das war es, was ich für ihn regeln sollte. Dieses verrückte Geschwätz, von Kairo aus nach Süden zu gehen. Das alles. Ich kann mir vorstellen, dass, wenn wir auf eine Landkarte Ägyptens gucken, die Städte, die er nannte, alle auf der Strecke nach Nag Hammadi liegen. Wollen wir wetten?«

»Ich bin kein Idiot«, erwiderte Barnabas, »und bekomm jetzt bitte keinen Größenwahn!« Bei diesen Worten merkte ich, dass im Wagen irgendwie dicke Luft herrschte.

»Was ist los?«

»Du hast dich geradezu lächerlich benommen, weißt du. Regelrecht kindisch. Du hast diese Leute furchtbar in Verlegenheit gebracht, als du ihnen das Baby unter die Nase gehalten hast. Und seine schmutzige Windel. Es sind arabische Gentlemen. Wissenschaftler. So was sind sie nicht gewohnt.«

»Dann sollten sie es aber sein«, entgegnete ich. »Ich habe keine Lust, mich von wem auch immer schikanieren zu lassen, nicht einmal von dir. Außerdem weiß ich genau, dass ich gesehen habe, wie du gelacht hast.«

Mir war, als brummte er irgendetwas von Frauen ohne jeglichen Sinn für Moral vor sich hin – oder so etwas Ähnliches, aber ich entschloss mich, es zu überhören. »Aber Barnabas …«

»Nun?«

Ein Lieferwagen fuhr in diesem Moment von der rechten Fahrspur quer über die Straße und ich verlor eine Sekunde lang den Faden, weil meine Aufmerksamkeit von dieser gefährlichen Situation beansprucht wurde.

»Alles andere. Ich meine, Ashe hat ganz offensichtlich eine Ecke abgerissen und sie mir als Köder hingeworfen, damit ich nach dem Rest von dem Kodex suchen würde.«

»Du glaubst also nicht, dass er zerstört wurde?«

Über diese Frage hatte ich mir schon Gedanken gemacht und so sagte ich: »Natürlich nicht. Er war nicht dort. Wenn er im Feuer gewesen wäre, hätten wir noch irgendwelche Reste gefunden. Zumindest vom Einband wäre etwas übrig geblieben. Hast du eine Vorstellung davon, wie schwierig es ist, ein ganzes Buch zu verbrennen? Es komplett zu vernichten, meine ich? Das habe ich vor ein paar Jahren selbst mal versucht, mit einigen alten, kaputten Gebetsbüchern. Sie verkohlten etwas an den Rändern und stanken bestialisch, aber sie wollten einfach nicht richtig brennen.«

»Und du bist dir sicher, dass es nicht noch immer im Zimmer ist?«

Ich dachte darüber nach. »Inspektor Lyon hat gesagt, dass sie das Zimmer von ihren Leuten aufs Genaueste durchsuchen lassen wollte. Wenn irgendetwas dort gewesen sein sollte, dann hat sie es inzwischen gefunden.«

Ich wartete gar nicht erst Barnabas' Vorschlag ab, sondern fuhr an den Bordstein, wo ich im Parkverbot stehen blieb und mein Handy hervorzog. Die besagte Dame war in ihrem Büro. Die Durchsuchung war abgeschlossen und sie hatte den Bericht der Spurensuche bereits vorliegen. Man hatte Bücher gefunden. Ich hatte sie schon selbst gesehen. Sie waren von den Flammen verschont geblieben, aber durch die Chemikalien und den Rauch beschädigt worden. Alles, was sich im Zimmer befunden hatte, ausgenommen die Möbel, war in Säcke verpackt worden und lag jetzt im Ermittlungsraum. Ich dürfe gerne vorbeikommen und einen Blick drauf werfen.

»Ich werde hingehen«, sagte Barnabas. »Lass mich mal raus, diese Tür ist abgeschlossen.«

Ich löste die Zentralverriegelung. »Geht es dir auch gut? Bist du nicht zu müde? Hast du dein Aspirin genommen?« Barnabas nahm seit seinem Herzinfarkt vor knapp zwei Jahren auf ärztliche Anordnung hin ein halbes Aspirin pro Tag. Das, oder vielleicht einfach nur seine Sturheit, schien ihn bei hervorragender Gesundheit zu halten.

Er sah vom Bürgersteig aus auf mich hinunter. »Ich bin selbstverständlich nicht zu müde dazu. Sag der Frau, dass ich schon unterwegs bin. Ich habe mein Aspirin genommen. Und jetzt verschwinde hier, um Himmels willen, bevor ich dir den Hintern versohle. Und bevor die Politesse kommt und dir einen Strafzettel schreibt.«

Ich fuhr los und ließ Bordstein und Strafzettel hinter mir, um mich in den Verkehrsstrom Richtung Osten einzuordnen, als mir die zweite Sache einfiel, die ich ihm hatte sagen wollen, die Sache, auf die die Ägypter hinzuweisen ich nicht für nötig befunden hatte.

Laut Mrs Ashe war Tom nicht allein gewesen. Die drei Musketiere waren zusammen in Kairo gewesen: Tom und Sammy Butler und Peter Mellor. Die anderen beiden waren mit keiner Silbe erwähnt worden; vermutlich hatten die ägyptischen Behörden nichts von ihnen gewusst. Aber ich konnte mir nicht vorstellen, dass Butler und Mellor nichts davon gewusst hatten, was Tom gekauft hatte, und ihm nicht dabei geholfen hatten, es außer Landes zu bringen. Die Geschichte mit dem Silber fiel mir wieder ein. Diese jungen Männer hatten einer wie der andere nicht nur für ihr Land, sondern auch in ihre eigenen Taschen gearbeitet. Die Ägypter hatten Ashe abgefangen und sein Gepäck durchsucht, aber was war mit den anderen? Und Sammy Butlers Sohn wusste offenbar von dem Kodex. Er musste etwas davon wissen. Anders war sein Verhalten nicht zu erklären.

Und ich hatte niemanden nach seinem Wert gefragt, aber das brauchte ich auch nicht. Ich handelte selbst mit Antiquitäten. Ein Stück von solchem Alter und solcher Herkunft war in der Tat äußerst wertvoll, und sollte sein Inhalt wirklich von solch historischem und theologischem Interesse sein, wie die Ägypter andeuteten, dann war sein Wert ohne jede Übertreibung unermesslich.

Dennis Butler war also auf der Suche nach dem Kodex

und ich schätzte, dass er Tom bedroht hatte; und daraufhin hatte Ashe das Ding versteckt und sein Testament und den Brief an mich geschrieben. Er hatte mir den mesopotamischen Perlenschmuck gegeben, auch ein Teil der Beute, die er nach England geschmuggelt hatte. Vielleicht waren die Perlen und das bescheidene Vermögen auf seinem Konto das Einzige, was davon übrig geblieben war – abgesehen von dem Kodex, dem wertvollsten und gefährlichsten Stück von allem? In mir verstärkte sich der Verdacht, dass Sammy Butler seinem Sohn von dem Kodex erzählt hatte, woraufhin Dennis auf der Beerdigung seines Vaters Ashe darauf angesprochen hatte, was wiederum Ashe dazu veranlasst hatte, Brighton zu verlassen. Dennis hatte Tom schließlich wieder ausfindig machen können, vermutlich im letzten Frühling, und den Anteil seines Vaters von ihm verlangt. Sein Erbe. Ich ging davon aus, dass Tom sich nicht besonders kooperativ gezeigt hatte und die Situation außer Kontrolle geraten war, da es mit Sicherheit nicht in Butlers Interesse gewesen sein konnte, ihn umzubringen.

In der George Street angekommen, fuhr ich erst eine Runde um den Block und ließ mir zwei freie Parkplätze entgehen, bevor ich schließlich anhielt. Wäre der Vauxhall in Sicht gewesen, hätte ich Hilfe geholt, aber von ihm war weit und breit nichts zu sehen, und ein Streifenwagen fuhr gemächlich an mir vorbei, als ich gerade den Kindersitz aus dem Auto bugsierte. Die Inspektorin hatte ihr Wort gehalten.

Das Lämpchen an meinem Anrufbeantworter blinkte. Ein Kollege wollte wissen, ob ich Interesse daran hätte, mir einen Pepys anzusehen, wenn ich aus dem Urlaub zurück sei; eine inzwischen veraltete Nachricht von Barnabas informierte mich, dass er zum Britischen Museum gehe und mich später im Laufe des Vormittags noch einmal anrufen werde; und Pat schlug vor, dass wir alle drei sie doch heute in St. Albans besuchen könnten. Der vierte Anruf wurde von einer sanften Stimme gesprochen, die ich nicht sofort erkannte.

»Hallo, ist da Dido Hoare?« Stille. Ich hörte die Unsicherheit heraus. »Hier ist Emma Ashe. Herrje, ich mag diese Maschinen einfach nicht. Ich wollte nur sagen, ich hoffe, keinen Fehler gemacht zu haben. Peter Mellor hat mich heute Morgen besucht. Toms Freund. Erinnern Sie sich? Ich habe Ihnen von ihm erzählt. Er ist auf einen kurzen Besuch hier in England. Es war so schön, ihn nach all den Jahren wiederzusehen. Es hat ihn sehr getroffen, von Toms Tod zu erfahren.« Ich wartete eine lange Pause ab und dachte schon, sie hätte aufgelegt. Als sie wieder zum Reden anhob, klang ihre Stimme angespannt. »Und ich möchte Sie wirklich nicht beunruhigen, wissen Sie, aber Sie sollten wissen … Peter war zutiefst bestürzt, als ich ihm von Ihrem Besucher erzählt habe. Wissen Sie … er sagte, das könne nur Dennis Butler sein, Sammys Sohn. Er sagte, er sei ein gefährlicher und gemeiner Mensch. Er würde Sie gerne aufsuchen, um Sie vor ihm zu warnen. Ich habe ihm Ihre Adresse gegeben. Ich hoffe, Sie haben nichts dagegen.«

Dagegen? Ich brach in helle Begeisterung aus, da sie soeben mein Problem gelöst hatte. Wenn Peter Mellor, der einzige noch Lebende der drei Kameraden, vorbeikam, dann konnte er mir ein paar Antworten geben an Stelle meiner Vermutungen. Ich schenkte mir ein Glas Chardonnay aus der Flasche im Kühlschrank ein. Ich hätte auch eine Flasche Champagner aufgemacht, wenn ich eine dagehabt hätte, denn es schien, als sei nun ein Ende dieser ganzen hässlichen Geschichte absehbar.

XIII Das fehlende Stück

1

Aufwachen … Herzrasen, alle Muskeln angespannt, der Körper in Starthaltung …

Das Schlafzimmer war dunkel. Irgendetwas musste ich gerade gehört haben. Jetzt war es wieder still.

Atme ruhig durch. Bleib still liegen. Spitz die Ohren. Vielleicht war es nur Teil eines Traums gewesen, den ich schon wieder vergessen hatte.

Dann saß ich kerzengerade im Bett, aufgeschreckt von einer schrillen Stimme, die die Tonleiter rauf und runter kreischte. Die Leuchtziffern auf dem Wecker neben meinem Bett sagten mir, dass es kurz nach drei war. Ich schwang mich aus dem Bett, nahm Ben ohne zu überlegen aus seinem Kinderbett, wickelte ihn in seine Decke und trug das schreiende Kind auf den Flur hinaus.

Die Dunkelheit hinter der Wohnzimmertür wurde von leuchtenden roten Lichtblitzen zerschnitten. Das riss mich endgültig aus meiner Benommenheit. Das Licht, genauso wie das Kreischen der Alarmanlage, kam von der Vorderseite des Gebäudes. Ich hielt Ben mit einem Arm und lehnte mich aus dem Fenster, um die Vorderseite des Gebäudes in Augenschein zu nehmen. Bis auf meine Alarmanlage war alles dunkel und still. Ich griff nach dem Telefon.

Aber da hörte ich schon eine Polizeisirene. Im Fenster gegenüber ging Licht an und irgendjemand brüllte.

Vorsichtig lehnte ich mich wieder aus dem Fenster. Natürlich war es möglich, dass die Alarmanlage grundlos losgegangen war und ich die nächsten vierundzwanzig Stunden damit zubringen würde, mich bei meinen Nachbarn zu entschuldigen, aber das hielt ich für sehr unwahrscheinlich. Ich drückte Ben eine Rassel in die Hand, damit er aufhörte zu brüllen, und trug ihn ins Schlafzimmer zurück.

Es war wohl besser, sich ein paar Klamotten überzuziehen, bevor die Polizei eintraf. Ich legte das Baby mitten aufs Bett, während ich nach einem T-Shirt und einer Jeans wühlte, und als ich wieder zu ihm hinübersah, war er mit der Faust im Mund schon wieder eingeschlafen. Ich legte ihn in seine Babytragetasche und tastete unter dem Rand des Bettes nach meinen Sandalen.

Der Hintereingang! Es war, als würde mein Hirn erst wieder funktionieren, nachdem ich meinen panischen Körper wieder unter Kontrolle hatte. Ich verfluchte meine Dummheit und tappte zu dem offenen Fenster hinüber. Die Schutzgitter hinderten mich daran, mich hinauszulehnen; aber ich drückte mein Gesicht gegen sie und sog die Luft ein. In letzter Zeit hatte es in meinem Leben viel Feuer gegeben und jetzt hätte mich Rauch nicht überrascht. Nichts. Das Licht von einem der oberen Fenster des Pubs an der Hauptstraße fiel friedlich in meinen Hinterhof, in dem sich nichts rührte.

Das Sirenengeheul war jetzt vor meiner Haustür angelangt. Ich schnappte mir meine Schlüssel und stürzte die Treppen hinunter nach draußen, wo ein Streifenwagen mit Blaulicht die Straße versperrte und zwei Beamte in Uniform durch die Ladentür hindurchspähten. Einer von ihnen drehte sich um.

»Constable Harris. Haben Sie die Schlüssel zu dem Laden, Madam? Wenn Sie uns aufschließen, können wir uns mal umschauen.«

»Gibt es noch einen Hinterausgang?«, fragte der andere.

Ich erzählte ihnen von dem mit Mauern umgebenen Hof, während ich ihnen den Laden aufschloss und zur Seite trat. Vorsichtig lugte ich zwischen den beiden kräftigen Männern hindurch in den Laden, konnte aber weit und breit nichts entdecken, was auf einen Einbrecher hinwies. Ich folgte ihnen in bescheidenem Abstand und schob mich an der Wand an der Seite entlang, um den Alarm auszustellen: Es war nicht nötig, auch noch den letzten Schläfer in der Nachbarschaft aus seinen Träumen zu reißen, falls es so jemanden überhaupt gab.

»Madam, können Sie kurz mal herkommen?«, rief einer von ihnen in die plötzliche Stille hinein.

Er war im Hinterzimmer. Einer bösen Vorahnung folgend, sagte ich zu mir, *so ein Scheißdreck,* dachte schnell noch daran, das Licht anzumachen, und ging blinzelnd zu ihnen. Ich hatte mich auf eine Katastrophe eingestellt und war etwas verwirrt, als ich sie nicht sofort entdecken konnte.

Sie standen am Hintereingang. Ich starrte an ihnen vorbei auf die verbogenen Metallriegel. Die Schrauben waren in einem gewaltigen Kraftakt verbogen und herausgerissen worden und die Vorderkante der Tür war zersplittert. Ich erschauerte.

»Da war jemand mit einem Stemmeisen am Werk«, sagte einer der Beamten. »Das sollten wir uns mal näher angucken.« Und ich erinnerte mich wieder an den Moment, als ich aufwachte. Das Geräusch von zersplitterndem Holz war im Schlaf zu mir gedrungen.

Sie brauchten eine Weile, um die verbogenen Metallriegel aufzubrechen, und als diese schließlich unter einem Schauer aus Holzsplittern nachgegeben hatten, war der Hof wie erwartet leer. Und das nicht erst seit kurzem.

Der gepflasterte Hof hinter meinem Laden ist so breit

wie das Grundstück und erstreckt sich von der Außenwand des Büros fünf Meter nach hinten hinaus. Er ist von allen drei Seiten von seiner ursprünglichen, drei Meter hohen Backsteinmauer umgeben. Abgesehen von der Mülltonne war der Hof leer.

»Wie zum Teufel ist er nur hier auf den Hof gekommen?«, brummte der eine von meiner Rettungsmannschaft.

»Er muss von der nächsten Straße aus oben auf der Mauer entlanggelaufen sein«, spekulierte der andere. »So weit ist das nicht.«

»Und dann ist er mit Hilfe der Mülltonne auf die Mauer gesprungen, als der Alarm losging. Zu dumm, dass sie hier stand, sonst hätten wir ihn vielleicht erwischt.«

An diesem Punkt fing ich an, mir Gedanken darüber zu machen, dass sie ihn *nicht* erwischt hatten. Was bedeutete, dass ein potentieller Einbrecher, oder Schlimmeres, auf freiem Fuß war. Es konnte Zufall sein, dass irgendjemand ausgerechnet jetzt auf die Idee gekommen war, in meinen Laden einzubrechen, aber das glaubte ich nicht.

»Was ist das?«, fragte jetzt einer der Männer und tauchte in den Schatten bei der Mülltonne ein. »Gehört das Ihnen?« Der Schein seiner Taschenlampe fiel auf einen von diesen roten Behältern, die man als Reservekanister im Auto hat.

Nein, der gehörte mir nicht. Ich hörte mich sagen: »Ich glaube, Sie sollten besser die Wache informieren und ihnen den Vorfall melden. Es ist gut möglich, dass sie Scotland Yard einschalten möchten.« Ich klang äußerst gefasst.

Constable Harris nickte mir wissend zu, während er bereits sein Funkgerät aus der Brusttasche zog. »Wir haben unsere Anweisungen, Miss Hoare. Mein Kollege wird versuchen, die Tür wieder zu verschließen, während ich auf der Wache vorbeischaue. Sie sollten über dem Türrahmen besser eine Sperrholzplatte anschrauben lassen, sobald wir hier fertig sind. Wir können Ihnen die Nummer von einem Notreparaturdienst geben. Vielleicht möchten Sie auch lieber eine Stahltür einbauen lassen – sie machen alles bis auf hydraulische Wagenheber.«

Aber einen Molotow-Cocktail, der durch das Fenster geflogen kommt, können sie auch nicht verhindern. Dieser Gedanke verließ mich auch während des emsigen Kommens und Gehens nicht, das nun eingesetzt hatte und seinen Höhepunkt mit der Ankunft von Sergeant Pickles erreichte, der mit dem Streifenwagen eintraf. Und mit schlechter Laune.

Seine Schuld, wenn er die Anweisung erteilte, ihn zu benachrichtigen, falls in der George Street Probleme auftauchen sollten – nicht meine.

Eine Stunde später saßen wir an meinem Küchentisch und sahen uns über Mr Spocks Kopf hinweg an. Den roten Kanister hatten sie zur Untersuchung mitgenommen und auch das Stemmeisen, das sie auf einer Straße weiter nördlich im Rinnstein gefunden hatten. Wer auch immer mir diesen Besuch abgestattet haben mochte, er war längst über alle Berge, als der Streifenwagen eintraf.

»Warum hier?«, fragte Pickles. »Warum Sie?«

»Das ist einfach verückt. Dafür gibt es keinen Grund.« Ich gähnte. So viel zum Thema Spannung. Ich spürte, wie mir die Augenlider zufielen, und goss uns noch zwei weitere Tassen von dem Tee ein, der etwas zu lange gezogen hatte. Ich hatte das Gefühl, als seien meine Augen ziemlich gerötet; seine waren es jedenfalls.

»Es sei denn, irgendjemand ist der Meinung, dass Ashe etwas in Ihrem Laden versteckt hat.«

»Dennis Butler?«

»Ja, es ist genauso wie in der Horsell Road, jedenfalls wäre es so gewesen, wenn die Alarmanlage nicht losgegangen wäre. Offensichtlich wollte er nach etwas suchen und hatte vor, den Laden anzuzünden, um seine Spuren zu verwischen.«

Ich ließ meinen Becher etwas heftiger auf den Tisch knallen, als ich beabsichtigt hatte, woraufhin Mr Spock die Flucht ergriff. »Warum sollte er ihn anzünden? Wenn *ich* irgendwo einbrechen würde, dann würde ich versuchen, meine Beute so schnell wie möglich in Sicherheit zu bringen, und nicht meine Zeit damit vertrödeln, Streichhölzer anzuzünden.«

Pickles sah mich mit der angestrengten Aufmerksamkeit eines Menschen an, der gerade gegen sein Verlangen zu gähnen ankämpft, aber alles, was er auf meine selbstsichere Äußerung hin erwiderte, war: »Es ist ein Fehler, anzunehmen, man könnte einen Verbrecher durchschauen. Mit anderen Worten: Dennis Butler ist kein erfahrener Einbrecher.« Er zögerte und ich hatte den Eindruck, als habe er gerade den Beschluss gefasst, dem nichts mehr hinzuzufügen. »Gegen ihn liegt bis auf eine Anzeige wegen zu schnellen Fahrens und ein paar Strafzetteln wegen Falschparkens nichts vor.«

»Aber er hat jemanden ermordet. Das wissen wir.«

Er winkte ungeduldig ab. »Das vermuten wir. Und selbst wenn es stimmt, ist es immer noch möglich, dass seine Aktion von heute Nacht lediglich eine Konsequenz dessen ist, was ihn zu dem Mord veranlasst hat … Drücke ich mich einigermaßen klar aus?«

Ich war viel zu müde, um mir da ganz sicher zu sein, aber ich glaubte, eher nicht. Um ihn zu bestärken, sagte ich ihm jedoch, ja, das habe er: Er war um einiges entgegenkommender als seine Chefin.

»Dieser Einbruch hier passt nicht zu ihm. Und ich mache mir erst gar nicht die Mühe, mich zu fragen, was in seinem Kopf vorging, als er den Benzinkanister mitnahm.«

Ich schlug einen anderen Kurs ein. »Aber wie kommt er auf die Idee, ich hätte irgendetwas in meinem Laden, das für ihn von Interesse ist? Er war vorher schon ein paar Mal während der Öffnungszeiten hier, einmal, als ich außer Haus war, und da hatte er ganz offensichtlich nichts finden können.«

Er wollte wissen, wann das gewesen sei, und ich rechnete mit Hilfe meiner Finger nach, dann tippte ich aufs Geratewohl.

»Und ist er seitdem noch einmal hier gewesen?«

»Bei seinem ersten Besuch wollte er mich davon überzeugen, dass er der Sohn von Tom Ashe sei. Vielleicht dachte er, dass ich nicht herausfinden würde, dass er lügt. Ich vermute, dass er mir das Märchen von Mrs Ashes Tod erzählt hat, um mich so lange wie möglich von ihr fern zu halten. Aber er kann doch nicht ernsthaft geglaubt haben, ich würde ihm einfach so Tom Ashes Nachlass aushändigen? Und in meinem Laden gibt es *nichts* zu finden.« Es konnte ihm doch wohl nicht nur um die alten Perlen gehen? Nichts hatte darauf hingewiesen, dass sie so unglaublich wertvoll wären, und noch weniger darauf, dass Dennis Butler etwas von ihnen wusste. Ich hatte sie mit Sicherheit mit keinem Sterbenswörtchen erwähnt. Aber es wäre vielleicht am besten, sie woanders zu deponieren.

»Ich möchte Sie bitten, heute im Laufe des Tages jemanden von uns hereinzulassen, damit er sich im Laden umsieht«, sagte der Sergeant jetzt unvermittelt. »Ich habe das Schild an Ihrer Tür gesehen – zumindest stören wir so keine Kunden.«

»Aber mich würde es stören«, entgegnete ich, »wenn mein wertvoller Warenbestand beschädigt würde.«

»Das wird nicht passieren.« Er sah mich an. »Es ist nur ein Mann. Sergeant Hewlett. Er arbeitet für die Kunst- und

Antiquitätenabteilung und er hat Erfahrung im Umgang mit wertvollen Gegenständen. Er weiß, was ein Kodex ist.«

Ich starrte ihn an. »Sie wissen davon?«

»Von Tom Ashes Nag-Hammadi-Kodex? Ashes Abteilung weiß schon seit Jahren davon. Wir nehmen an, dass sie deshalb vor einiger Zeit ziemlichen Ärger gemacht haben, aber dann haben sie die Sache fallen lassen. Uns haben sie nie etwas davon erzählt – vermutlich dachten sie, dass es nach so langer Zeit nicht mehr von Bedeutung sei –, aber Kairo hat sich vor kurzem mit uns in Verbindung gesetzt und Scotland Yard hat sich bereit erklärt, ihnen, soweit es in ihrer Macht steht, zu helfen. Inspektor Lyon sprach mit Dr. Samie und riet ihm, mit Ihnen und Ihrem Vater über das Britische Museum ein Treffen zu arrangieren, um Ihnen die Situation zu erklären.«

Ich dachte darüber nach. »Inspektor Lyon hat mir gegenüber nichts davon erwähnt. Vertritt ...«, fragte ich jetzt vorsichtig, »Scotland Yard die Ansicht, dass der Kodex Eigentum der ägyptischen Regierung ist?«

Jetzt musste er erst einmal überlegen. »Miss Hoare, das wissen wir nicht. Ich denke, wir sollten davon ausgehen, dass so etwas am besten vor einem Gericht entschieden werden sollte. Sollte eine ausländische Regierung Anspruch darauf erheben, dann begeben wir uns auf ein rechtliches Minenfeld.«

»Wenn Tom Ashe ihn aber in gutem Glauben gekauft hat ...«

»... dann stellt sich die Frage, ob er ihn von jemandem mit legalem Besitzrecht gekauft hat, und in meinen Ohren hört sich das nicht so an, als habe er das geglaubt.« Er sah weg. »Wissen Sie, wo der Kodex ist?«

»Nein. Ganz ehrlich.«

»Nun, in der Horsell Road kann er nicht mehr gewesen

sein, als Sie und die Inspektorin da waren. Sie hat unmittelbar darauf Leute zur Durchsuchung hingeschickt und die sind sich zu neunundneunzig Prozent sicher, dass er dort unten nicht gewesen ist. Vermutlich sind Sie bereits selbst darauf gekommen, dass er eine Zeit lang in seinem Schließfach gelegen haben muss, aber es gibt keinen Grund zu der Annahme, dass Ashe ihn jemals mit zu sich in seine Behausung genommen hat. Ich habe mich auch gefragt, ob der Einbrecher ihn weggenommen hat, bevor er Feuer legte, aber der Vorfall heute Nacht weist eindeutig darauf hin, dass dem nicht so war, anderenfalls würde der Mann sich nicht länger hier herumtreiben.«

»Demnach hat Dennis Butler den Kodex ebenfalls nicht.«

»Der Alte muss ein anderes Versteck dafür gefunden haben. Es wäre auch zu Ihrem Vorteil, wenn wir ihn finden könnten.«

Das leuchtete mir ein. »Ich kann Ihnen jedenfalls versichern, dass Ashe ihn weder bei Wisby Finch noch bei seiner Bank hinterlassen hat.«

Er lächelte schwach. »Stimmt.«

»Und Sie glauben auch nicht, dass Mrs Ashe ihn haben könnte?«

Er schüttelte den Kopf. »An ihrem Wohnort deutet jedenfalls nichts darauf hin.«

Ich sah ihn überrascht an.

»Wir hatten einen Durchsuchungsbefehl. Und natürlich haben wir das vorher mit dem Pflegeheim geklärt, aber es ist mir tatsächlich gelungen, ihre Sachen durchzusehen, ohne dass sie überhaupt merkte, dass ich da gewesen war. In Anbetracht ihres Alters und ihrer gesundheitlichen Verfassung schien es das Beste zu sein.«

»Mir scheint das eher unmoralisch zu sein«, sagte ich in besserwisserischem Tonfall.

»Wir haben nur in ihrem Interesse gehandelt. Tut mir Leid, aber ihr Arzt meinte, es sei besser, ihr die Aufregung zu ersparen.«

Wir tauschten einen langen Blick aus und kamen wohl beide zu dem Schluss, dass wir in dieser Angelegenheit zu keiner Einigung gelangen würden. Ich fragte mich, ob ich gerade anfing, ihn zu mögen, aber gleichzeitig fragte ich mich auch, warum so viele Beamte von sich denken, sie wüssten besonders gut, was für andere das Beste sei. »Wenn Ihr vorsichtiger Durchsuchungsbeamte dann vielleicht am späten Vormittag kommen könnte«, sagte ich, »damit ich Gelegenheit habe, etwas Schlaf nachzuholen, lasse ich Sie auch ohne Durchsuchungsbefehl in den Laden. Aber ich werde mich wie eine Klette an ihn hängen.« Und aus einem Impuls heraus fügte ich hinzu: »Im Interesse von Tom Ashe. Besser gesagt, im Interesse seiner Erben.«

»Das ist Ihr gutes Recht«, erwiderte er mit scharfer Stimme. »Sie sind unten wahrscheinlich inzwischen fertig. Ich glaube, ich habe den Lieferwagen wegfahren hören, Ihre Hintertür ist damit also wieder sicher. Sie sollten besser die Alarmanlage einschalten, obwohl ich mir nicht vorstellen kann, dass Sie ein zweites Mal Besuch erhalten werden. Er muss einen ziemlichen Schrecken bekommen haben, als das Ding losging!«

Mir war inzwischen alles egal, aber dennoch raffte ich mich noch dazu auf, hinunterzugehen, um nach der verbarrikadierten Hintertür zu sehen und die Alarmanlage einzustellen. Als ich die Tür hinter mir zuschloss, sank die Müdigkeit wie eine Wolke auf mich herab. Ich weiß nicht mehr, wie ich es schaffte, die Treppen wieder hinaufzukommen. Aber ich weiß mit Sicherheit, dass ich mir nicht mehr die Mühe machte, mich auszuziehen.

2

Es war einer von Phyllis' Tagen. Als ich das Geräusch ihres Schlüssels im Schloss hörte, wurde ich wach und schaffte es mit Mühe und Not, meinen zerzausten Haarschopf vom Kissen zu heben, als sie in der Schlafzimmertür auftauchte. Der Anblick meines Gesichts schien sie nicht gerade zu beruhigen.

»Dido? Bist du krank? Es ist halb zehn.«

Ich ließ meine Augen wieder zufallen und stemmte mich auf den Ellenbogen im Bett auf. Nachdem das Schwindelgefühl verflogen war, blinzelte ich sie an.

»Irgendjemand hat versucht, hier einzubrechen. Mitten in der Nacht. Ist mit Ben alles in Ordnung?«

Sie stürzte auf das Kinderbett zu, aber da hörte ich bereits seine zufriedene Begrüßung, also ließ ich mich wieder auf die Kissen fallen. »Ich könnte noch ein Stündchen Schlaf gebrauchen.«

»Nun, warum nicht? Termine hast du heute keine?«

Doch. Da war ich mir sicher. *Verdammt!* »Die Polizei. Um zehn Uhr.«

»Wie wär's, wenn ich eine Kanne Tee koche?«, fragte Phyllis. »Was ist passiert: Ist viel gestohlen worden?«

»Nein«, antwortete ich und: »Ich erzähle dir alles, sobald ich wieder in der Lage bin zu reden«, dann steuerte ich Richtung Badezimmer, wo ich es schaffte, den Wasserhahn aufzudrehen. Ein Bad schien mir eine gute Idee zu sein – vorausgesetzt, ich brachte es fertig, nicht zu ertrinken.

Sergeant Hewlett verhalf mir zu ein paar kostbaren Extra-Minütchen, weil er aufgehalten wurde, aber nichtsdestotrotz stand er um zehn nach vor der Tür. Mit den vorsichtigen Bewegungen einer Invalidin stieg ich die Treppen hinunter, um einen ziemlich unscheinbaren Mann in mittlerem Alter mit lichtem Haar und einem rundlichen Gesicht zu begrüßen. Er hatte mehr Ähnlichkeit mit einem Metzger als mit einem Kunst- und Antiquitätenexperten.

Wie ich Sergeant Pickles bereits angedroht hatte, heftete ich mich an seine Fersen, während er sich im Laden zu schaffen machte, und beobachtete ihn argwöhnisch. Er war einer von der ruhigen Sorte. Wortlos guckte er auf und unter jedes Regal und in, unter und sogar hinter jede Schublade. Es schien zwecklos, ihn darauf hinzuweisen, dass Tom Ashe sich an den meisten dieser Stellen niemals hätte zu schaffen machen können, ohne dass es jemand bemerkt hätte. Er steckte seine Finger in den Abfluss meiner kleinen Spüle, schraubte den Siphon ab, inspizierte den Platz unter meinem Packtisch, durchwühlte den Karton mit den gepolsterten Umschlägen und untersuchte den Boden nach losen Dielenbrettern. Nach zwei Stunden, in denen er eine riesige Menge Staub gefunden hatte, bat er darum, mein Telefon benutzen zu dürfen, und ich hörte ihm zu, wie er jemandem einen negativen Bescheid gab. Dann kaufte er einen dreibändigen viktorianischen Roman eines unbekannten Verfassers, bei dem mir der unbestimmte Gedanke gekommen war, dass ich ihn etwas teurer machen sollte. Er merkte an, dass er zwei- bis vierbändige viktorianische Romane sammeln würde, und bat mich, ihm meinen Herbstkatalog zuzuschicken. Schließlich verschwand er wieder genauso leise, wie er gekommen war.

Phyllis machte mit Ben gerade ihren Morgenspaziergang und so gab es für mich keinen Grund, nach oben zu gehen. Die Luft im Laden war schwer von dem aufgewirbelten Staub. Mit der zugeschraubten Hintertür hatte ich keine Möglichkeit, etwas dagegen zu unternehmen. Am allerliebsten hätte ich mich einfach wieder ins Bett gelegt, aber bei dem Anblick des Stapels alter, halb geöffneter Post, zu dem sich inzwischen die Post von heute Morgen gesellte, meldete sich mein Gewissen. Bis hierhin hätte ich den Tag am liebsten aus dem Kalender gestrichen, aber ich sollte versuchen, zu retten, was noch zu retten war. Deswegen ließ ich den Anrufbeantworter rangehen, als das Telefon klingelte; aber von ihm ertönte Barnabas, der im Jammerton fragte: »Dido, wo steckst du denn? Du gehst nicht ans Handy. Bist du …« Ich musste sofort eingreifen.

»Ich bin hier.«

»Ah, endlich. Hast du etwa vergessen, dass du mich um halb eins zum Mittagessen abholen wolltest?«

Das hatte ich in der Tat. Ich erzählte ihm von dem versuchten Einbruch und meiner gestörten Nachtruhe, ergänzend von der Aufmerksamkeit, die Sergeant Hewlett mir hatte angedeihen lassen. In erbittertem Schweigen hörte Barnabas bis zum Ende zu.

»Ich war gerade dabei, die Post durchzugehen«, sagte ich abschließend, »aber das kann warten. Was hältst du von dem Garten-Restaurant in Highgate Woods?«

»Wenn du meinst, dass du den Laden alleine lassen kannst«, erwiderte Barnabas. Er klang verärgert. »Dem Himmel sei Dank, dass du im letzten Jahr die Alarmanlage hast installieren lassen …«

Ich pflichtete ihm gehorsam bei.

»Und es ist auch wirklich nichts in deinem Laden?«

»Natürlich nicht! Ich kann nur hoffen, dass Dennis Butler genug Verstand besitzt, zu begreifen, dass die Polizei mit Sicherheit inzwischen alles gefunden hätte, was überhaupt hier sein könnte. Barnabas, diese Perlen – ich habe sie nach oben gebracht …«

»Wir werden sie noch heute zu meiner Bank bringen, in einem Umschlag mit deinem Namen drauf. Aber für den Fall, dass er doch nicht so schlau ist, solltest du besser nicht zu Hause bleiben. Du bist angeblich im Urlaub, schon vergessen? Fahr endlich! Du willst wohl kaum mutterseelenallein darauf warten, dass er dir das Dach über dem Kopf anzündet. Wo ist Ben?«

Ich sagte ihm, dass er bis um fünf Uhr bei Phyllis sei.

»Dann komm jetzt am besten sofort her.«

Aber jetzt, wo er mein unbedachtes Angebot, von unseren ursprünglichen Plänen nicht abzuweichen, angenommen hatte, kamen mir Bedenken. Und was, wenn Butler *doch* irgendwo draußen auf der Straße auf der Lauer lag? Der grüne Vauxhall war heute noch nicht hier aufgetaucht, aber das hatte nicht viel zu sagen; und die Vorstellung, dass ein Molotow-Cocktail während meiner Abwesenheit durch die Ladenscheibe geflogen kam und mein Zuhause und meine Existenz zerstörte, schien mit einem Mal schrecklich realistisch zu sein. Sollte ich das Schaufenster vielleicht mit Brettern vernageln lassen? Nein – nicht, solange ich mein Geschäft aufrechterhalten wollte.

»Barnabas ...«

»Was ist denn jetzt schon wieder?«

»Ich werde etwas später kommen. Ich möchte den Laden nicht alleine lassen.«

»Ich komme rüber«, sagte er grimmig.

Aber das gefiel mir auch nicht. »Warte ... ich rufe erst Ernie an und frage ihn, ob er rüberkommen und hier bleiben kann, bis ich zurückkomme. Er kann auf alles ein Auge haben. Ich bin mir sicher, er hat nichts dagegen, er braucht das Geld, um die Studiengebühren zu bezahlen, die nächsten Monat fällig sind. Ich werde ihm sagen, dass ich ihm ein Taxi bezahle.«

Barnabas erklärte sich widerwillig damit einverstanden und ich suchte Ernies Nummer heraus und verhandelte mit seiner Mutter, der es anscheinend nur recht war, einen

Grund gefunden zu haben, ihn aus dem Bett und an die Arbeit zu kriegen. Aus dem Bett! Neidisch musste ich aufseufzen und wartete, bis das Dornröschen ans Telefon kam. Er freute sich so über die Aussicht, etwas zu tun zu haben, dass ich ihm übermütig vorschlug, er könne sogar in meinem Laden übernachten. Ernie hielt das für eine großartige Idee! Er hinterließ in mir eine so ungeheure Erleichterung, dass ich mich beinahe dafür schämte. Ich könnte mir bestimmt irgendwo eine Matratze ausborgen. Zum Teufel, wenn nötig, würde ich ihm ein antikes Himmelbett kaufen! Ich sagte ihm, er könne für mich als Nachtwächter und Bodyguard arbeiten, bis etwas Klarheit in die ganze Angelegenheit gekommen war; er antwortete, dass er das mit seiner Mutter regeln müsse. Ich fragte mich flüchtig, ob er seiner Mutter wohl erzählte, was für eine Arbeit ich ihm anbot, und ob es wahrscheinlich war, dass sie damit einverstanden wäre, und drückte die Daumen.

Beinahe fröhlich sortierte ich die Schecks aus und schrieb einen Einzahlungsbeleg, bezahlte zwei Rechnungen, indem ich bei meiner Bank anrief, beantwortete einen Brief und schob ein Buch samt Rechnung in einen gepolsterten Umschlag, um ihn bei der Post aufzugeben. Es dauerte nur zwanzig Minuten, bis die Ladenglocke läutete, und ich stürzte zur Tür, um Ernie hereinzulassen. Ich hatte meine Hand schon am Schloss, bevor ich durch die Glasscheibe hinaussah.

Ein Fremder stand dort draußen, ein dünner, alter Mann in einem altmodischen, sorgfältig gebügelten braunen Baumwollanzug: wettergegerbt, glatzköpfig, mit einer Hakennase und vorstehenden Wangenknochen. Dunkle, beinahe schwarze Augen starrten mich durch eine drahtgefasste Brille hindurch an. Langsam fing er an zu lächeln. Ich öffnete die Tür und wir betrachteten uns gegenseitig mit großem Interesse.

»Miss Dido Hoare? Mrs Ashe sagte, dass ich Sie hier vielleicht finden würde.«

»Mr Peter Mellor?«, sagte ich. »Bitte kommen Sie rein. Ich muss dringend mit Ihnen reden.«

3

Wir gaben uns die Hand – er sah gebrechlich aus, aber seine Haut war ganz rau von körperlicher Arbeit und in seinem Händedruck lag eine erstaunliche Kraft. Er lehnte mein Angebot, nach oben zu gehen, ab und er wollte auch keinen Kaffee; schließlich saßen wir uns an meinem Schreibtisch gegenüber und er sagte einfach nur: »Tom ist also tot. Emma berichtete mir, Sie würden sich der Sache annehmen. Das ist sehr freundlich von Ihnen.« Er hatte eine sanfte Stimme und sprach mit einem altmodischen Akzent. Irgendetwas an seiner knappen, förmlichen Ausdrucksweise erinnerte mich an die Radiosprecher im Krieg oder an die romantischen Helden in alten britischen Schwarzweißfilmen.

Ich erwiderte weitaus weniger elegant: »Sie hat mir erzählt, dass Sie sie besucht hätten, und ich habe gehofft, dass Sie bei mir vorbeischauen würden. Mir scheint, ich habe Ärger.« Er sah zu der verbarrikadierten Tür hinüber und so fügte ich hinzu: »Kennen Sie Sammy Butlers Sohn?«

Er richtete seine Augen wieder auf mich. »Dennis? O ja. Ich traf ihn letztes Jahr. Ich kam anlässlich der Beerdigung seines Vaters hierher, wissen Sie.«

»Ist das der Grund, weswegen Sie nach England zurückgekommen sind – die Beerdigung?«

»Ja, aber inzwischen glaube ich sogar, dass ich bleiben werde. Ja, ich kam für die Beerdigung. Vor Jahren standen wir uns einmal sehr nahe, aber ich hatte ihn aus den Augen verloren. Emma hat Ihnen die Geschichte sicherlich erzählt.«

Ich sagte, das habe sie – zumindest soweit sie sie kannte. »Da gibt es etwas, was sie nicht wusste«, sagte ich schnell, »zumindest nicht mit Sicherheit. Was ist damals in Ägypten passiert?«

Eine Falte tauchte plötzlich zwischen seinen Augenbrauen auf. »Sie meinen 1948? Ja, natürlich meinen Sie das. Miss Hoare, erlauben Sie mir eine Frage? Wie haben Sie Tom kennen gelernt? In welcher Beziehung standen Sie zu ihm?«

Diese einfache Frage ließ mich innehalten. Oberflächlich betrachtet war sie leicht zu beantworten. Ich erzählte ihm, wie Tom in meinen Laden kam und von Dido, der Königin bei Virgil, redete. Dann erzählte ich ihm von meinem Vater.

»Lieber Gott«, sagte er. Klang es bei ihm vielleicht mehr wie ein Gebet als bei anderen? »Barnabas Hoare ... ich habe ihn entfernt gekannt. Und er lebt noch?«

Ich bejahte diese Frage und Mellor lachte leise auf. »Die Sünden der Väter.« Selbst in diesem Moment klangen diese Worte irgendwie merkwürdig. »Nun. Tom schrieb also sein Testament und machte Sie zu seiner Testamentsvollstreckerin, und Sie vertreten jetzt seine Interessen. Lag Ihnen viel an ihm?«

Ich sah ihn hilflos an. »Nein, ich glaube nicht. Ich mochte ihn nicht besonders. Aber er war ein alter Mann und in Schwierigkeiten und ...«

Er musste über mich lachen, aber sagte nur: »Sie sind sein Schutzengel.«

»Das weiß ich nicht. Ich weiß nicht, wie ich es erklären soll, aber es schien, als bräuchte er etwas von mir. Mein Vater hält mich für verrückt. Und jetzt erst recht.«

Er sah mich an, verdutzt. Mir fiel auf, dass seine Augen so dunkel waren, dass es fast unmöglich war, die Pupille in der Iris auszumachen. Schließlich murmelte er: »Ich weiß durchaus, was Pflicht bedeutet, auch wenn es mir wahrscheinlich nicht zusteht, über Ihre Motive zu urteilen.«

»Dennis Butler hat Tom ermordet. Er suchte nach etwas, das Tom aus Ägypten mitgebracht hatte. Letzte Nacht war er hier, um danach zu suchen.« Ich zeigte auf die Tür. »Er hat versucht, einzubrechen. Er wollte mir das Dach über dem Kopf anstecken, genauso wie er das Zimmer, in dem Tom wohnte, angezündet hat. Um ehrlich zu sein, ich habe Angst. Ich habe mein Baby hier bei mir.«

Das schien ihn zu verwirren. »Ein Baby? Ich dachte … Sie nennen sich ›Miss Hoare‹.« Er zögerte wieder. »Ich weiß, ich bin sehr altmodisch.«

Ich rief mir ins Gedächtnis, dass dieser alte Mann ungefähr dreißig Jahre lang als Mönch gelebt hatte, und gab ihm eine doppeldeutige Antwort. »Bens Vater starb, bevor er geboren wurde. Ben ist erst sechs Monate alt und er ist einer der Gründe, warum ich das so nicht weiterlaufen lassen kann. Ich will ihn keiner Gefahr aussetzen. Special Branch sucht inzwischen nach Dennis Butler, aber die Adresse, die er mir angab, existiert nicht. Wissen Sie, wo er wohnt?«

»Nein«, kam die Antwort augenblicklich aus ihm herausgeschossen und er schlug sich auf sein knochiges Knie, als habe ihn diese Frage verärgert. »Ich wünschte, ich wüsste es. Auch wenn er der Sohn eines alten Kameraden ist, so ist er nichtsdestotrotz ein Gierhals. Gefährlich. Ich fürchte, Sie haben guten Grund, Angst vor ihm zu haben.«

Wir starrten uns gegenseitig an. Die Augen hinter den Brillengläsern funkelten mich wütend an.

»Wissen Sie etwas über das Zeug, nach dem er sucht?«

»Gewiss. Sie meinen den Kodex, *Das geheime Petrusevangelium.*« Er spuckte die Worte regelrecht aus.

»Ja … waren Sie in Kairo, als Tom Ashe ihn gekauft hat?«

»Er kaufte ihn der Witwe eines Händlers für ein paar Pfund ab«, flüsterte Mellor. »Sie verstehen, Kairo wurde bombardiert, sie wollte zu ihrer Familie aufs Land. Tom hat ihn für ein Butterbrot bekommen.«

Ich fragte mich, was er noch über diese Geschichte wusste. »Ich habe gehört, dass die Behörden versuchten, ihn ihm wieder abzunehmen.«

»Gewiss. Aber sehen Sie, sie wussten nichts von Sammy. Tom gab den Kodex Sammy, damit er ihn nach Zypern schmuggelte. Als sie sich in Limassol trafen, hat Sammy ihn ihm wie geplant übergeben; aber er stellte Tom die Bedingung, dass er angesichts des Risikos, das er auf sich genommen hatte, die Hälfte eines etwaigen Verkaufserlöses bekam. Ich schätze, dass er eine sehr vage Antwort erhielt. Oder dass Tom die Vereinbarung nicht eingehalten hat.«

»Und Sie waren nicht darin verwickelt?«

»Nein, die beiden kannten meine Einstellung nur zu gut. Sie reisten nach Zypern, ohne mir Bescheid zu sagen. Als ich dort ankam, befanden sie sich längst wieder auf dem Kontinent.«

»Das verstehe ich nicht.«

»Das verstehen Sie nicht?« Seine Stimme nahm einen schroffen Tonfall an. »Bei diesem Dokument handelt es sich um schlimmste Ketzerei. Verstehen Sie, was das bedeutet? Tom und Sammy wussten beide, dass mich dieses Ding mit Abscheu erfüllte.«

Ich glaubte zu verstehen. »Sie sind der Meinung, es ist schädlich?«

»Ich *weiß* es!« Seine Stimme nahm einen so hitzigen Tonfall an, dass mir auf einen Schlag klar wurde, dass er bei dem Schmuggel unmöglich mitgemacht haben konnte, wie profitabel er auch immer gewesen sein mochte. Die tiefe Überzeugung seines Glaubens stand ihm ins Gesicht geschrieben.

»Und Dennis?« Aber ich kannte die Antwort bereits.

»Dennis wuchs in dem Glauben auf, dass Tom Ashe seinen Vater betrogen hatte und dass ihm rechtmäßig sein Anteil an einer immensen Summe Geldes zustand. Man konnte es für sehr viel Geld verkaufen, wissen Sie: für so viel, dass es die Vorstellungskraft eines einfachen Menschen wie mich übersteigt. Begreifen Sie denn nicht, wie schädlich dieses Ding ist? Oder sind Sie eine moderne, junge Dame, die nicht an die Existenz des Bösen glaubt? Es hat alles zerstört. Tom und Sammy blieben weiterhin Freunde, aber sie konnten einander nie wieder so vertrauen wie früher. Und in Dennis wuchs nach dem Tod seines Vaters die Überzeugung, dass dieses Ding sein rechtliches Erbe sei. Ich sage Ihnen, es ist zerstörerisch. Ich fürchte, er würde alles tun, um es zu bekommen.«

Inklusive Mord: Das alles klang keinen Deut besser, als ich es mir vorgestellt hatte. »Er beobachtet den Laden«, jammerte ich. »Er fährt einen alten grünen Vauxhall – ich habe ihn draußen vor der Tür stehen sehen.«

»Ein grüner Vauxhall? Hier draußen? Dann *sind* Sie in Gefahr. Bitte, Sie dürfen ihm nicht über den Weg trauen. Und die Polizei …?«

»Sie suchen nach ihm.«

Er erhob sich. »Ich bete für Ihre Sicherheit.«

Mir fiel ein, dass ich ihm noch viele andere Fragen, die mir wichtig schienen, stellen wollte, aber momentan gingen mir zu viele Sorgen im Kopf herum, als dass ich mich an sie erinnert hätte. Ich versuchte, ihn noch ein bisschen aufzuhalten, indem ich ihn fragte: »Sie sind Mönch?

Mrs Ashe erzählte mir, Sie hätten lange Zeit in einem Kloster in der Normandie gelebt.«

Ich hatte den Eindruck, dass ihn diese Frage überraschte. »Ich bin nur Postulant. Ich war lange Zeit Lehrer an einer Jungenschule und jetzt helfe ich im Garten aus. Für mehr wurde ich nicht berufen, aber ich diene dem Herrn, so gut ich kann.«

Ich folgte ihm durch den Laden nach vorne.

»Werde ich Sie wiedersehen?«

»Ich wohne zurzeit in einer kirchlichen Unterkunft. Ja, ich komme wieder, wenn Sie möchten, aber was Sie mir erzählt haben, hat mich sehr aufgewühlt. Ich hatte gedacht … Ich muss jetzt gehen, ich muss beten und nachdenken.«

Er war an der Tür angekommen. In dem Moment traf Ernie ein. Mellor und Ernie starrten einander an, dann schob sich der alte Mann schnell an ihm vorbei und war verschwunden.

Ernie wirkte ziemlich beeindruckt.

»Da bist du ja«, sagte ich. »Sehr schön. Ich mache mich dann gleich auf den Weg, weil Barnabas …«

»Wer war dieser Typ?«, unterbrach er mich.

Ich lachte. »Ein alter Freund von Tom Ashe.«

Ernie tat so, als wische er sich den Schweiß von der Stirn. »Wow, der sieht aus wie der Tod in den Terry-Pratchett-Büchern.«

»Kann schon sein«, entgegnete ich. »Auf mich wirkt er eher, als hätte ihn der Himmel geschickt. Ich habe so eine Ahnung, dass wir mit seiner Hilfe Ashes Mörder finden könnten. Hör mal, Ernie, Barnabas wartet auf mich. Kannst du hier bleiben, bis ich zurückkomme? Und falls der Mann in dem grünen Vauxhall hier auftauchen sollte, dann lass ihn auf gar keinen Fall rein! Ich habe eine Telefonnummer unter das Telefon geklemmt. Wenn du sie wählst, meldet sich ein gewisser Sergeant Pickles. Special Branch will ihn festnehmen, deswegen werden sie sofort jemanden vorbeischicken, wenn du sie anrufst. Ernie, er ist der Mörder: Sei vorsichtig.«

Ernie grinste – ein klein wenig zu selbstsicher, dachte ich bei mir. »Kein Problem. Damit komme ich schon klar. Verlass dich ganz auf mich.«

4

Das Mittagessen war okay. Wir aßen draußen an einem Tisch unter einem Sonnenschirm, im Schatten einer Hecke, umgeben von Müttern und Kindern aus dem Norden Londons. Und ich erzählte Barnabas weder von Peter Mellors Besuch noch was er über Dennis Butler gesagt hatte.

Seitdem Barnabas vor zwei Jahren seinen Herzinfarkt hatte, lebe ich in der ständigen Angst, er könnte mir unter den Händen wegsterben. Ich hatte es mir angewöhnt, alles, was ihn unmittelbar in Gefahr bringen könnte, für mich zu behalten. Immer auf der Hut zu sein. Aber ich war unruhig, während ich Falafel mit Salat aß und meine Limonade trank, und hatte das Gefühl, als kreisten die Aasgeier bereits über unseren Köpfen.

»Also gut«, brummte Barnabas schließlich. »Wollen wir gehen? Und während wir das Auto suchen, magst du mir vielleicht erzählen, was los ist?«

»Sie haben hier ausgezeichnetes dänisches Schokoladeneis«, sagte ich. »Oder möchtest du lieber Pfirsicheis?«

Mein Vater funkelte mich wütend an.

Als wir schließlich am Wagen angekommen waren, hatte er die ganze Geschichte von Mellor bis hin zu dessen Warnung aus mir herausgeholt und starrte stumm und noch wütender als zuvor vor sich hin.

»Es ist bisher ja nichts Schlimmes passiert!«, beharrte ich schuldbewusst. »Die Alarmanlage hat den Kerl vertrieben und ein zweites Mal wird es nicht für ihn geben.«

Barnabas drehte mich zu sich herum und sah mir direkt in die Augen. »Wie kommst du darauf, dass er aufgegeben hat? Er kann jederzeit wiederkommen. Und dich oder sogar Ben draußen auf der Straße angreifen!«

Über diesen Punkt hatte ich mir selbst schon stundenlang den Kopf zerbrochen und so gab ich klein bei, bevor er es von mir verlangte. »Meinetwegen können wir ruhig die Flucht ergreifen. Angeblich sind wir im Urlaub; also machen wir Urlaub, aber du musst mitkommen. Wir fahren einfach los, Leonard Stockton kann sich um alle rechtlichen Fragen kümmern und Ernie kann auf den Laden aufpassen, wenn er will. Und die Polizei auch. Als gestern Nacht der Alarm losging, standen sie bereits Minuten später vor der Tür.«

Barnabas sah mich an. »Gut. Ich bin froh, dass du die Sache endlich ernst nimmst.«

»Ich bin einfach nur müde. Fix und fertig mit den Nerven und am Ende. Wir fahren morgen früh los«, sagte ich. »Ich brauche vorher noch etwas Schlaf, muss meine Sachen packen und ein paar Leute anrufen. Ich sollte wenigstens meinen Stand auf der Buchmesse absagen. Ich komme dich morgen so gegen zehn Uhr abholen.«

Er versprach, dann fertig zu sein, und bis ich ihn schließlich draußen vor dem Haus am Crouch Hill abgesetzt hatte, hatten wir uns entschieden, dass wir an die schottische Grenze fahren würden, wo wir uns in irgendeinem kleinen Hotel einmieten und Tom Ashe einfach vergessen würden.

Es war früher Nachmittag und die Straße vollkommen

zugeparkt, so dass ich an meinem Laden vorbeifuhr und am Ende der Straße nach rechts abbog. Es dauerte noch einige Stunden, bis das Parkverbot aufgehoben wurde, und in der Upper Street waren mir bereits einige Politessen aufgefallen, die Knöllchen verteilten.

Ich bog wieder rechts in eine der Parallelstraßen zur George Street ein; es war eine enge Straße mit umgebauten Häusern und ein paar kleinen Werkstätten, die jedoch seit meinem Umzug in diese Gegend vor fünf Jahren allesamt dichtgemacht hatten. Die linke Straßenseite war von Autos gesäumt, von denen die meisten im Parkverbot standen, aber ganz hinten bei den Anwohnerparkplätzen gab es noch eine Lücke. Ich parkte den Citroen rückwärts ein, schlüpfte hinaus und schloss die Tür zu.

Um nach Hause zu kommen, konnte ich mich sowohl nach rechts als auch nach links wenden, aber ich wollte mir noch eine Zeitung kaufen und lief zu den Geschäften hinüber. Der Vauxhall stand direkt vor einem großen Lieferwagen und ich war ihm bereits so nahe, dass ich ihn fast hätte berühren können, bevor ich ihn und die Gestalt, die über dem Lenkrad lehnte, bemerkte. Butler hatte das Gesicht abgewandt und schien mich noch nicht gesehen zu haben. Ich trat einen Schritt zurück. Ich wollte weglaufen, aber ich brachte es nicht über mich, ihm den Rücken zuzukehren. Außerdem hätte er mich bei einer plötzlichen Flucht mit Sicherheit bemerkt. Ich heftete meine Augen auf seinen Nacken, während ich in meiner Tasche nach dem Handy wühlte.

Die Straße war menschenleer. Ich trat rückwärts auf das nächste Geschäft zu, das aber bereits geschlossen war – aus dieser Richtung war also keine Hilfe zu erwarten. Ich spielte mit dem Gedanken, mich einfach umzudrehen und ganz ruhig und gelassen wieder davonzuschlendern, aber ich hatte Angst, er könnte mir in die halb verlassene Seitenstraße mit ihren ganzen leer stehenden Gebäuden folgen. Als ich ihn aus dem Augenwinkel heraus beobachtete, wirkte er so, als würde er gerade dösen, oder aber er war sich seiner vielleicht so sicher, dass er einfach warten konnte.

Ich schob mich langsam immer weiter zurück, als unten von der Straßenecke zwei Frauen mit Einkaufstaschen in Sicht kamen.

Jetzt oder nie!

Vorsichtig wagte ich mich wieder nach vorne und näherte mich seinem Hinterhalt. Der rotblonde Mann rührte sich noch immer nicht. Schon hatte ich die Nummer von Inspektor Lyons Privattelefon gewählt und hörte, wie ihr Telefon zu klingeln begann, und als ich schließlich neben dem Auto stand, konnte ich nicht umhin, einen Blick hineinzuwerfen. Butler starrte weiterhin stur geradeaus, als habe er mich überhaupt nicht bemerkt. Die Frauen waren inzwischen ganz nahe und in ihrer Gegenwart fand ich den Mut, ihn offen anzustarren, wobei mir die Frage durch den Kopf schoss, warum er so tat, als sei ich gar nicht da.

Die Beifahrertür war zwar geschlossen, aber nicht verriegelt, und als Butler von mir wegsank, packte ich den Türgriff und zog die Tür auf. Sein Gesicht war mir zugewandt. Seine Augen waren geöffnet, aber sie waren leblos. Dann kippte er langsam nach vorn und eine der Passantinnen stieß einen kleinen erstickten Schrei aus, und im gleichen Moment hörte ich Lyons blecherne, entfernte Stimme in meinem Ohr: »Hallo? Hallo, wer ist da?«, ich aber setzte mich vorsichtig auf den Bordstein, legte den Kopf auf die Knie und war noch nicht in der Lage, ihr zu antworten.

XIV Heiligtum

1

Sie drängten sich um meinen Stuhl – Sergeant Pickles, der seine Leute angewiesen hatte, die Straße abzusperren und Umleitungsschilder aufzustellen; Paul Grant, der von dem Beamten in dem Streifenwagen, der drei Frauen am Rande der Hysterie auf dem Bürgersteig neben dem Vauxhall aufgegriffen hatte, benachrichtigt worden war; Ernie, der vor Fürsorge und Neugier schier platzte; und Barnabas, den Ernie, als sie mich zum Laden gebracht hatten, sofort angerufen hatte, damit ich die Fassung zurückgewann. Ernie hatte mir eine Tasse Tee gekocht, mit viel Milch, stark und furchtbar süß, aber vielleicht stand ich zu allem Überfluss ja *tatsächlich* unter Schock. Dann war Barnabas im Taxi eingetroffen, er hatte eine halbe Flasche seines Irish Whiskey dabei, an dessen stärkende Wirkung er felsenfest glaubte. Die Mischung aus Tee und Whiskey bewirkte, dass ich aufhörte zu zittern.

Ich sah sie der Reihe nach an. »Tut mir Leid. Ich habe noch nie zuvor eine Leiche gefunden.« Auch wenn es mir eigentlich gar nicht Leid tat, sondern ich einfach nur müde war – und inzwischen so richtig hundemüde.

Sie überschütteten mich im Chor mit tröstenden Worten, wobei Barnabas meine rechte und Paul meine linke Schulter tätschelte. Ich kam mir langsam ein bisschen albern vor.

»Ist er wirklich tot?«, fragte Barnabas jeden.

Ich wusste, dass er es war. Das Seltsamste daran war das

fehlende Leben: dieser Gegenstand vor meinen Händen, aus dem alles Menschliche gewichen war.

»Er starb keines natürlichen Todes?«

Es folgte ein betretenes Schweigen, als wartete jeder darauf, dass ein anderer es aussprach. »Das kann man noch nicht sagen«, bemerkte Pickles mit völlig ausdrucksloser Miene.

Ich wusste, dass sein Tod keineswegs natürlich gewesen war, und ich wusste auch genau, warum ich mir dessen so sicher war. »Es war genauso wie mit Ashe, nicht wahr – sie wurden beide von ein und derselben Person umgebracht.«

Es war Barnabas, der das Naheliegende aussprach: »Peter Mellor ist der Einzige, der noch übrig ist.«

»Und er war hier.« Über ihre Schreckensrufe hinweg erzählte ich ihnen, was mehr als alles andere wie ein schwerer Stein auf mir lastete. »Etwas von dem, was er sagte, beschäftigt mich schon den ganzen Tag. Er erzählte mir, dass er Dennis Butler auf der Beerdigung seines Vaters getroffen habe. Bei ihm klang das so, als sei das ihre einzige Begegnung gewesen. Aber dennoch sprach er in einer Art und Weise über Dennis und seine Gefühle, seine Ideen ... er muss danach noch Kontakt zu ihm gehabt haben. Und zwar mehr als einmal. Davon bin ich überzeugt. Und ich erzählte ihm, dass Dennis mich beobachtet. Ich erzählte ihm, dass er einen grünen Vauxhall fährt ...«

»Es war nicht deine Schuld«, sagte Barnabas mit Nachdruck, worauf ich erwiderte: »Sei nicht albern, das weiß ich selbst«, und Sergeant Pickles drängte mich inständig: »Erzählen Sie mir alles.«

Ich tat mein Bestes.

Ich war gerade mitten in meiner Erzählung und wurde mir plötzlich bewusst, dass Barnabas auf dem Stuhl saß, auf dem Peter Mellor noch vor wenigen Stunden gesessen hatte, als ich aufblickte und eine zweite Welle von Besuchern ins Haus kommen sah: die beiden Männer in weißen Kitteln, die auch nach dem Brand in der Horsell Road gewesen waren, gefolgt von Inspektor Lyon, deren Wagen soeben vor dem Laden gehalten hatte. Ernie ließ sie herein und eskortierte sie grimmig zwischen den Bücherregalen hindurch nach hinten.

»Eine Injektion«, sagte der erste, »und danach wurde er mit so etwas wie einer dünnen Nylonschnur erdrosselt. Beides kann ihn getötet haben. Keine Spuren einer gewaltsamen Auseinandersetzung, es muss ihn demnach vollkommen unerwartet getroffen haben. Möglich, dass er seinen Angreifer gekannt hat.«

»Vornehmlich zwei Sorten von Fingerabdrücken«, erklärte der zweite. »Die erste stimmt mit denen der Leiche überein.«

»Beruhigungsmittel?«, fragte Lyon den ersten.

»Könnte sein. Ich lasse die Leiche abholen und mache dann die Untersuchungen.«

Eine Erinnerung stieg in mir hoch und im Geiste sah ich Peter Mellor vor mir, wie er wütend und doch sympathisch an meinem Schreibtisch gesessen hatte und die Welt vom Bösen befreien wollte. »Er saß da, wo Barnabas jetzt sitzt, es ist erst ein paar Stunden her«, unterbrach ich sie.

Paul sah mich an. »Könnte es sein, dass er vielleicht irgendetwas im Laden angefasst hat?«

Ich wusste es nicht. Ich erzählte ihm, dass es schon möglich sei, dass der alte Mann den Schreibtisch angefasst hatte. Lyon warf uns beiden einen langen Blick zu, zuckte mit den Schultern und machte Platz für den Mann von der Spurensicherung, der jetzt seinen Koffer öffnete.

»Mal schauen, ob ich etwas finde«, erklärte er. »Wenn ich ein Gegenstück zu einem der Fingerabdrücke in dem

Wagen finden könnte ... Ich werde ein paar Lampen aufstellen müssen.«

Inspektor Lyon sah Barnabas an. »Könnten wir nach oben gehen und da weitermachen?«

Ich riss mich zusammen und erwiderte: »Das könnten wir.« Ich warf Ernie einen bedeutungsvollen Blick zu. »Bleibst du solange unten und hast ein Auge auf alles? Ruf mich oben an, sobald sie hier fertig sind, dann komme ich runter und schließe ab. Danach solltest du dir besser etwas zu essen holen und dann kümmern wir uns um dein Nachtlager. Vorausgesetzt, du bist immer noch bereit dazu, hier einzuziehen.«

Ernie strahlte mich mit einem euphorischen Grinsen an, das besagte, dass er sich das hier um nichts in der Welt entgehen lassen wollte, und der Rest von uns machte den Männern von der Spurensicherung Platz und steuerte auf die Treppe zu, die zur Wohnung hinaufführte, Barnabas immer mit seiner Flasche in der Hand. Vielleicht lag es an den zwei großen Gläsern voll, die er mir bereits verabreicht hatte, jedenfalls gewann ich langsam wieder die Kontrolle über mich zurück. Ein drittes würde mich wieder auf den Damm bringen.

Im Wohnzimmer, wo die weit geöffneten Fenster und der kleine tragbare Ventilator uns einen leichten Lufthauch gewährten, versammelten wir uns zur weiteren Beratung. Lyon zog ihr Notizheft und einen Stift hervor und sagte: »Fangen Sie ganz von vorne an – die Notizen mache ich nur für mich.« Und dann erzählte ich ihr von Mellors Wut auf Dennis und den Kodex. Ich beschrieb, wie aufgebracht er war, wie angewidert.

»Ich glaube, ich verstehe«, sagte Barnabas in einem Ton, der größtes Interesse zum Ausdruck brachte. »Es ist nicht so, dass er das Ding haben will, und er ist auch nicht einfach nur wütend auf Tom Ashes Habgier, wie es wahrscheinlich bei diesem Butler der Fall war. Mellor ist ein zutiefst gläubiger Mensch, der das Dokument an sich hasste. Er sagte, dass es zerstörerisch sei. Ist das nicht seltsam? – Man sollte glauben, dass solch religiöser Fanatismus innerhalb des Christentums seit mindestens ein paar Jahrhunderten ausgestorben ist, und dennoch empfindet er genauso wie die Anhänger der Orthodoxen Kirche im vierten Jahrhundert. Wenn der Kodex in seinen Augen tatsächlich ein satanisches Dokument ist, dann erklärt das natürlich auch den Benzinkanister und die Brandstiftung. Er will es nicht *besitzen*, wahrscheinlich würde es ihn schon Überwindung kosten, es auch nur anzufassen – er will es *zerstören.*«

Ich musste an das denken, was Professor Madkour über das *geheime Evangelium* erzählt hatte, und an Mellors Reaktion und wusste, dass Barnabas Recht hatte. Mit solchen Dingen kannte er sich aus. »Vielleicht hat er das Gefühl, dass es teilweise seine Schuld ist, dass dieses Ding Ägypten überhaupt verlassen hatte. Ich glaube nicht, dass ich schon jemals zuvor einem religiösen Fanatiker begegnet bin. Ich fand ihn eher sympathisch, aber er ist durch und durch wahnsinnig. Ernie fand, dass Mellor aussieht wie der Tod. Ist das nicht komisch?« Ich ertappte mich dabei, wie ich beinahe wieder losgekichert hätte, weswegen ich mir eine weitere Dosis von dem Whiskey verabreichte.

Die Haustür fiel ins Schloss, ich schrie auf, und dann stand Phyllis mit Ben über der Schulter und mit seiner Tasche beladen in der Tür und fragte: »Was um alles in der Welt ist *jetzt* schon wieder passiert, Dido? Sie wollten mich nicht in den Laden lassen. Also musste ich den Kinderwagen unten an der Treppe abstellen.«

»Es ist ein Mord passiert. Der Mann, der uns beobachtet hat.« Ich nahm ihr Ben ab; wir umarmten uns ein Weilchen und sozusagen zum Trost boxte er mich heftig auf die Nase.

Barnabas hatte sich der Inspektorin zugewandt. »Wenn er dreißig Jahre in einem Kloster gelebt hat, dann müssten die Leute dort die Lage doch etwas einschätzen können. Seine Denkweise. Sie haben sicherlich schon mit ihnen geredet?«

Sie nickte. »Heute Morgen. Er war kein richtiger Mönch: Sie sagten, er sei Postulant – so eine Art niedrigerer Rang. Sie waren sehr taktvoll, aber ich hatte den Eindruck, dass irgendjemand zu dem Schluss gekommen war, dass er nicht besonders gefestigt war. Aber er hat lange mit ihnen gelebt und gearbeitet. Er war bekannt für seine extreme Frömmigkeit. Ich wusste nicht genau, was sie meinten, aber es hörte sich so an, als missbilligten sie extreme Frömmigkeit.«

»Sie wissen demnach, wo er jetzt ist?«, fragte Barnabas.

»Sie haben ihn aus den Augen verloren. Er erzählte irgendein Märchen von einem Bruder, der im Sterben lag und mit dem er wegen irgendetwas zerstritten war, und so erteilten sie ihm die Erlaubnis, nach England zurückzukehren – für eine Versöhnung, so dachten sie, und damit er seinem Bruder in seinen letzten Tagen Beistand leisten konnte. Aber das ist bereits Monate her. Sie sorgten dafür, dass er in Ealing eine Unterkunft bekam, aber dort hat er sich schon seit geraumer Zeit nicht mehr blicken lassen. In Ealing hat man ihn nicht als vermisst gemeldet – sie waren davon ausgegangen, er sei nach Frankreich zurückgekehrt. Und falls Mellor tatsächlich einen Bruder hatte, so steht davon nichts in seinen Unterlagen.«

»Sammy Butler starb letzten Sommer«, erklärte ich, »und Tom Ashe war auf der Beerdigung. Dort traf Mellor auf Dennis Butler und natürlich muss er dort auch mit Ashe gesprochen haben. Wegen einem von ihnen, wahrscheinlich beiden, hat Tom es mit der Angst zu tun bekommen und Brighton verlassen. Er muss das Zusammentreffen der beiden als eine Bedrohung verstanden haben. Er muss gewusst haben, was Mellor vorhatte.«

Ich sah, wie sie mich anstarrten. Verstanden sie denn nicht? »Ashe merkte, dass Mellor die Sache mit dem Kodex noch genauso ernst nahm wie vor fünfzig Jahren. Und so kam er vermutlich zu dem Schluss, dass es sicherer sei, von der Bildfläche zu verschwinden. Mrs Ashe erzählte mir, dass er die Flucht ergriff. Er nahm den Kodex mit nach London. Er versteckte ihn jetzt nicht nur vor den ägyptischen Behörden, sondern *auch* vor Mellor und Butler. Die Sache war verdammt gefährlich, aber nun hatte er ihn schon seit Jahrzehnten gehütet und er war ihm viel zu wertvoll, als dass er ernsthaft in Erwägung gezogen hätte, jetzt aufzugeben. Ich glaube nicht, dass ihm jemals der Gedanke kam, dass es vielleicht das Beste sei, ihn an die Ägypter zurückzugeben. Er deponierte ihn an einem Ort, von dem er glaubte, dass ihn niemand dort finden würde.«

Ich sah, wie Barnabas, verwundert über solche *Naivität,* eine Augenbraue hochzog.

»Und im vergangenen Frühling hat Mellor Tom dann aufgespürt. Er hatte Monate damit zugebracht, ihn zu suchen. Oder vielleicht hat ihn auch Dennis Butler gefunden und es Mellor erzählt. Ich zeige Ihnen was …« Zuerst fiel mir nicht mehr ein, was ich mit den Postkarten gemacht hatte, aber dann sah ich sie gut sichtbar auf der Anrichte zwischen allem möglichen Kleinkram liegen, den ich eigentlich zur Seite tun oder wegschmeißen wollte. Ich bemerkte zuerst die Karte mit dem religiösen Motiv und reichte sie an die Inspektorin weiter. *Das Reich Gottes ist nahe.* Lyon sah sie wortlos an.

Die andere Karte lag ganz in der Nähe, auf einem Haufen Krimskrams aus meiner Handtasche.

»Eine französische Karte«, sagte Lyon, »aber mit einer englischen Briefmarke. Soso. Diese Adresse – hat Ashe zu jenem Zeitpunkt dort gewohnt?«

»Er zog aus, kurz bevor diese Karte eintraf«, erklärte ich. »Wahrscheinlich hatte er Besuch von Dennis Butler erhalten oder er hatte Mellor gesehen oder irgendetwas anderes hatte ihn gewarnt. Er ergriff wieder die Flucht. Sicherlich hatte er Angst um den Kodex bekommen, also ging er los und holte ihn sich zurück. Vielleicht hatte er beschlossen, ihn lieber nicht aus den Augen zu lassen.«

Irgendjemand murmelte: »Ein Haufen Verrückter.«

»Ich frage mich, warum die Karte keine Nachricht enthält?«

Barnabas reckte den Hals und blickte der Inspektorin über die Schulter. Er hatte die Postkarte noch nie zuvor gesehen. »Keine Nachricht?«, wiederholte er. »Natürlich ist da eine Nachricht! Es ist genau dieselbe wie auf der anderen Karte, die vom Anwalt übermittelt wurde. Die Nachricht lautet: ›Ich kenne deine Adresse, wie du siehst, und ich bin in England – ich werde dich besuchen.‹ Oder so ähnlich.« Er warf der Inspektorin einen Blick zu, der normalerweise mir vorbehalten war, wenn ich mich seiner Meinung nach mal wieder unnötig begriffsstutzig anstellte. »Mellor und Butler haben zusammengearbeitet, um ihm auf der Spur zu bleiben, auch wenn beide vollkommen unterschiedliche Gründe dafür hatten.«

»Aber Ashe muss mit Dennis Butler in Kontakt gestanden haben«, warf ich nachdenklich ein. »Welchen Grund hatte er dafür? Als er krank war, hat er ihn sogar aus dem Krankenhaus angerufen. Ich kann mir beim besten Willen nicht vorstellen, was er sich dabei gedacht hat.«

Barnabas machte ein sehr konzentriertes Gesicht. »Nun, Tom Ashe tauchte auf der Beerdigung eines sehr alten Freundes auf und traf auf zwei Menschen, den Sohn des Verstorbenen und einen weiteren sehr alten Freund, die sich miteinander auf eine Weise verständigten, die nur zu seinem Nachteil sein konnte. Was würdest *du* in so einem Fall tun?«

Ich war mir relativ sicher, dass ich mich auf der Stelle umdrehen und das Weite suchen würde, ausgehend von der Tatsache, dass es sich bei den besagten Personen um Dennis und Mellor handelte.

Barnabas stieß einen tiefen Seufzer aus. Seit ungefähr fünfundzwanzig Jahren wusste ich nun schon, dass seine Lebensaufgabe darin bestand, Leuten wie mir logisches Denken beizubringen, aber ich war jetzt nicht in der Stimmung für öffentlichen Einzelunterricht. Mein Vater sah mir ins Gesicht, räusperte sich und sagte: »Nein, du musst dir die Situation vor Augen halten. Auf der einen Seite ist dort ein Mann, ein ausgebildeter Geheimagent, ein Verrückter, der seit Jahren einen ernsthaften Groll gegen ihn hegt. Auf der anderen Seite ist da ein – nun, stell dir Butler doch einfach vor. Was war er von Beruf?«

Pickles' Stimme durchbrach die Stille. »Nun, er war tatsächlich Polizist von Beruf. Er war Sergeant bei der Polizei in Hampshire. Letzten Herbst hat er sich vorzeitig pensionieren lassen.«

Der erste Eindruck, den ich von Dennis gehabt hatte, schoss mir in den Sinn und ich musste einen Kicheranfall unterdrücken. Reine Nervensache.

»Nun, da haben wir es«, sagte Barnabas jetzt. »Geldgierig, komplizenhaft, aggressiv – Ashe muss der Meinung gewesen sein, dass er mit so einem Amateur leicht fertig wird. Und auch wenn er ihm natürlich nicht trauen konnte, so tat er doch das Naheliegendste.«

»Und das wäre?«, fiel Lyon ihm mit scharfer Stimme ins Wort. Ich konnte ihr anhören, dass sie ihre Ungeduld nur mit Mühe im Zaum hielt.

Barnabas sah sie an. »Nun, natürlich war er nicht so dumm, dem jungen Butler tatsächlich etwas anzuvertrauen, zum Beispiel, wo er in Wirklichkeit wohnte, aber er hat ihn offensichtlich hingehalten, ihm Hoffnung gemacht, ihn an der langen Leine gehalten ... Als Kommunikationskanal zwischen Ashe und Mellor war er von unschätzbarem Wert. Gezielte Falschinformation, verstehen Sie: der alte Spionagetrick. Er hoffte, durch Butler Neuigkeiten von Mellor zu erfahren und diesen wiederum mit falschen Informationen versorgen zu können. Ihn vielleicht sogar davon zu überzeugen, dass er sich des Kodex bereits vor langer Zeit entledigt hatte ... So, und jetzt brauchen Sie nur noch Mellor zu finden«, fügte er leichthin hinzu. »Er hält sich wahrscheinlich in irgendeiner Kirchenherberge auf, so wie er es Dido erzählt hat. Er kann eigentlich kaum Geld haben – ich glaube nicht, dass Mönche über ein eigenes Bankkonto verfügen.«

Diane Lyon schloss kurz die Augen und sagte, dass sie in der Tat seit zwei Tagen alle Mittel auf diese Angelegenheiten verwendeten und dass sie nicht mehr lange brauchen würden.

»Er wird sich eine andere Bleibe suchen«, unterbrach ich sie. »Ihm muss klar sein, dass ich zwei und zwei zusammenzähle, sobald ich von dem Mord an Dennis Butler erfahre. Er wird sich verstecken.«

Die Beamten von Scotland Yard sahen mich an. Paul blickte auf den Teppich oder sonst wo hin.

»Aber er wird wieder hierher zurückkommen.« Ich konnte meinen Redefluss jetzt nicht mehr bremsen. Ich hörte, wie meine Stimme immer schriller wurde. »Er war bei Mrs Ashe, um sicherzugehen, dass sie nichts weiß. Da bleibe nur noch ich übrig – Tom Ashes Testamentsvollstreckerin. Deswegen hat er auch versucht, hier einzubrechen. Er ist überzeugt davon, dass ich den Kodex habe.«

Mit überraschendem Nachdruck sagte Diane Lyon: »Wenn Sie irgendeine Idee haben, wo das Stück sich befindet, dann sollten Sie es uns jetzt besser sagen.«

In diesem Augenblick wurde mir schlagartig bewusst, dass sie immer noch nicht ausschlossen, dass ich log, und Barnabas starrte sie entrüstet an und erklärte, dass es keinen Grund gebe, so mit mir umzuspringen, und in diesem Augenblick kläffte Paul mich an: »Dido, um Himmels willen, dieser Mann ist gefährlich«, und ich sagte laut genug, dass man mich durch den Lärm hindurch verstehen konnte: »Ich glaube, Sie sollten jetzt besser gehen.«

Das schien sie zu überraschen.

Mit lauter Stimme verkündete ich: »Ich habe die Schnauze voll. Phyllis, könntest du Ben wohl über Nacht mit zu dir nach Hause nehmen? Ich kann nicht riskieren, dass er hier bleibt. Nimm die Babytrage mit. Und pack genug Babymilch ein. Barnabas wird dich nach Hause begleiten.« Ich sah Paul an. »Ich fände es nett, wenn du sie nach Hause fahren könntest und dafür sorgst, dass sie in Sicherheit sind. Barnabas, ich werde das Handy ständig bei mir haben und bei meiner Alarmanlage ist es unmöglich, dass er hier reinkommt: Er ist nichts weiter als ein verrückter alter Mann und außerdem ist Ernie unten im Laden, falls er es doch versuchen sollte; und morgen früh bin ich startklar, damit wir wie geplant losfahren können. Bitte sag jetzt nichts, denn ich bin dreiunddreißig Jahre alt und ich weiß, was ich tue.« Ich sah die Inspektorin an. »Ben, mein Vater und ich werden morgen früh zusammen in Urlaub fahren. Am liebsten würde ich gleich heute Abend aufbrechen, aber ich muss noch ein paar Dinge regeln und ein paar Stunden schlafen. Sie haben meine Handynummer für den Fall, dass Sie ihn schnappen. Wenn Sie mir versichern können, dass wir nichts zu befürchten haben, werden wir uns überlegen, ob wir zurückkommen. Jetzt werde ich unten im Laden nach Ernie sehen und dann werde ich mich hier einschließen, ein Bad nehmen und zu Bett gehen.«

In die nun folgende Stille hinein sagte Lyon: »Also gut. Wir werden noch einmal miteinander reden, bevor Sie London verlassen.«

Und wie durch ein Wunder verließen sie alle meine Wohnung, noch bevor ich ihr sagen konnte, dass ich wünschte, weder sie noch Peter Mellor jemals wiederzusehen oder überhaupt nur an die beiden zu denken.

2

Die Türklingel riss mich aus dem Schlaf. Ich hörte sie läuten, sah auf die Uhr und dann auf das Kinderbett, bevor mir mit einem Schlag wieder einfiel, dass ich allein war. Ich beschloss, dass es wahrscheinlich der Postbote war, der zu dieser frühen Morgenstunde versuchte, ein Paket zuzustellen, und dass mir das ziemlich schnuppe war. Beim dritten, zunehmend hartnäckigeren Klingelton gingen mir die Nerven durch. Wie sie es ganz gerne mal machen. Ich tapste ins Wohnzimmer und lehnte mich aus dem Fenster. Aber statt eins von den großen roten Postautos sah ich ein kleineres, weißblaues Fahrzeug, auf dessen Seite das Logo des Elektrizitätswerks prangte.

Ich widerstand der Versuchung, mich hinauszulehnen und *Haut ab!* zu brüllen. Immerhin bestand die Möglichkeit, dass es bei mir brannte oder dass man mir den Strom abstellen wollte … nein, ich erinnerte mich daran, dass ich erst vor kurzem meine Stromrechnung bezahlt hatte. Ich rief: »Sekunde!«, stolperte die Treppe hinunter und öffnete einem, wie mir schien, ungefähr zwölfjährigen Jungen mit einem Werkzeugkasten in der Hand die Tür.

Er hielt mir einen Ausweis vor die Nase und murmelte: »Ihrzählerskaputt.«

»Wie bitte?«

»Ableser kricht'n nich auf.«

Mir fiel der Vorfall von neulich wieder ein, als ich den Stromableser mit dem Stromkasten kämpfend vor meiner Haustür angetroffen hatte, und ich schaffte es, diese mysteriösen Laute zu übersetzen. Ich sah den Jungen an. Dann zeigte ich mit einer dramatischen Geste auf den Stromkasten, der nur Zentimenter von seinen Knöcheln entfernt unübersehbar an der Wand hing, und sagte: »Nur zu. *Ich* weiß nicht, was damit los ist«, und knallte die Tür zu. Als ich mit dem Gefühl, richtig alt zu sein (wenn auch nicht so alt wie Dennis Butler, dessen starre Augen mich wieder im Halbschatten verfolgten), die Treppen wieder hinaufstieg, konnte ich hören, wie er den Werkzeugkasten auf den Boden knallen ließ.

Mr Spock, der wie immer meinte, er könne mal wieder was zu fressen bekommen, drängte mich in die Küche. Ich zögerte kurz, aber bei dem Anblick meiner rotbraunen Katze, die auf dem Flur vor meiner Schlafzimmertür hin- und herschlich und um Aufmerksamkeit bettelte, fand ich mich damit ab, dass es nun mit dem Schlaf vorbei war. Abgesehen davon fühlte ich mich gut. Ja, ich fühlte mich in der Tat wieder wie ein menschliches Wesen. Ich setzte den Wasserkessel auf, vermerkte im Geiste, dass ich Ernie daran erinnern musste, dass er während meiner Abwesenheit

Spock füttern solle, mahlte ein paar Kaffeebohnen und nahm den Tag in Angriff.

Es klingelte erneut an der Tür. Ich goss Wasser auf das Kaffeepulver und stieg zum zweiten Mal die Treppen hinunter. Der Junge vom Elektrizitätswerk kauerte zu meinen Füßen.

»Sekundenkleber«, verkündete er. Er erhob seine kaum hörbare Stimme und bebte vor Empörung. »Mussteschlosswechsln.«

Beschuldigte er mich etwa, dass ich in dem unzivilisierten Versuch, mich um die Stromrechnungen zu drücken, das Schloss zugeklebt hatte?

»Du liebes bisschen. Da hat sich wohl irgendein Kind einen Scherz erlaubt«, erwiderte ich.

»Is' das Ihrs?« Er warf mir etwas zu, wobei er eine ungewöhnlich klare Ausdrucksweise an den Tag legte. »Das wa' im Kastn. Innen Kasten ha'm Se nichs reinzutun.«

Es war eine meiner schicken Plastiktüten mit einer Zeichnung von dem Geschäft darauf … sie war oben umgeknickt und zugeklebt … als ich sie entgegennahm, spürte ich, dass sie etwas Hartes, Eckiges enthielt. Ich nickte, trat zurück in den dunklen Treppenflur und knallte die Tür zu. Dann legte ich die Kette vor.

Das Plastik war doppelt und dreifach mit Klebeband zugeklebt. Ich kratzte es an einer Ecke ab, schaffte es, einen Finger unter eine Falte zu schieben, und riss die Tüte kaputt. Darin war ein in Sackleinen eingewickeltes Bündel, das mit einem groben schwarzen Faden fest zusammengenäht worden war. Ich stolperte in die Küche, tastete in der Schublade nach der Schere und schob eine ihrer Spitzen vorsichtig durch den groben Stoff. Das Material war so alt, dass es sofort nachgab, als ich mit der Schneide durch das Gewebe fuhr.

Das Ding darin war aus Leder: dunkel und hart und zweifach eingeschlagen, damit es einen buchartigen Einband mit einem runden Buchrücken und einer Klappe an einer Seite bildete. Die dünnen Lederriemen, die sowohl vertikal als auch horizontal auf den Einband genäht waren, waren zusammengeknotet. Das Leder war trocken. Es dauerte einige Minuten, bis die Lederriemen nachgaben, und zwei von ihnen zerbröselten, noch bevor ich den Lederdeckel aufschlagen konnte; das hinterließ in mir ein schlechtes Gewissen, weil ich etwas dermaßen Altes beschädigt hatte …

Natürlich handelte es sich hier nicht um ein gewöhnliches Buch, sondern um eine taschenartige Mappe, die um einen Stapel brauner Blätter aus diesem merkwürdigen, rauen, flockigen Zeug gewickelt war, Papyrus also, und noch so gerade eben von den Überresten einer groben Naht zusammengehalten. Der Struktur des Materials haftete der Staub vergangener Jahrhunderte an. In der dämmrigen Küche konnte ich kaum die griechischen Buchstaben erkennen, die in unregelmäßigen, verblassten Zeilen über die goldbraunen Seiten wanderten. Ich wagte es kaum, die flockigen Seiten umzuschlagen, um nach der einen zu suchen, von deren unterer Ecke am äußeren Rand ein viereckiges Stück fehlte.

Vor meinem geistigen Auge erschien Tom Ashe, der nun, da er krank wurde, zu mir kam, um mich um Hilfe zu bitten, so wie er es bereits vor Monaten beschlossen hatte, als er meinen Nachnamen wiedererkannt hatte, und als er meine Wohnung leer vorfand, hatte er in letzter Minute den Deckel des Metallkastens neben meiner Tür mit dem Schraubenzieher, den er immer mit sich trug, weil er etwas Kostbares besaß, das er verteidigen musste, aufgebrochen, das Päckchen hineingezwängt und das Schloss zugeklebt, damit niemand es bis zu seiner Rückkehr aufmachen konnte. In seinem Fieber hatte er vergessen, es sich zurückzuholen – vielleicht war Butler ihm auch zu dicht auf den Fersen gewesen und hatte ihn zu sehr bedrängt. Und so hatte das *geheime Evangelium* darauf gewartet, dass jemand kam und es aus dem Kasten neben meiner Treppe holte.

Mein Telefon klingelte. Ich rechnete damit, Peter Mellors Stimme zu hören, so als habe er telepathische Fähigkeiten und wüsste bereits, dass ich den Kodex gefunden hatte. Aber es war Sergeant Pickles.

»Ich glaube, wir haben ihn. Wir sind jetzt draußen vor einem Wohnheim in der Fulham Road. Dort wohnt zurzeit ein Mann, auf den die Beschreibung zutrifft, aber er ist unter dem Namen ›Fitzgerald‹ eingetragen. Können Sie uns helfen? Sie sind wahrscheinlich die Einzige hier, die Mellor persönlich kennt. Wir brauchen jemanden, der ihn identifiziert – wir müssen ganz sicher sein.«

Wie sie bereits gestern erzählt hatten, hatten sie bei jeder kirchlichen Einrichtung im Südwesten Londons, ob römisch-katholisch oder sonst was, Erkundigungen eingeholt; und an diesem Morgen hatten sie schließlich jemanden ausfindig gemacht, auf den die Beschreibung zu passen schien. Er hatte bereits früh am Morgen das Haus verlassen; aber die Haushälterin des Heims erwartete ihn bald wieder zurück. »Wenn es Mellor ist, dann wollen wir ihn bei seiner Rückkehr sofort festnehmen. Wir wollen nicht noch mehr Gewalt riskieren. Aber Inspektor Lyon befürchtet, dass er sich als irgendein harmloser alter irischer Priester mit einem schwachen Herzen herausstellt. Können Sie vorbeikommen?«

Ich zögerte keine Sekunde. »Wir werden London in ungefähr zwei Stunden verlassen und ich habe noch jede Menge zu erledigen.« *Und ich will ihn nie wieder zu Gesicht bekommen.*

»Hören Sie«, sagte er jetzt ungeduldig, »er ist irgendwo da draußen und wir wissen nicht, wo, und uns wäre es wirklich lieber, Sie hier bei uns zu haben. Können Sie das nicht verstehen?«

Nun ja, schon: Wenn er es so ausdrückte, verstand ich das. Aber inzwischen hatte ich ein weiteres Problem: Bevor ich Ben und Barnabas abholen konnte, musste ich den Kodex irgendwo deponieren, und das Einzige, was mir bisher eingefallen war, war, ihn zu Wisby Finch zu bringen, sobald die Kanzlei aufmachte, und Leonard Stockton darum zu bitten, ihn in ihrem Safe zu hinterlegen. Andererseits, sollte Mellor tatsächlich hier irgendwo in der Nähe herumstrolchen, schien es mir nicht ratsam, hier auf ihn zu warten.

»Ich ziehe mir kurz was an. Ich komme«, sagte ich langsam.

Zuerst hatte ich Schwierigkeiten, etwas Passendes zum Anziehen zu finden, das ich noch nicht eingepackt hatte; aber jetzt war wohl nicht der Moment, wählerisch zu sein. Ich holte meine Sachen von gestern wieder aus dem Wäschekorb und zog mich im Schlafzimmer um, den Kodex hatte ich auf meinem Kopfkissen liegen, wo ich ihn im Auge behalten konnte. Viertel nach acht. Ich verbarg mich hinter dem Vorhang im Wohnzimmer und sah hinunter auf die Straße. Sie füllte sich langsam mit Autos und Passanten, aber weit und breit war keine Spur von dem Mann, den ich zu sehen befürchtet hatte.

Ich nahm meine Handtasche, kippte sie aus und steckte stattdessen ein dickes Taschenbuch, das ich in einer der Plastiktüten von meinem Laden verpackt und verklebt hatte, hinein. Sollte er mich entdecken, so würde ich ihm meine Tasche ins Gesicht schleudern und wegrennen. Dann wickelte ich den Kodex in einen sauberen Kopfkissenbezug und stopfte ihn mir unter den Hosenbund meiner Jeans;

ich zog den Bauch ein, um ihm Platz zu machen, und ließ das T-Shirt lose über die Wölbung fallen. Als ich an mir heruntersah, fand ich, dass ich damit durchaus wegkommen könnte, auch wenn dieses Arrangement meiner Taille nicht unbedingt zum Vorteil gereichte, und außerdem war ich mir nicht sicher, wie lange ich durchhalten würde, ohne Luft zu holen. Statt meiner Sandalen entschied ich mich für ein Paar alte Turnschuhe. Schuhe, in denen man rennen konnte. Dann stopfte ich meine Brieftasche in die Hosentasche, hängte mir die Schlüssel um einen Finger, schnappte mir meine Tasche und mein Handy und schaltete die Alarmanlage ein.

Draußen auf der Straße zögerte ich einen Moment, aber ich hatte den Wagen letzte Nacht noch umgeparkt und direkt vor dem Laden auf der anderen Straßenseite abgestellt und sah keinen Grund, Ernie aufzuwecken. Ich warf einen Blick durch die Heckscheibe, um mich zu vergewissern, dass der Wagen auch wirklich leer war, und schloss mich im Auto ein, noch bevor ich den Schlüssel in der Zündung drehte. Auf halber Strecke zu King's Cross fühlte ich mich sicher genug, kurz anzuhalten, jedoch nicht, ohne meine Umgebung genauestens abzusuchen; ich rief meinen Vater und Phyllis an und teilte ihnen mit, dass ich mich ein wenig verspäten würde. Ich hatte nicht die Nerven, ihnen zu erklären, warum.

3

Die Adresse, die Sergeant Pickles mir gegeben hatte, befand sich in einer Straße mit fünfstöckigen Gebäuden im georgianischen Stil direkt an der Cromwell Road. Ich fand sie mit Hilfe des Stadtplans in meinem Handschuhfach und bog kurz vor meinem Ziel in eine Seitenstraße ab. Dort wimmelte es von Menschen auf dem Weg von und zur U-Bahn-Station am Ende der Straße. Die Menge würde mich decken, so hoffte ich. Oder aber den alten Mann, der hinter mir her war. Auf mich wartete sogar ein freier Parkplatz mit Parkuhr, vielleicht als Belohnung dafür, dass ich mit dem Arm des Gesetzes kooperierte. Wahllos stopfte ich Münzen in den Schlitz, dann stakste ich, bewaffnet mit meinem Päckchen, das mir in den Unterleib stieß, und wild entschlossen, Peter Mellor zu sehen, bevor er mich sah, steifen Schrittes über die nächste Kreuzung. Pickles hatte mir genau erklärt, wo ich nach den Autos Ausschau halten musste. Sie sollten unauffällig sein, aber ich war mir ziemlich sicher, dass zwei Männer, die in einem schwarzen Rover sitzen, nichts Gutes zu bedeuten hatten. Auch wenn die Autofahrer in London keinerlei Hemmungen haben, sich ins Parkverbot zu stellen, so schauten diese beiden so konzentriert um sich, dass sie meine Aufmerksamkeit auf sich zogen. Ich entspannte mich ein wenig.

Ein Stück weiter vorne stand ein dunkelroter, ebenfalls bevölkerter Ford und ich erkannte das Profil von Inspektor Lyon. Ich blickte kurz hinter mich auf der Suche nach Mellors dunkler Gestalt, dann rannte ich los und brachte mich in Sicherheit. Die hintere Wagentür ging auf und eine Hand winkte mich hinein. Ich rutschte auf den leeren Sitz neben Diane Lyon – der Kodex drückte jetzt schmerzhaft gegen meine Oberschenkel.

»Guten Morgen.« Sie machte sich nicht die Mühe, sich zu mir umzudrehen. Sergeant Pickles und Detective Constable Moore nickten mir ein wenig freundlicher von ihren Vordersitzen aus zu. »Ich hoffe, Sie fühlen sich heute besser? Er ist angeblich zur Messe gegangen und bisher noch nicht zurückgekommen.«

»Glauben Sie, es ist etwas schief gelaufen? Dass er Sie bemerkt hat?«

»Wir hoffen nicht. Möchten Sie einen Kaffee? Wir haben eine Thermoskanne dabei.«

Die Straße war sehr belebt und auf beiden Seiten mit parkenden Fahrzeugen gesäumt, die jedem x-beliebigen Passanten reichlich Deckung boten. Lyon, Pickles und ich tauschten zwischen Vorder- und Rücksitzen ein paar höfliche Floskeln darüber aus, wie bewölkt es doch heute war und wann das Wetter wohl endlich umschlagen würde. Aber ich glaube nicht, dass sie das Wetter auch nur einen Funken mehr interessierte als mich.

Als das Funkgerät schließlich knisterte, verstummten wir. Eine Männerstimme sagte: »Sollen wir weiter rauffahren und die nächste Querstraße im Auge behalten? Von dort ist soeben ein Wagen losgefahren.«

Sergeant Pickles antwortete: »Aber bleibt in Sichtweite.«

Das Funkgerät knisterte erneut und im nächsten Moment fuhr der Rover, der mir vorhin bereits aufgefallen war, langsam bis zum Ende der Straße, wo er an der Ecke wieder an den Bordstein ranfuhr und stehen blieb. Ich beobachtete, wie die Sonne hinter einem Dunstschleier verschwand, und sagte: »Ich kann hier nicht ewig warten.«

»Geben Sie uns noch eine halbe Stunde. Wenn er bis dahin nicht aufgetaucht ist, müssen wir uns was anderes überlegen.«

Ich schlug die Zeit tot, indem ich von meinem Handy aus Phyllis anrief, um ihr zu versichern, dass alles in Ordnung sei. Dann rief Barnabas mich an und genau in diesem Moment richtete Lyon sich auf und zischte uns eine Warnung zu. Ein grauhaariger Mann in einer braunen Kutte stieg langsam die Treppenstufen des Wohnheims hinauf.

»Nein, falscher Alarm, Mellor ist größer«, sagte ich hastig. »Und ich glaube nicht, dass er eine Kutte tragen würde. Er trug einen altmodischen Leinenanzug, als er mich im Laden besuchte.«

»Was war das?«, hörte ich Barnabas' klagende Stimme an meinem Ohr.

»Die Polizei«, sagte ich. »Kümmere dich nicht darum. Sie glauben, ihn gefunden zu haben, aber er ist nicht zu Hause. Wir sitzen hier gerade in South Kensington fest und warten darauf, dass er auftaucht.«

»Was!« In der nun folgenden Stille konnte ich beinahe hören, wie mein Vater missmutig beschloss, es auf später zu verschieben, mir den Marsch zu blasen. Das kostete ihn ein Weilchen. Schließlich knurrte er: »Ich dachte, wir wollten heute Morgen aufbrechen. Wie war das noch gleich mit der schottischen Grenze? Oder dem Island of Lewis? Oder war es nicht doch Timbuktu? Ich sitze hier zwischen meinen gepackten Koffern und warte auf dich.«

Ich erwiderte, er solle jetzt nur nicht in Selbstmitleid verfallen, und versprach, ihn nicht mehr allzu lange warten zu lassen. Da war noch etwas anderes, aber ich hatte keine Lust, dass Special Branch das zu Ohren bekam. Und eigentlich auch nicht Barnabas, dem ich nicht zu erzählen wagte, dass ich den Kodex für die nächste überschaubare Zukunft unbequem unter meinen Hosenbund geklemmt mit mir herumtragen würde. Schließlich beschränkte ich mich darauf, ihm mitzuteilen, dass ich noch einmal bei Wisby Finch vorbeischauen wolle, bevor wir aufbrachen. So konnte ich weiter schweigen. Ich fragte mich, ob Lyon mich in den Tower of London werfen lassen würde, wenn sie die Wahrheit herausfand.

Um elf Uhr murmelte sie: »Irgendetwas stimmt hier nicht. Wir sollten besser noch einmal mit der Haushälterin reden. Miss Hoare, würden Sie noch eine Minute warten, bis der Fahrer drüben war? Die anderen von uns könnte Mellor vielleicht wiedererkennen, aber dass er schon jemals zuvor den Constable gesehen hat, kann ich mir nicht vorstellen.«

Wir schauten Moore hinterher, wie er über die Straße schlenderte und die Türklingel drückte. Nach einem Moment machte ihm eine Frau in mittlerem Alter auf. Sie führten ein längeres Gespräch, das von Kopfschütteln und Achselzucken begleitet war. Der Constable kam zurück, schüttelte leise den Kopf und setzte sich wieder hinter das Lenkrad.

»Ich glaube, wir sollten uns besser was anderes überlegen«, sagte Inspektor Lyon seufzend. »Ich gebe uns noch eine Stunde, danach werden wir den anderen Wagen zur Beobachtung hier stehen lassen. Sergeant, würden Sie sich darum kümmern? Miss Hoare, es tut mir Leid.«

Ich zuckte mit den Schultern. Aber sie war noch nicht fertig. »Sie würden nicht noch einen Tag in der Stadt bleiben, nur für den Fall der Fälle?«

Ich blickte sie alle verdrießlich an und sagte ihnen wieder mein Sprüchlein auf: »Mein Vater ist ein alter Mann mit einem schwachen Herzen und das Baby ist erst sechs Monate alt – nun, sieben. Sie waren diejenigen, die die ganze Zeit gesagt haben, wie gefährlich das für uns sei. Tut mir Leid, aber meine Antwort lautet nein. Wenn Sie jemanden festnehmen, können Sie uns ein Polaroidfoto zur Identifizierung schicken.«

»Werden Sie uns denn anrufen, sobald Sie angekommen sind, für den Fall, dass bis dahin irgendetwas passiert sein sollte?«

Dagegen hatte ich nichts einzuwenden. Ich hätte es selber vorgeschlagen, wenn ich daran gedacht hätte, denn ich hatte im Hinterkopf, dass ich seit vier Jahren keinen Urlaub mehr gemacht hatte, jedenfalls keinen richtigen, wenn man mal von einem Einkaufstrip oder einer Buchmesse absieht, und jetzt war die richtige Jahreszeit, zwei oder sogar vier Wochen lang das Weite zu suchen. Aber man war auch für eine ganze Weile nicht erreichbar. Ein beruhigender Anruf würde uns grünes Licht geben, dass wir nichts mehr zu befürchten hätten und zurückkommen könnten, wann immer wir wollten: zum Beispiel dann, wenn das Wetter endlich umschlug.

Der graue Dunstschleier vor der Sonne schien den heutigen Tag noch heißer werden zu lassen.

Ich wünschte ihnen viel Glück, bevor ich ging. Sie konnten es brauchen. London ist eine große Stadt.

Meine Parkuhr war abgelaufen und eine freundliche des Weges kommende Politesse hatte eine riesige polizeiliche Nachricht an mein wunderschönes neues Seitenfenster geklebt, um mich davon in Kenntnis zu setzen, dass mein Wagen eine Kralle bekommen würde. Ich warf mich hinter das Steuerrad und machte mich mit quietschenden Reifen aus dem Staub. Inspektor Lyon konnte ruhig versuchen, die Verkehrspolizei zu schmieren: Ich hatte nicht die geringste Lust, mir meine Flucht aus London vermasseln zu lassen.

Die Brompton Road war mit Autos verstopft. Auf drei Spuren krochen die Fahrzeuge am Victoria and Albert Museum vorbei auf die nächste Kreuzung zu. Ich sah, wie die Ampeln wieder auf Rot umsprangen, und kroch im zweiten Gang weiter.

Nur weil der Verkehr so stockend vorankam, hatte ich die Zeit, den Dom zu meiner Linken und die weiße Fassade der Kirche unterhalb des Domes zu betrachten: das Brompton-Oratorium hinter seinen schmiedeeisernen Gittern; und dann öffnete sich genau in dem Moment, als die Ampel umsprang und der Verkehr an Geschwindigkeit gewann, die Tür im Portal und der alte Mann in dem braunen Anzug wandte mir den Rücken zu.

Ich verpasste die erste Abzweigung, riss jedoch im letzten Moment das Lenkrad herum und bog gleich danach in eine enge Straße ein, woraufhin die Autos hinter mir ein Hupkonzert veranstalteten. Noch während ich überlegte, was ich jetzt tun sollte, steuerte ich den Citroen auf einen kleinen Platz zu, fand einen Parkplatz im Parkverbot, wo ich jedoch nicht die Straße versperren würde, sprang aus dem Wagen und verriegelte die Tür. Dann lief ich zurück.

Es gab natürlich keine Gewähr. Aber dies musste die katholische Kirche sein, die dem Wohnheim am nächsten lag. Das konnte gar nicht anders sein. Und Mellor – oder zumindest Fitzgerald, wenn die beiden nicht ein und dieselbe Person waren – war zur Kirche gegangen. Und plötzlich wurde mir auch klar, dass sie außerdem auf dem Weg zu mir nach Hause lag. Oder auf dem Weg von mir. Ich war wieder auf der Flucht.

XV Es hat geregnet

1

Ich drückte die Doppeltür auf und blieb in einer kleinen Vorhalle stehen. Nach mir trat noch eine Frau ein. Ich machte einen Schritt zur Seite, um sie vorbeizulassen, und spähte durch die Glasscheiben der Innentüren.

Es war das erste Mal, dass ich dieses Gebäude betrat, an dem ich schon so oft vorbeigefahren war, und es war nicht so groß, wie ich es mir vorgestellt hatte. Reihen von Holzbänken zogen sich durch das Hauptschiff bis zum Altar. Ein paar wenige Kirchgänger, es mochten zehn oder zwölf sein, saßen oder knieten zwischen den Bänken. Eine weitere Person hetzte an mir vorbei in die Kirche. Ich machte mir nicht die Mühe, hinzusehen. Dem Aushang neben der Tür zufolge sollte um halb eins die Messe beginnen. Ich warf einen Blick auf meine Uhr; noch knapp zwanzig Minuten.

Der alte Mann war von der Eingangshalle aus nicht zu sehen, aber ich hatte ihn hineingehen sehen und er war ganz sicher noch nicht wieder gegangen. Es war anzunehmen, dass er beabsichtigte, an der Messe teilzunehmen. Ich riss mich zusammen und konzentrierte mich darauf, zwischen den verstreuten Menschen diesen kahlen Schädel, das wettergegerbte, intelligente Gesicht, den alten Anzug zu finden …

Ob es noch einen anderen Ausgang gab? Nein – alle betraten die Kirche durch meine Tür, also musste Mellor, vorausgesetzt, er befand sich tatsächlich da drinnen, beim Verlassen der Kirche irgendwann an mir vorbei. Ich schaltete mein Handy an und stellte fest, dass ich Lyons Nummer vergessen hatte. Eine Sekunde lang ergriff mich die Panik, aber natürlich gab es eine ganz einfache Lösung für dieses Problem, ich brauchte nur Scotland Yard anzurufen, damit sie mich zu den Leuten im Wagen durchstellten. Er stand nur eine halbe Meile von hier entfernt in den Straßen. Ich drückte mich in eine Ecke, wo ich zumindest ein wenig vor den Blicken der Betenden in der Kirche geschützt war, wählte und bezirzte eine Telefonistin, damit sie mich zu den Leuten von Special Branch durchstellte, aber ich musste erkennen, dass meine Chancen, mit Lyon oder dem Sergeant zu sprechen, genauso gut standen, als wenn ich die Queen verlangt hätte. Die Zivilperson Dido Hoare war mal wieder das Opfer von bürokratischer Halsstarrigkeit geworden.

Zwei weitere Frauen gingen an mir vorbei, wobei sie dieser Person, die sich an einem Ort, an dem man sich einzig und allein Gott widmen sollte, so weltlichen Dingen hingab, missbilligende Blicke zuwarfen. Ich dachte angestrengt nach und rang der Stimme in meinem Ohr das Versprechen ab, dass sie selber den Wagen kontaktieren würde, um der Inspektorin mitzuteilen, dass ich mich zurzeit mit dem Mann, nach dem sie fahndeten, im Brompton-Oratorium befände. Und bis auf mein Handy gänzlich unbewaffnet sei. Ich stellte es voller Hoffnung wieder aus, aber ich war mir bewusst, dass ich bis zum Tag des Jüngsten Gerichts in dieser Vorhalle stehen würde, falls sie es nicht schaffen sollten, die Nachricht weiterzuleiten. Oder bis Peter Mellor sich umdrehte und mich entdeckte. Ich war so verzweifelt, dass ich beinahe den Notruf gewählt hätte, aber ich konnte mich mir lebhaft bei dem Versuch vorstellen, einen Polizeibeamten dazu zu überreden, im Brompton-Oratorium eine Razzia durchzuführen. Ich konnte beinahe Mellors höhnisches Grinsen vor mir sehen, wenn ich in einer Zwangsjacke abgeführt wurde.

Falls er noch da war. Ich konnte mich nicht darauf verlassen, dass er bis zum Ende der Messe bleiben würde. Das bedeutete, dass ich mich nicht vom Eingangsbereich wegbewegen durfte, was es wiederum schwierig machte, ihn zu finden. Ich unterdrückte die in mir aufkeimende Hoffnung, dass Lyon hereinplatzen würde, um mich zu retten. Bis und falls sie es überhaupt tat, gab ich Barnabas und Ben in ihrer Abwesenheit das stumme Versprechen, mich schön im Hintergrund zu halten und nur zu gucken.

Es sei denn …

Ich wählte die Nummer des Ladens. *Geh ran, Ernie. Geh ran …* Mein Anrufbeantworter sprang an, aber wenn Ernie in Hörweite war, würde er meine Stimme darauf erkennen. Ich wandte dem Inneren der Kirche den Rücken zu, damit ich lauter sprechen konnte.

»Ernie, hier ist Dido. *Geh ans Telefon, schnell.* Ich brauche Hilfe!« Ich redete so deutlich wie möglich, aber nach einer Weile schaltete sich das Gerät von alleine wieder ab. Ich biss die Zähne zusammen, wartete dreißig Sekunden und wählte erneut.

»ERNIE! Nimm den Hörer ab. Ernie, schne…«

»Dido?«, fragte seine Stimme unsicher.

Ich brüllte ihn beinahe an, bevor ich die Beherrschung zurückgewann. »Ernie, hör zu: Ich habe Mellor gefunden, aber ich bin allein. Ich glaube nicht, dass er weiß, dass ich hier bin, aber ich kann die Polizei nicht erreichen, deswegen brauche ich dich so schnell wie möglich hier. Nimm ein Taxi. Hast du Geld?« Er murmelte etwas vor sich hin. »Wenn nicht, ist es auch egal. Ich bezahle es, sobald du hier eintriffst. Sag dem Fahrer, dass du in spätestens einer halben Stunde am Brompton-Oratorium sein musst. Wenn es uns gelingt, ihn hier zu halten, bis die Polizei eintrifft, dann sind wir vielleicht bald alle aus diesem Schlamassel raus!«

Ich hatte mit Unverständnis gerechnet, vielleicht sogar einem Streit, aber stattdessen versicherte er mir mit ruhiger Stimme: »Brompton-Oratorium? Alles klar. Halt dich bloß von ihm fern und mach dir keinen Kopf.« Und dann war die Leitung tot. Als ich das Handy ausstellte, spürte ich, wie ich fast wieder Hoffnung schöpfte. Wie dem auch sei, ich hatte alles in meiner Macht Stehende getan und vielleicht würde Lyon meine Nachricht ja erhalten. Vielleicht würde sie mich anrufen. Und außerdem befand ich mich in einer Kirche, also passierte ja vielleicht ein Wunder.

Leise schlich ich mich durch die zweite Doppeltür.

Der schwere, süße Geruch von Weihrauch schlug mir entgegen. Und Kerzenqualm lag über den Seitenschiffen. Es musste ein paar Jahre her sein, seit ich das letzte Mal anlässlich der Hochzeit eines Freundes in einer römisch-katholischen Kirche gewesen war, und ich hatte diesen Geruch fast vergessen. Ich lehnte mich mit dem Rücken gegen eine Marmorsäule neben der Tür und ließ meine Augen systematisch über die Bänke wandern. Eine kniende Gestalt ungefähr zwölf Reihen vor mir auf der rechten Seite konnte die von mir gesuchte Person sein, aber sie hatte den Rücken gebeugt und den Kopf tief nach unten geneigt. Ich schob mich weiter nach rechts.

Plötzlich ertönte aus dem Lautsprecher über mir eine Stimme: Es war nicht Gottes warnende Stimme, sondern nur ein einfaches Gebet, das oben in dem Tonnengewölbe zwischen den Heiligenmosaiken widerhallte. Ich schlich auf die Kapelle zu und versteckte mich im Eingang. In der Nähe am Altargitter kniete eine Frau. Eine Säule bot mir halbwegs Deckung vor der gebeugten Gestalt im braunen Anzug, aber das brachte nichts: Ich brauchte einen anderen

Blickwinkel, um sein Gesicht sehen zu können, also schlich ich den Seitengang bis zum Mittelschiff hoch, bis ich mich vor dem dunklen Ölgemälde Maria Magdalenas wiederfand, die hoch oben über ihrem Altar hinter einer Barriere aus hohen Kerzenleuchtern und einem Kreuz auf den Knien lag. Nur noch ein kleines Stückchen weiter …

Er saß jetzt aufrecht und blickte geradeaus nach vorne. Ich erstarrte. Auch er wirkte erstarrt, ebenso unbeweglich wie einer der Heiligen an der Decke. Er trug denselben Anzug wie bei seinem Besuch bei mir und dieses Mal sah ich die Armut, die seinen Kleidern anhaftete. Das Jackett war ihm zu groß, als habe man ein abgetragenes Kleidungsstück an ihn weitervererbt oder als sei er seit dem Kauf geschrumpft. Auf dem Boden neben seinen Füßen lag eine kleine blaue Reisetasche mit Reißverschluss. Sein Gesicht war ganz ruhig; er sah stur geradeaus und der Ausdruck auf seinem Gesicht erstaunte mich. Ich glaube nicht, dass er das Oratorium oder die Leute um sich herum wahrnahm.

Und jetzt stellte sich mir die Frage, was ich als Nächstes tun sollte.

Ich schlich rückwärts zurück in die Kapelle für den Fall, dass er sich umdrehte. Alles, was ich noch zu tun wagte, war, außer Sichtweite zu bleiben und zu warten.

Nach einer langen Weile kam Bewegung in die Gemeinde, als die Leute sich erhoben, um zwischen den Bänken niederzuknien; die darauf folgende Stille drückte wie eine unsichtbare Hand gegen die hohe Decke. Die Zeit blieb stehen. Ich zwang mich, weiter nach links zu gehen. Ich hatte das Gefühl, gegen die Schwerkraft ankämpfen zu müssen, um mich wieder dem Ausgang zu nähern; aber ich hatte keine Ahnung, wie lange diese Stille noch andauern würde und ob die Messe direkt danach zu Ende wäre. Was sollte ich nur tun, wenn er aufstand und ging?

Die eisige Stille schien kein Ende nehmen zu wollen.

Dann platzte die elektrisch verstärkte Stimme wieder aus den Lautsprechern hervor: »Die Messe ist beendet. Halleluja, halleluja!« Die Leute richteten sich plötzlich auf und erhoben sich. Stimmengemurmel. Schritte klapperten über den Holzboden. Panisch ging ich im Seitenschiff in Deckung, und als ich mich wieder nach ihm umsah, war er weg. Und doch war er nicht an mir vorbeigegangen.

Die kleine Schar der Gläubigen hatte jetzt die Tür erreicht und die Ersten traten hinaus, als Ernie auftauchte und sich einen Weg durch sie hindurch bahnte. Kaum war er drinnen, blieb er stehen, und in Sekundenschnelle war ich bei ihm; sein Gesicht verzog sich zu einem erleichterten Grinsen.

»Alles in Ordnung?«

Er hatte mit normaler Stimme gesprochen, aber nach dieser drückenden Stille klang es wie ein Brüllen.

»Ernie! Ich habe ihn aus den Augen verloren! Er saß dort drüben am Mittelbogen und dann war er plötzlich weg. Er kann unmöglich rausgegangen sein, aber …«

Ernie erfand augenblicklich einen Schlachtplan. »Du bleibst hier«, ordnete er an und rannte schon auf der anderen Seite das Mittelschiff entlang, starrte in die Gesichter, die zurückstarrten, und schaute in die Seitenkapellen …

Unter einem Stoßseufzer der Erleichterung sah ich ihm bei seiner Blitzdurchsuchung zu und lehnte mich mit dem Rücken gegen die Wand. Ein Teil von mir hätte sich am liebsten winselnd unter einer Bank versteckt. Der andere Teil wollte diese Sache endlich hinter sich bringen.

Jetzt waren nur noch ein paar Nachzügler übrig: die Frau, die immer noch in der Seitenkapelle kniete, eine andere zu meiner Linken und ein altes Paar auf einer Bank vor mir. Kein alter Mann. Sollte er mich vielleicht doch gesehen haben? Früher oder später musste er aus seinem Versteck hervorkommen, wenn er hier raus wollte.

Und dann wusste ich plötzlich, wie ich seine Flucht verhindern konnte. Ich zog den Bauch ein, zog den Kodex aus seinem Versteck hervor, wickelte ihn aus und warf meinen alten Kopfkissenbezug auf eine Bank. Dann hielt ich das Buch wie eine Opfergabe vor mich: das alte Evangelium, der Köder für den Mörder. Ich hielt es höher.

Ernie kam am anderen Ende des Hauptschiffs wieder in Sicht, wie er an der Klinke einer Tür in dem kurzen Durchgang zwischen zwei Kapellen rüttelte und sie verschlossen vorfand. Dann wandte er sich wieder dem Ausgang zu, während ich nach vorne in die Mitte der Kirche eilte. Ich wusste, dass Mellor die Kirche noch nicht verlassen hatte. Im Schutz irgendeiner Säule oder irgendeiner Nische starrte er jetzt auf den Kodex. Ich hielt ihn hoch.

Ein Priester in einer schwarzen Soutane war mit einer Kladde in der Hand aufgetaucht, mit der er energisch vor den Kerzen in der Kapelle mir gegenüber herumwedelte und sie mit einem einzigen Luftstoß löschte. Eine Frau, vielleicht eine Touristin, versuchte auf dem Weg zum Altar an ihm vorbeizugehen und ich hörte ihn sagen: »Sie müssen jetzt leider gehen. Wir schließen.« Und mir kam der Gedanke, dass Peter Mellor, der Mörder, sich irgendwie in Bruder Peter verwandelt hatte, dass er einen Weg gefunden hatte, durch die Sakristei zu entwischen oder durch irgendeine andere ihm bekannte Tür, durch einen Ausgang, den nur Priester benutzten. *Aber wo?* Ich eilte an dem Altargitter entlang, hielt dabei den Kodex vor mich, während ich stets ein Auge auf das Hauptportal behielt und mir die Frage durch den Kopf schoss, ob er dort hinten plötzlich Gestalt annehmen und schließlich doch noch vor meinen Augen entkommen würde.

Das Oratorium war jetzt bis auf mich und den Priester und die Touristin, die langsam auf den Ausgang zusteuerte, leer. Wo zum Teufel steckte Ernie? Ich rannte beinahe durch das Hauptschiff zurück nach hinten. Der Priester hatte sich jetzt zu mir umgedreht und in letzter Sekunde hielt ich an und sah hilflos zurück. Säulen, Rundbögen, Altäre und ganz hoch oben unter der Fensterfront die in Stein gemeißelte Inschrift: DILEXI DECOREM DOMUS TUAE ET LOCUM HABITATIONES GLORIAE TUAE …

Ernie stand in der Kapelle am Ende der Kirche ganz in meiner Nähe vor dem Altar und sah mit halb abgewandtem Blick auf eine Tür mit Rundbogen, die von schmiedeeisernen Toren versperrt war. Vollkommen reglos stand er da – wie ein Beschützer, wie eine Bedrohung … ich sah Mellor. Er saß auf dem Boden mit dem Rücken gegen die Tore, die Beine von sich gestreckt, mit der kleinen Tasche auf seinem Schoß. Sie fixierten sich wie Katz und Maus, aber wer jagte hier wen? Ich trat auf sie zu. Auf meine Bewegung hin wandte der alte Mann seinen Kopf. Er sah auf das, was ich in der Hand hielt. Sein Gesicht zeigte nicht die leiseste Regung. Ich zwängte mich an dem Priester vorbei. Als ich Ernie erreichte, drehte der alte Mann seinen Kopf weg, und ein weißes Röhrchen fiel ihm aus der Hand und rollte über den Holzboden. Dann wandte er mir wieder den Kopf zu. Ich dachte, er betrachte erneut den Kodex, weil sich ein Schatten über sein Gesicht legte; aber seine Augen waren auf etwas gerichtet, das ich nicht sehen konnte.

Die Stimme hinter mir sagte: »Ich muss Sie jetzt bitten, zu gehen …«

Ich drehte mich um und sagte zu dem Priester: »Dieser Mann braucht einen Notarzt.«

Er ging an mir vorbei und kniete neben dem alten Mann nieder. Mellor rührte sich nicht. Als der Priester sich wieder erhob, wurde mir erst klar, was geschehen war, als er den Kopf senkte und sich bekreuzigte; da wusste ich, dass er die Sterbesakramente erteilte, und in diesem Moment flogen plötzlich die Doppeltüren auf und Inspektor Lyon, Sergeant Pickles und Detective Constable Moore stürmten in die Kirche wie die Kavallerie der Vereinigten Staaten, die auf dem mit Leichen übersäten Schlachtfeld eintrifft, nachdem die Schlacht längst entschieden ist.

2

Ich hatte den Kodex mitten auf meinen Schreibtisch platziert, den Barnabas zuvor ohne großes Brimborium leer gefegt hatte. Er machte so nicht viel her, aber mein Vater beugte sich darüber wie ein Chefbibliothekar über eine Gutenberg-Bibel. Oder wie ein Hohepriester. Beide Bilder waren durchaus angemessen.

Die anderen drängten sich um ihn herum. Ernie stand neben dem Ellenbogen meines Vaters und machte ein Gesicht, in dem Ehrfurcht und Enttäuschung gegeneinander ankämpften. Phyllis, die Ben zu seiner auf Abwege geratenen Mutter zurückgebracht hatte, hatte uns nicht alleine lassen wollen, bevor sie nicht gesehen hatte, was weiter passieren würde; sie kauerte auf der Trittleiter und schaukelte den Kinderwagen, sobald sie das Gefühl hatte, dass Ben sich langweilte. Leonard Stockton saß auf dem Besucherstuhl. Ihm schien die ganze Sache offensichtlich Spaß zu machen.

Sogar Paul war da. Er war vorbeigekommen, um mir mitzuteilen, dass er gehört habe, Peter Mellor sei auf dem Weg ins Krankenhaus gestorben, obwohl ich ihn bereits selbst mit eigenen Augen hatte sterben sehen. Ich hatte den Ausdruck auf seinem Gesicht gesehen, nachdem er sich mit der kleinen Spritze, die er in seiner Tasche mit sich getragen hatte, das Leben genommen hatte.

Seine Entscheidung. Ich konnte sie verstehen. Ich war dankbar, dass er sie getroffen hatte.

Professor Madkour und Dr. Samie, die durch die Botschaft kontaktiert worden waren, waren einen Moment zuvor in einer Limousine vorgefahren. Die beiden standen zwischen Tisch und Tür Seite an Seite und vermittelten den merkwürdigen, aber wahrscheinlich zutreffenden Eindruck, dass sie zu verhindern beabsichtigten, dass der Kodex ohne sie das Gebäude verließ.

Was mich betraf, so hatte ich soeben von dem Telefon in meiner Wohnung aus ein vertrauliches Gespräch mit Emma Ashe geführt und war somit allen anderen gegenüber im Vorteil.

»Es ist das Eigentum meiner Regierung«, sagte Dr. Samie jetzt.

Woraufhin Leonard Stockton erwiderte: »Ich bin mir sicher, Sie wissen, dass dieser Punkt durchaus fraglich ist. Das Manuskript wurde auf legale Weise käuflich erworben, gegen einen Geldbetrag, von seinem vorläufigen Besitzer. Das wollen Sie doch nicht bestreiten?«

Dr. Samie machte ein beleidigtes Gesicht. Professor Madkour hörte aufmerksam zu.

»Und sein Käufer brachte es aus Ägypten, bevor die ägyptische Regierung es zu Staatseigentum erklärte.«

»Das Material konfiszierte«, übersetzte Barnabas.

»Meine Regierung …«, begann Dr. Samie.

Es war sein Kollege, der ihn unterbrach. Er wandte sich direkt an meinen Vater, nicht an Stockton. »Der Kodex gehört zu der Sammlung. Als eine wissenschaftliche Quelle und als Quelle für Forschungsarbeiten – nicht nur als unser nationaler Schatz. Das müssen Sie doch verstehen.« Das war ein Gespräch unter Akademikern.

Mein Vater nickte. »In der Tat, das tue ich.«

Leonard Stockton seufzte sanft.

»Ich bin wegen des Kodex hierher gekommen und ich würde ihn gerne mit mir zurücknehmen. Falls Sie für seine Rückgabe an das Koptische Museum eine Belohnung annehmen würden, so bin ich bereit ...«

»Das Manuskript«, erwiderte mein Vater steif, »ist nicht mein Eigentum und ebenso wenig gehört es meiner Tochter. Dido hat jedoch die Pflicht, die Interessen der Erbin des Verstorbenen zu verteidigen. Sobald das Testament vollstreckt ist, geht der Kodex in den Besitz einer alten Dame über, die vielleicht nicht mehr lange zu leben hat. Es ist meiner Tochter sehr wichtig ...« Ich öffnete den Mund, weil ich eigentlich der Meinung war, für mich selbst sprechen zu können, andererseits schien Barnabas seine Sache so gut zu machen, dass es eine Schande gewesen wäre, ihn zu unterbrechen. »... dass Mrs Ashe einen angenehmen und sorgenfreien Lebensabend verlebt.« Er stellte dabei so hervorragende Manieren zur Schau, dass ich hätte schwören mögen, dass die beiden ägyptischen Staatsvertreter hastige Verbeugungen in seine Richtung andeuteten.

Aber Professor Madkour ließ dennoch nicht locker. »Ich habe die Befugnis, Ihnen im Namen der Regierung von Ägypten fünfundzwanzigtausend Pfund als Belohnung für die sichere Rückgabe des Dokuments anzubieten.«

»Das ist nicht besonders viel«, sagte ich.

Dr. Samie entgegnete mit scharfer Stimme, dass Ägypten schließlich ein armes Land sei, woraufhin ich zur Tür des Büros ging und lange und demonstrativ auf die Botschaftslimousine starrte, die draußen vor meinem Laden wartete. Der Chauffeur in Uniform schien über dem Lenkrad zu dösen. Als ich das Gefühl hatte, mich verständlich gemacht zu haben, drehte ich mich wieder um.

Leonard Stockton sah von mir zu den Ägyptern. »Ich werde meiner Klientin dieses Angebot zur sorgfältigen Erwägung unterbreiten. In der Zwischenzeit wird das Buch in sicherer Verwahrung bleiben. Nachdem das Testament vollstreckt wurde, kann auch Mrs Ashe die Angelegenheit überdenken. Möglicherweise ist sie geneigt, Ihr Angebot anzunehmen. Andernfalls hätte sie selbstverständlich auch die Möglichkeit, es einem privaten Sammler zum Kauf anzubieten. Wie ich von Miss Hoare erfahren habe, sind die Amerikaner an solchen Werken überaus interessiert. Als antiquarische Buchhändlerin ist Miss Hoare durchaus in der Lage, seinen Verkaufs- und Marktwert einzuschätzen.«

Wir einigten uns auf sechzigtausend Pfund. Außerdem verkaufte ich Dr. Samie mein edles Exemplar aus der ersten limitierten Auflage von T. E. Lawrence' *Die sieben Säulen der Weisheit*, das mit dem kolorierten Buchdeckel, für neunhundertundfünfzig Pfund. Es war ihm bei Betreten des Ladens im Schaufenster aufgefallen. Der verarmte ägyptische Regierungsvertreter bezahlte in bar und behielt danach, wie ich sehen konnte, immer noch genug Fünfzig-Pfund-Noten zurück, um für den Fall, dass die Limousine den Geist aufgab, ein Taxi nicht nur zurück zur Botschaft, sondern wahrscheinlich geradewegs bis nach Kairo bezahlen zu können. Nichtsdestotrotz wickelte ich das Buch sorgfältig ein, legte es in eine meiner hübschen Tragetaschen und überredete Barnabas, die Quittung in seiner kalligraphischen Schönschrift auszustellen, die er sich für ganz besondere Anlässe aufbewahrte.

3

Ich brachte den Perlenkopfschmuck noch zu Sotheby's, bevor wir endlich London verließen. In dem Auktionskatalog, der im Oktober erschien, war er schlicht und einfach als *Eigentum einer Dame* aufgeführt, wie es dort Brauch ist; in den Büchern der Auktionäre war er als das Eigentum einer Miss C. Ashe aus Vancouver, Kanada, notiert.

Er war einfach nicht mein Stil. Und ich brauchte kein Andenken. Ich hatte das Gefühl, in den vergangenen drei Wochen zwischen den Geistern anderer Menschen herumgelaufen zu sein, und einige Dinge sollte man besser aus der Erinnerung streichen, wenn man kann.

Tom Ashe wurde am zehnten September in Hove eingeäschert. Die Trauergemeinde bestand aus Emma Ashe, Barnabas, Leonard Stockton, Ben und mir. Es hat geregnet, so wie es sich für Beerdigungen gehört.

Danksagung

Die Schriften – oder Papyruskodizes – von Nag Hammadi sind nicht so bekannt wie die nur um weniges älteren Pergamentrollen von Qumran, die in einer Höhle am Toten Meer entdeckt wurden. Die Papyruskodizes wurden 1945 von zwei Fellachen nördlich von Luxor am Ufer des Nil gefunden, wo sie ungefähr um 400 nach Christus versteckt worden waren. Die Sammlung bestand ursprünglich wahrscheinlich aus zwölf ledergebundenen Büchern.

Es wird vermutet, dass ein Band von der Witwe eines der Finder verbrannt wurde – bedenkt man jedoch die lange Tradition des Grabraubs in Ägypten, scheint es seltsam, dass selbst eine einfache Fellachenfrau nicht erkannte, dass der Fund wertvoll war. Die Geschichte der anderen Bände verläuft im Dunkeln. Zur Zeit des Fundes herrschten in Ägypten unruhige Zeiten. Einige Bände wurden an Antiquitätenhändler in Kairo verkauft. Einer, der »Jung-Kodex«, wurde außer Landes geschmuggelt und 1949 in den USA und Europa zum Verkauf angeboten, bevor er Jahre später nach Ägypten zurückkam. Wahrscheinlich sind mittlerweile alle Bände vom Ägyptischen Ministerium für antike Kulturgüter erworben worden. Es gibt einige populärwissenschaftliche Abhandlungen über die Geschichte von Nag Hammadi. Elaine Pagels' *The Gnostic Gospels* (London 1980) und John Darts *The Laughing Savior* (New York u.a. 1976) sind beides in Büchereien häufig vertretene Bände.

Als ich dieses Buch schrieb, bekam ich von einer Vielzahl verschiedener Personen und Organisationen hilfreiche Vorschläge und Informationen, von den Amtsstellen der

Ampleforth Abbey über die Londoner Polizei bis zu Mike Quinn und Maurice Whitby. Ich danke ihnen allen für ihr Entgegenkommen.

Wie immer schulde ich auch Eric Korn (M. E. Korn Books) Dank für seine Hilfe in Sachen antiquarische Bücher und speziell dafür, dass er mir von einem Fälscher im achtzehnten/neunzehnten Jahrhundert namens Thomas Ashe erzählte, der mich, obwohl er zwei Jahrhunderte eher starb, als mein Tom Ashe geboren wurde, zu diesem Buch inspirierte. Besonderen Dank auch an meinen Sohn Andrew, den Gnostiker, der mir als Erster von Nag Hammadi erzählte.